中国民间文学大系

故事传说 ———— 安徽明光卷

政协明光市委员会 编纂

贡发芹 编著

时代出版传媒股份有限公司

安徽文艺出版社

图书在版编目（ＣＩＰ）数据

中国民间文学大系. 故事传说. 安徽明光卷 / 贡发
芹编著. -- 合肥 ： 安徽文艺出版社，2024.10
　　ISBN 978-7-5396-6708-9

　　Ⅰ. ①中… Ⅱ. ①贡… Ⅲ. ①民间文学－作品综合集
－中国②民间故事－作品集－明光 Ⅳ. ①I277

中国国家版本馆 CIP 数据核字(2024)第 094494 号

出 版 人：姚　巍
责任编辑：张　磊　　　　　　　装帧设计：观止堂_朱　璇
....
出版发行：安徽文艺出版社　　www.awpub.com
地　　　址：合肥市翡翠路 1118 号　　邮政编码：230071
营 销 部：(0551)63533889
印　　制：安徽联众印刷有限公司　　(0551)65661327
....
开本：710×1010　1/16　印张：27　字数：500 千字
版次：2024 年 10 月第 1 版
印次：2024 年 10 月第 1 次印刷
定价：56.00 元
....

编　委　会

目　录

明光市民间传说精粹

附录：

序 言

安徽省明光市政协党组书记、主席　张言平

嘉山秀水，自在明光；人文荟萃，亦数明光。

元天历元年九月十八日（1328 年 10 月 21 日），明朝开国皇帝朱元璋诞生于此，明光因而成了帝王之乡、龙兴之地。

明光历史悠久。上溯远古，地属淮夷，祖先迁居于此，男耕女织，世代繁衍。夏、商、周分属扬州、徐州、青州。春秋战国分属吴国、楚国，居于"吴头楚尾"。汉初置县盱眙、淮陵。三国两晋南北朝至隋唐五代十国，先后更名为淮陵、睢陵、招义、化明。北宋改招信县，南宋置招信军，均治今女山湖镇。元末并招信入盱眙。明属凤阳府泗州盱眙县。清属直隶泗州盱眙县。民国二十一年（1932），民国政府析盱眙、滁县、定远、来安四县交界之地设立嘉山县，治老三界。1949 年 1 月 21 日嘉山县解放，嘉山县人民政府在明光镇成立。

明光人杰地灵。元称太平，明改灵迹，钟灵毓秀，人才荟萃。《泗州志》："明太祖生于此，昔年见五色云气，故名明光山。"《盱眙县志稿》："明光山，治西南一百里。"明光因"真龙天子"在此诞生而得名。明代开国将领岐阳王李文忠，世代居住于明光集。清代封疆大吏吴棠，由平民而封圻，兴利除弊，治平有方。近代同盟会首批会员汪雨相，东渡日本留学，探求救国真理，兴办地方教育，泽被后世；海协会首任会长汪道涵，早年随父汪雨相举家投奔革命圣地延安，晚年自上海市市长任上离休后，为祖国统一大业开创"汪辜会谈"新局面。在五千年的历史长河中，明光英贤众多、俊杰辈出，令人引为荣耀、以为自豪。

明光物华天宝。山峦藏宝，阡陌流金，陆机《吴趋行》有云"山泽多藏育，土风清且嘉"。千里长淮下游最大的支流池河，"一渠北去浪争淘，饱趁蒲帆泛碧涛"。地球上保存最完好的古火山口之一的女山，现为省级地质公园，人间天然氧吧。安徽第二大淡水湖女山湖烟波浩渺，为省级自然湿地保护区。九里浮山堰遗址犹存，招信嘉祐院千载依旧；横山元代兴慈宝塔皖境独有；旧县清代古戏台皖东仅存。明光素有"三山二水四分田，还有一分是庄园；七湖六水老明光，三界四场跃龙冈"之称。明光矿产资源丰富，尤以非金属矿之凹凸棒黏土为全国品质之最；农产品生态优质，为长三角绿色农产品供应基地。

明光区位优越。长淮下游，皖东北缘，横跨江淮分水岭，地处中国南北分界线。南部多丘山，冈峦起伏，森林茂密；北部多平原，湖泊纵横，阡陌交通。气候温和舒适，空气湿润洁净；四季交替分明，花草枯荣有秩；水陆交通便捷，商旅往来自如。合青高铁、京沪铁路、宁洛高速、明徐高速、明巢高速、104 国道、235 国道、307 省道、309 省道穿城而过，千里淮河、九曲池河、浩浩女山湖、悠悠七里湖通江达海；明光通用机场正在加快建设，一批高速、港口、大桥等在积极规划推进中。

明光青春靓丽。昔日灵气，今天芳姿，集于这座悠久而又年轻的城市。1994 年经国务院批准，撤嘉山县设明光市。1997 年，明光市成为对外开放城市，现辖十七个乡镇、街道，人口六十五万。近年来，明光致力于打造宜居宜业宜游的新型工贸旅游城市，坚持"工业强市、产业兴市、生态立市"战略，围绕"超均速、进前列、上台阶"目标，着力优化"亭满意·一嘉亲"营商环境，在长三角一体化大潮中，融长入宁、追光逐链，步稳蹄疾、不断超越。而今，明光拥有多个国字号"头衔"和荣誉，如全国科技先进市、全国文化先进市、全国文明城市提名城市以及中华诗词之乡等，在传承发展中推进了现代化美好新明光建设。

有鉴于此，在明光丰厚的人文资源中，民间文学当列其中。十八年前，明光市政协响应中国民间文艺家协会号召，组织编写出版了《中国民间故事全书·安徽滁州·明光卷》一书，在社会上产生了积极影响。2023 年 5 月，安徽省文联、省民协启动"中国民间文学大系出版工程"《故事·安徽卷》和《传说·安徽卷》编纂工作。中国民间文艺家协会会员、安徽省文史研究馆特约研究员、明光市政协文化文史和学习委员会原主任贡发芹同志利用近一年时间，再次搜集整理了明光民间故事传说近 150 篇、约 36 万字，拟在全国率先出版中国民间文学大系出版工程县级地方分卷《中国民间文学大系·故事传说·安徽明光卷》，以起抛砖引玉作用，这种敬业执着的精神应当积极肯定。

《中国民间文学大系·故事传说·安徽明光卷》一书的出版，恰逢明光建市三十周年。我们有理由相信，作为明光市政协文化文史工作的一项新成果、明光市民间文学工作的一项重要成果，该书的出版将对丰富明光古今人文底蕴、增强明光地方文化自信、讲好明光经济社会发展故事、打造"嘉山秀水，自在明光"城市形象起到积极作用。

2024 年 4 月 18 日

明光市民间故事精粹

曹操浮山留绝对

浮山,一名临淮山,又叫浮玉山,位于安徽省明光市、五河县及江苏省泗洪县三县交界的淮河三峡之一的浮山峡(另两峡为位于凤台县境内的硖山峡、怀远县境内的荆山峡)之上。《太平寰宇记》载:"临淮山,俯临长淮。山下有水穴,淮水泛滥,其穴即高;水减,其穴还低。有似山浮,亦号浮山。"

梁天监十三年(514),梁武帝萧衍为与北魏争夺寿阳(今寿县),委派大将康绚主持,在浮山下面的淮河上修筑拦河大坝浮山堰,壅水倒灌寿阳城,逼魏军撤退。尽管浮山堰建成四个月后即被洪水冲垮,但它是淮河历史上第一座用于水攻的大型拦河坝,也是当时世界上最高的土石坝工程,规模举世无双,先于国外六百余年,因而被载入史册,浮山也因此闻名遐迩。

相传东汉末年,群雄割据,曹操率兵路过此地,见百里淮河下游一马平川,唯有此处的淮水南岸突兀起一山,形势险要,陡峭临水,河面波涛汹涌,遂触景生情,诗兴大发,口占一联,命下属应对。联曰:

登浮山,望五河,五河五道河:淮、浍、漴、潼、沱。

此联全是实景,浮山对面是五河县城,五河县因汇聚五道河流而得名,五道河流是:淮、浍、漴、潼、沱,后面四河是淮河的支流。且淮、浍、漴、潼、沱五道河流的名称都有三点水旁,非常难对,被人誉为浮山绝对。

据说,当时军中虽然名士荟萃,但无人对出下联,曹操很是失望,就命人将此上联刻在临水一边的山岩巨石上,留待后人应对。

虽然曹操的上联刻字早已被梁武帝修筑浮山堰时凿掉,遗迹不存,但曹操出对的故事一直在民间流传。随着时间的推移,曾有很多文人墨客在此对出了下联,比较成功的有：

> 坐西蜀，点众将，众将众虎将：关、张、赵、马、黄。

关、张、赵、马、黄，指三国时期蜀主刘备手下五员虎将：关羽、张飞、赵云、马超、黄忠。

其他还有：

> 进燕京，朝百官，百官百样官：公、侯、伯、子、男。
> 站云岭，看六洲，六洲六大洲：亚、美、澳、非、欧。

美，指南美洲、北美洲，合在一起为六大洲。

虽然这些下联看起来对仗比较工整，比如"关、张、赵、马、黄"都指战将，"公、侯、伯、子、男"都指官员爵位，"亚、美、澳、非、欧"都指洲名，与"淮、浍、漴、潼、沱"都指河流，关联性是一致的，已经很好，但是"淮、浍、漴、潼、沱"五个字都有三点水旁，五条河流之间还有内在联系："浍、漴、潼、沱"是"淮"的支流。"关、张、赵、马、黄""公、侯、伯、子、男""亚、美、澳、非、欧"，除了五字不属同一偏旁外，也不具备"淮、浍、漴、潼、沱"之间的内在关联属性，不够理想。

因此，时光虽然已过去一千八百多年，但浮山对联上联"登浮山，望五河，五河五道河：淮、浍、漴、潼、沱"仍属千古绝对，仍然等你来对。

流传地区:明光、五河

采录地点:明光市苏巷镇

采录时间:1992 年 8 月

讲　　　述:桑盛年(1943—　)，男，大专文化，苏巷中学退休语文教师。

记录整理:贡发芹

欧阳修与明光酒

欧阳修(1007—1072),字永叔,号醉翁、六一居士,吉州永丰人,北宋著名政治家、思想家、文学家、改革家。因吉州原属庐陵郡,其遂以"庐陵欧阳修"自居。他官至翰林学士、枢密副使、参知政事,谥号文忠,世称欧阳文忠公。其为北宋文坛领袖,一代文章宗师,被后人誉为"千古文章四大家""唐宋散文八大家"之一,为"儒家三圣"之一。其绝世佳作《醉翁亭记》乃千古名篇、世代经典、后世文章范本,"后来古文时文多祖之"。

北宋庆历四年(1044),龙图阁直学士兼河北都转运按察使欧阳修写了《朋党论》讽刺保守派,支持范仲淹推行"庆历新政"。次年新政失败,欧阳修因站错了队,受到牵连。后来又有人借机编造谣言,诬告他私德存在问题,致使他被贬到滁州任知州。

刚来滁州时,他心情不好,没有闲情逸致,又因为公事繁忙,没有闲暇时间游赏滁州的山水田园风光、体验滁州的风俗民情。但当年的滁州还是山城小郡,经济落后,地僻人稀,公事也少,没用多长时间,他就将州府公事处理得井井有条,政通人和,欧阳修因而有了充裕的闲暇时间,于是他宠辱皆忘,彻底放松自己,寄情山水,与民同乐。

一次,欧阳修听说州城西南琅琊寺里的住持智仙和尚佛经学问高深,就慕名前去拜访求教,受到智仙最高礼仪接待。回来路上,欧阳修发现琅琊山风光旖旎,景致优美,令人陶醉,于是他从心底里喜欢上了这里。自此之后,欧阳修就经常带领外地来探望他的亲朋故旧及城里的文人墨客到琅琊山游玩,吟诗作对,饮酒对歌,怡情养性。滁州是欧阳修人生旅途上的一个中转站,他在知滁的两年多的时光里,这里的山山水水、风土人情、淳朴民风,清晰地镌刻在了他的记忆深处。

欧阳修喜爱喝酒,一次,他在琅琊山招待宾客,酒后无意中说了一句,滁酒淡而无味。因为当时滁州无酒坊,滁州所售之酒大部分是商人从外地贩运过来的,俗话说"卖酒不兑水,好比打拳的不踢腿",自然无法喝到味道醇厚浓烈之美酒。

说者无心,听者有意,一旁的智仙和尚把此事记在了心上。不几日,智仙和尚师兄招信县(宋时由睢陵县改为招信县)招信寺(原都梁寺)的住持智化和尚,自江南交游返回,路过滁州,特上琅琊寺拜访师弟。智仙知招信境内产好酒,就拜托师兄回寺后找人送些好酒来,用以招待新任的知州欧阳修。智化爽快答应,回去后还将此事禀告了王知县。

这王知县是山西太原人,庆历三年(1043)补缺到招信任职。他读过欧阳修的许多文章,非常敬慕欧阳修的才华和为人。当他得知欧阳修喝不到好酒,便于次日派人用三马驾车送了一批产于招信境内太平乡太平集(今明光市明光街道办事处)的高粱酒到滁州。

当时招信县城有驿道直通濠州(今凤阳县),即"招濠古道",途中于洪庙集与"泗六古道"(明朝时辟为驿道,称之为"江淮中道")相交,"泗六古道"从泗州直通六合,滁州是必经之地。从招信县城到滁州城也就是一天的路程。欧阳修品尝太平集的美酒后大加称赞,平时没有知心好友来访或喜庆之事,根本舍不得喝王知县送来的好酒。欧阳修还为此从招信县境内酒坊专门聘请酿酒师前往滁州酿酒,方便市民享用。

欧阳修每次进山,都要拜访住持智仙和尚,以最高的礼数表达对智仙和尚的敬重,帮助智仙解决了许多难题,令智仙和尚非常感激。智仙和尚对知州欧阳修的关照礼遇一直铭记在心,为了让欧阳修与朋友常来琅琊山里尽情享受饮酒赋诗、相互酬唱的乐趣,就安排人专门在琅琊山里修建了一座亭子,专供欧阳修与文友雅聚消遣、游目骋怀,也借此报答欧阳修的知遇之情。亭子落成那天,欧阳修应邀参加竣工典礼,带领州府一班佐僚和众多宾客、文朋雅士,山行六七里,前来道贺。智仙和尚特地献上事先从招信太平集购来的美酒和精心烹制的山肴野蔌招待欧阳修一行,并请欧阳修为新亭命名题匾。

欧阳修非常高兴,当即与众宾客开怀畅饮,把酒临风,觥筹交错,"饮少辄醉"而"颓然其间"。过了好长时间,欧阳修从醉梦中醒来,仍旧非常兴奋,自称"醉翁","醉翁"醉倒的亭子自然得命名为"醉翁亭",在场宾客一致赞同,都说取名"醉翁亭",再好不过了。

智仙和尚早就准备好了纸笔,欧阳修乘着酒兴,当即题写了"醉翁亭"匾额,赢得一片喝彩声。但欧阳修依然没有尽兴,于是灵感袭来,一挥而就,撰写了流芳百世的经典游记《醉翁亭记》。所以,开创北宋文风的一代文宗——欧阳修、天下第一亭——"醉翁亭"、扬名天下的文章——《醉翁亭记》与明光酒(北宋时为招信太平集高粱酒)有着很深的渊源。招信太平集高粱酒(明光酒的前身)的美名因此很快传扬开来,大江南北都知道招信的太平集盛产高粱美酒。

就在欧阳修品尝、称赞招信太平集高粱美酒八十年后,据《盱眙县志》等资料载,南宋建炎二年(1128),招信县境内太平集出产的"高粱曲酒"就被选为御酒,"四季供奉,不得苟且"。

又过了二百四十余年,出生在盱眙县太平乡太平集(元代后期招信县撤销,并入盱眙县)的朱元璋开创了大明王朝。当上皇帝后,朱元璋将太平乡改为灵迹乡,将太平集改为明光集。招信太平乡太平集的高粱曲酒自然变成了盱眙县灵迹乡明光集的明光酒,而且更加闻名了。

流传地区:明光、滁州

采录地点:明光市区

采录时间:2018 年 8 月

讲　　述:张正洲(1954—　　),男,大专文化,明光市人,长期在明光酒厂工作,曾任明光酒业有限公司党办主任。

记录整理:贡发芹

明太祖出生异象

元朝时,从句容逃荒到泗州的朱初一生有两个儿子两个女儿,大儿子叫朱五一,小儿子叫朱五四,并分别娶盱眙女子刘氏、陈氏为妻。朱五四就是明太祖朱元璋的父亲。

朱五四又名朱世珍,娶盱眙县津里镇陈氏。陈氏为朱家生下三男二女。作为家庭妇女,陈氏每天在家料理家务,带带孩子、理理菜园、看看晒场。

一天,陈氏坐在晒场边看着晒场上的粮食。这时,从西北来了一个道士,白髯盈尺,鹤发童颜,神采奕奕,健步如飞。只见他头戴簪冠,身穿红服,一手拿象简,一手拿拂尘,走到晒场边上,有意用象简拨弄手中的丹丸。这丹丸滚圆滚圆,如拇指大小,晶莹剔透,亮如明珠,甚是好玩。陈氏好奇,问道:"请问师父,这是何物?"道人答道:"此乃大丹。你若想要,可给你一丸。"

陈氏接过大丹,把玩几下,见之若有灿光,闻之香气扑鼻,舔之感觉甜蜜无比,故衔在口中,谁知一不留神竟然吞进肚中。再一看,身边那位道士已经不见了踪影。陈氏回家后,口中还留有余香,就告诉了朱五四此事。朱五四没有当一回事。不久,陈氏便觉腹中有异,随着时间的推移,肚子渐渐大了起来,原来是怀孕了。

转眼到了元朝天历元年(1328)的深秋,朱五四一家已逃难到龙庙山下的赵郢,暂时寄居在赵郢庄子东头的土地庙(当地称之为二郎庙)里。一天,已怀胎十月的陈氏即将分娩,由于家中一贫如洗,朱五四便想到赵郢庄子上借些米面、鸡蛋,陈氏一人在庙里待产。此时,自东南方向飘来一朵祥云,飘至二郎庙上空,便有一股白气从云中落下,贯穿庙宇,顿时奇香弥漫庙宇。陈氏觉得腹中微微一痛,接着便听到了婴儿的哇哇啼哭声,生下了一个男孩。这孩子刚刚生下,竟然睁开黑亮亮的小眼睛,朝她笑了起来。

此时,朱五四借得东西正在往回走,途中就听庄子上的人大声叫道:"那边红光冲天,何处失火啦?"朱五四一看,正是自己一家寄住的二郎庙方向。远远看去,只见红光冲天,紫气升腾,犹如霞光笼罩,把周围天空映得透亮。若是大火,那肯定烧得太厉害了啊。他三步并作两步地跑到二郎庙,却不见了红光,房子完好,便赶紧推门进去,屋内除了紫气弥漫、香气满屋,并无异象。此时,陈氏怀抱婴儿,一股紫气在孩子身边缭绕。朱五四这才放下心来。就这样,那紫气、香气一直弥漫着,历经一夜也未散去(明解缙《天潢玉牒》)。按照朱家辈分排行,朱五四就给孩子起名朱重八。

第二天一早,朱五四推门一看,咦,本来位于路西的二郎神庙已不在原位,一夜之间,竟然从路西挪到了路东百步之遥,靠近小河的边上了。陈氏便抱着新生婴儿来到小涧边,准备给孩子洗洗澡。这时,水中忽然漂来了一块方方正正的红绸布,家中正好无布,陈氏便拿来这方红绸布做了婴儿的襁褓(明王文禄《龙兴慈记》)。后来,人们便把朱家原来居住的小土冈称作"孕龙冈",那条小涧也因水色如霞、香气弥漫,取名"香花涧",漂来红绸布的那个地方就被叫作"红罗障"(清康熙《盱眙县志·卷四·山川》)。

后来,朱元璋亲撰碑文时也称,自己生于太平乡,说:"仁祖年五十始及,淳皇后迁居盱眙之太平乡,以元天历元年九月十八日未时,笃生我。"(明万历十一年《帝乡纪略》)

流传地区:盱眙、明光、凤阳

采录地点:盱眙县城

采录时间:2024 年 1 月

讲　　述:马培荣(1952—　　),男,大学文化,江苏盱眙县人,高级经济师,江苏省有突出贡献的专家,享受国务院特殊津贴,盱眙县历史文化研究会副会长,盱眙地方文史专家。

记录整理:贡发芹

朱元璋童年故事

读　书

朱元璋原来叫朱重八,小时天资聪颖,但有点调皮,玩心较重,在赵郢庄子上读过一两年私塾,但不怎么用功,私塾老师对他是既喜欢又讨厌。

一天,寒风凛冽,下起了鹅毛大雪,私塾老先生内急出恭,命朱重八为其撑伞避雪。可是阎王差土地爷,土地爷差小鬼,小鬼戳了先生屁股一下,先生紧张,粪便排不下来。朱重八家里贫穷,衣服单薄,站在雪地里,受到寒风侵袭,冻得瑟瑟发抖,直打哆嗦。此时正好厕所旁边一家院子里有两只老鹅在叫唤,于是朱重八有感而发,随口吟诗一首:

> 谁家一对鹅,隔壁教唱歌。
> 风吹老屁股,有屎你不屙。

老师出恭后,提裤子就跑,回到屋里觉得很不爽,回想刚才朱重八吟诗内容,很不对味。因刚才跑得急,没有听得清楚,为解尴尬,他自嘲道:"朱重八,你把刚才作的诗再给我吟一遍听听。"朱重八一想,不能吟诵原诗,否则,会被老师惩罚的,但不吟也不行呀。于是他灵机一动,稍作变化,脱口而出:

> 谁家一对鹅,隔壁教唱歌。
> 羽毛如白雪,玉趾拨清波。

老先生听完觉得十分工整,找不出一点破绽,但还是想找朱重八的麻烦,于是就出一副对联,来考考朱重八:"七鸭浮水,数数三对单一。"朱重八对道:"尺蚊入孔,量量九寸十分。"

先生听完有些惊诧,想这孩子不一般,长大后肯定有出息。为了挽回自己的一点颜面,仍想难为朱重八。正好瞥见一小孩子为马驿喂马,他顺口吟出一联:"七岁儿童充马驿。"朱重八不假思索,随口答道:"万年天子坐龙庭。"

从此,先生再也不敢小瞧朱重八。

放 牛

朱元璋孩提时代个性鲜明,与众不同。和小伙伴一起放牛,耍刀舞棍,习文练武,学啥会啥,小伙伴们都信任他,佩服他,听他指挥。

一次,朱元璋带领小朋友搬运石头玩,堆积得很高,他思忖一下说:"这不是金銮殿吗?谁能上去坐得牢稳,谁就是皇帝,大家都给他磕头;要是坐不牢,下来让别人坐。"大伙儿依次上去坐,可是其他人,或是胆怯心虚,或是头晕目眩,都坐不稳,只好下来。轮到朱元璋坐上去,稳如泰山,其他小伙伴便全部跪在下面齐呼:"我皇万岁!万岁!万万岁!"朱元璋毫不怯场,说:"免礼,平身。"为了庆祝登基坐殿,圆皇帝梦,朱元璋决定犒劳"众臣",宰头小牛吃。娃娃们玩累了,都饿了,正想解馋,暗自高兴,纷纷同意。一个小伙伴忽然问道:"要是主人知道了,怎么办?"朱元璋说:"我自有办法。"于是大家一起动手,很快宰杀掉一头小牛,架在火上,边烤边吃,香醇可口,实在是难得的享受。

大家解馋后,太阳渐渐偏西,该回家了。朱元璋叫小伙伴埋了牛骨,把牛尾巴插在石头缝里,叫一个小伙伴跑回去向主人报信,说小牛钻进山洞里去了。主人不相信,跟着来瞅瞅,拽拽牛尾。朱元璋事先安排人钻进山洞里,见有人拽牛尾,就学小牛声音叫,十分逼真。主人本来迷信、胆小,以为是山神掩护作祟之声,便不敢再计较。就这样,朱元璋和小伙伴们蒙混过关了。

从此,小伙伴们更加佩服朱元璋了。

讨　饭

朱元璋小时家境贫寒,父母带着兄妹六人生活,靠租种薄田维持生计,日子过得很苦,家中经常人食无粮,鸡啄无糠。朱元璋只好沿村乞讨糊口。一天,朱元璋行至一富翁家门前。这位富翁家请了一位塾师,凑巧这天早上光给稀饭喝,先生一肚子怨气,便借稀饭为题吟诗一首,发泄满腹牢骚:

升米煮成粥一瓯,西风吹去浪波稠。

近看好像西湖水,缺少渔翁下钓钩。

朱元璋听得一清二楚,问先生:"你的诗意含蓄而富有想象力,可惜不切合实际,夸张失实,升米煮成一碗粥,说明稀饭不算稀。我想依照你的意思这样改写一下,你看怎样?"

数米煮成粥一瓯,鼻风吹去两条沟。

近看好像团圆镜,照见先生在里头。

先生听了拍手称赞:"妙!妙!恰如其分!"

一晃几年过去了,朱元璋仍是乞丐。虽然每天穿村过亭,苦苦支撑,但也有苦尽甘来、柳暗花明的时候。

这一天,他来到一个村庄,庄子上有位富翁员外,年不满花甲,站在门口,瞧见朱元璋走来,给人印象非同一般。他虽只有十五六岁,穿着粗陋破旧,但身材魁梧,虎背熊腰,目光坚定。员外心想,家中刚买来一匹新马,见人就咆哮,不是踢就是咬,无人敢使,不妨交给他来驯服。于是员外走上前道:"花郎,你现今落魄,暂为乞丐,终非长久之计。我有一事相求,请你帮我家驯服一新马,不知可否?"朱元璋说:"带我去。"这马乃良马,见到朱元璋过来,马上低头伏耳,浑身打战。朱元璋牵过马缰,此马服服帖帖,员外很是欢喜,就把朱元璋留在家中养马。朱元璋从此终日与马打交道,就住在马棚里,每天不再风餐露宿,日子倒也很惬意。

这员外姓马,生有一女,年方十六,但身材不太窈窕,一双大脚十分惹眼,所以人称大脚小姐。这天,大脚小姐在深闺中瞥见马棚失火,跑至跟前,杳无火迹,只见一青年男子正在马棚里酣睡,有条蛇穿过七孔而出。大脚小姐思忖,蛇穿五孔,贵为王侯;蛇穿七孔,必是帝王。同时见朱元璋金光满面,觉得此人以后将贵不可言,可以以身相许。

大脚小姐回到上房,把她在马棚里见到的景象一五一十地告诉了父亲。马员外觉得朱元璋乃一乞讨之徒,怎么可以成为富家之婿?但女儿爱慕心切,坚决不愿放弃,死缠硬磨。马员外想,如不同意,女儿跟随这叫花子私奔,那才惹人笑话,谁能丢得起这个人呢?眼下除了答应女儿,别无他法。于是只好把朱元璋叫过来,问他,欲招之为婿,可否?朱元璋心想,自己乃一个乞丐,能得到富翁之女垂爱,真乃天大好事,八辈子修来的福分,焉能拒之?当即允诺。

朱元璋从此落脚于此,开始招贤纳士,聚集英雄,心忧天下。后来朱元璋率领天下各路英雄,南征北战,翦灭群雄,推翻元朝,最终身登九五,大脚马小姐也因此贵为马皇后。"火烧功臣楼"乃她一手策划,目的是永保朱家江山永远不被外姓觊觎。

流传地区:明光、盱眙、凤阳

采录地点:明光市区

采录时间:2006 年 10 月

讲　　述:武显家(1923—2018),男,中师
文化,曾当过小学教师。

记录整理:贡发芹

朱元璋与月饼的由来

　　长期以来，人们都认为中秋节是一个最有人情味、最富诗情画意的节日。独在异乡为异客，每逢佳节倍思亲。中秋节时这一份思念当然会更深切，尤其是当一轮圆月高挂中天的时刻。俗话说："八月十五月正圆，中秋月饼香又甜。"在众多中秋节风俗当中，吃月饼是我国城乡群众过中秋节最普遍的习俗。

　　中秋节吃月饼起于何时，没有明确的史料记载。坊间传说始于元代，兴起地点为江淮之间的滁州地区，而且与大明王朝开国皇帝朱元璋密切相关。

　　元朝末年，朝纲紊乱，灾荒连连，民不聊生。中原人民不堪忍受元朝统治阶级的残酷压榨，纷纷起义。至正十二年（1352）二月，定远人郭子兴、孙德崖等在濠州起义。在皇觉寺做游僧的朱元璋得知后，主动投靠了郭子兴，深得郭子兴的信任，没过多长时间就被提为亲兵九夫长，留在郭子兴的身边。不久后因其招了七百名士兵，便升任为总管。朱元璋不愿局限在濠州，想到外面发展队伍，扩大自己势力范围，于是做出一个出人意料的决定，从自己的七百人中认真挑选出徐达、汤和、周德兴等二十四个人，将其余的人留给了郭子兴。朱元璋在征得郭子兴的同意后，带着徐达等二十四位体己的将士南攻定远，设计招降了定远张家堡驴牌寨地主武装三千人，收编了定远人冯国用、冯国胜兄弟俩及其乡亲，随后又收编了屯驻横涧山的缪大亨的两万多精兵，组建了自己的一支精锐部队。

　　拥有自己的军队之后，朱元璋野心就更大了，他听取了李善长的建议，决定联络各路义军攻克咽喉之地滁阳（今滁州），再直取集庆（今南京），最后一举推翻元朝统治，完成帝业。

　　但元朝官兵遍地都是，严密把守要隘，到处搜查义军。各地起义军之间多被元军隔断，互相之间联络渠道不畅，消息传递十分困难。如单独行动，胜算难料。急得朱元璋不知如何是好。

这时,军师刘伯温想出一条妙计,他命令属下把藏有"八月十五夜进攻滁州"的纸条藏入圆形面饼之中,再秘密派人设法分头传送到各地义军首领手中,通知他们作战时间、集结地点、进攻路线和行动暗号。

到了八月十五日晚上,月上中天,各路义军纷纷响应,到达指定位置。徐达一声令下,滁州城外四面燃起火把,守城官兵以为神兵天降,根本不敢抵抗,很快溃败。朱元璋没费吹灰之力,就攻克金陵锁钥滁州,稍事休息,饮马长江,拿下金陵,奠定了称帝的基础。

朱元璋当上皇帝后,中秋节与群臣聚会,大家都认为,当年攻克滁州是奠定帝业的关键,关键的关键是用月饼传递信息,在中秋节晚上汇集各路义军,才攻下滁州,据有金陵锁钥,打开胜利之门。朱元璋觉得此话有理,就传下口谕,以后中秋节,让全体将士与百姓同乐,并将当年进攻滁州时用以秘密传递信息的圆形面饼取名"月饼",传令御膳房大量制作,作为节令糕点赏赐群臣。此后年年如此,形成定制。

后来"月饼"传入民间,制作工艺越发精细,品种更加繁多,大者如圆盘,成为馈赠亲友的佳品。虽然两百多年后清人入主中原,但是人们仍旧庆祝这个象征推翻元朝统治的节日。

中秋节吃月饼的习俗从江淮大地流传开来,传向全国,甚至传到了国外,从明代一直传到今天。

流传地区:明光、凤阳、滁州

采录地点:明光市招信镇

采录时间:2004 年 2 月

讲　　述:杨昭依(1944—2023),男,大学文化,曾任明光市政协文史委主任,篆刻家。

记录整理:贡发芹

朱元璋发明插秧

现在人们种植水稻,一般是先育好秧苗,然后在水田里放上水,耕耙好,再将事先育好的秧苗拔起来,扎成一把一把投到水田里,再一撮一撮地插进水下泥土里。这就是"栽秧",或"插秧"。经过栽插的秧苗,才能长得旺盛,长得结实,水稻的产量才更高。

原来种植水稻不是这样的,人们和种植其他庄稼一样,都是直接将种子撒在泥土里,让它自然生长,发芽、出苗、开花、结穗,人们称之为直播,即直接撒播法。那么直接撒播是怎么发展成先育秧苗再栽插的插播呢?据说源于朱元璋。

朱元璋少年时候,因家庭贫穷,就给外公家所在的地方津里镇上的财主家放牛。每天早上,他就和小伙伴们一起把牛赶到镇子东面的牧羊山上散放,然后与小伙伴们一起玩耍。一天,大家比赛爬山,看谁能先爬到山顶,忘记看管牛了,结果牛跑到山下东家的稻田里,将绿油油的秧苗吃掉了一大片。

那时的秧苗都是直接撒播的。朱元璋看到一大片秧苗被牛吃了,心里非常着急。东家不是好惹的,喜怒无常,要是被他巡田时发现,自己少不得又要挨一顿皮肉之苦,还可能被罚饿饭一两天。于是他坐在田埂上开动脑筋,思考对策,想办法躲过这一劫。想了半天也没有想出好主意,晚上回来后睡在牛棚里,还在思考这个问题,想到半夜,豁然开朗,何不学学外公移栽白菜的办法,将稠密处秧苗移栽过来呢?

第二天,朱元璋早早来到牧羊山下面,把牛散放后,趁无人之际,悄悄地下到了稻田里,将稠密处的秧苗每撮拔起来一部分,分栽到被牛吃掉的空白地方,一边插一遍祷告:"秧苗儿,秧苗儿,求求你,你一定要给我活过来呀,千万别让东家看出来。"

朱元璋拔秧栽插之后,恰巧老天下起了雨,连阴好几天才放晴。天晴之后,朱元璋发现,奇迹出现了,移栽后的秧苗,活了,而且长势喜人!

此后,秧苗一天天地生长,碧绿一片,远远望去,一点也看不出与旁边撒播的秧苗有什么两样,朱元璋从此不再担心此事。

过了一段时间,朱元璋又有新的发现,移栽后的秧苗越长越旺盛,渐渐地竟比周边的秧苗还碧绿,还高大,还壮实。后来,东家也注意到了这个现象,这片秧苗先灌浆抽穗了,抽出的稻穗又长又大。等到成熟了,数一数稻粒,与周边未移栽的稻穗相比,不仅稻穗饱满,每穗还多出二三十粒稻子。人人见了都惊奇地说:"怪了,这片稻怎么会长得这么好?"只有朱元璋心里清楚:稻子可以移栽,移栽的要比撒播的好,移栽是稻子新的种植方法!

后来,朱元璋得了天下,做了皇帝,非常重视发展农业生产,就下旨在江淮流域全面推广新的稻子种植法,改撒播为育秧移栽。渐渐地,直接撒播种稻子的少了,栽秧的方法逐步推广至全国各地,稻子被栽种在水田里,改名为水稻。不过现在缺水的地方或岗岭之处的旱地种稻还有直接撒播的,被叫作旱稻或懒稻,但栽插的水稻产量远远大于旱稻。

流传地区:明光、凤阳、滁州

采录地点:明光市招信镇

采录时间:2004 年 2 月

讲　　述:洪厚宽(1936—2019),男,初中文化,明光市津里镇人,曾任滁州市文化局创作室主任,剧作家。

记录整理:贡发芹

朱元璋智取缪大亨

朱元璋当了多年游僧回到皇觉寺,但日子依然很难过,每天吃不饱,还经常受到师叔师兄们欺负,于是决定投奔郭子兴参加起义军。这一年朱元璋已经二十四岁。由于朱元璋精明强干,英勇善战,不负郭子兴期望,特别是救了郭子兴的命,显示出非凡的军事才能,得到郭子兴的信任,不仅被提升为九夫长,郭子兴还把义女马秀英许配给了他。但郭子兴此举很快引起了二儿子郭天叙和三儿子郭天爵的嫉妒,他们害怕朱元璋继承郭子兴的家业,经常编造朱元璋的坏话,在郭子兴面前诋毁朱元璋,郭子兴很为难。

朱元璋发现了这个问题,觉得继续待下去会很危险,就提出把自己亲自招来的七百精兵全部交给郭子兴两个儿子,自己只带徐达等人重新招兵买马。郭子兴巴不得如此,他的两个儿子也是高兴得要命。

得到郭子兴允许后,朱元璋带着徐达、汤和、吴良、花云、耿炳文、郭英、周德兴等二十四人,离开郭子兴,开始独自创业。朱元璋一路顺风顺水,几天就招募了几百人,没过几天又招降了定远张家堡驴牌寨一支三千多人的地主武装。朱元璋下一个目标选在了横涧山。

横涧山就是现在明光市明南办事处境内的大横山,介于明光市与定远县之间,原来属于定远、滁县、嘉山(今明光市)三县所有,位于定远的西北方,离驴牌寨不远。缪大亨带着两万军队驻扎在那里,兵精粮足。

缪大亨(? —1363)也是定远人,他最初纠集义兵为元军攻打濠州,元兵溃败,缪大亨独自带领两万人和张知院屯驻横涧山,固守了一个多月。朱元璋探得缪大亨此时不知道如何发展,军心不稳,觉得有机可乘。

朱元璋既看上了缪大亨,也看上了缪大亨手下的两万人马。缪大亨原来是为元朝统治者效命的,元军收复濠州,得力于缪大亨的鼎力支持。但是元军已经日薄西山，不堪一击，很快就被郭子兴赶出了濠州。元军溃败，缪大亨被迫退出濠州，屯驻在横涧山。处在大乱之际，何去何从，他还没有想好。缪大亨可不是个普通的山大王，元军主力败走，襄助者能够全身而退，可见他并不是草包，而是具有相当军事才能的将领，不仅会打仗，还很受部属爱戴，只不过缺少谋士相助而已。缪大亨手下的这支部队也不是驴牌寨那样的草寇，虽然不是一流的军事力量，但至少是受过专业军事训练的半正规军。所以朱元璋不光垂涎缪大亨的这两万人马，也想收服缪大亨这员战将，因为这是一笔可遇而不可求的财富，这是干大事的基础。

这缪大亨手握重兵，朱元璋只有三四千号人，缪大亨原本是不把朱元璋放在眼里的。但是当听说朱元璋招降驴牌寨的详细经过后，缪大亨隐隐感觉到自己有麻烦了，这个朱元璋可不是一个善茬儿，被朱元璋惦记上了肯定不是好事，那小子不按常理出牌，鬼主意一个接一个，所以得认真对待。

一天夜里，朱元璋派兵偷袭了缪大亨军营，没有得手。缪大亨非常谨慎，于是加强防备，夜里不敢睡觉，生怕朱元璋再次攻打进来，弄得士兵们都疲惫不堪。之后一连几天都没有动静，于是缪大亨手下就有人说："朱元璋也就区区几千的人马，竟然攻打我们两万人的部队，这岂不是以卵击石吗？估计朱元璋那小子也就是有点小聪明，没啥大野心，应该不敢来挑战咱们了。"

很多天过去了，不见朱元璋有什么动静，就连朱元璋士兵移动的情报都没有，缪大亨觉得这话不无道理，于是便放松了警惕。可刚放松了两天，朱元璋又带兵来攻打横涧山了。朱元璋这次依然没有得手。这是计划中的事，只袭扰，不杀进去，不打算得手。朱元璋不是忌惮缪大亨的实力比自己强，人马比自己多四五倍，而是另有计划——想把缪大亨的所有人马收到自己麾下，不能消灭掉，也不能全部打散。朱元璋深知刚刚收编的驴牌寨的武装力量还没有训练好，战斗力有限，要想以少胜多，没有充分的部署和准备是不行的。在朱元璋心里，缪大亨的人马粮草，自己势在必得，不容有失。朱元璋精心准备一盘大棋，制造力弱畏敌的假象，迷惑缪大亨，让其放松警惕。

又过去了一段时间，朱元璋依然没有动静，缪大亨的心理逐渐松懈。他以为朱元璋实力不够，不敢再来招惹自己了。其实朱元璋智取横涧山的计划始终都在精心策划和周密部署之中，而且即将进入实施阶段。

一天夜里，缪大亨正在酣睡之中，突然喊杀声四起，营寨之内火光冲天。缪大亨立刻意识到这是朱元璋又趁着夜色来偷袭了,但今天的情形不同于前两次,整个军营已乱得一塌糊涂,乱到很难统一调度指挥的地步了。这是怎么回事呢?自己一直在探听朱元璋的活动情报,没有得到朱元璋调动部队的任何信息,对方怎么突然就来袭击了呢?其实,缪大亨的疑惑,正是朱元璋这次行动的高明之处,秘而不宣,出其不意。

执行这次夜间偷袭任务的,正是朱元璋手下大将花云。虽然花云带领的人马只有几百人,但都非常精干,号令严明,行动一致。山里山外锣鼓喧天,喊杀声不绝于耳,缪大亨害怕被分割包围,只得命令不得恋战,带领人马退入山中。

士兵一看主帅撤退,更加慌乱了,缪大亨的部队人员虽多,却在阵前大失章法。花云乘势追击,按朱元璋事先的部署,在追击的时候,只对负隅顽抗者予以灭杀,而对放下武器投诚者给予善待。缪大亨的士兵一看,来袭者的目的并不是要将他们赶尽杀绝,于是纷纷弃甲投诚。

等到天亮战斗结束,清点人数,缪大亨发现,自己已经少了将近一半的人。这些人并没有被击杀,而是投降了朱元璋。这下好了,一个晚上双方的实力竟然调个过儿,朱元璋那边变成了将近一万五千人,缪大亨麾下只有万把人了,缪大亨这回彻底掉进了朱元璋精心部署的圈套里。让缪大亨担心的是,自己叔叔缪贞竟然不知去向了。其实,缪贞就在朱元璋受降的士兵当中,他是乱中被士兵裹挟来的。天一亮,就有投降的士兵报告了花云,花云立即报告了朱元璋,朱元璋闻听一拍大腿,这真是天赐良机啊!于是朱元璋以礼相待,摆上好酒好菜,将缪贞请到上座。朱元璋恩威并举,动之以情,晓之以理,诱之以利,又是分析形势,又是许以高官厚禄,让缪贞充当说客,劝说缪大亨投降过来,共图大计。

缪贞是个明白人,这些天来,他一直在思考,觉得跟着缪大亨占山为王不是长久之计,又见朱元璋志向远大,是个了不起的人物,眼下追随朱元璋干是最佳选择,当即领命前去劝说缪大亨。这缪贞在缪大亨面前说话还是具有一定分量的,缪大亨听了缪贞的劝说,真的下山来见朱元璋,他想听听朱元璋的高见,但心中并没有真正佩服朱元璋。

朱元璋迎出辕门,大摆筵席,欢迎缪大亨的到访,礼节上做得没话说。酒过三巡,朱元璋一脸严肃道:"缪将军,你的两万大军,竟然被我区区几千人打得抱头鼠窜,你可知道真正原因何在?"

"你们趁我不备,偷袭我军,说明你们的运气比我好而已。"缪大亨的回答明显透着不服气。

"非也!你们的队伍没有明确的目标,打起仗来自然没有动力。你能告诉士兵是为何而战吗?你们人数虽多,但将士不懂战法,不知依靠高山密林发挥地理优势。你治军不严,军纪混乱,不懂协同作战,自然是一盘散沙!最重要的是,你们从上到下没有每战必胜的信念和意志。"

朱元璋的话触到了缪大亨的痛处,他无言以对,惭愧地低下了头。

"缪将军,我们一家人不说两家话,如果你的队伍愿意归到我的帐下,我也必须有言在先,须听从号令、严格军纪,容不得半点懈怠,如果还如同在横涧山一般懒散,那也会是常败之师!一支军队,要想完成大业,必须有铁的纪律!我的目标是消灭残暴的元朝,改朝换代,建立新的政权,我真心欢迎缪将军助我一臂之力。"

缪大亨权衡利弊,觉得归顺朱元璋是最佳出路,于是起身,向朱元璋深施一礼道:"我缪大亨戎马半生,从不甘于人下,但你是让我真正佩服的人,从此我就跟你干了!"至此,朱元璋收编了缪大亨,拥有了一支真正意义上的队伍。横涧山,既是朱元璋人生的一个重要起点,也是改变他命运的转折点。

于是朱元璋开始在横涧山操练军队,不久攻克滁阳(今滁州),饮马长江,直指集庆(今南京),奠定了他推翻旧王朝,建立新王朝的坚实基础。

现在大家到大横山顶,也就是当年的横涧山顶,你会发现山顶是平的,山顶四周垒有半人高的石墙,很多石头直径都超过半米,重几百斤,甚至上千斤,那就是朱元璋当年在横涧山练兵的军营防御工事。石墙边经常能见到一堆一堆的圆石,那是防御兵器之一,用来滚砸登山敌人的。

流传地区:明光、滁州、凤阳

采录地点:明光市政协文史委

采录时间:1999 年 9 月

讲　　述:吴腾凰(1938—　),男,大学文化,曾任滁州市文联主席、滁州市政协文史委主任等职。

记录整理:贡发芹

朱元璋首倡四菜一汤

大明王朝开国皇帝朱元璋出生于一个贫苦农民家庭，从小放过牛、讨过饭、当过小和尚，深切了解老百姓的疾苦。因此，当了皇帝后朱元璋始终坚持节俭，身先士卒地在大臣之中倡导节俭之风。

元至正二十八年(1368)正月，吴王朱元璋在应天(今南京)登基，国号大明，年号洪武。当年就遭遇大旱，百姓生活困苦不堪。然而京城里的达官贵人却穷奢极欲，衣着华丽，大兴土木，营造豪宅，每天过着花天酒地的奢靡生活。安乐奢靡之风多是亡国诱因，朱元璋对此忧心忡忡。他深刻地认识到："丧乱之民思治安，犹饥渴之望饮食。"经过一番深入思考之后，朱元璋决定在马皇后的生日庆典之时，趁满朝文武前来贺寿之机，倡廉防贪，警醒文武百官，远离奢靡，节俭为要。

这次宴席没有设在太和殿，而是在一个极其简陋的厅堂里。庆典当天，没有大型歌舞活动，朱元璋只是摆好十多张桌子，恭候文武百官的到来。等文武百官悉数落座之后，朱元璋便吩咐上菜。第一道菜是炒萝卜，第二道菜是炒韭菜，第三道、第四道菜是两大碗青菜，最后一道是极普通的葱花豆腐汤，而且没上酒水。开始百官们不明就里，一个个大眼瞪小眼，非常纳闷。

朱元璋见火候已到，就走到群臣中间解释道：第一道菜是炒萝卜。萝卜，百味药也，民谚有"萝卜上了街，药店无买卖"之说。第二道菜是炒韭菜。韭菜生命力旺盛，人们常说"韭菜青又青，长治久安定人心"。再则是两大碗青菜，以此比喻为官清廉，"两碗青菜一样香，两袖清风好丞相"。最后上的汤，意思是"小葱豆腐青又白，公正廉洁如日月"。大家很快明白朱元璋的用意，纷纷表示谨遵皇上教诲。

于是朱元璋当众宣布："节俭是古人传家之宝，更是当今治国第一要务。卿等今后宴请宾客，最多只能'四菜一汤'，这次皇后寿筵即是榜样，谁若违抗，严惩不贷！"从此，"四菜一汤"的规矩便从宫廷传到了民间，成了人们待客的标准。

新中国成立后,周总理建议国宴"四菜一汤"即从此而来,现在仍为廉政倡导内容。

倡导节俭,待客"四菜一汤",朱元璋以身作则:一日三餐多食蔬菜,车舆装饰一律改金银为铜;原配马氏虽为皇后,但常穿洗过的衣服,穿到褪色也舍不得丢弃;内监穿新靴在雨中行走,被杖责;见一朝官衣着鲜丽,费钱五百贯,斥责道:"五百贯是农夫数口之家一年的开销,而你竟费于一衣,骄奢如此,岂非暴殄!"命其以后不可如此。

节俭倡廉,反映了朱元璋反贪必先防贪的远见。

流传地区:明光、滁州、凤阳
采录地点:明光市明光街道办事处
采录时间:2018 年 3 月
讲　　述:颜明洲(1963—　　),男,高中文
　　　　　　化,作家。
记录整理:贡发芹

朱元璋造字防贪

朱元璋是历代帝王中对贪污腐败最深恶痛绝的一个,向来对贪腐行为疾恶如仇,一生采取各种形式反贪防贪。

人类自有文字以来,账目往来便以文字记载为主。长期以来,人们都是使用"一、二、三、四、五、六、七、八、九、十、百、千"等传统汉字和自己创造的一些简单符号来记账。这种记账方法简便实用,缺点是太简单了,容易被歹人钻空子,账目易被涂改、添加。许多善于钻营的贪官污吏因而有了可乘之机,比如把"一"改成"三、六、七、十",把"二"改成"三、四、五",把"三"改成"五",把"十"改成"千",等等。地方官府在收支活动过程中,收入做少,开支做多,报销账册中,篡改账册,从而贪取公家财物,中饱私囊,特别是在字迹潦草的情况下,难以分辨真伪。

朱元璋深感治理腐败光靠严惩罪犯是远远不够的,得从源头做起,防患于未然,要从制度上堵塞贪污之路,关死受贿之门,才能更好地刹住贪污受贿的恶劣风气。所以朱元璋就专门创造新字用于反贪,发明了大写的数字"壹、贰、叁、肆、伍、陆、柒、捌、玖、拾、佰、仟"。这些汉字虽然笔画烦琐,书写起来比较麻烦,但可以有效防止数字被涂改、添加,避免贪官污吏钻空子,侵吞朝廷及官府财产。

朱元璋因反贪而发明的大写数字,在没有更好的记账方法之前,还将继续使用。可以说,朱元璋造字防贪,在反贪史上起到了一定的作用。

流传地区:明光、滁州、凤阳

采录地点:明光市明光街道办事处

采录时间:2015 年 7 月

讲　　述:韦学忠(1944—　),男,大学文化,明光市教体局退休干部。

记录整理:贡发芹

十座山九个头的故事

元至正年十二年(1352),皇觉寺游僧朱元璋决定投奔红巾军,参加元末郭子兴的农民起义军。经过十六年的打拼,四十岁的朱元璋顺利登基称帝,建立大明王朝,建元洪武,史称明太祖。

朱元璋称帝后,按理应当定都南京,但他认为以南京作为都城的东吴、东晋、南朝(宋、齐、梁、陈)、南唐等七个王朝,总共执政三百二十年,平均四十六年,最长的五十九年,最短的才二十三年,全都是短命的。他觉得南京脂粉气太重,温柔之风容易腐蚀人的意志。所以,他决意另选国都。虽然谋士刘伯温苦口婆心,一再劝他打消这个念头,但他不改初衷,由此演绎出了朱元璋选都城的传奇故事。

朱元璋是一个比较迷信的人,总认为人算不如天算。他忌讳南京,总觉得南京不如意,准备首选盱眙作为都会。因为盱眙邻近洪泽湖边,有一块风水宝地葬着其祖父,后来就出了他这个真龙天子。据传,一日朱元璋和谋士刘伯温等到他小时候放牛的盱眙县津里镇官山上察看地形,谋划建都事宜。朱元璋站在官山的山头上眺望远方,数起盱眙的山头,也许是天意,他记忆中盱眙有十座山,可数了几遍却只是九个山头。于是又选了两座山上去一数,奇怪的是数来数去还是九个山头。朱元璋隐隐感到这不是好的预兆,想起了当地一首民谣:

> 十山九个头,淮水往东流。
> 财主无三代,清官不到头。

但他固执己见,采取了听天由命的方法,让上天来决定都城建在哪里。于是他唤来身边的武士,取下其弓箭,决定以射出的箭落的地方作为大明国都。由于盱眙县城三面环水,只有选择向南射箭。朱元璋在射箭前,心里也不知在祷告什么,只见他张弓搭箭,瞬间箭离弦而去。话说这箭射出不远,空中飞来一只大雁,用嘴叼着箭向南飞去。朱元璋急令人骑马寻踪而去,大雁最终将箭丢在南京的钟山脚下。既是天意,朱元璋只得决定在南京建都。其实他那天数山,是把自己所站的山头给忘数了,但刘伯温等人是绝对不会提醒他的。关于十座山九个头的传说至今还在民间流传。

朱元璋选择盱眙做都城出了十座山九个头的意外后,曾决定改选凤阳,因为他父母葬在凤阳凤凰落过的地方,那里也是他的发祥地、宝地。他考虑到东南的应天称南京,北面的开封称北京,故将临濠的皇城称为中都。施工期间,刘伯温仍不断进言,陈述凤阳天险不足、地形不利等很多理由。后来不知何因,中都果然停建,改建南京。

另有一种传说,称刘伯温不赞成在凤阳建都,朱元璋曾问刘伯温建在何处为好。刘伯温深知朱元璋想在家乡建都,就说出了一个朱元璋能够接受的办法,建议皇上可向南方射一箭之地。朱元璋心想,这一箭之地又能够有多远,便同意刘伯温的建议,于是传来武士,让他在朱元璋选定的中都南门口的位置上向南射一箭。谁料这一箭射出之后,被天空中飞来的一只雄鹰用强劲的鹰爪抓住,一直飞到南京上空才丢箭飞去。

朱元璋认为这是天意,天命不可违,只得定都南京。如今凤阳韭山洞附近的殷家涧(现是镇政府所在地),原名鹰夹箭,就是老鹰夹箭的地方。据说朱元璋为选都,还曾命太子朱标到西京奉元(今西安)考察。朱元璋听了太子的禀报后,非常感兴趣,并准备亲自到奉元一趟,但最终未果。

流传地区:明光、盱眙、凤阳

采录地点:明光市明光街道办事处

采录时间:1995 年 8 月

讲　　述:慎贵平(1948—　),男,大学文化,明光市政协退休干部,曾任市政协文史委副主任、提案委主任。

记录整理:贡发芹

朱元璋寻祖陵的故事

明祖陵是朱元璋高祖、曾祖、祖父的衣冠冢,故居于明代皇陵之首,又被称为明代第一陵。然而,因黄河夺淮,明祖陵屡遭水害。清康熙十九年(1680)夏季,一场持续七十多天的大雨导致水漫泗州,明代第一陵也永沉洪泽湖底。

相传,明太祖朱元璋称帝后,为寻祖陵还引出一些故事来。

朱元璋祖籍在江苏沛县,朱元璋五世祖约在宋代年间迁入江苏句容县,朱氏在此繁衍成为当地的大户,所在地被称为朱家巷。到了朱元璋祖父朱初一时,战乱不断,灾荒连年,百姓生活在水深火热之中。原本就过苦日子的朱初一家,被定籍为淘金户。句容非产金之地,无奈,朱初一只好抛弃田地、房屋,背井离乡,随同宗们外逃来到泗州北边孙家岗落户。

据传,孙家岗附近有个大土墩,当地人称为杨家墩。朱元璋的祖父因劳作累了,经常在这个土墩上找一处凹地休息。一日,朱元璋祖父正在凹地处打盹,忽有两位道士来到土墩。师父指着朱初一休息地旁边说:"如果有人葬在这里,他家以后定能出天子。"徒弟问师父为什么?师父说:"此处地温高,如不信,你可找一根枯枝插在那里,十天准能复活并长出叶子。"这时他们发现睡在旁边的朱初一,上前呼其,不醒。师父以为其熟睡,于是令徒弟插上枯枝后离去。

然而,朱初一是装睡的,将道士的对话听得清清楚楚。于是他每日都去观察,第十日枯枝果然复活并长出叶子。朱初一生怕别人知道,便将复活的树枝拔去,重新插上枯枝。不久,两道士到来,徒弟一看还是枯枝,便问师父怎么回事。师父知道是那天假睡之人所为,于是找到躲藏在附近的朱初一,朱只得承认是自己所为。师父告诉朱初一:"你有福,死后一定要葬在这里,这样你家就能出天子。"朱初一死后,朱元璋的父亲遵照遗嘱将其葬在道士插树枝的地方。其后不久,朱元璋的母亲就怀孕了。也有人说,朱初一每天都到那里砍草,偷听到师父的话。

又据传,朱初一生活穷困潦倒,从句容逃荒到双沟镇,给一位姓水的员外干活。这水员外家是一个大户人家,除万亩良田,在洪泽湖边杨家墩还拥有一个上百亩地的放猪洼滩,朱初一就在这儿放猪。一天,朱初一在杨家墩一个别人都看不到的地方休息,听见一师一徒两位道士的对话。师父一看这滩,便对徒弟说:"这里是一块少有的风水宝地,如果谁家人死了葬在这里,这家将来肯定会出真龙天子。"徒儿不信。师父说:"不信你去找一根枯树枝插在这个洼坑内,一夜便可生出绿叶。"徒儿半信半疑地照办了。第二天天一亮,朱初一跑到地点一看,果然如道士所说。他怕再被别人知道,便将树枝拔出丢在一边,重新插上一根枯枝,而后到一边等待两个道士。早饭后不久,只见道士来到洼地,徒儿一看枯枝未发芽,看着师父。师父也觉得蹊跷,于是向周围扫视一眼,发现了朱初一,便上前询问。朱初一只得承认是自己拔掉长叶的树枝。师父见该猪倌憨厚,就对他说:"你家人死后安葬在这里,将来必出天子。"朱初一听马上跪地拜谢。此后,朱初一便盘算着如何向水员外要求将那块洼地给自己死后葬身。

一天,朱初一回水财主家领粮草饲料,水员外看他心事重重的样子,便问有何心事。朱初一说,我现在年龄已大,担心死后没有葬身的地方。水员外听后大笑,说道,我家除万亩良田,还有许多大小滩地,在哪里葬不了你啊?朱初一连忙跪下叩头说,我生为老爷放猪,死后我只想继续为你看守放猪洼滩,您就答应我死后葬在那个洼滩吧。老爷答应了。1327 年,朱初一死后,水员外还给他准备了一口棺材,把他葬在那个滩地。朱初一死后不久,儿媳便怀孕了,怀的就是后来的真龙天子朱元璋。

话说,朱元璋称帝后,第一件事就是光宗耀祖,追尊四祖。他一是追封尊号(追封皇高祖尊号玄皇帝,庙号德祖;皇曾祖尊号恒皇帝,庙号懿祖;皇祖考尊号裕皇帝,庙号熙祖;皇父淳皇帝,庙号仁祖);二是修整凤阳皇陵;三是修建祖陵。因为找不到祖宗陵寝,不仅无法祭祖,而且无法建造陵寝。在没寻找到祖父安葬地之前,他只得在太庙或奉先宫设坛举行祭祖仪式。朱元璋曾叫皇太子朱标四处打听祖父的墓地。

由于朱元璋急于知道祖陵遗址,还引出几个故事。有个大臣为迎合朱元璋,并想讨得封赏,禀报说,皇上祖父墓在朱家曾经生活了几百年的句容县通德乡朱家巷。朱元璋信以为真,立即命人在那里建了一个又高又大的坟,称之为万岁山。坟和路修建好以后,朱元璋前去祭拜,当第一个头磕下去以后,只见坟塌了(也有说土坟中间裂出一道深沟)。朱元璋起身后说:"这不是我们朱家的祖坟,原因是它受不起我的一拜。"那个大臣不仅未得到赏封,还被狠狠地惩罚了。

洪武十七年(1384),朱元璋的手下武官朱贵年老归泗州颐养天年。这朱贵与朱元璋是同宗,他在与同宗的父老闲谈时,谈到朱元璋寻找祖坟的事。同宗告诉他有关情况,朱贵到实地察看,并画了一张陵图,于洪武十七年十月十二日专程到南京向朱元璋报告情况。朱元璋听了十分高兴,于是在洪武十八年(1385)营造祖陵。朱贵因有功,被授予祖陵奉祀(有说是第一任署令),允许子孙永久管理祖陵,同时赐银两和良田百顷。

据说,祖陵找到后,朱元璋悲喜交加,派太子朱标带人前去起取棺木,欲运到南京建造陵墓安葬。然而,棺木连续三次都被大风刮起,回到原来穴中。朱标觉得此事非同小可,便火速赶回南京禀告父皇。朱元璋问刘伯温这是什么原因?刘伯温说这是天意,不可违。于是朱元璋决定在原址建一座富丽堂皇的祖陵。

在寻到祖坟前,朱元璋曾记起他二姐孝亲公主说过,祖父朱初一的墓在泗州城西的裙边之处。从那之后,每年朱元璋或派太子朱标,或遣官到泗州城西湖河坝子往祭(也有说到泗州城西湖河祭奠)。

明洪武十七年十月十二日,朱元璋找到祖陵后,便开始了声势浩大的明祖陵建造工程。明祖陵始建于明洪武十八年(1385),于明永乐十一年(1413)基本完工,耗时二十八年,此后又改建、扩建、翻建,一直持续到万历二十六年(1598),前后达二百一十余年。其规模庞大、气势雄伟的程度可以想象。

流传地区:明光、盱眙、凤阳

采录地点:明光市区

采录时间:2006年6月

讲　　述:慎贵平(1948—　),男,大学文化,明光市政协退休干部,曾任市政协文史委副主任、提案委主任。

记录整理:贡发芹

朱元璋测试儿孙才能

朱元璋一生共生了二十六个儿子、十六个女儿。

朱元璋小时候家里贫穷,没有机会上学,勉强读了一两年私塾,就辍学了,不得不给财主家放牛。朱元璋当了皇帝以后,特别重视儿孙的教育,特地在宫中建造大本堂,贮藏古今书籍,广揽人才,征聘四方名士大儒到朝廷来,悉心教育太子和诸王子。各名士大儒轮流讲课,让太子与诸王博采众长。此外,朱元璋还挑选众多天资出众的青年才俊侍读。为调动太子与诸王的学习积极性,朱元璋时常刻意安排赐宴赋诗活动,让大家谈古说今,互相砥砺,取长补短。

朱元璋称吴王时便将长子朱标立为世子,安排其随宋濂学习经传。自幼受到悉心教导,明太祖对他寄予厚望,多方培养。洪武元年(1368)正月立其为皇太子,正式确立他为接班人。然而朱标早逝,未能继承大统。朱元璋没有重新立太子,而是于洪武二十五年(1392)九月,立朱标次子朱允炆为皇太孙,确立朱允炆为皇位继承人。

可是朱允炆年轻,比较浮躁,胸无城府,不懂人情世故,朱元璋非常不放心。朱元璋为了了解其子孙的才能和学习情况,防止他们懈怠,就经常到大本堂抽查作业,现场考试,旨在督促大家不断进步。朱元璋特别关注皇太孙朱允炆的学习情况,认为他将来要继承大统,治理天下,没有真才实学是不行的。

一天,朱元璋来到大本堂,特地试探皇太孙朱允炆的才思和学问,令其当众赋诗一首。朱允炆的诗后两句是:虽然隐落江湖里,也有清光照九州。

朱元璋一向喜欢粗犷、豪放的诗风,看了诗后,觉得软绵绵的,缺乏人主应有的磅礴气势与豪迈气概,很不满意。

为了进一步试探和启发皇太孙,朱元璋又即兴出一上联"风吹马尾千条线",要朱允炆续对下联。朱允炆沉思一阵后,对"雨打羊毛一片毡"。

朱元璋紧锁双眉,摇着头说:"对是对上了,调子仍是低沉的,毫无傲视天下的气魄。"朱允炆的下联,虽然单就文字、结构、比喻来讲,还都可以,但是立意不够高远,用语琐屑,形象不雅,内涵不深,所对之句明显欠佳。为此,朱元璋对朱允炆很是忧虑。

善于逢迎父皇的四皇子朱棣站在一旁,见此情景,即上前奏对"日照龙鳞万点金"。

对句非常迎合朱元璋的口味,朱元璋喜出望外,转忧为乐,连声叫绝:"对得好,对得好!"朱棣以"日照"应对"风吹",用"万点金"喻"龙鳞"确有气魄,又寓含帝王之意。朱元璋看得出来,但没有点破。

在离开大本堂之前,朱元璋再三勉励皇太孙朱允炆要下真功夫学习,无论做文章写诗,还是做对联,都要有气度,岂能软绵绵的?心怀天下,才能当好人主。

此后几年,朱元璋特别担心朱允炆可能不是其四叔朱棣的对手。后来,朱允炆虽继承了大统,但他确实不是朱棣的对手。没几年,朱棣就从侄子朱允炆手中夺得皇位,成为明成祖。朱棣虽使用了相关计策和手段,但主要靠的还是才能。整个明朝,除了开国皇帝朱元璋,就数朱棣功绩最大。

流传地区:明光、凤阳、滁州

采录地点:明光市区

采录时间:2014 年 8 月

讲　　述:詹步卫(1963—　),男,大学文化,明光市政协港澳台委员会原主任。

记录整理:贡发芹

有姓无名的扬王

扬王,姓陈,不知名号,维扬(今扬州)人,后人尊称其为陈公。

陈公是一位传奇式的抗元英雄。他早年从军,系南宋末年抗元名将张世杰的部下,己卯年(1279)二月,随张世杰参加了南宋精锐与元朝铁骑的殊死一战——广东新会的崖山之战。这是一次生死大决战,结局是南宋宰相陆秀夫见败局无法挽回,仗剑令自己的妻子儿女跳下大海,随后,自己背负南宋末代小皇帝蹈海殉国。南宋帝国就此宣告正式覆灭。激战之际,朱元璋的外祖父陈公于血肉横飞之中,被打落海中,后来又被元兵的船捞了上来,恰巧他昔日的上司就在这条船上。这位已经降元的上司见到陈公,心中有愧,就暗地塞一些干粮与水给他。不久,元将下令将所有的俘虏都扔下海去,没想到大风忽起,就在众人一筹莫展之际,这位宋军降官说他昔日手下陈公会法术,可以停息风浪。于是元兵就把陈公放了出来,他念了一阵咒,风竟然真的停了,结果他被众人奉为神人,得到许多礼物,受到元兵特别优待,顺利上岸。

上岸以后,陈公历尽千辛万苦,逃回了老家。为避免再次被抓去当兵,他流落到泗州盱眙县津里镇,避居乡间,以巫术、占卜与看风水为生,后娶妻成家,享年九十九岁。

陈公隐居津里镇之后,生有两个女儿。长女,嫁给季家;次女就是朱元璋的母亲,人称陈二娘。据说陈二娘自幼开朗大方,深得陈公喜爱。于是,饱经沧桑的老先生教她读书识字,给她讲述历史掌故和各地风土人情。长大后,陈二娘能歌善舞,在乡间迎春赛会与社戏上常常大受欢迎。后来,陈二娘嫁给了从句容逃荒到泗州的朱五四,婚后,他们辗转于泗州盱眙县杨家墩、五河县等地,元天历元年(1328)九月十八日,流寓盱眙县太平乡赵郢(今明光市明光街道办事处赵府村)二郎庙里生下了朱元璋。后来尽管家境千难万难,陈二娘还是省吃俭用,将朱元璋送进私塾,读了将近两年的书。之后,朱家生活越发艰难,朱元璋为割草放牛、补贴家用不得不辍学。在母亲的教导下,朱元璋继续学习《百家姓》《千字文》等发蒙读物,打下了文字根底。朱元璋出生时,外祖父可能已超过九十岁,母亲已近五十岁。或许正是这样的外祖父和母亲,打开了他的眼界与心胸,朱元璋的外祖父至少还是有些文化的,是一位经历丰富、见多识广的老兵,对朱元璋影响很大。

朱元璋外祖父在朱元璋十一岁离开赵郢迁居钟离之东乡时去世。外祖父生平事迹没有留下任何文字记载,仅有朱元璋儿时的记忆,没有其他家人、亲友印证。几十年之后,朱元璋登基当上皇帝,他不可能记得外祖父名讳。扬王有姓无名,失考的可能性较大,避讳的可能性较小。

洪武二年(1369)五月,朱元璋下诏追封皇外祖考为扬王、妣为扬王夫人,并建庙于太庙之东,依时奉祀。先期,祭告太庙,然后行礼。上安奉扬王神主,用牲醴致祭。

扬王虽然被追封为王,但只有姓氏,没有名字。

附《明史·列传》卷一百八十八《外戚》:

陈公,逸其名,淳皇后父也。洪武二年追封扬王,媪为王夫人,立祠太庙东。明年有言王墓在盱眙者,中都守臣按之信。帝乃命中书省即墓次立庙,设祠祭署,奉祀一人,守墓户二百一十家,世世复。帝自制《扬王行实》,谕翰林学士宋濂文其碑,略曰:

王姓陈氏,世维扬人,不知其讳。当宋季,名隶尺籍伍符中,从大将张世杰扈从祥兴。至元己卯春,世杰与元兵战,师大溃,士卒多溺死。王幸脱死达岸,与一二同行者,累石支破釜,煮遗粮以疗饥。已而绝粮,同行者闻山有死马,将其烹食之。王疲极昼睡,梦一白衣人来曰:"汝慎勿食马肉,今夜有舟来共载也。"王未之深信,俄又梦如初。至夜将半,梦中仿佛闻橹声,有衣紫衣者以杖触王胯曰:"舟至矣。"王惊寤,身已在舟上,见旧所事统领官。

时统领已降于元将,元将令来附者辄掷弃水中。统领怜王,藏之舻板下,日取干粮从板隙投之,王掬以食。复与王约,以足撼板,王即张口从板隙受浆。居数日,事泄,彷徨不自安。飓风吹舟,盘旋如转轮,久不能进,元将大恐。统领知王善巫术,遂白而出之。王仰天叩齿,若指挥鬼神状,风涛顿息。元将喜,因饮食之。至通州,送之登岸。

王归维扬,不乐为军伍,避去盱眙津里镇,以巫术行。王无子,生二女,长适季氏,次即皇太后。晚以季氏长子为后,年九十九薨,遂葬焉,今墓是已。

臣濂闻君子之制行,能感于人固难,而能通于神明为尤难。今当患难危急之时,神假梦寐,挟以升舟,非精诚上通于天,何以致神人之佑至于斯也。举此推之,则积德之深厚,断可信矣。是宜庆钟圣女,诞育皇上,以启亿万年无疆之基,于乎盛哉!

臣濂既序其事,复再拜稽首而献铭曰:皇帝建国,克展孝思。疏封母族,自亲而推。锡爵维扬,地迩帝畿,立庙崇祀,玄元冕衮衣。痛念宅兆,卜之何墟,间师来告,今在盱眙。皇情悦豫,继以涕洟,即诏礼官,汝往葺治,毋俾菉竖,跳踉以嬉。惟我扬王,昔隶戎麾,狞风荡海,粮绝阻饥。天有显相,梦来紫衣,挟以登舟,神力所持,易死为生,寿跻期颐。积累深长,未究厥施,乃毓圣女,茂衍皇支。萝图肇开,鸿祚峨巍,日照月临,风行霆驰。自流徂源,功亦有归,无德弗酬,典礼可稽。聿昭化原,扶植政基,以广孝治,以惇民彝。津里之镇,王灵所依,于昭万年,视此铭诗。

流传地区:明光市涧溪镇、津里镇

采录地点:明光市区

采录时间:2022 年 2 月

讲　　述:蒋道付(1965—　),男,大学文化,明光市政协社会和法制委员会主任。

记录整理:贡发芹

朱元璋为何追封二姐为曹国长公主

明太祖朱元璋二姐朱佛女(1315—1350),出生于元代泗州盱眙县杨家墩,十几岁以后随父母流浪,寓居泗州盱眙县太平乡赵郢。她是流民朱五四(一名世珍)、陈氏之次女,李贞之妻,明代开国第三名将岐阳王李文忠之母。

至正二十五年(1365)二月,朱元璋在应天城内就龙凤政权吴王位,下达皇帝圣旨、吴王令旨,封二姐朱佛女为吴孝亲公主。

至正二十八年(1368)正月,朱元璋即皇帝位,是为洪武元年。二月,朱元璋下诏,明确二姐朱佛女墓葬规制:公主祠堂碑亭,其形制完全比照功臣中授赠爵位为王的人,即公主墓规制与王墓相同。如此褒奖亲人的规格,在历史上也是比较少见的。

洪武三年(1370)六月,朱元璋册封二姐为陇西长公主,制书曰:"朕惟古之君天下者,必亲其亲长其长,所以重人伦也。皇姊孝亲公主,以淑厚之德,孝于亲,抚于弟,今朕有下,而吾姊不逮,虽夫贤子贵,以奉其祀,然朕每怀感悼不已。爰遵曲礼,以慰九原,可加封陇西长公主。灵其不昧,尚其领之。"

洪武五年(1372)十二月二十四日,朱元璋将二姐陇西长公主加封为曹国长公主。朱元璋一再以二姐为长姐,一再追封其为长公主,多次褒扬,肯定朱佛女"以淑厚之德,孝于亲,抚于弟"。这是为什么呢?

而朱元璋就是不言长姐。洪武三年六月,朱佛女之子李文忠回乡祭奠母亲,顺便寻找到早已失散离世的朱元璋长姐及姐夫王七一的灵柩,以其衣衾棺椁,改葬于盱眙县太平乡段家庄(今明光市石坝镇包集汪郢村东北)。李文忠返回朝廷后据实以告。朱元璋顾及脸面,这才不得不追封长姐为太原长公主,姐夫王七一为荣禄大夫、驸马都尉,且仅此一次。

原来,朱佛女上有三位兄长、一位姐姐,下有一位弟弟朱元璋。姐姐名字已无从知晓,早年嫁与泗州盱眙县太平乡段家庄王七一为妻。对出生于太平乡赵郢的最小弟弟朱元璋关照较少。而朱佛女小小年纪就帮助父母做家务,干农活。她一手将弟弟带大,对朱元璋疼爱有加,有什么好吃的全让给弟弟。朱元璋幼时,亲戚都比较贫寒,唯有二姐家还能吃得饱饭,二姐朱佛女经常接济娘家,一直得到姐夫李贞支持。朱元璋曾这样评价二姐和二姐夫:"昔者朕居元时,生理艰辛,皇考妣甚为忧戚。惟姊孝专心,尔能同之,既有资助,岁歉不荒。"

据说朱元璋起事之初,一次战斗失利,遭元兵追杀,走投无路,便躲到长姐家中,胆小的长姐和姐夫因害怕连累自己,竟然不敢接纳,朱元璋眼看性命难保,只好乘夜出逃,差一点落入元军之手。朱元璋实在没有地方可去,只好往投二姐,得到二姐朱佛女和二姐夫李贞善待,侥幸活命,后来得以发迹。二姐朱佛女和二姐夫李贞在关键时刻出手相救,舍命相保,对朱元璋有再造之恩,让朱元璋永生不忘。

因此,朱元璋对长姐多有怨愤,对二姐朱佛女和二姐夫李贞始终感念不已。虽已将二姐还葬于先陇,仍觉没有尽到心意。朱元璋始终知恩图报,称帝后,在其所有亲戚中,对二姐夫李贞一家最为照顾。为慰藉二姐在天之灵,报答姐夫李贞对自己早年的救助之恩,太祖朱元璋下诏免除了李贞家乡也是自己家乡泗州盱眙县的鱼课,在盱眙县境内不设征收鱼税的衙门河伯所。因为李贞曾是渔民,靠打鱼为生,鱼课曾使朱元璋的姐姐、姐夫一家穷困潦倒,痛苦不堪。

从以上过程可以看出,朱元璋一再追封二姐朱佛女,除了礼制原因之外,主要是出于感恩。因为没有朱佛女就没有朱元璋。这就是朱元璋一再追封二姐至曹国长公主的原因所在。

流传地区:明光市明光街道办事处

采录地点:明光市区

采录时间:2009 年 2 月

讲　　述:纪能文(1963—　),男,博士,厦门大学历史系退休教授。

记录整理:贡发芹

李贞尽孝

　　李贞,一名李桢,或李祯,出生于元大德七年(1303),世居泗州盱眙县太平乡太平集(今安徽省明光市明光街道办事处)大李庄,为明太祖朱元璋二姐夫。《皇明世法录》称李贞为"农家子,无他长,独醇谨"。李贞祖上为汉唐时期龙门陇西人,世代生活在陇西,南宋建炎年间南渡,迁居盱眙西乡。

跃龙冈(王绪波　摄)

李贞父亲七三公,名富,姓陈氏。李富家世代有美德,品行敦厚,乐于行善,从事耕读事务,事父母孝顺,待小弟友爱。李富为人正直而无偏狭之心,在乡里德高望重,乡里人都敬重、佩服他,遇有不平之事,都请李富决断。其妻陈氏治家严谨,生有五子,李贞居长。李贞从小就养成孝敬长辈、尊重亲友的好习性,为人敦厚勤俭,谦虚谨慎。

兄弟之中,李贞最为忠实厚道,特别孝顺。李贞母亲陈氏晚年时严厉,李贞做得稍微不如母意,就会遭到母亲呵斥。一次,李贞侍奉母亲吃饭,正好遇到母亲生气,母亲将饭碗扔到地上,李贞把饭碗从地上捡起来,像往常一样将碗中残留的饭食吃掉,一点都没有生气,反而更加恭顺。

李贞父亲去世后,四个弟弟纷纷提出分割家产田地、分开居住、另立门户的要求。李贞坚决不同意,为此他耐心劝慰四个弟弟:"父亲虽去世而母亲还在,如果你们想分割家产另立门户,你们想想,能获得老母同意吗?古人能做到在田野中的坟墓旁盖房住在里面,共同守候老母到百年之后,你们现在要随心所欲地分割家庭财产,我是不会效法的。"四个弟弟听后非常惭愧,放弃分家念头,从此服从长兄李贞安排。李家有长子李贞主持家政,公正无私,兄弟相处和睦,家庭生活和谐。

李贞不光孝顺自己的母亲,对岳父岳母也非常孝顺。因此,朱元璋曾多次在不同场合,肯定李贞的孝心:"惟姊孝专心,尔能同之。"李贞生前被朱元璋封为驸马、恩荫侯,洪武三年拜特进荣禄大夫、开国辅运推诚宣力武臣、右柱国,封为曹国公。李贞死后,朱元璋车驾临奠,翌日,颁降诰命,追封陇西王,谥恭献。

流传地区:明光市明光街道办事处

采录地点:明光市区

采录时间:2007 年 2 月

讲　　述:陈文国(1962—　),男,高中文
　　　　　　化,作家。

记录整理:贡发芹

李文忠吟诗震朝野

从来武将居功自傲,心里容不下文臣。从来文臣恃才傲物,目中看不起武将。

拓疆奠基,靠武将沙场征战,出生入死,叱咤风云;治国固本,赖文臣运筹帷幄,鞠躬尽瘁,日理万机。

大明王朝开国之初,文臣武将矛盾尖锐,都认为自己功高盖世,劳绩汗马,谁也不服谁。太平盛世,武将没有用武之地,只能靠边。武将的最佳选择是出将入相,成功者不是很多,李文忠无疑是佼佼者之一。

李文忠(1339—1384),字思本,小名保儿,元泗州盱眙县太平乡人,是明太祖朱元璋的外甥,也是朱元璋的名将、谋臣,明朝开国第三功臣,骁勇善战,为诸将之首。朱元璋对李文忠十分宠信,令其跟随己姓,常派他监军,随将领出征。文忠转战沙场,官至荣禄大夫、浙江行省平章事,复李姓。明朝建立后,李文忠多次领兵出塞,征讨元军残余势力,战功显赫,获封曹国公。

当时朝中文臣并不看好李文忠,认为他是依仗皇帝舅舅朱元璋的实力才立足朝堂的。但李文忠凭借自己的诗才征服了大家。

洪武七年(1374),两次征北的李文忠又挥师热河,打下高州(今平泉西北)的大石崖与毡帽山,诛杀了元朝的宗王朵朵失里、鲁王桑哥八剌(或他的儿子),俘虏众多人畜,边境得以安宁。这无疑是一大胜利。李文忠班师还朝,朱元璋为李文忠设宴接风洗尘。满朝文武前来恭贺李文忠,饮酒庆功。有人提出来吟诗助兴,获得朱元璋许可,博得文臣一致赞同。大家都认为李文忠只会征战,不会吟诗,正好可以罚他几杯,挫一挫他的傲气。于是,大家公推刘基先来。朱元璋没有洞察文臣们的心思,以为只是为了助兴,未加思索,就同意了文臣们的建议。

刘基(1311—1375),字伯温,谥文成,元末明初杰出的军事谋略家、政治家、文学家和思想家,明朝开国元勋,浙江文成南田(原属青田)人,故时人称他刘青田,明洪武三年封诚意伯,人们又称他"刘诚意"。刘基通经史、晓天文、精兵法,辅佐朱元璋完成帝业、开创明朝并尽力保持国家的安定,因而驰名天下,被后人比作诸葛武侯。朱元璋多次称刘基"吾之子房也"。在文学史上,刘基与宋濂、高启并称"明初诗文三大家",留诗一千余首。中国民间广泛流传着"三分天下诸葛亮,一统江山刘伯温;前朝军师诸葛亮,后朝军师刘伯温"的说法。他以神机妙算、运筹帷幄著称于世,是中国古代的一位传奇人物。

刘基没有推托,当即赋诗一首:

侍宴钟山应制(时兰州方奏捷)

清和天气雨晴时,翠麦黄花夹路歧。

万里玉关驰露布,九霄金阙绚云旗。

龙文腰褭骖鸾辂,马乳葡萄入羽卮。

衰老自惭无补报,叨陪仪凤侍瑶池。

之后大家又提出,依刘基诗韵限韵赋诗,目的是难一难李文忠,认为他是一介武夫,只会骑马射箭,没有文人的情趣雅兴。很快诸多文臣均成一律,轮到李文忠时,大家都在等着看笑话,哪知李文忠早已胸有成竹,提笔立成一律:

和刘基限韵诗

文列东来武列西,而今不必苦予题。

江南富贵君游尽,塞北风霜我自知。

拨发结僵牵战马,拆衣抽线补旌旗。

雄师百万临城下,何用先生半句诗!

大出文臣们意料,大家愣了一会儿,很快报以热烈掌声。他们哪里知道,李文忠可是朱元璋手下大将中少数读过书的人,他平时爱好学习,经常因事就教于金华范祖乾、胡翰等地方宿儒,所以他通晓经义,所写诗歌气势雄浑,已经很受当时人们推崇。他的《蒙赐马军中即事》一诗就很有气势:

蒙赐马军中即事

年少挽劲弓,圣主赐追风。

翻身射飞鸟,一雁落云中。

李文忠当着朱元璋的面赋诗,有力地回敬了满朝轻慢自己的文臣,又巧妙地言明了自己的独特战功和万死不辞征北的艰辛,英雄气概可以想见。特别是最后一句,我指挥百万雄兵攻城略地,没有使用过你刘基先生的半句诗,言外之意是我有我的军事谋略,没有使用过你刘基先生的半点计策。李文忠席间赋诗让他真正地扬眉吐气了一次,既令朱元璋刮目相看,也让满朝文武从此再也不敢小瞧他了。

洪武三年,朱元璋在奉天殿大封功臣,论功行赏:"平章李文忠总兵应昌,逐前元太子远遁漠北,获其皇孙妃嫔重宝,悉归朝廷,此功最大。"于是颁诏:浙江等处行中书省平章政事李文忠,授开国辅运推诚宣力武臣,特进荣禄大夫、右柱国、大都督府左都督,封为曹国公,同知军国事,食禄三千石。

朱元璋这次封赏,虽一一说明了缘由,但受封的六公、二十八侯,基本上是武将。因此,文臣、武将之间互相抵牾不可避免,特别是李文忠三十一岁封功,着实令人眼红。

这次赋诗之后,朱元璋益加信任、器重李文忠了。洪武十二年(1379),李文忠第四次征北回京,朱元璋即命令李文忠掌管大都督府兼领国子监事,成为大明王朝最高军事官员和最高教育官员,位同宰相,终于达到出将入相的最高境地。

流传地区:明光、滁州、凤阳

采录地点:明光市明光街道办事处

采录时间:2015 年 8 月

讲　　述:杨沫喜(1961—　),男,硕士,厦门大学历史系退休教授。

记录整理:贡发芹

乾隆游浮山

乾隆皇帝一生最大的爱好就是微服私访,下江南微服私访的时候,曾驾临过明光境内的浮山,并做过私访。

为体察民情,乾隆皇帝曾六次下江南微服私访,应该说收获不小,了解了很多民间的真实情况。

一次,乾隆皇帝从江南返回京城的时候,有位大臣建议:"听说淮河两岸的百姓生活比较富裕,是否绕道探访一番?"乾隆皇帝听后甚喜,下旨曰:"淮岸有寺院者,听其音也。"几位大臣忙退回他们的议事舱,查看地图,看了两三遍,才发现淮河南岸的浮山上有座中型的灵岩寺。于是,一位大臣便走到乾隆皇帝跟前耳语。乾隆皇帝听后微笑,理了一下胡须,轻微地点了点头。

于是,御龙舟行至扬州湾,又北进了一段水路,左拐进入了淮河。由于顺风,御龙舟行了三日,于朝霞映红东方大地的时刻便到了浮山。

为了安全起见,御龙舟并没有在浮山脚下停靠,而是停靠在北岸的巉石山左侧。护驾大臣先派了四个便衣卫士前往探路。四个便衣卫士乘坐渡船,上岸后便进入灵岩寺,迅速走了一遭,见寺庙不甚大,拜佛人不多,寺院里也仅有五六个僧人,便立刻回去禀报了所见。大家听后都感觉安全无大碍。于是,乾隆皇帝就叫人船移南岸。他夹在卫队中间,随从的卫士都打扮成农夫或游人,进入灵岩寺。

灵岩寺僧人见有众人前来拜佛,都纷纷归位。乾隆皇帝一行登山后,粗略浏览了一下浮山与淮河的山光水色,然后进入灵岩寺拜佛,又径直前往后大殿拜见住持。住持见众人虽布衣打扮,但个个气宇非凡,拜礼非同一般,便立刻站起来,合掌回礼,口中赐福。乾隆皇帝见住持如此恭敬且虔诚回敬拜佛人,便使一眼色,示意一位大臣上前与住持攀谈。攀谈中,那位大臣从水患、匪患、农业生产、百姓生活等方方面面,很自然地交谈。住持根据自己所了解的情况,也很自然地与对方交谈。

乾隆皇帝听后,喜形于色,但当听到地方官府年年向农民加税的时候,立刻变得满脸怒气。但是,他们并没有任何言辞和动作。

乾隆皇帝又使个眼色,那位大臣停止了谈话。按照惯例,乾隆皇帝便在寺院的赐言书上赐言:淮河好风光,浮山一枝花。但没有署名。

赐言完毕,乾隆皇帝一行就告辞了。住持带众僧送行,等乾隆皇帝上了船,随后的官员说了一句话:"龙墨落浮山,寺院增光辉。"住持听后转念一想,这不就是皇上吗?幸亏自己带着众僧人送到船边呀。

乾隆皇帝一行回到了扬州府,给知府下令,并要求扬州府立刻传令到凤阳府,从下年起,立刻减轻农民的赋税。

乾隆皇帝回到京城后,也通令全国,首先遏制的就是增加农民税收。

随后不久,扬州府就传出乾隆皇帝下令不准增加农民税收是在浮山灵岩寺里了解到农民税赋过重。这样,一传十,十传百,就像长了腿的风,很快就传开了,人们都知道了:乾隆皇帝微服私访,到过浮山的灵岩寺。不过,灵岩寺里的所有史料,几经战火,都荡然无存了。

流传地区:明光市柳巷镇、潘村镇
采录地点:明光市柳巷镇
采录时间:2022 年 8 月
讲　　述:李世金(1956—　　),男,中师文
　　　　　　化,退休教师。
记录整理:贡发芹

旧县古义渡

古代建桥能力有限,舟船和渡口是横穿水道的重要交通工具和设施。

今明光市女山湖镇系古代招信县城所在地,位于淮河下游最大支流女山湖西岸,淮河、女山湖、七里湖在这里交汇,有一千三百多年的建县历史。元至元二十年(1283),元统治者撤销招信县,并入盱眙县,同时在招信县治设立百户打捕所,从此,人们称这里为旧县。

旧县是一个很大的集镇,历来商贾云集,市井繁华,经济富裕,人口众多。原来这里的人前往县城盱眙办事经商,水路是捷径,旱路要绕好几倍远。既然有水路,就会有渡口。旧县镇上有河北渡、河口渡两大渡口。

河口渡因位于古旧县镇(今女山湖镇)东面的女山湖入淮口之上,故称河口渡,是女山湖上最后一个渡口。河口渡处在小河头至丁嘴必经之路,也是旧县镇以西百姓前往当时盱眙县城都梁唯一位于旱道上的渡口。该渡口曾因不收费,被称为义渡,就是旧县古义渡。

旧县河口渡何时开辟的、如何经营,不太清楚,至少元代就已存在。但河口渡改名为义渡却是有史可查的。

据光绪《盱眙县志稿》记载,盱眙县士绅汪庆楷置大船三只,在旧县镇轮流渡运,并设有安寓客商处。凡从此过河者,无论商贾官差,还是布衣百姓,分文不取,三九严冬置姜汤,三伏盛夏供茶水,天晚不能继续赶路的,还可以免费食宿于河边客栈。久而久之,"义渡"之名传扬开去,赞许声不断,游人也渐渐增多,成为《盱眙县志稿》中记载的古招信十景之一。有《义渡舟往来》一诗为证:

南来北往广济舟,行人歌唱过中流。
秋波春水风光好,雪地冰天也莫愁。

晚清秀才、盱眙名士姚挹之对旧县古景也情有独钟,曾作《咏古招信十景》,其中也有《义渡舟往来》诗一首:

双桨如飞义渡舟,潮痕涨落记春秋。

榜人不厌往来数,月上东山尚未休。

清朝末期,汪氏家道中落,义渡难以维持,被迫停运。时旧县镇举人江秀芝置木船两只,继续义渡,在河对岸以旗为号,双船对开。民国九年(1920),义渡废为乡间小渡。

1978年,安徽省开始建设引淮抗旱女山湖水利枢纽工程,1980年底竣工,女山湖两岸人畜车辆可以直接从枢纽工程重要设施女山湖节制闸桥面自由通行。昔日渡口不但从人们的眼前消失,也从许多人们的记忆中彻底消失。旧县古义渡从此成为历史。

流传地区:明光市女山湖镇

采录地点:明光女山湖镇

采录时间:1998年7月

讲　　述:陈文国(1962—　),男,高中文化,作家。

记录整理:贡发芹

"二痴"吴棠

吴棠(1813—1876),字仲宣,一字仲仙,号棣华,出生于安徽省明光市三界镇老三界村一个平民家庭。明中叶,吴棠四世祖吴万由休宁商山迁滁,"始卜定居于滁定盱之三界市",世代耕读相守。

吴棠父亲吴洹是一个读书人,但没有取得功名,为了生计就到亲戚胡氏家蒙馆课徒,但薪水有限,不足以养家糊口。吴棠母亲程氏就以做豆腐,卖钱补贴家用。

吴棠弟兄两人,哥哥吴检大吴棠七岁,出嗣给三伯父吴求为子,但仍生活在自家。吴检到了入学年龄,因家中没有钱交学费,吴洹就回家开设蒙馆,教三界市集上一帮亲戚小孩,吴检也在内。但吴检没有突出之处,成绩始终一般。

吴棠出生后,父亲吴洹开始把希望寄托在吴棠身上,但吴棠似乎更不行,从小不说话,每天跟在吴检身后坐在课堂里像是在一本正经听课,又像是在玩耍,从来不与人搭腔,不哭也不闹,没有人关注他。大家都认为他什么都不懂,还有人以为他是哑巴。邻居遇到他,与他说话,他从来不搭理人家,叫他做什么,他想做就做,不想做就不予理睬,因为年龄太小,也没有人计较。人家批评他,他也不反驳,傻乎乎的。甚至有邻居怀疑他脑子有问题,天生弱智痴呆,又因为他排行老二,就私下里呼他为"二痴"。

开始吴洹很反感,怎么能呼我家孩子为"二痴"呢? 他有名字呀? 但邻居街坊并没当一回事,当着吴棠父母面不喊,背后仍然喊吴棠为"二痴"。久而久之,吴棠自己先认了,人家一喊"二痴",吴棠就知道是喊自己的,他马上就走过去,睁着两眼看着人家,意思是你喊我有什么事? 别人叫他做什么,他就去做。他知道"二痴"不好听,但他并没有表示反对。

后来在学生中间也喊开了,吴洹也渐渐不再计较了,"二痴"就"二痴"吧,谁叫他什么都不懂呢? 好在赖名字也有好处,阎王不关注,不生病,好长,毕竟健康壮实

老嘉山仙人桥（王绪波　摄）

最重要。

一晃"二痴"虚岁五岁了，父亲吴洹盘算他该进学了。但"二痴"一点也没开窍，怎么办呢？再等等吧。

一天，吴洹叫学生背诵《孟子·告子下》，结果十几个学生都没有完整背出来，有的只背出了几句。吴洹很生气，全部罚站，用戒尺狠狠地抽打了每一个人的手心，也包括长子吴检。

正在吴洹坐在讲台唉声叹气之时，就听下面传来清晰稚嫩的背诵《孟子·告子下》声音："……舜发于畎亩之中，傅说举于版筑之间，胶鬲举于鱼盐之中，管夷吾举于士，孙叔敖举于海，百里奚举于市。故天将降大任于是人也，必先苦其心志，劳其筋骨，饿其体肤，空乏其身，行拂乱其所为，所以动心忍性，曾益其所不能。……"

吴洹非常吃惊，忙问"二痴"："你怎么会背这一篇的？"

哪知"二痴"说："我还会背《孟子》另外的篇章，还会背《论语》，还会……"

吴洹打断了"二痴"："那你背一下《孟子·尽心上》。"

"……孟子曰：'尽其心者，知其性也。知其性，则知天矣。存其心，养其性，所以事天也。夭寿不贰,修身以俟之,所以立命也。'……"

"那你背一下《论语·学而篇》。"

"学而时习之,不亦说乎? 有朋自远方来,不亦乐乎? 人不知而不愠,不亦君子乎? ……"

吴洹喜出望外,原来一向不苟言笑的"二痴"竟然是个天才,虚岁五岁实足年龄才四周多一点点,竟能背完《论语》《孟子》,世间少有。他一拍桌子道:"我终于遇到好学生了。'二痴'你不痴,好样的,一飞冲天,一鸣惊人!"

自此之后,吴洹把心思都用在"二痴"吴棠身上,不惜一切代价培养吴棠。吴棠年长后,吴洹就延请高士调教他。功夫不负有心人,道光十一年(1831),十九岁的吴棠考中县学生员(秀才),道光十五年(1835)中举人,道光二十四年(1844)大挑一等做知县用,签掣江南南河搞河工,道光二十九年(1849)补桃源县(今江苏泗阳县)知县,后历任清河知县、邳州知州、徐州知府、淮徐道、江北粮台、江宁布政使、漕运总督、署江苏巡抚、署两广总督、钦差大臣、闽浙总督等职,官至四川总督、成都大将军,加都察院都御使、兵部尚书衔。

吴棠宦游三十余年,政声斐然,被翁同龢姐夫钱振伦誉为"天下治平第一人"。

"二痴"真的不痴。

流传地区:明光三界镇

采录地点:明光市政协文史委

采录时间:2010 年 9 月

讲　　述:吴腾凰(1938—　),男,大学文化,曾任滁州市文联主席、市政协文史委主任等职。

记录整理:贡发芹

吴棠感化恶徒

道光十五年(1835)，泗州盱眙县三界市二十二岁的吴棠中江南乡试第六十二名，成为举人。此后吴棠四次参加会试，其中两次荐卷，就是试卷被阅卷老师推荐给主考评定，但是都没有通过。

按照当时朝廷规定，举人参加过三科会试，即可以参加"挑试"，申请做官。挑试相当于今天的公务员面试，由皇帝委派王公大臣负责考核，主要看相貌、举止、谈吐。相貌太丑、年龄太老或太小者，一般没有机会。参加挑试者抽签分组进行，每组十二人，排号，不报姓名，两人为一等，做知县用，由吏部分发到各地候补；二等五名分发各地任学正、教谕；余下五名落选，可以下次再参加挑试。

道光二十四年(1844)，吴棠甲辰科会试不售，于是参加挑试，被定为一等，签掣江南南河试用，做运河防汛事务。

两年试用完毕，等待补用，道光二十七年(1847)代理砀山知县，道光二十九年(1849)四月补桃源县知县。桃源县民风强悍，新官上任三把火，首先要压住地头蛇，用重槌敲打响鼓，必须做到狠与猛，一旦镇不住地方恶霸势力，以后工作不好开展。吴棠没有使用这种方式，而是用宽厚的方法行事，教育感化这些人。

吴棠到任后，勤勉行政，教育老百姓遵守法度。他要求老百姓做到的，首先自己做到，率先垂范。

一天，吴棠微服私访，来到一个偏远的村落察访民情和老百姓疾苦。看到一个狂徒正在借酒耍横，恃强凌弱，仗势欺人，辱骂乡民，肆意殴打无辜乡民。吴棠非常生气，当即亮明身份，命令手下将这名狂徒拿下，捆绑起来。没想到这名狂徒根本不把知县放在眼里，不但不收敛，反而当众破口大骂知县吴棠："知县又能奈我何？"当时围观的人都认为这名狂徒不知好歹，肯定会被知县处以杖刑，乱棍打死。

吴棠当时命令衙役将狂徒拘捕起来，暂时关进县大牢，等待过堂审讯。

吴棠先是饿他一天,第三天升堂审案。狂徒被带到大堂,他虽然是一个地痞无赖,面对杀威棒和威严的大堂,酒醒之后的狂徒已经知道害怕了,跪在地上瑟瑟发抖。狂徒自知长期横行乡里,鱼肉乡民,老百姓对他都恨之入骨,这次又酒后辱骂知县,罪孽深重,难逃一死,料想知县饶不了他,趴在地上涕泣不止。

古自来桥(王绪波　摄)

吴棠惊堂木一拍,厉声道:"大胆狂徒,你知罪吗?"

"小的知罪。小的死不足惜,二十年后又是一条好汉。只求大老爷让小的死得利索一点,少受点罪。"

"你小子还嘴硬?想死?那还不容易?!但对你就没有那么容易了!想二十年后做一条好汉,你是好汉吗?老百姓哪个不恨你恨得咬牙切齿?还好意思充好汉?有你这样经常欺压老百姓的好汉吗?你配吗?"

面对知县的严厉斥责,狂徒低声道:"现在晚了,小的想做好汉也做不了了。"

吴棠问:"你真想做好汉?你拿什么做好汉?专门欺负身边老百姓也算好汉?"

狂徒道:"我可以不再欺负乡民,向被我欺负过的乡民一一道歉,以后天天帮乡民排忧解难,做好事。"

吴棠问:"你能从此改恶从善? 官府都不看在眼里,你能改好? 你还能说到做到?"

狂徒道:"能做到!"

"说出去的话是收不回来的。你真能做到?"

"能做到! 君子一言,驷马难追!"

吴棠一拍惊堂木,道:"好! 本知县姑且相信你一次。你的罪行暂时记录在案,我先不惩罚你。现在放你回去,看你能不能改恶从善,做一个好汉。如果做到了,就免了这次惩罚。如果没做到,就加重惩罚,绝不轻饶! 谅你也逃不脱法律的制裁! 可以吗?"

狂徒一听,不住地磕头谢罪:"感谢青天大老爷不杀之恩! 我一定改,一定改!"

吴棠于是放了他,给他讲了很多古人改恶从善的故事,鼓励他重新做人,做一个好人。

这名狂徒回到地方,从此改邪归正,后来成为当地一名大善人。人们都说这是知县吴棠教育感化的结果。

因为吴棠治理地方宽严相济,行之有效,非常受老百姓欢迎。桃源县乡间长期不见有官吏行迹,但治安状况始终良好。

流传地区:明光、苏北

采录地点:合肥市区

采录时间:2004 年 1 月

讲　　述:马昌华(1930—2005),男,历史学博士,著名近代史学者,曾任安徽省社科院历史研究所所长、安徽省历史学会名誉会长。

记录整理:贡发芹

吴棠重视文教

吴棠任桃源县知县时才三十六岁,年轻力壮,实心任事,不怕吃苦。

老百姓都知道,吴棠除了升堂断案之外,经常亲自到四境之内微服私访,与老百姓同吃同住,经常因为赶路错过能吃饭的地方,就饿着肚子坚持处理公务。很多时候,老百姓能体会到知县的辛劳,拿几个煮熟的鸡蛋等候在路上,送给吴棠充饥。吴棠不肯接受,他们就说:"虽然没有佳肴招待知县老爷,但我不是送给你个人的,而是送给勤政为民的父母官的,这是草民一片心意,知县老爷必须收下!"此举令吴棠感奋不已,更加严格要求自己。

桃源县内有一座学校,名为淮滨书院。吴棠闲暇时经常前往书院检查、批阅生员作业,督促老师认真讲学,训导生员努力学习。书院经费紧张,吴棠就想方设法为书院筹措经费,除了从养廉银中挤出一些外,还向一些开明士绅劝捐;授课老师少,水平有限,吴棠就重金聘请名师,为县学书院选择贤能的主讲人;为让生员学得真学问,吴棠亲自为书院订立课程。吴棠来到桃源之后,淮滨书院各方面都得到了长足的发展。

为了了解生员的学习情况,吴棠亲自给生员们讲学,与生员们共同研讨,不光研讨经术,还研讨文学艺术,每月至少一次,教诲生员,孜孜不倦。吴棠自己的作品《读〈诗〉一得》广受书院师生欢迎。

每当晚上闲暇时,吴棠就带着一位仆童手持篝火照路,前往书院,为庠生讲解经学,剖析经义,从"四书五经"讲到《二程全书》《四书章句集注》,再到《传习录》,从诸子百家,到二程朱子,再到王阳明,侃侃而谈,深入浅出,娓娓道来,不拘形式,听众啧啧赞叹。不光书院师生听讲受益,吴棠还允许私塾童生、老百姓前来听讲。吴棠一到书院讲课,书院都会挤满人。当时老百姓都说,这个知县真有才学。于是桃源县的文教事业迅速振兴起来,士民都受到教化,人人明理守法。

吴棠在桃源县担任两年知县,县内大治,社会稳定,经济繁荣。当地士人评价吴棠:"治桃源也如治其家。其听讼不为刻深,惟以理喻。催科弗烦,而赋亦无缺。暇日单车郊野,父老子弟草服相见,民用大和。"

但吴棠并没有降低对自己的要求,而是时时告诫自己:"神明之用有限,而久宦之志易衰。"办事益加认真,从不满足于现状,故深受士民拥戴,士民都称吴棠为"吴青天"。

流传地区:明光、盱眙、泗阳

采录地点:明光市区

采录时间:2004 年 1 月

讲　　述:马昌华(1930—2005),男,历史学博士,著名近代史学者,曾任安徽省社科院历史研究所所长、安徽省历史学会名誉会长。

记录整理:贡发芹

吴棠不阿漕督

咸丰三年(1853),吴棠调任淮安府清河县(今淮安市清河区)知县。

清河县治所在地清江浦位于京杭大运河边上,地处两淮南北往来之冲,扼漕粮转运之枢。运河由此出清口,为水陆孔道,南方人北上京城,必由此舍舟登陆,乘车坐轿。清河还是河道总督府、漕运总督府两大中央部级机构驻扎之所,京城钦差大员赴南方公干,必经此地,每天舟船商旅,络绎不绝。因此,这里市井繁荣,人口密集。这里的知县也因此事务繁重,非别处能比,非常辛苦。迎送之劳,宴游之会,已不胜其烦,知县根本没有时间专心处理本县庶务,没有时间治理地方政事。

吴棠为人特立独行,清高孤傲,超然不群。虽然他只是个七品知县,但他志气高远,一心为民,不屑于逢迎大吏,不愿意巴结上司。

晚清时期,漕运总督乃是朝廷二品大员,驻在淮安城内,控制管辖鲁、豫、苏、皖、赣、浙、湘、鄂八省漕政,兼率绿营漕标,一手掌管朝廷钱粮漕运,一手紧握地方兵权,位高权重,当地知府、知县、僚佐、官吏,都想方设法阿谀奉承漕督,因为漕督一份奏折就能决定这些人的前途命运。只有吴棠不把漕督当一回事,只顾忙本县政事,劝农勉学,防赌缉盗,倡修水利,振兴文教,禁止胥吏苛派,维护地方治安,每天都忙得不亦乐乎,根本没有时间迎来送往。再说他也不屑跟在漕督之后,效鞍前马后之劳,行摇头摆尾之事。最后惹怒了漕督,漕督决定参劾吴棠一本。

淮安知府觉得吴棠实心任事,办事勤能,非常赏识吴棠,经常在漕督面前为吴棠说些好话,为吴棠解围,并时刻委婉规劝吴棠不能事事较真,多给漕督留面子。

一日,知府特地置办了一桌酒席,专门宴请漕督,约请吴棠作陪,当面代吴棠赔礼,以期冰释前嫌。席间,知府首先举杯给漕督敬酒,复请求漕督开始行酒令。按照以往惯例,东道主为酒司令,座客应依次行之。

知府乃用拆字诗格云:"主月之为青。有水也是清,无水也是青。拿去清边水,添心便为情。不看金刚看佛面,不看鱼情看水情。"

这是在为吴棠说情,希望漕督看在知府的面子上,原谅吴棠。漕督当时心中怨气未消,当即续作:"木目之为相。有水也是湘,无水也是相。拿去湘边水,添雨便为霜。各人自扫门前雪,莫管他人瓦上霜。"

意思是,知府你不要多管闲事。

吴棠一看漕督既然不给知府面子,也就不会原谅自己,如果坚持到终席肯定会受到漕督羞辱。大家都畏惧漕督权势,没有人敢帮自己解围,他愤然站起来主动行酒令:"爫(zhǎo)糸(mì)之为奚。有水也是溪,无水也是奚。拿去溪边水,添鸟便为鸡(鷄)。得意狸猫欢如虎,失势凤凰不如鸡!"

随即,举杯一饮而尽,正色曰:"区区一斗酒,醉不了我吴棠!"言毕,拂袖而去。知府惊惧万分,没想到吴棠会这样做,一时不知所云。大家都面面相觑。

隔了一会儿,漕督缓过神来,于是慨然叹道:"哎呀,这是真正的才士啊!怎么可能被人羞辱呢?我是自讨没趣呀!"漕督因怜惜吴棠的才华,并没有怪罪于他。

第二天,漕督再次置办酒席,宾客满堂。漕督盛情邀请吴棠坐到上位,并安排知府陪坐吴棠身旁。酒席间,漕督当着众多宾客之面对吴棠赞不绝口,满座宾客惊诧不已。

时人都认为,吴棠不慕权贵,负气傲岸,秉性耿介,不愿趋炎附势,因而受到了上级高看。漕督没有刚愎自用,装腔作势,而是主动放下身价,故而获得了忠厚长者、礼贤下士的美名。

流传地区:明光、滁州、凤阳

采录地点:明光市政协文史委

采录时间:2020 年 9 月

讲　　述:吴腾凰(1938—　),男,大学文化,曾任滁州市文联主席、市政协文史委主任等职。

记录整理:贡发芹

吴棠谏阻重修圆明园

吴棠(1813—1876),字仲宣,一字仲仙,号棣华,安徽省明光市三界镇老三界村人,历任清河知县、徐州知府、江宁布政使、漕运总督、闽浙总督、四川总督等职。吴棠一生最自豪、最能让他在王公大臣面前昂首扬眉的事情就是上疏力谏同治皇帝停止重修圆明园工程。

圆明园是清代著名的皇家园林之一,面积五千二百余亩,有一百五十余处景。圆明园最初是康熙皇帝赐给皇四子胤禛的花园。

同治十一年(1872),十六岁的同治皇帝载淳亲政,内务府又蠢蠢欲动,这一回说动了小皇帝载淳。实际上这一次是慈禧太后和小皇帝载淳双方的意思,一贯穷奢极欲的慈禧太后出于享乐的目的,当然主张重修圆明园;小皇帝载淳呢,非常天真,认为此举可以讨好母亲慈禧太后,让她好好享乐,不再干预朝政。但重修圆明园一事遭到了恭亲王、御史沈淮、游百川、大学士文祥等十多位重臣的谏阻。同治将谏阻重修圆明园的恭亲王奕䜣、醇亲王奕譞、大学士文祥、帝师李鸿藻等十大臣尽数革职。随后他干脆发了个上谕,勒令群臣不准复言重修圆明园一事。朝中军机大臣荣禄、翰林院侍讲翁同龢及六部官员等无一再敢劝阻。直隶总督李鸿章、陕甘总督左宗棠、两江总督张树声、山东巡抚丁宝桢等在地方上威望卓著的封疆大吏也都不敢议论此事。

但京外大小官员都在观望、拖延、推诿,工程时断时续。于是小皇帝载淳和内务府都把希望寄托在四川总督吴棠身上。四川是天府之国,是清廷除两江之外第二大财富之源,也是木材出产重要省份,吴棠曾受慈禧太后特达之知,理应带头响应,竭尽全力报效朝廷。

于是内务府发册一本,内开需用楠柏陈黄松木径四尺至七寸,长四丈八尺至一丈五尺,共三千根,要求吴棠在数月内采办完成。想一想,最大直径四尺、长四丈八尺的松木,千年也难以长成,稀有无比,一根体积就是三十三四立方米,未风干之前,重四五十万斤,价值数百两银子;最小的直径七寸、长一丈五尺的松木,也是一点八三立方米,到哪儿去采? 怎么采? 采下来怎么从崇山峻岭中搬运出来? 费用从哪来? 如此规格、如此数量的珍贵稀有木料,实在难倒了吴棠。

思来想去,吴棠决定先拖一拖再说,然而很快遭到载淳斥责。于是吴棠索性一不做二不休,亲自跑到京城上折,劝谏皇上和两宫太后停止重修圆明园。吴棠认为圆明园系自康乾盛世以来几个朝代一百五十多年修建,咸同两代,"发匪""捻匪""滇匪"闹事,都是因为赋税太重,无法生存,才铤而走险,为此朝廷打了二十多年仗,才算平定内乱。如今国库空虚,黎民百姓苦不堪言,朝廷应当厉行节约,让天下黎民苍生休养生息,专心农事,安居乐业,以免重蹈覆辙,不应当在此时大兴土木,劳民伤财。作为一代明君,要务是治理天下,稳固江山根基,重修圆明园会动摇邦本,应当立即停止此项工程。

同治帝载淳可谓气急败坏:"四川总督吴棠将朕先前不得再议圆明园停工旨意抛之脑后,抗旨不遵,妄言朝政,罪该万死! 着交部议处!"

吴棠毫无惧色:"皇上! 只要停修圆明园,臣死不足惜。臣一心为皇上着想,为大清江山社稷着想。望皇上三思!"

载淳皇帝根本听不进去,立即宣布退朝。朝中大臣有替吴棠担心的;有摇头惋惜的:圣命难违,你吴棠胆子也太大了,为了一个昏君死了不值得;更多的是幸灾乐祸的:吴棠,别以为自己是太后红人,就不知道天高地厚了,这会儿谁也救不了你了,等着杀头,满门抄斩吧。

恭亲王奕䜣非常同情吴棠,但他当时也不敢谏阻此事。他觉得小皇帝越来越不像话了,退朝后就直奔两宫太后,奏明原委。

慈禧太后一看事情闹大了,小皇帝太嫩了,刚亲政不到两年就要杀封疆大吏,这可不是闹着玩的。慈禧太后立即调阅了吴棠奏章,仔细阅读之后,又召见了同治皇帝:

"皇儿,听说你要治吴棠死罪?"

"回太后,吴棠深受皇恩,在为太后修建圆明园一事上,不思带头报效,竟然上疏阻止工程,妄议朝政,抗旨不遵,理应治罪!"

"皇儿,难得你一片孝心,哀家心领了。圆明园一两年才筹银四五百万两,杯水车薪,怕是修不下去了。大家都不支持,民意难违啊!杀吴棠并不难,可是杀了他,圆明园工程就能继续下去?吴棠还是忠于朝廷的,皇上已命令不准复言,他还坚持上折,说明他还是忠心耿耿一心为朝廷着想的。吴棠折中称皇儿为一代明君,你只有支持吴棠,停止修建圆明园才是明君,杀掉吴棠,会让吴棠青史留名,而你就不再是明君了。既然这样,圆明园就暂时停工吧,当务之急是顺应民意。"

"那吴棠的问题怎么办?"

"好办。"于是,慈禧太后详尽面授机宜。

次日早朝,大家都想看看吴棠被治何罪,如何处死。不想军机处一大臣奏明皇上:"皇上昨个儿命军机处拟旨处置吴棠,臣等查明所有大清律令,没有对应条款……"

刚开始,就被同治帝载淳打断:"知道了。吴棠呢?"

"在廷外候旨。"

"宣吴棠。"

吴棠被带到朝廷之上,趴在地上:"罪臣吴棠叩见皇上,吾皇万岁万岁万万岁!"

"吴爱卿,你何罪之有呀?"

"皇上昨天已经说了。"

跃龙湖之晨(王绪波 摄)

"那你还坚持自己上折吗?"

"坚持。"

早朝其他大臣都替他捏了一把汗,这下吴棠小命真的保不住了。

哪知同治帝并没有发作,而是说:"好!吴爱卿,你没有罪,你对朝廷忠心耿耿,朕还要奖励你呢。昨天,朕要治罪于你,是考考你的忠心,望你不要往心里去。吴爱卿果然不负朕望。吴棠听旨,吴棠上折建议停止重修圆明园工程,利国利民。着交军机处记名,优叙一次。钦此!"

吴棠以为听错了,愣了半天才明白过来,立即谢恩:"谢主隆恩!吾皇万岁万岁万万岁!"

于是朝中所有大臣都对吴棠竖起大拇指,赞声不绝,佩服不已。此事很快传遍天下,"海内伟之",也就是天下都认为吴棠干了一件伟大的了不起的事。

圆明园重修工程也就此宣告结束。这项工程已经耗费了四百八十多万两白银,有一百座五百间殿阁亭榭动工在建,没有一座完工。以后也再无人过问此事。这些都是吴棠谏阻重修的结果。

流传地区:明光、苏北

采录地点:明光市招信镇

采录时间:2011 年 7 月

讲　　述:朱树谦(1953—2012),男,历史学硕士,研究员职称,曾任《扬州大学税务学院学报》编审。

记录整理:贡发芹

林檎为什么叫花红

　　林檎又名来檎、沙果,是今明光市老嘉山山区(原属盱眙、来安两地接壤区域)出产的一种林果,色泽鲜艳像红花,果皮薄而肉脆,汁多渣少,味甘甜似有桂花清香,生食酸甜爽口,满口生香,具有开胃健脾、降火防暑、治痢疾腹泻(过食则反)等药用价值,很受人们喜爱。但现在来安县周边山区的人都称林檎为花红,这里面还有一段故事呢。

　　清朝道光年间,安徽省盱眙县三界市出了一个举人吴棠,吴棠未当官之前,在家乡开馆教书,周围的学子都投拜到他的门下。当时老嘉山下有个集镇叫嘉山集(原属来安县,今属明光市张八岭乡),与三界交界,集上有个学生学习刻苦认真,投奔吴棠名下,深受吴棠喜欢。吴棠一直对他给予关爱,他对老师吴棠也非常感激。这个学生有个妹妹名叫花红。

　　这一年,吴棠的老母亲程老太太身患痢疾,请了许多名医治疗都不见效。老太太是个明事理的人,觉得自己的年事高了,如今又染上这种病,于是打定主意,不再治疗。吴棠每天教学生很忙,下课就到母亲床前侍候。

　　可是,老太太却很怪,一不准请郎中来治病,二不准去买药,三呢,自己也不吃饭,整日卧床不起,说是就等着那么一天了。吴棠怎么劝说也不行。作为一个大孝子,吴棠忧心忡忡,不知如何是好。

　　这事被嘉山集那个学生看见了,他非常心疼老师,就说他有个妹妹叫花红,聪敏活泼,能服侍好老太太。吴棠当时没有好办法,就同意他回家把妹妹叫来试一试。花红姑娘人好心细,变着法子哄老太太,没日没夜地守候在老人家的床前,吃了不少苦。后来老人家被感动了,不再拒绝吃东西。

　　转眼到了七月,正是林檎上市的时候,花红姑娘就特地买了一些回来,想给老太太尝尝鲜。老太太见果子红里透亮,滴溜滚圆,清香鲜嫩,很是好看,情不自禁地吃了两三个。谁知果子下肚后,觉得浑身舒畅,便问道:"花红姑娘,这果子是从哪里弄来的?"花红说:"是从我们来安嘉山集的市场上买的,如果老太太觉着有味,不妨……""好,我再吃两个!"老太太说着又吃了几个,边吃还边说着,"好吃,好吃!"花红姑娘见此情景便返回老家集市上拣那些个大皮红的又称了几斤回来,侍奉老太太吃下。

没想到吴老太太接连吃了几天林檎后,痢疾居然全好了,全家人喜出望外,都非常感激花红姑娘。

第二年,吴棠参加挑试,被定为一等,以知县用,吏部通知引见。吴家一听道光皇帝要召见吴棠,他一个私塾先生马上就要当上七品知县了,这可是大事,总不能空手去见皇帝吧,给皇帝送点什么礼物呢?大家一致认为,要送就送皇帝没见过的东西。全家人绞尽脑汁,不知如何是好。再说皇帝缺什么呀,什么没见过,什么没吃过?一个普通读书人家能有什么送的呢?正在大家一筹莫展的时候,一旁的花红姑娘插言说:"送我们家乡嘉山集的林檎呀,保管皇帝没吃过。"

大家一想有理,林檎只生长在嘉山集及周围山区,别的地方没有,皇帝当然不可能吃到。一家人就决定买林檎送给皇帝品尝。为了保证皇帝能吃到比较新鲜的林檎,于是决定吴棠先期上路,家人稍后几天采买新鲜林檎快马送到京城与吴棠会合。

引见时,吏部官员带领吴棠拜见了皇帝,吴棠趁机将林檎献给了道光皇帝,称此果采自来安县嘉山集,并讲述了花红姑娘细心服侍母亲,用林檎治好母亲痢疾病的经过。道光皇帝接过果子在手把赏品味一番,禁不住连声称赞:"花红姑娘,花红也!来安有嘉山,嘉山有花红也!"并当即封林檎为"嘉山花红",传旨来安,嘉山花红,岁岁纳贡。从此,林檎易名"花红",成为皇家贡品,身价倍增。

吴棠也因送花红讨得皇上喜欢,当即被授予知县,很快走马上任。

流传地区:明光、盱眙、来安

采录地点:明光市三界

采录时间:2006 年 5 月

讲　　述:薛守忠(1955—　　),男,大专文化,中学退休语文教师,作家。

记录整理:贡发芹

"蜈蚣桥"的由来

"蜈蚣桥"原名"吴公桥","吴公桥"又原名"高桥"。

高桥原来是盱眙县的一个乡镇名,1958 年设立高桥公社,改革开放后改名高桥乡,2001 年并入马坝镇,改为高桥社区。"高桥"因一座桥的名字而得名。当地是这样传说的。

古时候,从泗州盱眙县通往蒋坝、淮阴方向有一条大路,那时候没有三河闸,洪泽湖也没有这么大,经过万斛、黑林、董家桥,跨过三河就可以到达蒋坝。在万斛附近要经过一条大涧,横跨大涧上的有一座石砌拱桥,上可行人过车,下可通船行舟,因桥面最高隆起处距离桥下水面足有一丈多高,故称为"高桥"。

后因年久失修,拱桥坍塌,无法行走。每逢大雨,涧水猛涨,更是无法通行。有一次,住在石桥附近的一个学童上学途中从石桥经过时,被洪水冲走。他的妈妈哭得死去活来,天天扛着一块门板,守候在石桥旁边,说是在等儿子回来。见到有人过桥,就把门板搭在破损的桥墩上,好让行人踏着木板通过。就这样,不知不觉过了许多年,当年那个年轻的妈妈也变成了白发苍苍的老婆婆。可她一直这样守候在桥边,等待儿子回来。

转眼到了清朝道光十五年(1835),赶往京城大考的盱眙县三界市举人吴棠经过此地,正想过涧,却见涧水汹涌,又无桥板,急得犯难。这时,那位好心的老婆婆又扛着门板走了过来,看见吴棠正面对涧水一脸愁容,便招呼他说:"公子别愁,等我把这门板铺上,你就可以从门板上过去了!"

老婆婆搭好门板,吴棠从门板上走过去了,可他又走了回来,向着老婆婆深深鞠了一躬,非常感激地说:"老婆婆,您老真好! 我该如何感谢您呢?"说着,掏出一些碎银子来答谢老婆婆。

老婆婆摆摆手说:"帮人解难是行善,岂为图报? 这银子是万万收不得的。你要是有心,以后做了官,就帮助百姓把这座桥修好,我的儿子回来也就不会掉到涧里,来往的行人再过此桥也就不愁了。"

吴棠不解,便问站在旁边的一个中年人。中年人对吴棠说:"老婆婆的儿子和我是同学,每天要过涧到先生家读书,有一次过涧的时候失足落水淹死了。那时候我们还不到十岁,现在我都四十多了。从那时起,老婆婆在这里等着儿子归来,还搭桥板帮人过桥。"吴棠听了,很是感动,连连作揖致谢。他发誓:若我会试得中,当上官员,一定回来把这座破桥修好,以圆老婆婆的心愿。

吴棠说到做到,他一直记着这件事,记得这位好心的老婆婆。

后来,吴棠虽没有考中进士,但参加挑试一等做了官,最后还当上了四川总督。同治七年(1868),吴棠特地从四川捎回一笔银两,吩咐已从盱眙三界移居滁州的哥哥吴检派人到高桥看望那位好心的老婆婆。可人们告诉他说,老婆婆已经去世多年了。吴棠便吩咐家人,把这笔钱全部捐给高桥,请地方乡绅察看地形,用这笔钱重新修建一座拱桥,供人们安全通行。

"高桥"重修后,当地百姓为了感谢吴棠,准备把桥名改为"吴公桥"。吴棠说:"当年那位好心的老婆婆为民所便,义务搭桥几十年,她才是我们应当纪念的人。如果要改桥名,那就将高桥改名'婆心桥'吧。"从那以后,高桥便改称为"婆心桥"。

吴棠在高桥还捐资修筑了其他几座桥。清光绪年修纂的《盱眙县志稿》就记载了四座:一是高桥,"在县治东三十里。同治七年邑绅吴棠重建,改名'婆心桥'"。二是董桥,"董家桥,在县治东。同治七年邑绅吴棠重建,改名'乐年桥'"。三是段家桥,"段家涧大桥,邑绅吴棠新建"。四是蜈蚣桥。据说这座桥开始叫"吴公桥",是为了纪念吴棠修桥的功绩。后来人们叫着叫着就叫白了,把"吴公"叫成了"蜈蚣",把"吴公桥"叫成"蜈蚣桥"了。

流传地区:明光、盱眙

采录地点:明光市涧溪

采录时间:2006 年 5 月

讲　　述:马培荣(1952—　),男,大学文化,高级经济师,盱眙地方文史专家。

记录整理:贡发芹

石匠巧戏吴漕帅

咸丰年间,安徽盱眙县三界市人吴棠曾出任苏北清河县知县,他为官清正,很受地方父老拥戴。清河县城位于运河边上,向来没有城墙,知县吴棠一直想建一座城池。但那时吴棠还只是一个知县,根本没有向皇帝上折的权利。他向淮安知府提出了请求,知府也转呈江宁布政使了,但泥牛入海,始终没有回音,只好作罢。

咸丰十年(1860),清河县城被捻军攻破。次年底,吴棠升任江宁布政使,署漕运总督,兼管江南河道事务。上任后,他就来到清河,第一件事就是上折请求建清河县城。清政府为了加强统治,防止太平军和捻军合击清河,便拨下十万两白银给吴棠,用于修筑加固清河县城。

吴棠望着成箱成箱白花花的银子,盘算起来:这城池要加固就需要石头,越坚固,就越需要更多的石头,更多的石头就要花掉更多的银子。要是买石、运石、砌石都实打实,那么不但余不到一两银子,恐怕还要倒贴许多,这赔本的事情不能做。想我吴棠做了一二十年清官,好不容易才弄到个三品,多亏慈禧太后垂帘听政才提拔了我,否则,说不定现在还是个七品芝麻官。曾国藩之所以那么被朝廷器重,就因为他手下有军队,握有重兵。组建一支军队并非难事,难的是没有银两。这次说什么也得截留部分银两,用于扩建漕运总督武装,作为自己今后晋升的阶梯。他思来想去,城要修,银子也要截留,怎么办才能两全其美呢?到底给他想出一个主意:我不如把城墙缩小一圈,这样可以省下许多石料和工时。另外,我还可以无偿征集民夫去拆洪泽湖东岸的石堤,那么厚的堤埂,拆些坡石,料想不会碍事。

这洪泽湖大堤高大宽厚,全都用大条石、石灰加糯米汁砌成,是明朝刘伯温亲自督工,用几年工夫方才得以完成的,有了它,两淮、高、宝、盐堤下五县才不受淮河决堤的水灾之苦。现在吴棠出此下策,下游五县的老百姓叫苦不迭,纷纷反对。可是吴棠有慈禧太后撑腰,坚持己见,不听劝阻。慈禧未入宫前是个贫苦小官吏家的女儿，一次她扶着父亲的灵柩路过清河时曾受过吴棠的救助。慈禧入宫后，从才女到贵人，又从贵人到贵妃，最后从贵妃为成为皇太后，一直忙于争宠夺权，就把吴棠给忘了。后来有人罗列罪名，诬告吴棠，一下子提醒了慈禧，自己当年处于最困难之时，得过这个人的救济，应该报答人家了。所以朝廷不但没怪罪吴棠，反而给他连升几级，官至漕运总督。看来告状没有用。

且说堤下五县的官民告不倒吴棠，吴棠也就更大胆地拆堤造城了。谁知住在洪泽湖大堤埂下的一个名不见经传的石匠却让吴棠停止了拆堤行动。

这位石匠，人送外号小诸葛。他对官府的差役，不理不睬，吴棠就派人将他捆到工地，训问他："你为什么抗命不来服役拆堤？"石匠说："不是我抗命不遵，这大堤系刘基所造，实在是拆不得。"吴棠勃然大怒："胡说，如今是大清江山，早已不是亡明天下，他刘基算什么？照拆不误，如有人怠慢，就打四十大板，绝不轻饶。"

石匠敢怒不敢言，就想戏弄吴棠一番，出出心中恶气。白天，他勉强拆了一天。到了晚上，他连夜凿了个石盒，上面镌刻着明朝的饰纹，盒子里放一精美石块，石块上刻上几行蝇头小篆，趁夜深人静之时又将石块嵌在堤坡条石缝里，一切都做得天衣无缝，就跟明朝时就砌在里边的一样。

次日，民工拆堤，很快拆到这个石盒，以为是宝物，工地上顿时躁动起来。监工的也想夺取这宝盒，抢到手刚要开启，但见上面书有"吴棠"二字，都不敢妄动，马上报告吴棠。吴棠以为上天赐宝与他，喜出望外，立即着人凿开石盒。内中有一石块，吴棠一看，顿时直冒冷汗，立即下令："赶快撤回民工，停止拆堤。"

那么石块上到底刻了什么字呢？原来石匠在石块上刻的是：

> 刘基造，吴棠拆，拆到此处拆不得。
> 拆一块，还一块，少还一块掉脑袋。

吴棠半信半疑，他想起传说中刘基是神仙下凡，上通天文，下识地理，知前生，晓来世，原来他老先生几百年前就算到今天我吴棠要来拆堤，预先就留下天书告诫我。吴棠一边思量，一边对着空中连连作揖，祈求伯温先生在天之灵庇佑他。

吴棠回漕运总督府后，只好派人到家乡盱眙购买条石，运回清河造城，再也不敢想截留银子的事了。城造好之后，一算账，银子刚好用光，一点没截留到，但吴棠并不后悔,未因一念之差,毁了一生好名声,已是万幸。毕竟民心不可违。

　　吴棠后来知道是石匠捣的鬼,但他未加点破。吴棠从心里感激石匠,他暗暗告诉自己,做官如做人一样,要实心任事,歪点子千万动不得。

流传地区:皖东、苏北

采录地点:明光市苏巷

采录时间:1989 年 7 月

讲　　述:李叙恒(1926—2020),男,高中
文化,语文教师。

记录整理:贡发芹

吴棠拆堤建造清河城

清代清河县城,又名清江、清江浦,向来没有城垣,也没有哪一任知县提出过要造一座城池。清河为水陆交汇之地,处南北要冲,是淮海道、淮关道和江南河道总督府驻地,市井繁华,历来为兵家必争之地。

咸丰初年,太平天国运动风起云涌,势如破竹。响应太平军的安徽捻军也迅速发展壮大。咸丰十年(1860),李大喜、张宗禹等率捻军三万余人,深入苏北,徐州道署徐州知府吴棠立即派人通知河道总督庚长做好迎战准备。但此时庚长正在宴请从淮安来的漕运总督联英,大小官员都在作陪,守门人怕扫了总督的兴致而受到责罚,不敢报告。捻军不费吹灰之力,一举攻克了苏北重镇清河县城清江浦,缴获了大量财物。驻清江浦的河道总督及当地衙门的大小官员因无城池可守,又无丝毫防备,仓促应战,一触即溃,淮海道吴葆晋、通判舒祥丢了性命,其余大小官员都逃进淮安府城。

捻军清江浦大捷,给了清廷一次沉重打击。清廷一气之下撤掉河道总督和漕运总督,裁河道总督府并入漕运总督府,任命王梦龄署理漕运总督,将徐州道、淮海道、淮扬道三道合一成淮徐海道,升吴棠为淮徐海道员。不到一年,又罢免王梦龄,任命吴棠为江宁布政使,署理漕运总督。清廷对吴棠寄予厚望,希望他守住清江浦,把捻军和太平军隔开。曾任清河县令的吴棠,上任第一件事就是迁漕运总督府至清江浦,并着手筹建清河县城,用以抵御捻军进攻。他先动工在运河以北筑了一道土圩作为防御工事,派兵把守。哪知土圩子刚筑成,数万捻军即直逼圩下,土圩差一点被捻军攻破。双方相持数十天,捻军才撤走。漕运总督吴棠认为土圩防御功能太差,于是决定在土圩基础上建造一座砖石城,并从海营和漕标营中抽调精锐士兵组建一支城防营,武装守城。大权在握的吴棠很快筹集十二万余两白银,于清同治元年(1862)春开始动工,当年夏天即大功告成,建成高一丈八尺、周长一千二百七十三丈六尺的砖石城墙,置城门四座,在城上建成二十多座炮台,分兵把守。

吴棠主持建造清河县城时,因战争形势紧迫,时间上要求越快越好。清河县地处苏北冲积平原腹地,一马平川,周边无山石可采,到数百里外开山取石又远水不解近渴。造城石料从何而来,成为困扰吴棠的一大难题。既精明能干又胆大心细的吴棠决定把取石的目标放在洪泽湖拦洪大坝高家堰上。是的,洪泽湖堤上都是高三尺、长一尺、宽一尺,清一色的长方形条石,建造城墙时,无须加工雕琢,堤上又有烧制好的大城砖,距清江浦路程又近,唾手可得。于是,吴棠就征调数万民工,夜以继日地拆堤运石,搬砖造城。

但高家堰是苏北重要水利工程,拆了造堤石块,就会失去防洪能力,要知道当地流传一句谚语:"倒了高家堰,淮扬不见面。"洪水若来,苏北将成为一片汪洋,那危害太大了。不过吴棠经过详细分析,觉得黄河已北徙,高家堰北端堤岸拆掉并无大碍,但尽管如此,拆堤造城,肯定会遭到高家堰附近百姓官员反对阻止,朝廷也会怪罪下来。但造城是为了防御捻军,保护地方,把捻军和太平军隔开,不让他们连成一片。朝廷那边好说,即使遭御史参劾,慈禧太后一定会帮他说话。关键是不好向地方交代,必须找一个借口。吴棠想了几天几夜,没有想到一个计策。这时吴棠一个幕僚献上一策,吴棠听后不住称"妙",便放心地去取洪泽湖大堤的石料了。

从吴棠命令破堤的第一天起,清河、山阳、盱眙三县共管区的临湖百姓和护堤员工心急如焚。因为高家堰是千年大计,从汉代筑土堤开始,一直在维护加固。尤其是明清两代,当地百姓出力流汗,发挥了全部的聪明才智,日费斗金,筑成了一百余里固若金汤的石堤,是淮、扬、兴、泰等苏北里下河地区几千万黎民百姓生命财产的保护神。高家堰被苏北百姓视为生命线,一旦决口破堤,不知有多少生命又要葬身鱼腹,不知有多少百姓又要因此家破人亡。而每次修堤筑坝,出钱出工出力,付出巨大代价的也是当地百姓。吴棠破堤取石造城,明显是给灾区百姓雪上加霜。拆堤运石时,许多父老乡亲为保住大堤捧着香火,跪拜在大堰之上,乞求吴棠大发慈悲,而吴棠却不予理睬。因为不取大堤石料,无法建城,捻军攻来,身家性命难保。朝廷和百姓不能兼顾,权宜之计,只能暂时牺牲百姓利益了。由于吴棠有恩于慈禧,鉴于这一层特殊关系,又由于吴棠此时是江宁布政使、署漕运总督,兼管河道事务,督办江北粮台,辖江北镇道以下文武官员,是苏北最高行政、军事兼其他所有事务长官,别人反对也没有用。

栖凤湖小景(王绪波　摄)

正在当地百姓求告无门、痛心疾首的当儿,清江城还未全部建成,吴棠突然宣布停止拆堤取石。事有蹊跷,人们都不知是何缘故。是朝廷圣旨,还是吴棠于心不忍呢?有人前去打听,回来告诉大家说是因为刘基的一块石碑。原来拆堤民工从堤中出土了一块石碑,把吴棠给镇住了。碑文这样说:"刘基造,吴棠拆,拆到此处拆不得。"民工赶紧上报,精通文史的吴棠得到报告后,立即带领手下人前往现场查看,他见到石碑后忽然领悟了什么,自己是明代开国皇帝朱元璋帝乡盱眙人,高家堰是明代皇帝发帑修建的,理当维护明代的风水国脉,况且刘基又是朱元璋手下一位上通天文下知地理的忠实谋臣,神机妙算,未卜先知,能推知身后千百年人间的历史大事及因果报应,是一个相术家,不能不信。吴棠站在碑前沉思良久,然后果断下令立即停止拆堤取石。当地百姓奔走相告,庆幸大堤虽被拆了一大截,但终于保住了绝大部分。吴棠胆子再大,也怕刘基的神灵。人们一传十、十传百,很快传遍了各地,越传越神乎。大家都对刘基阻止吴棠拆堤深信不疑。

殊不知这就是幕僚的计策,他知道洪泽湖大堤是明朝刘基造的,就找到刘基手迹,刻在石碑上,上漆,火烤,用烂泥涂抹,看上去很陈旧,然后就悄悄埋在大堤之下。吴棠事先已找人测算过造城需要多少石料,要拆掉多长大堤才够造城,到埋碑之处,大堤北端石料正好够造城的。这样既能完成造城任务,又能堵住百姓之口,还不影响高家堰防洪能力,实在是得意之作,老百姓不知道这其中的奥妙。

三四个月后,清河县城以运河为中心,在运河两岸建成。此后,捻军数次攻打清江浦,均未能攻下此城。清廷为此下诏褒奖吴棠:"清江扼南北之冲,其地向无城郭,不足以资战守,经吴棠相度地势,筑建围墙,挑战濠堑,仅四月,巨工告成,足见该署督办事认真,甚属可嘉。"

此后,战争一直不断,吴棠始终不肯离开苏北,调任两广总督时,坚决辞谢不就,他觉得拆堤造城一事对不起苏北广大黎民百姓,是自己做官生涯中的一大污点,一直想筹资另选石料修复洪泽湖大堤,弥补自己的过失。他虽派人做了一些大堤加固活动,但没有全部完成。同治五年(1866)八月,苏北大水,清水潭决堤,吴棠因此下部议处。一向不满吴棠的曾国藩趁机落井下石,上折攻击吴棠一番。慈禧太后无奈,只好改授吴棠闽浙总督。吴棠从此被迫离开任职近二十年的苏北地区。后来,吴棠调任四川总督,还一直惦记此事,但无能为力,直到病逝前还为此事感到深深遗憾。

流传地区:皖东、苏北

采录地点:洪泽区高良涧镇

采录时间:2001 年 8 月

讲　　述:汤道言(1937—　),男,师范毕业,副编审,曾任洪泽区图书馆副馆长。

记录整理:贡发芹

杨士晟题写津里"杨氏宗祠"

　　杨士晟,字蔚霞,安徽泗州人,世居招贤里(今江苏盱眙鲍集乡梁集村)。祖父杨殿邦曾任漕运总督,长兄杨士燮系四川总督吴棠次婿,曾任嘉兴知府、浙江省巡警道。杨士晟弟兄八人,四个进士,一个举人,五子登科,名满天下。杨士晟光绪十八年(1892)中壬辰科进士,同科二甲进士(进士出身)共一百三十二名,三甲进士(同进士出身)共一百八十二名,他是三甲进士最后一名,与蔡元培是同年进士。杨士晟历任江苏无锡知县、崇明知县、芜湖米厘总办、津浦铁路南段总办,累官至道员,民国时任芜湖关监督、苏州关监督兼交涉员。津浦铁路南段(江苏浦口至山东韩庄)三百八十三千米铁路就是杨士晟主持修建的。

　　杨士晟为官清廉,深得民心,对待僚佐和蔼厚德。他离任崇明那天,老弱夹道相送,同声叹曰:"安复得此贤令尹?"

　　杨士晟知识渊博,善书法。杨士晟任芜湖米厘总办时,时安徽盱眙县津里镇(今属明光市石坝镇)杨氏人中有一个老板在芜湖米市做生意,与杨士晟续上了宗亲关系,这个时候,津里镇上杨氏宗祠正在维修。清朝光绪二十七年(1901),杨老板就找到杨士晟,请他为津里镇上杨家祠堂题写匾额。杨士晟愉快地接受了请托,欣然书写"杨氏宗祠"四个大字。杨老板回来做成匾额,悬于祠堂正厅。

　　在题写匾额之时,杨士晟还为杨氏宗祠撰写了一副楹联:辞金愧友,立雪尊师。

　　这副楹联旨在教育杨氏族人要树立廉洁奉公理念和尊师重德风尚。每年春节,津里镇上凡是杨姓人家,都要在大门上张贴此联,一直延续至今。

　　上联是化用"杨震拒贿"典故。

　　杨震,东汉华阳人,字伯起,少好学,明经博览,时称关西孔夫子。杨震五十岁时任荆州刺史,为官清廉。其间,其好友王浩瀚表兄苗某因事惹上官司,囚于狱中。一日深夜,王携带纹银五百两,欲行贿于杨震,求杨震为他表兄开脱罪责。杨震觉得这样做违背自己做人的原则,就不顾好友情谊,断然拒收。王浩瀚再三苦劝,并说:"夜间无人知晓,收下何妨?"杨震严肃反问道:"不是天知、地知、你知、我知吗?"所以后来,杨姓人家都自豪地称自家祠堂为"四知堂"。由于杨震拒不受贿,王浩瀚只好抱愧而退。

杨震是个封建时代的官吏,在当时社会,他能做到如此清廉,不徇私情,维护法纪,实在难能可贵。

下联是引自"程门立雪"典故。

杨时,宋代福建将乐人,字中立。《宋史·杨时传》载,杨幼时天资聪颖,能写一手好文章,年龄稍长即专心研究经史。熙宁九年(1076),杨时考中进士。时河南程颢、程颐弟兄二人已成为理学名师,很多学子都慕名前来听他们讲学。杨时为了继续求学,放弃了做官的机会,千里奔赴河南拜二程为师,钻研学问。杨时学成,回归南方时,老师程颐亲自礼送,高兴地说:"我所讲的道理,将传到南方去了。"

杨时回到福建家乡,后又在江苏无锡讲学。四年后得知老师程颢不幸去世,他前去河南吊唁。杨时和游酢一同去拜见程颐,在窗外看到老师在屋里休息。他俩不忍心惊扰老师,又不想放弃求教的机会,就静静地站在门外等老师醒来。可天上却下起了鹅毛大雪,并且越下越大,杨时和游酢仍一直站在雪中。等程颐醒来后,门外的积雪已有一尺厚了。后来杨时继承二程衣钵,成为天下闻名的大学者,人们将这件事当作尊师重道的范例,传为学界佳话,由此演变成成语"程门立雪"。

由此可见,杨士晟为津里杨氏宗祠题写楹联之用心。

流传地区:明光市津里镇

采录地点:明光市津里镇

采录时间:1990 年 12 月

讲　　述:王绵熹(1911—1995),男,私塾文化,民国时期曾任津里镇镇长。

记录整理:贡发芹

古沛地名的由来

古沛镇位于明光市西北部,东临女山湖,南部、西部与桥头镇接壤,北部与潘村镇及五河县小溪镇相邻,其中与五河县相交的边界线长达十六千米,镇政府所在地距五河县界不足一千米。

古指古老,沛指水草丰沛的沼泽地带,古沛即古老的湿地。

古沛由来还是具有历史文化内涵的。古沛镇古时当为淮夷之地,历史上的隶属不断变迁。今明光市、凤阳县一带,在秦代属九江郡管辖,五河县则属泗水郡管辖。汉高祖四年(前203),泗水郡改称沛郡(后改为沛国),辖三十七县,其中包括今五河县和江苏沛县,治所相县(今淮北市相山区),称为大沛。而明光、凤阳仍属九江郡(后改为淮南国)管辖。当时古沛大约位于两郡交界之处,也可能隶属沛郡,属于大沛管辖范围。汉代以后可能又隶属于不同州县。

汉朝为我国历史上继秦朝之后又一个统一的王朝,它不仅完成了国家政治的统一,而且完成了文化的整合,对中华民族的形成做出了巨大的贡献,如华夏民族称汉族,母语称汉语,文字称汉字。

汉人原意是指汉朝人,而汉朝人又以自己是帝王之乡沛郡人为荣。因此,凡沛郡百姓,或是沛郡周边的百姓,不论汉代以后为何州何县所治,大多仍称自己为沛郡(国)之人。同时,今明光的古沛地处两郡交界之处,地广人稀,有不少沛郡(国)人或逃避战乱,或灾荒乞讨,迁居此地。数代之后,沛郡(国)迁居者的后代介绍自己的籍贯时自称古代沛郡(国)人,即古沛人。久而久之,古时之沛郡(国)人后代集中居住的村落,被称为古沛集,后来发展成一个乡镇,即今古沛镇。

沛有大沛、小沛之别。

大沛指"沛郡"或"沛国"。明太祖朱元璋生于今明光街道办事处赵府社区,这是有证可考的,但孙家鼐题写的凤阳龙兴寺对联称太祖"生于沛,长于濠"又怎解释呢？"濠"即濠州,今凤阳县临淮镇,而"沛"如今是江苏省沛县,似乎离"濠"太远了,而且明太祖出生地分明是明光,怎么称是"生于沛"呢？实际上明光被称为"沛",是元代时人们对赵府一带的习惯称呼,是古之沛地。"生于沛"是指大沛,古代之沛。因为元代已无"沛郡"或"沛国"的建制,当时五河已建县,明光则属盱眙县管辖。也就是说,明光市区(至少从赵府开始)以北的地区,在汉代,可能都属沛郡(国)管辖。能跟"沛公"挂上钩,与汉高祖攀上老乡,多多少少也有些自豪感,朱元璋出生于明光,也就是"生于沛"。

小沛即今古沛镇。

流传地区:明光市古沛镇

采录地点:明光市市区

采录时间:2007 年 12 月

讲　　述:陈友昌(1969—　　),男,大学文化,市委统战部干部,曾任古沛镇党委书记。

记录整理:贡发芹

紫阳八岔路

明光市紫阳乡（现已并入潘村镇）境内西北约五千米、临近五河县的地方，有一个奇怪的地名——八岔路。八岔路真有八个岔，东面直达紫阳集；东南方向可抵达国营紫阳林场老场部；南面是林区，越过林区可以到达殷桥村的李刘庄；西南方向也是林区，越过林区可以到达殷桥村的赵庄、马庄；西面直达殷桥村的山郭、石巷；西北方向可以到达五河县的小刘庄；北面直达五河县的张庄；东北方向可以到达潘村湖农场八分场。八个方向都有路，是远近闻名的八岔路口。

过去，八岔路位置偏僻，荒草丛生，树木纵横，沟坎较多，附近没有村庄住户，很多人来到这里就迷失了方向。特别是新中国成立前，这里经常有歹人出没，剪径掠财。因此，阴雨天或夜晚行人很少经过这里，若是万不得已，则选择结伴而行。人们提到这里，都会产生一种莫名的恐惧感。

随着村庄的拆迁、农田的改造，八岔路的八个方向小路多已面目全非，无人通行，且渐渐消失，只有八岔路口依然存在。现在的八岔路口，有东西向两条平行道路可供车辆通行。南面一条位于明光市境内，是一条乡村道路，水泥路面，由明光市潘村镇通往紫郭村山郭自然村庄。北面一条位于五河县境内，柏油路面，是五河县朱顶镇修建的前往光伏项目区的通道。八岔路已成为人们远去的记忆。

流传地区：明光市潘村镇

采录地点：明光市区

采录时间：2019 年 9 月

讲　　述：刘开东（1966—　　），男，大学文化，紫阳乡人，抹山小学校长。

记录整理：贡发芹

梅郢的由来

明光市三界镇梅郢村,具有丰富的历史内涵和深厚的人文底蕴,是安徽省"千村百镇示范工程"美好乡村示范点,2014 年入选"安徽省首批美好乡村传统文化古村落"名录。

梅郢的来历是这样的。

梅郢北边约一千米有个山区集市叫三界,清代三界出了一个封疆大吏吴棠,他在同治年间升任四川总督时,奏请清廷在三界筑了一座土城。但作为四川总督,他与成都将军崇实关系非常不好,处处受到满族人崇实掣肘。吴棠非常痛苦,曾致函家人,希望能不为五斗米折腰,告老还乡,归隐田园。

一贯孝顺的吴棠长女吴述仙与其夫杨士燮商量后,就在三界土城之南约一千米处购置三百亩荒山野岭,雇觅工匠,遍植梅花,饲养野鹤,建成精致的房屋,仿造陶渊明世外桃源的意境、林和靖孤山庄园的风格,将这里开辟成一个景致怡人的山野私家花园,取名招隐山房,恭候老父辞官归隐,清风明月相随,疏梅子鹤相伴,颐养天年。

到了同治十年(1871),朝廷将崇实召回京城,任命吴棠兼署成都将军。吴棠为报答朝廷特达之知,放弃了归隐念头,继续留在成都做官。

后来吴棠因病致仕,回到家乡三界只住了两晚上便前往滁州,因生病,没几天就在滁州吴公馆去世了,一直没有住进过招隐山房。但吴棠女儿吴述仙一直没有放弃经营招隐山房。吴棠病逝后,吴述仙守孝三年,后随夫工部主事杨士燮迁居北京。

离开前,吴述仙将这里的屋舍、田地分给了长期管护招隐山房的工匠们,他们从此定居在这里,开荒种地,繁衍生息。渐渐地,这里发展成为一个山野村庄,但没有名字,因这里当年遍植梅花,到处是梅树,于是就称其为梅郢,称梅郢村庄所在地

美好乡村梅郢村（王绪波 摄）

为梅岭。这就是梅郢的由来。这里有岗岭，有溪流，山清水秀，环境幽雅，有一百多年发展史，宜居宜业，现在已被有关方面投资打造成三界外生态旅游景点。

流传地区：明光市三界镇

采录地点：明光市老三界

采录时间：2016 年 5 月

讲　　述：薛守忠(1955—　)，男，大专文化，中学退休语文教师，作家。

记录整理：贡发芹

嘉山县火车站改名"三界"的经过

1911 年底全线通车的津浦铁路(今京沪铁路)在当时的滁县江宁堡施郢村庄(今明光市三界镇所在地)设立一个车站,名叫施郢站,后来民国嘉山县改为嘉山站,再后来又为什么要改为"三界"?经过是这样的:

"三界"因地处滁州(原滁县)、来安、盱眙三县交界而得名。这里山峦起伏,绵延数十里,其中以老嘉山为主峰。因为这里是各县边区,人烟稀少,山径荒凉,土匪在此出没无常,烧杀抢掠,附近人民不堪其苦。

1932 年,国民党政府为了清除土匪之患,特在三界设立县治,用以维持治安,因靠近境内最高山峰老嘉山,邻近定远划入的嘉山保,遂命名为嘉山县。这里是晚清封疆大吏、四川总督吴棠的故里。吴棠去世后,朝廷赠谥勤惠,经朝廷允许,在三界修建了吴勤惠公祠。嘉山县政府成立时没有地点办公,县政府就设在三界老街吴勤惠公祠内。距离三界以西八里的施郢,因在铁路线上,设一个小站,原名施郢站,是距离新设嘉山县城最近的一个火车站,也是津浦铁路通车之后全线设立的八十五个车站之一。嘉山县成立时,就把这个施郢小站改称为嘉山车站。

1937 年日寇全面侵华,津浦沿线各站相继沦陷。嘉山县政府所在地的三界因距铁路较远,虽遭敌人三次侵扰,但县政府工作人员仍在吴公祠内流动办公。

1941 年,汪精卫在南京成立伪中央政府,4 月,伪安徽省政府在蚌埠成立,5月,伪嘉山县政府在嘉山县明光镇成立。一天,蚌埠的伪省政府派一位外地"大员"到嘉山县视察。照理,他应该在明光下车,去找自己下属的"嘉山县政府"。哪知他是一个外地人,不晓得战争时期复杂的行政区划情况,自认为到嘉山县当然应该在嘉山车站下车,于是他从容不迫地下了火车,又叫了一部人力车,拉自己到县政府。车夫当然也不清楚这位大员所要去的是哪一个县政府,就一直跑了八里路,把他拉到三界老街吴勤惠公祠内的国民党的县政府,让这位"大员"下了车。他身穿长袍马褂,头戴礼帽,手持文明棒,肋下夹着黑色的公文皮包,摆出一副钦差大臣的架势,昂首步入了吴公祠。

他见公祠房舍破烂,院内杂草丛生,残垣断壁,不禁疑问:堂堂一个县政府,怎么搞得如此破败寒酸? 上级来了,竟然无人欢迎? 正待发问之际,从里面走出人来,他便颐指气使,不可一世,立即拿出伪省政府证件,上面还印有伪省长大名。县政府工作人员马上心领神会,立即"隆重接待",把他"安排"在一个单人房间里,派两位士兵持枪看守起来。

几天以后,老百姓看见这位着长袍马褂的"大员"被绳捆索绑,拉了出来。国民党县政府官员宣布奉上级命令,把这个汉奸"大员"枪决了。

消息传到蚌埠伪安徽省政府,那位伪省长直气得暴跳如雷,日伪省政府为了避免日后再出差错,与铁路部门联系,当即把嘉山车站改为三界车站。

流传地区:明光市三界镇

采录地点:明光市老三界

采录时间:1987 年 2 月

讲　　述:秦霁昀(1925—1995),男,中师
　　　　　　文化,小学退休语文教师。

记录整理:贡发芹

张八岭的由来

张八岭的名字怎么来的,史书上没有记载。

神话传说是这样的。天上八仙在张果老的带领下来到老嘉山下的江淮分水处游玩,被当地旖旎的风光、优美的景致、涓涓的溪流、茂密的林木、袭人的花香、清脆的鸟鸣所吸引,玩到开心处,大家都想喝酒助兴,但没有桌凳,张果老就搬来一块石头当桌子,叫大家先坐在地上,然后命令土地爷把每个仙人臀下的地面都抬高五十厘米,代替凳子。

八仙喝得酩酊大醉后,纷纷离开了这里。

临走时,张果老一脚将石桌踢开。因被八仙当桌子使用过的石头已经沾上了仙气,所以滚到不远处停住,变成了一座山,就是今天的老嘉山。石头在滚动过程中,磕碰掉了两小块,就是现在的中嘉山、小嘉山。八仙坐过的凳子也沾上了仙气,长成八道山岭,形似八卦图。因为这是张果老的杰作,后来人们就称这八道岭为张八岭。

渐渐地,张八岭成了江淮分水的地理标志,集镇即张八岭街道所在地,位于八岭中最高的一道山岭之上,是典型的江淮分水岭。这里一岭分江淮,岭南之水流进长江,岭北之水注入淮河。

民间传说是这样的。咸丰年间,盱眙县城里住着一户张姓人家,兄弟八人,家大业大,非常富有。一天,淮北捻军总白旗主龚得树率领捻军前往盱眙县城打捎,就是远地征集军粮财物,张家首当其冲,成为捻军剽掠对象。但张家不愿意,为了保护家财,奋起与捻军抗争。因寡不敌众,张家八兄弟七个阵亡,仅剩八弟张秉生死里逃生。

为保张族香火不绝,张家老少只得在八弟张秉生护卫下星夜逃命,背井离乡地来到老嘉山南乡八里的古村落嘉山集边上落户。过了很多年后,张家又人丁兴旺起来。一天,村子里来了一位风水先生,对张家说:"若保久安,再迁西南。"

于是张秉生再次带领族人举家迁至距嘉山集西南十二里处的步岭庄。来到步岭庄后,张秉生登高环眺,见四周有北庙山、南庙山、独山、杏山、凡山,还有老嘉山、中嘉山、小嘉山,且各山岭地貌迥异,相距远近不一,布局错落有致,形态宛若八卦。张秉生认定在此地安家甚吉,自此安居下来,开荒垦田,耕耘发家。

这个原本只算古旧村落的步岭庄,不久便因了张姓大户人家定居改名为张八岭。因村子建在泗六(泗县—六合)古道边上,交通便利,随着时间推移,加上清末民初津浦铁路通车设站,很多外地人拥到张八岭来经商定居,张八岭由村庄发展成为集镇。

如今张八岭镇已成为明光第一镇,既是遐迩闻名的旅游大镇,也是经济发达的工业重镇,还是中国朴树之乡,明光市江宁工业园区就设在镇南的 104 国道两边。张八岭赶上了新时代,经济繁荣,社会安宁,各项事业发展都迈上了快车道,日新月异,充满了活力和希望,已成为皖东地区的兴发岭(兴旺发达之岭)。

流传地区:明光市张八岭镇

采录地点:明光市区

采录时间:2015 年 9 月

讲　　述:马昌凡(1951—　),男,初中文化,曾经下放张八岭镇,明南粮站退休职工,作家。

记录整理:贡发芹

黄寨牧场的由来

　　黄寨牧场位于安徽省明光市江淮分水岭腹地,是江淮之间至今仍保留着原生态的天然大型牧场,距明光城区三十余千米,面积近百平方千米,地域辽阔,与库容近八千万立方米的中型水库跃龙湖交织在一起。湖水漫延至牧场中心腹地,纵横交错的溪涧深入牧场每一个角落,滋润着这里的土地、树木和绿草红花。牧场气候温润,水源充足,植物丛生,碧草丰美,生机盎然,被誉为江淮大草原。

　　黄寨牧场周围有老嘉山、中嘉山、小嘉山、鲁山、尖山、乌山等十数座大小山脉,山水相依,湖光山色,美轮美奂。都说春夏是游览草原的最佳季节,那时的黄寨牧场色彩斑斓,风和日丽,鸟语花香;水面碧波荡漾,鸥鹭翔集,气象万千。这里郁郁青青,视野开阔,秀美恬静,满目惊艳,不到内蒙古的呼伦贝尔也能欣赏到"天苍苍、野茫茫,风吹草低见牛羊"的诗意草原美景。

　　黄寨牧场历史悠久,最早上溯到明朝。大明王朝开国皇帝朱元璋登基后,为了强化军事,巩固国防,在滁阳(今滁州)设立了一个中央机构——南京太仆寺,相当于总装备部,专司马政,在大江南北设置众多牧场,饲养马匹,供给军队战备。凤阳府泗州盱眙县(1955年自安徽划归江苏)西南老嘉山麓有一个方圆近百平方千米草甸,草甸内岗岭逶迤,沟壑纵横,不太适合连片开垦种植庄稼。但草甸地势起伏错落,舒缓有致,区域广阔,人迹罕至,适合饲养牲畜。当时泗州盱眙县在这里设立了老嘉山养马场,场内有近万头牛马,管理人员数以百计。

　　明末清初,南方马政撤销,这里沦为荒野草甸。因是朝廷专用场所,虽然抛荒,也无人敢来占据开垦。

　　清末民初,黄寨牧场西北有一个盱眙西乡最大的集市——三界市。集市创自元代,晚清时这里出了一个大官吴棠,他凭借自己的努力,由平民登上了封疆大吏高位。同治年间,吴棠任四川总督时曾奏请清廷,恩准在三界市修筑土城。宣统年间津浦铁路通车后,三界市得到迅速发展,人丁兴旺,市面繁荣,人口一度超过来安县城。由于这里属于盱眙、滁县、定远三县交界之地,远离县治,官府鞭长莫及,两步跨三县,遇事三县互相推诿,敷衍了事,因而成了山区土匪的惦记之处。山区里的土匪觉得有机可乘,于是有恃无恐,异常嚣张,经常洗劫三界,杀人掠货,然后躲进老嘉山草甸之中。当时甸内草深路险,荆棘纵横,野狼出没,没人敢轻易出入。

有一个黄姓土匪头子,聚集了山区各路土匪,形成了两三百人的队伍,在草甸深处建立了两个据点,大当家的据点叫大黄寨,二当家的是大当家的侄儿,他在距离大黄寨两三里的地方负责放哨,也搭建了一个据点,修建了好多排茅草房子,人称小黄寨。这股土匪的生活来源基本上靠抢劫草甸周围来安的嘉山集,滁县的张八岭集,盱眙的自来桥集、涧溪集、鲁山集、石坝集、罗家岭集、三界市等地富人商家财产来维持。他们长期横行乡里,鱼肉乡民,致使当地鸡犬不宁,老百姓怨声载道。为此,各地都组建了民团予以防范,但土匪神出鬼没,偷袭始终不断,令人防不胜防。

很多人都知道草甸深处有个大黄寨和小黄寨,是土匪的老巢,但由于地形复杂,无人到过这里,不知道是什么样子。这伙土匪因而藏身草甸,危害地方竟然持续一二十年,成为周围大患,老百姓谈"黄"色变。

民国二十一年(1932),为了清除匪患,安抚百姓,经三界市地方士绅谋划,报请安徽省政府呈国民政府内政部批准,在老三界设立了嘉山县,将老嘉山草甸周边的盱眙县西部乡镇、来安的嘉山集、滁县的张八岭、定远的横山集(今明南街道办事处)等处均划归新成立的嘉山县管辖。嘉山县新政府首任马县长上任第一要务就是剿匪。他通过渗透瓦解策反等手段,花了一两年时间,终于将大、小黄寨土匪击溃,大多数土匪被消灭,少数逃往外地,不敢再来危害百姓,三界市等地从此得以暂时安宁下来。

新中国成立后,在新政府的安排下,草甸内大、小黄寨等处开始有少量人员迁入垦荒种地,但整个荒野依然人烟稀少。

20世纪50年代末60年代初,出于备战备荒需要,南京军区在这里设立了军马场,据说饲养军马五千余匹。60年代初,为了发展农业生产,省里在军马场边上创办了安徽省中国秦川种牛繁育基地,简称种牛场。军马可以进入牛场活动,种牛可以进入马场吃草,牛马遍地,成了一道风景。

种牛场里有个技术员姓马,高校畜牧专业毕业,后来当上了场长,他就是荒野边上的张八岭镇人,熟悉荒野草甸的历史和地形。一天,南京军区派人来征求军马场名称,马场长说,这里核心区域有大黄寨、小黄寨,就叫黄寨牧场吧。南京军区领导觉得军马场属军事单位,对外要保密,叫军马场容易被阶级敌人盯上,就叫黄寨牧场吧,外界不会怀疑这里是军事单位。这就是黄寨牧场得名的经过。

1985年,中国百万大裁军之后,内地军马首先退出战备序列,部队撤出这里,养在深闺里的黄寨牧场渐渐撩开神秘的面纱,人们可以一睹其真容和风采。后来,军事部门将这里委托给地方有关方面看护、管理,但不能开发使用,也不准随意放牧,任凭这里花开花落,草荣草枯,鸟飞鸟息,兽出兽没。但牧场内仍随处可见当初作为军马场留下的房舍与围栏等痕迹。

因农业机械化程度不断提高,种牛场已完成使命,亦被撤销。养牛区域再次抛荒,维持草场自然生态。

黄寨牧场近四十年没有使用,生态已恢复到原始状态,并且得到了绝好的保护。如今这里空气新鲜,阳光明媚,天蓝地朗,山清水秀,杂花生树,草长莺飞,成为隐藏在江淮丘陵分水岭核心区域的一方温润的碧玉,一块晶莹的翡翠,一颗璀璨的明珠,令无数游人流连忘返,叹为观止.

流传地区:明光市张八岭镇、三界镇、石坝镇、涧溪镇、自来桥镇

采录地点:明光市静港营地

采录时间:2022年12月

讲　　述:林涛(1967—　),男,大学文化,曾任涧溪镇党委书记、明光市旅游局长、市跃龙集团副董事长、市文化旅游发展有限公司董事长。

记录整理:贡发芹

糟坊故事

糟坊原是明光市津里镇(现已并入石坝镇)北部朱岗行政村(现已并入津里行政村)的一个自然村庄。

糟坊有三十多户人家,一百多人口。这里的房屋坐东向西稍偏南,整齐排列。大人们白天下田,晚上回家,炊烟袅袅;孩子们白天上学,晚上玩耍,乐声滔滔。村后百米,高处有一方近二十亩的水塘,是为蓄水灌溉之用而人工挖建的,已六十年之久,至今尚在。村前百米,一条小溪蜿蜒环绕,自南向北,一路流向原野高岗,一路汇入沼泽小河,常年流水潺潺。小溪的坡岸长满乔木、灌木、藤条和野蒿杂草,相互交融,生机盎然。岸东便是每家一片的自留菜地,旱涝保收。村庄南头小溪边的一口老井,也是人们记忆中一直就有的。上井壁是一节两米多长的钢筋混凝土涵管,井口一圈参差着很多大小不一的豁口,都被磨得溜光;下井壁由一堆不规则的黑石块垒砌,看上去很随意,但令人奇怪的是它从没有坍塌过,井水也似取之不尽,随汲随饮,清澈甘甜。每逢大年初一,村庄每户人家都会在凌晨时分去担两桶新年的井水,曰"财神水",寄寓富足安康吉祥之意。

在老辈人的记忆里,历史上的糟坊是一个小村庄,是新中国成立后土改时正式形成的。新中国成立前,这一片地方是个庄园,周围是几百亩田地,中间一个院落几间房子,有打谷场,有仓库,有酒坊,属于津里镇上的一个姚姓地主家所有。他家大业大,这里由其大夫人掌管。南面还有一处庄园小红郢,那一片由其小老婆掌管。旧时酒坊叫糟坊,所以自从有这处庄园起,人们就习惯地称这里为"糟坊",这也是后来村庄名字的由来,再后来被当地土话说成"cháo fāng"。新中国成立初,糟坊财产被政府没收,分配给当地老百姓,其中一个葛姓人家分得的一个大酒坛子,能盛一百升酒。当年,地主家雇有几个长工,在糟坊这个庄园干活,包括姚地主的戚姓表弟兄,主要是赶骡马(车)送货;葛姓的前辈,主要是看管打谷场和庄稼地。一直到了 1949 年，庄园里先是住进了戚姓、葛姓、李姓、赵姓等几户人家，1951 年土改，又来了童姓、刘姓、黄姓、胡姓、庄姓、陈姓等户，共三十来户。

几十年来，这个集体的名字先后几易，从糟坊（自然村庄），到糟坊生产队，到糟坊村民组。

今天的糟坊，十年前经历了一次农田整理，原来高低起伏、散乱交错的田野变成了抹平的沙盘，还浅浅地划出几条纵横的阡陌和沟渠。原来的小溪被一条深阔的水渠取代。溪边的老井被深深地埋入了泥土之中。五年前经历了一次房屋拆迁，大部分住户迁到了村后三五百米的路边，原村仅余南段七户。

时代在变迁，社会在发展，村庄在改变。如今，乡村振兴迈上康庄大道，大型农机具普遍使用，农业生产效率显著提高；乡村道路四通八达，平坦开阔；村民就业创业途径更多，收入水平显著提高；路灯、广场、公厕、电力、通讯等设施一应俱全；养老、医疗水平逐步提升；公共文化生活逐渐丰富……共建共享，共同富裕，互助互爱，携手向前，村民的生活将越来越美好。

糟坊的变化是一个时代变化的缩影。

流传地区:明光市石坝镇、苏巷镇

采录地点:明光市区

采录时间:2023 年 10 月

讲　　述:葛发玉(1971—　),男,大学文化,明光市委党史和地方志研究室主任。

记录整理:贡发芹

焦城圩得名

焦城圩得名于焦城湖,焦城湖得名于焦城。

焦城位于淮陵故城之西,即今安徽省明光市抹山北坡脚下、苏巷镇西部,离明光城北约八千米。

史载,梁天监二年(503),即北魏景明四年八月至十一月,北魏发动进攻南梁的战争,这就是著名的"淮陵、焦城之战"。

焦城不知为何得名,坊间传北宋时代焦赞、孟良曾在这里驻守抗击辽兵。焦赞是追随杨延昭的猛将,同孟良并称,抗辽有战功,曾经久镇瓦桥关(河北雄县一带),也就是镇守雄州(雄县),名望颇高。他和孟良是杨家将中杨六郎的左膀右臂,是一位名闻河北的抗辽勇将。受杨六郎指派,焦赞、孟良曾率兵在抹山北头、池河东岸修筑城垒,防止辽兵偷袭江淮之地,深受当地老百姓爱戴。焦赞与孟良是感情深厚生死相依的结义兄弟。成语"孟不离焦""焦不离孟"就源自他们的故事,用于比喻两人关系非常铁,感情深厚。后来他们虽然离开了这里,但当地老百姓依然称这里为焦城。

清康熙十九年(1680),由于黄河夺淮,焦城与古泗州城一同沉沦泽国。现在焦城遗址边上山刘、陆郢、戴家巷、张郢、焦家岗等村庄依然存在。据说,古焦城方圆约十二平方千米,有四门:东门位于今明光市苏巷镇牛岗村孟郢;南门在明太祖朱元璋出生地红庙集;西门延至池河主河道西侧的石门山(今桥头镇);北门即苏巷镇的焦家岗村。亦说,焦城是淮陵城的子城,按当时城池的规制,当在三里方圆。今据陷城遗址地形考察,四门均在明光市苏巷镇戴巷村境内:东门在戴家巷与北张营之间、南门在陆家圩、西门临古池河、北门即焦家岗。即便如此,焦城也是古代一个不小的城池。因黄河夺淮,沦为泽国的焦城变成了池河九道湾与女山湖交汇处的一处湖面,当地人们称之为焦城湖。

九道湾公园(王绪波 摄)

20 世纪 70 年代,地方政府在焦城湖的下口筑起了一道南北长约五千米的圩堤,焦城湖从此变成了焦城圩。

流传地区:明光市苏巷镇、明东街道办事处
采录地点:明光市区
采录时间:1998 年 7 月
讲　　述:卞其璋(1946—　　),男,大专,明东中学退休语文教师。
记录整理:贡发芹

张郢古今

明光市抹山东面山脚下有个村庄叫张郢,它的历史可以追溯到南北朝前期。

南朝时期南齐政权(479—502)为抵御北魏入侵,于前沿阵地抹山北头、池河东岸修筑三里方城,史称焦城,《魏书》《资治通鉴》均有记载。焦城设四门,东门在今戴家巷与张郢之间,南门在陆家圩(今陆郢),西门临池河,北门靠近焦家岗。

公元502年,南朝雍州刺史萧衍取代南齐称帝,定都建康(今南京),国号梁,史称萧梁。萧衍称帝后,即委派宁朔将军王燮保卫焦城。为防止北魏兵扮成百姓混入城中,王燮将城中百姓全部赶出城外。城中一张姓老者弟兄两人遂带领族人迁出,在城东靠近抹山脚下筑寨居住,因寨中张姓居多,别姓也多为张姓亲戚,因此取名张寨。又过一年,北魏将军党法宗率兵攻破焦城,并将其夷为平地。北魏兵攻来时,张姓及其亲族当时均已逃至外地避难,乱后仍回张寨重建家园,耕读相守,世代繁衍。

康熙十九年(1680),黄河夺淮,洪水泛滥,百年不遇,焦城遗址沦为泽国,即焦城湖。洪水也冲坏了张寨水圩。张姓族人再往高地南移,重建大寨,取名大张郢,原来的张寨改名小张郢。

20世纪70年代,有关方面在焦城湖西边修筑长堤,形成焦城圩。推算下来,位于焦城圩东南岸的张郢已有近一千六百年历史。现在张郢是明光市苏巷镇戴巷村的一个美好乡村集中居住点,已被当地打造成自然与文化相结合的乡村生态旅游景点。

流传地区:明光市苏巷镇、明东街道办事处
采录地点:明光市区
采录时间:1994年8月
讲　述:曹克考(1956—　),男,大专,苏巷中学退休语文教师,作家。
记录整理:贡发芹

陈堆殷氏兄弟结拜程咬金

女山湖东岸不远处有一土丘,当地人叫陈堆(位于今明光市苏巷镇境内)。这陈堆高数丈,堆顶平坦,长宽均近百丈。隋朝末年,这里驻扎着两百多人,为首的是陈堆边上殷家庄上的殷雷、殷电兄弟二人。殷雷年二十有二,人高马大,自小练就一身好武功,使一把丈余长五股钢叉;殷电年方二十,精瘦白面,知书达理,手中一杆方天戟出神入化,几十个大汉难以近身。殷氏两兄弟聚集两百多号人马,早晚操练,并不断招兵买马,杀富济贫,囤积粮草,对抗官府。

殷氏兄弟原为本分农民,之所以踏上反叛官府的道路,都是朝廷逼的。隋炀帝当政时,横征暴敛,徭重役繁,苛政凶猛如虎,加之连年水害旱灾不断,民不聊生,百姓度日如年。铁血男儿结集成群,义旗四举。山东章丘人杜伏威就是当时江淮之间一支兵强马壮的义军首领,他率军占据历阳(今和县)后,自称总管,周围小股义军纷纷率领人马投奔他。杜伏威是个文武双全之人,胸怀大志,目光较远。大业五年(609),杜伏威发出倡议,凡有志同道合的兄弟,不必带人马前往历阳,可在本地发展,相互联络,保持呼应,以快马传递号令,一处有难,十处奔救。殷氏兄弟是积极响应者,留在陈堆聚集人马,以图更大发展。

这日,殷氏两兄弟正指挥操练,忽听哨兵来报,说东边大路上来了一支车队,有四五十号人,推着二十多辆小车,车车满载。殷雷正练在兴头上,听报,估计是长途商贩,随便叫了名偏将陈干,率上几十号人马前去劫道。殷电忙补充道:"陈将军且慢。劫得车队扣下财物,少伤苦力。商贾若不猖狂也不要杀戮。"陈干应了,扬鞭跃马,飞奔而去。

偏将陈干率领人马避于路旁杂树林中,等到车队行至跟前,只听陈干一声长哨,几十喽啰齐呼奔出,手持刀枪大喊:"要活命的留下财物。"几十名推车的车夫,本来就是雇来的苦力,哪愿在此丢下性命?他们纷纷弃车四下里逃散,只恨爹娘少生了两条腿。没跑的几名商人也都吓得魂飞魄散,两腿发颤抖如筛糠。正在这时,商队中一黑大汉霍地跃起,手挥一把二郎开山斧,狂风卷叶似的冲向敌阵。那陈干见有人打来,连忙扬起一根碗口粗的槐树棍劈头向来人砸去。哪知来人挥斧向上一挡,只听咣当一声,槐树棍被震脱出手,飞出数丈开外,陈干的双手虎口被震裂,鲜血淋淋。众喽啰一见吓得掉头就跑。

一见陈干大败而归,再听禀报,对方并无应战能力,只有一黑脸大汉力气过人,无人能敌。殷氏二兄弟气得青筋凸起,当即取来五股钢叉和方天戟,率队直奔大路而去。来到路上,举目一瞧,好家伙,面前这黑大汉虎背熊腰,圆鼓轮墩,好似一个大石磙子,满脸络腮胡子,两眼睁得像铜铃,手握二郎开山斧,十分威武。双方都怒意十足,也不搭话,冲到跟前,斧叉相交,战了十几个回合都不分胜负。一旁观战的殷电看那黑大汉一把斧子使得轻车熟路,虽只有三招重复施展,却招招要命,难以抵挡。殷电越看越喜欢,想起杜总管曾经交代过,凡有勇猛之人愿反隋者一律招收入伙,结拜为兄弟。想到此,他立即飞马冲出,将一条方天戟隔在斧叉之间,同时大喊道:"好汉暂且住手,小弟有话说。"这殷雷和黑大汉各自抽回兵刃跳出圈外。黑大汉瞪着铜铃般的双眼大声道:"废话少说,让我再战二百回合。"殷电下了马,将手中的方天戟递给兵卒,双手抱拳,单膝跪地:"小弟殷电,这位是小弟的兄长殷雷,历阳杜伏威总管麾下,请问好汉尊姓大名?"黑大汉一见对方行得大礼,又听说是杜伏威的人,心里火气消了一大半,眨巴着眼说:"杜总管咱听说过,你呢,就没听说过啦。"一边拍打着身上的尘土一边又说,"在下程咬金,姓不尊,名不大。穷日子难熬,听说贩盐能挣钱,就约了几个朋友干了。嗨!这头一趟,就碰着你们了。"说着又来了气。这殷雷、殷电一听说是程咬金,慌忙双双跪下行礼。原来杜伏威常对下面提起这位生性耿直、力大无比、有情有义有抱负的程咬金。

程咬金生来吃软不吃硬,见殷氏二兄弟双膝跪下,慌忙扔下二郎开山斧,扶起他们二人。殷氏兄弟十分客气地留程咬金入营做客。程咬金盛情难却,也没有推辞,令人推起盐车随殷氏二兄弟来到陈堆寨。程咬金被殷氏二兄弟当作上宾贵客,整天好酒好菜,海阔天空无所不谈。他们不是谈当今隋王朝昏庸无道、荒淫残暴、朝纲不振、义兵四起之事,就是讲论武功绝学,或是天下英雄豪杰的故事。三人越谈越投机。殷电提议,三人既情投意合,志向相同,何不结拜为异姓兄弟,日后有福同享,有难共担。这一提议,程咬金欣然答应。于是三人齐跪月下,烧香磕头,八拜为交。按生辰八字,程咬金年长为大哥。三人义结金兰后,便是以兄弟相称,不在话下。

不觉,程咬金已在陈堆住了十余日,同行贩盐几人急得团团转,但无人敢催程咬金起程。好在这程咬金也是粗中有细。这日,三人把盏论英雄,三杯下肚,程咬金冲殷氏兄弟一抱拳:"大弟、二弟,明日我要动身了。"殷氏二兄弟再三挽留。程咬金说:"我家老母八十有三,无人侍奉。待老母百年后,为兄那时无牵无挂,反隋我自当仁不让。"第二天天刚亮,程咬金辞别殷氏二兄弟,带领盐队离去。后来程咬金贩盐亏了老本回到家,老母亲告诉他,有殷氏兄弟派人送来白银五百两,程咬金十分感激。日后,程咬金聚义瓦岗寨,殷氏二兄弟率领五千人马前往投靠,成为加速隋朝灭亡的一支有生力量。

流传地区:明光、盱眙

采录地点:明光市区

采录时间:2009 年 5 月

讲　　述:武佩河(1953—　　),男,大学文化,作家。

记录整理:贡发芹

陈堆村民三败李长寿

女山湖陈堆系商代遗址,位于今明光市苏巷镇吉庄村境内。

李长寿,即李昭受(1822?—1881),又作兆受、兆寿,字松崖,号良臣,河南固始陈淋子镇人,清末政治、军事人物。咸丰、同治年间,李长寿先是参加捻军,后投靠到太平军忠王李秀成麾下,被提升为河南省文将帅,最后,他又被清廷钦差大臣胜保诱降,投靠了清军,清廷赐名世忠。咸同之交,李长寿盘踞旧县镇(今明光市女山湖镇),扼水上要冲,控制淮河、池河盐引,设卡抽厘,中饱私囊。

清朝咸同年间,政治腐败,群雄蜂起。陈堆南约三里处有两座村庄,东面的叫小山庄,西面的叫殷家庄。小山庄有位武秀才叫陈猛,绰号三乱子。殷家庄有位武秀才叫戴鲁候,绰号鞭鞘子。二人都长得身强力壮,武艺超群,为人耿介,平时爱打抱不平,很受地方群众拥戴。他们目睹清政府腐败,民不聊生,便召集乡里周围群众,挑土抬泥,仅半年时间,便垒成现今规模的土堆。此堆因与陈庄靠近而得名。堆顶四周又筑起了丈高围墙,并搬运了很多石头砖块,作为御敌之用。人们避乱其上,确有安全之感。大家公推陈、戴二位为统领。土匪来了,便鸣锣为号群集陈堆;土匪走了,照常生产。

一天,进驻旧县镇的清军江南镇总兵李长寿率领数十余人,外出打粮,道经陈堆,以为区区弹丸之地,根本不放在心上,便率众蜂拥攀登。刚至半山,忽听一声哨响,堆顶石块如雨,眨眼之间,数十人受伤过半,就连李长寿也被砸得头破血流,带着败卒鼠窜而逃。

回到驻地旧县镇之后,李长寿怒气未消,当着众人之面,扬言把陈堆夷为平地。经过充分准备,他亲自挑选精悍士卒四百名,将陈堆团团围住。三次强攻,均以失败告终,又损失了很多人。李长寿非常不服气,遂采纳谋士建议,组织夜袭,亦因陈堆戒备森严而败北。李长寿回到旧县,自觉面上无光,连气带恼,急火攻心,大病一场,差点上了西天。

李长寿一计未成,又生一计,准备久困陈堆。当时堆上粮草仅够维持半月,到了第十天,陈、戴合计,于夜里三更天,各选强悍骁勇弟兄五十名,手持短刃,从西、北两面敌人防守薄弱处突围。陈三乱率队从北迂回到李长寿大营;戴鞭鞘由西转南折向李长寿偏营,以迅雷不及掩耳之势,打蛇打七寸,擒贼先擒王。

当陈、戴两队攻入李营时,好比神兵天降,李长寿等还在做梦呢,人不及甲,马不及鞍,被杀得人仰马翻,鬼哭狼嚎,肝胆俱碎。李长寿身受重创,逃之夭夭,后来再也不敢袭击陈堆了。

流传地区:明光市苏巷镇

采录地点:明光市苏巷镇

采录时间:1995 年 8 月

讲　　述:戴荣英(1928—2010),男,初中
　　　　　　文化,担任过小学教师。

记录整理:贡发芹

消失的女山庙古井

女山庙位于女山南山东麓一处高坡上,庙后有口历史悠久的古井。这口井井水旺盛,清凉甘洌,汲取不竭。以前女山每年三月初三举行庙会,庙会期间,热闹非凡。赶会的人从四面八方拥来,最多时可达万人,山上生活用水全赖这口井供给,一点都不紧张。

这井不知挖掘于何年何代,估计建庙初期就有人群居在此,生活需要用水,首先必须挖井,可以说井与庙同时诞生。

据传,清光绪年间,有位看庙和尚,虽然每天吃斋念佛,但其内心龌龊,尽做些丧尽天良的坏事。有一天,一个过路客商途经女山,天晚投宿庙中,身带金钱,被和尚窥见。和尚见财而心生歹念,遂将慈悲为怀的信条抛之脑后。和尚于深夜间,趁商人熟睡,将商人杀害,夺取金钱后将商人尸体抛入井中,用石头镇压,当夜弃庙逃窜。从此,无人再用这口井中水,水井逐渐淤塞,寺庙逐渐败落。民国时,女山庙的砖石被山南村一个林姓富户扒去建炮楼了,庙会遂不复存在。

当地一位老人小时放牛,曾见过井的形状,遗迹还算清晰。与老人同辈的人都知道这口井的具体方位。现在人想寻找,已经不可能,这口井已彻底消失了。

流传地区:明光市女山湖镇

采录地点:明光市区

采录时间:2006 年 8 月

讲　　述:武显家(1923—2018),男,中师文化,住在女山脚下,曾当过小学教师。

记录整理:贡发芹

女山湖船猫子

2010 年以前,有几千个渔民生活在明光市女山湖水面上。渔民们依靠捕鱼为生,与岸上的村民相处,总体上不是很和谐。岸上的村民经常很不客气地称渔民为"船猫子",这个称呼带有相当程度的轻慢与歧视。渔民自然不甘接受这样的羞辱,更有力地还击这些叫他们为"船猫子"的人为"直腿驴",有的渔民还挺有才地骂道:别看我头猫,腿猫,可我身子(孙子)(本地方言"身"与"孙"读音相同,都读 shēn)不猫。

为什么岸上村民会呼渔民为"船猫子"呢?

"猫子",自然指猫,为家养动物,整天爬来爬去,生存空间比较狭小。"船猫子"实际上是指像"猫子"一样在船上生活的人,即渔民。过去,女山湖的渔民都是在一条不大的船上劳作,以捕鱼为生。政府称之为"连家船"或"连居船"。由于船非常小,全家老小挤在一丈多长的小船上,船前捕鱼,船后做饭,船腰生活休息,几乎每个船家都会有点难堪的事儿:夫妻恩爱时,小船跟着摇,小孩晃醒了,大叫有贼偷船。这只是一个笑话。实际上不难想象,那么条小船,生活的不便和艰难是不言而喻的。船小,船篷低矮,日常的生活劳作范围就这么大,经年风霜,长年累月地双腿盘膝而坐,从小像猫一样在船舱内爬进爬出,也就是像猫一样灵活敏捷地在船上从事各种活动,既形成了他们特有的生存习惯,也导致这一带的渔民形体在生活的重压下变了形:黝黑的脸庞,下坠的臀部,明显的罗圈腿,衣服上散发着鱼腥味,于是,"腿弯、脸黑、屁股大"成了那个时代渔民的特征。由于广大渔民经常需要使用渔叉或网捕鱼,而猫也是捕猎高手,渔民的生活习惯和猫的捕猎技能有相似之处,因此被称为"猫子"。所以女山湖渔民被岸上人称为"船猫子"。大多数人称渔民为"船猫子"并无恶意,但渔民对此很敏感。

改变人们对"船猫子"的称呼,始于 20 世纪 70 年代,当时的女山湖公社(今女山湖镇)来了一名新书记,他大会小会要人们改称渔民为"贫下中渔",不准叫"船猫子",谁叫"船猫子"就专政谁,还在广播站的广播上声嘶力竭地宣传。为了配合这个"改口"运动,学校还排演了小节目,很多学生念到"贫下中渔"这一台词时,总是不适应和拗口,便显得结巴,台下大人更是笑得前仰后合。

曾有一个自称比较有文化的人向大家提出一个问题:你们知道船猫子的猫怎么写吗?大家说:不就是小猫的"猫"吗?他说:不是,是"小"下面放一个"面"字。大家都很困惑,就问怎么是这样一个怪字?这个"文化人"就对大家说:就是小面人的意思,猫的脸也很小,船上人都是跑码头的,今天这儿,明天那儿,后天又不知漂泊何处,为人处世很奸猾,从不与人真心相处,我们当地人常说:宁和"猫子"拼刀,不和"猫子"相交。这个字就专指这些人的,叫他们船猫子,也就是这个意思。于是,大家都去查阅字典,但字典根本没这个字,才知道这是他在贬低渔民。

后来,渔民的日子好了,船不但大了(大的有上千吨),还分别置办了生产船和生活船,在生活船上再也不用猫进猫出,船上还配备了冰箱、空调,再也见不着所谓的"船猫子"了。现在,叫他们为船猫子的人几乎没有了,渔民给人的印象是:富有、健康。

2010年之后,由政府安排,女山湖上所有的渔民都上岸定居生活,不再从事捕鱼业务。"船猫子"从此消失了。

流传地区:明光市女山湖镇
采录地点:明光市女山湖镇
采录时间:1998年7月
讲　　述:陈文国(1962—　　),男,高中文化,作家。
记录整理:贡发芹

漫话钟落寺

钟落寺原名文当寺,原来位于明光市石坝镇石坝水库堤坝西端的泄洪闸门下一块凸起的石崖上,如今早已不复存在。1958 年兴修水利修建石坝水库时,一些条石砖块都已被垫做坝体填料,石坝水库原来的指挥所就建在钟落寺的旧址上,现在若仔细寻找,也许能找到几块灰色的瓦片。

石坝镇地界相传是秦始皇时代的孟州城,东门在太平集(今石坝镇太平村太平组),南门是罗岭(今管店镇罗岭村所在地),西门是映山集(今招信镇映山村所在地),北门在四门口(今石坝镇包集村)。当时的孟州城非常大,也非常热闹,尤其是四门之处,车水马龙。后来在隋唐时期,罗成大破孟州城,城中老百姓四散逃亡,孟州城渐渐衰落。宋朝孟良的故居就在现在的石坝镇魏桥村。孟良想重建孟州城,但能力有限,建造了文当寺后就销声匿迹了。现在在魏桥村前王组、后王组、东西张组的农田里尚能发现灰砖、灰瓦砾。

文当寺所在的位置比较特别,石坝水库没建之前,小横山东西麓各有一条溪流汇集于此。水库修建,此处便是石坝河的源头,无数年的雨水冲刷形成宽数丈、深数丈的鸿沟。鸿沟东面是小平原,土地肥沃,西面是小丘陵,有石也在千米之外,唯此处岩石凸起。大概就因为此原因,孟良才在此建庙。

相传,文当寺高大雄伟,寺里住了一个得道高僧,带了两个徒弟,香火旺盛,善男信女络绎不绝。有一年端午节过后,老和尚要出去云游,临行前千番告诫两个徒弟,好好照看寺院,在八月十五这天傍晚将有四位神仙驾到,神仙来时电闪雷鸣,不要害怕,大开庙门,殷勤款待,等我回来。天机不可泄露。小和尚爽快答应。第二天老和尚云游去了。

两个小和尚很听话,打扫寺院,洗衣做饭,接待香客,一切相安无事。到了八月十五这天,香客剧增,两个小和尚知道师父道行很深,料事如神,今天定有神仙来访,兄弟两人特别勤快。好在下午善男信女都回家过节,没有香客登门,兄弟两人打扫庭院,擦抹香案,里外收拾得干干净净,就等神仙来访。傍晚,兄弟两人出门看天,万里无云,心想,哪里会有雷鸣电闪,心里对师父的告诫多少有点怀疑,但谁都没说出来。直等到太阳落山也没见一丝云彩,兄弟俩合计生火造饭。待斋饭刚端到饭桌,还没来得及吃,就听寺外狂风大作,西南方向乌云密布,寺门被吹打得咣咣乱响,震耳欲聋。寺门是铁铸的,重也有千斤,怎么有这么大的风?师父临走之时也没说风啊。兄弟俩合计要是门被吹坏了,师父回来肯定要责罚,不如先把门闩上,等神仙来了再打开。于是两人合力,费了好大劲才把大门闩上。刚回到大殿,就听外面电闪雷鸣,两个小和尚心里害怕,师兄叫师弟开门,师弟叫师兄开门,你推我让之时,就听庙门轰隆一声,比炸雷还响,兄弟俩吓得抱在一起,哆嗦成一团,谁也不敢开门,然后又是连连两声,稍歇,又是三声,没过一会又是三声,声音一次比一次响。两个小和尚吓得魂不附体。等到最后一声响后,寺外立刻安静下来,小和尚心神稍定,走下大殿,来到当院,看十五满月已高挂,没下一滴雨,没有一片落叶,天空没有一丝云彩。再看庙门,已然被撞出好大一个洞,严重变形,庙门无法开启。兄弟俩心惊胆战,你抱我怨已无济于事了,神仙没等到,门还不知被什么东西给撞废了,等着师父回来责罚吧。

原来撞门的是四口大钟,驾云来到此处,准备在此安居,不料到此处时,大门紧闭。铁钟上前叫门,敲了三下,那神仙附体的大钟敲门声不小,小和尚乃是凡人,哪能受得了如此惊吓?铁钟看无人开门,于是朝东北方向驾云走了。然后铜钟、银钟也没敲开门,也向东北飞走了。最后是金钟,它是四钟的老大,肩负上天重任,恼怒之下奋力砸门,最后一下用尽全身力气把门撞了一个窟窿,被铁铸大门卡住,好不容易挣脱,但已无力驾云,几个趔趄后跌落在寺边的河沟里了。

老和尚所说的神仙就是这四口大钟,他担心自己道行不够,可能有血光之灾,名是云游实是躲避去了。老和尚回来看到大门被毁,两个徒弟并排跪在门前等待受罚,把徒弟搀扶起来。看了看金钟坠落的位置,老和尚在石崖上做了标记,说:"此处是风水宝地,但我道行太浅,无福享用。"然后转头就走,去往何方无人知晓。两个小和尚也收拾行囊各奔东西了,留下一座空空的庙宇。因有一口大钟落在寺旁,人们就把文当寺改名为钟落寺,文当寺旁边的村庄改名为钟落村。

此事一传出,十里八乡的百姓都想看看金钟是什么样的,但水流湍急,隐隐能看到水下一片金黄。有一天来了一个道士，看了看，对围观的百姓说，此钟为纯金打造，因有灵性才到这里，要想捞起也不是难事，一家同胞十兄弟齐心协力就可以将其打捞上岸，就是砸碎卖金子也够用千秋万代。但人们一听都傻眼了，哪有同胞十兄弟？但这话还是传开了。

又过了好长时间，在四门口有一家九个弟兄，还有一个女孩排行老九，有好事人出了个点子，说老九穿男装扮男子，不说话，不就是十兄弟了？在金钱的驱使之下，一家十人准备好最结实的牛耕绳来到金钟坠落的地方，一人下去把牛耕绳穿入钟鼻子，上岸一起用力，围观的人里三层外三层，看到金钟真的被一点一点拉向岸边，人们可开了眼了，好大一口钟啊！可金钟乃是纯金打造，十人也是费尽力气，快上岸时都没了力气，特别是老九更是累得上气不接下气，于是老二喊了一句："九妹加油！"话音刚落，就听咔嚓一声，钟鼻子裂开，扑通一声，钟掉回原处，又往下遁去，留下一个深坑，再想下去摸钟，已没了踪影。后来有人想试试深坑到底有多深，用了四两丝线都没探到底，后来也就没有人再打金钟的主意了。

在没有修建石坝水库之前，钟落寺两边的居民往来都从落钟的地方路过，况且石坝也是一个不小的集市，遇到逢集来往的人更多。水少的时候搭一个简易的"桥"，发水的时候"桥"就被洪水冲走，水少的时候再建。

兴修石坝水库后，上游的水被拦截用于农田灌溉，落钟的地方无水冲刷，现已被淤泥淤实，只留下突出的岩石和老和尚宝剑砍下的豁口。豁口的苔藓长年滴水不断。

20世纪60年代，原来的魏桥大队被水库隔开，当时的石坝公社把魏桥大队在水库南边和西边的几个村庄另设立一个大队，大概是为纪念钟落寺的缘故，起名钟落大队，后来改为钟落村。进入21世纪，钟落村被并入团结村。

钟落寺现已荡然无存，钟落村也已不复存在，相传甚广的钟落寺可能在后世之人心里会被渐渐忘记，只有那苔藓上滴答的水珠还记得过去这里所发生的一切。

流传地区：明光市石坝镇
采录地点：明光市石坝镇
采录时间：2019年7月
讲　　述：朱贤宝（1962—　），男，大专文
　　　　　　化，石坝中学物理高级教师。
记录整理：贡发芹

钟落桥纪事

钟落桥位于钟落寺西面的溪涧之上。

相传,距离钟落桥数里之外的小横山脚下有一个村庄叫苗郢,苗郢有苗门寡妇十二人,都富裕而无子,协议继承人都很不孝顺,她们都非常失望。其中一人提议不如把财富拿出来,铸造金银铜铁四口大钟悬于不远处的文当寺,永垂于后世。

四口大钟铸成之后,正准备央求青壮劳力抬到文当寺,这时天气突变,电闪雷鸣,暴雨倾盆,大钟飞鸣而去,落于文当寺内者是铁钟,落于寺东南井中者是金钟,落于桥北涧碜子坑内者是银钟,唯铜钟不知去向。文当寺落下一口铁钟后,住持认为是菩萨显灵,就把文当寺改名钟落寺,寺北桥下溪涧碜子坑内落下一口银钟,当地村民就把涧上之桥取名叫钟落桥。

自从银钟落入钟落桥下的碜子坑内之后,此处一直有神异景象出现:每逢天旱,人们就能听到银钟鸣响,众人祈祷后,前往碜子坑戽水,待坑内积水戽尽,银钟就会显露出来。银钟鸣响之后,老天就会下起大雨来,下雨后就听不到银钟的声音了。

道光二十八年(1848)大旱,当地村民央求方家涧富户方正刚率领佃户负责戽水,当银钟显露出来时,大家用牛绳牢牢拴住,但无法拉动银钟。于是又牵来多头牯牛来拉,银钟只倾斜一点,忽然间鸣声大作,雷电交加,暴雨骤然袭来,人们只好斩断牛绳,奔走逃避,这一年当地免遭大旱。

光绪十七年(1891),当地再次大旱,村民再次召集众人戽水,戽到银钟显露出来时,又拉牛前来牵钟,结果银钟鸣响,又是暴雨倾盆。于是大家劝说当地善于泅水的赵文正、卢大山二人下坑探试,发现坑南水中有一个洞窟,深不可测,有人说此洞通到钟落寺底下,因为里面的水极为寒冷,不能久待。他们两个出水时,一人触碰洞壁石头,鼻子被擦破,露出水面后仍在流血,于是旁观的人以讹传讹,说坑中原来有一只老鼋在守护银钟，这个人的鼻子就是被老鼋所伤。一传十，十传百，很多人都相信了此事。

民国二年（1913），当地居民张君兴、戴云亭、方成轩（方正刚之孙）、王学富等人又因旱率众求雨戽水，水坑渐涸，天初明，张君兴见小龙坑内现老鼋，头大如笆斗，高出水面三尺，口吐水，俄而水涨，鼋潜藏，感到非常奇异。于是大家又来戽水，戽了好多天，坑中的水就是戽不干。后来大家都感觉累了，就散了。过了两天，天空落下微雨。

民国八年（1919），当地出现严重旱情。石坝街上绅董吴云亭率众前往磙子坑，焚香祷告，誓言如果不灵验，就率众撮土填坑。刚刚祷告完毕，就瞥见有一块乌云自南飘来，刹那间，雷鸣雨落，西至蔡家庵，北至染张巷（今东岳庙永安桥南唐营）、东至汪家巷（古城隍庙址东）、南至小横山根，皆落雨，方圆十里，众人避走不及，遭淋者百余人。

民国十七年（1928），再戽水求雨时，不再灵验。自此之后，天旱人懒，磙子坑再未被戽干一次。近坑约二丈，为小龙坑，又二丈，为张家湾之搭连坑，即俗呼井窝子。搭连坑西岸皆石，石罅下有窟，相传为老鼋所居。又传磙子坑内有龟大盈尺，背刻有康熙道光等年代字样，坑内有大鱼不可钓，渔者亦不敢问津云。磙子坑内窟窿犹在。

以上情形见于前代石刻。后来另外三口钟都不知去向，钟落桥不知何时也消失了，但当地人都认为，银钟还沉睡在桥北磙子坑内底下。

流传地区：明光市石坝镇

采录地点：明光市石坝镇

采录时间：2006 年 7 月

讲　　述：慎贵平（1948—　），男，大学文化，明光市政协退休干部，曾任市政协文史委副主任、提案委主任。

记录整理：贡发芹

泊岗的来历

泊岗,古名土龙岗。相传在远古时期乃土龙盘踞之地,土龙为防范淮河洪水侵蚀,掩土为岗,故而得名。南北朝时,北魏有一姓杨的官员,被朝廷罢官后举家沿淮河南下,乘船途经土龙岗时天色已晚,就泊船于码头,下船漫步于淮河岸堤。他见岸上地势平坦,水源丰富,岗湖兼有,土地肥沃,风光旖旎,景色宜人,触景生情,赋诗一首:"朝乘淮舟暮泊岗,夕照金沙遍地黄。登高远眺四野景,岗下满目尽湖光。"据此,人们把土龙岗更名为泊岗。

泊岗属于淮河冲积区,过去经常遇到淮水泛滥,因而土壤肥沃,有机质丰富,物产极为丰富,瓜果蔬菜、五谷杂粮,无所不产,连年丰收。泊岗萝卜、马铃薯,年产百万吨;花生、银杏、大甜桃,更负盛名,被称为"泊岗三宝"。泊岗花生曾作为贡品敬献朝廷,深得皇帝赞赏;桃花坞的大甜桃有千年种植历史,味甜汁丰;泊岗银杏遍及全乡,面积多达万亩,胸径五十厘米以上的古银杏树有近一百八十株,泊岗被誉为安徽银杏之乡。

泊岗淮水环绕,四面临河,水源充足,水产品极其丰富,淮河四大名鱼:鳊、花、鲤、鲫四季常鲜;螃蟹、河虾风味独特。可谓:

淮上宝岛金泊岗,物华天宝好地方。

景色宜人生态美,胜过江南鱼米乡。

流传地区:明光、泗洪

采录地点:明光市柳巷镇

采录时间:1986 年 12 月

讲　　述:张效春(1956—　　),男,大专文化,柳巷中心小学退休教师。

记录整理:贡发芹

汪雨相保护校产勇斗暴徒

民国十五年(1926)秋,盱眙县劝学所改名为教育局,安徽省教育厅任命明光士绅、地方教育家汪雨相(1879—1963)为盱眙县首任教育局局长。于是,他与县督学张雪徵(明光集人)联袂赴县城就任。

汪雨相受命于困窘之际,不辞艰辛,以振兴该县教育为己任,上任后立即采取果断措施:首先,恢复正常教学,责令所有校长遵期复课。其次,整顿公学教育秩序,责令所有学校统一教材,改进教法。此外,汪雨相鼓励私人、民间办学,改良私塾教育方式,树立优秀私塾办学楷模,重视师资培养,启迪地方青年立志从事教育事业,报效桑梓。汪雨相大力提倡新文化、新风尚,反对旧礼教、旧道德,并以自己的实际行动教育和影响青年一代。

盱眙县旧有县学、文庙、书院及地方义学、私塾蒙馆等教育设施,且多数拥有房屋、学田、庙地等校产,办学经费多来自这些校产租佃收入。民国开元已经十五年了,但内乱不止,教育时办时停,校产管理混乱,多数被不法佃户及地方豪强霸占,学校收入锐减,教育经费入不敷出,办学困难重重。为增加教育经费来源,稳定学校收入,汪雨相决定改革教育现状,大刀阔斧革除弊端积习。他从清理整顿学产着手,力主经济公开,不让贪官、劣绅有空子可钻。盱眙学田大多承包给佃农,分午、中、秋三季缴纳租谷或按谷折价,由原劝学所负责。秉性忠厚者,基本上能够按期缴纳;而性情狡猾者,则钉住原劝学所经管不严等弊端,有漏洞可钻,就常常借酒食等物,拉拢腐蚀收租之人,谎报收成,获得减免,中饱私囊;也有确因劳力不足,年景不好歉收,积欠租谷,历年不能清偿的。鉴于这种情况,汪雨相决定整理账目,重新登记造册,挨户清查田亩,不符者进行实地丈量,核对历年租谷缴纳数据。在掌握充分可靠资料情况下,他召集县教育款产委员会议和教育局局务会议,分别以承租能力、田块旱水、土质肥瘠、水利条件、路途远近,以及佃户劳力、农具新旧、牲畜多寡、是否守信等实际状况,逐项商定租种办法。租金按田亩土质分为上、中、下三等,佃户每年缴纳租谷,必须以留有适当口粮维持生计为前提。承租佃户必须与教育款产委员会重新签订租约。原承租人优先,但应视租种佃户劳力、畜力等条件酌量增减。对懒散租户抛荒地亩者,坚决抽回,另行出租。租佃协约上载明:如遇旱涝、虫害等情况,应根据实际酌情减免。如有故意瞒报谎报灾情等情节,则给予适量加收租谷、剥夺租种权等处罚。经过这次整顿,承租佃户们均认为比较合理,心悦诚服,按时缴纳租谷,遇有歉收等特殊情况,如实呈报,也能及时得到减免。这一措施收效显著,稳定了部分教育经费来源,赢得了教育界人士及社会的普遍肯定和支持。

接着,汪雨相开始清理湖滩、港汊学产。盱眙圣人山湖、猫耳湖、七里湖等水域湖滩、港汊土地及水面很多,部分已由县署划归学产,水产资源丰富,但多被当地富户侵占,学产收益甚微。汪雨相履任后利用近一年时间,披荆斩棘,不辞辛劳,带人对湖滩、港汊学产部分进行实地勘查,掌握一手资料和数据,然后按面积、方位、远近确立租金数额,面向社会公开招租,中标者须寻找殷实铺保,签订租用契约,保证租金按期缴纳,缴清上一年租金者可优先续租,其他方面享有与学田一样的优惠条件。此举大大增加了县教育经费收入,受到学界同人交口称赞,却影响了近湖富户利益,招致他们不满。

最难清理的是盱眙城边与淮河之间的淤地。盱眙县城依山傍水,冈峦连绵起伏,形若三山环抱的太师椅,山脚下淮河边的淤地逐年增大,城内富户程竹泉、陈佩九等人见有利可图,就主动请求租用。他们于此搭建草房出租给外地小贩开店经商。年复一年,淤地不断扩大,房屋越建越多,达一千一百四十五间,商贩二百七十八户,遂形成热闹街市。每年租金越来越多,而承租人仍按多年前租约缴纳租金,县署收入微薄,租赁人收益越来越丰厚。

民国十六年(1927)一月,盱眙县署将此淤地改作学地,划归县教育局经管。汪雨相接到文件后,亲自带领随员深入街市,丈量学地,逐一核对商户所占淤地面积,经过认真勘查,摸清了情况,原始承租人已将所租淤地化整为零,转租他人,自己做起"二房东",坐收渔利,多占瞒报普遍存在,各种手段不一而足。经过教育局几个月的辛勤努力,终于核对出实际面积。于是教育局重新商定租佃办法和租金标准,每年按三季征收,每间地基上季征二角,中季征一角,下季征五分。按此征收,商铺租金没有增加,只增收了原始承租人"二房东"少量租金,年获租金仅二百八十余元,但政府受益已增长数倍。商之首任县长陈亦庐(民国十六年十一月县署改为县政府,县署知事改名县政府县长),得到认可,准予通行。

本来增收后,租率不及当时社会租率的十分之一,充分照顾了原始承租人的利益,合情合理,却招致原始承租人极大仇恨,他们认为汪雨相是拿他们"开刀",故意损害他们的既得利益。程竹泉、陈佩九二人是淤地原始承租人,开始承租时,租约上面积不及实际二分之一,淤地不断增大,一直没有重新丈量,租金一直没有增加,他们将租地分割成片转租他人,从中获得暴利。汪雨相亲自带人丈量时,他们曾谋划贿赂丈量人员,但没有成功。他们深知汪雨相秉性耿直,疾恶如仇,就没敢轻举妄动。其间,汪雨相兼任了江苏淮阴,安徽泗县、盱眙三县淮防水巡大队长义务职,印发了盱眙县教育产款收支实录,反对贪污腐化不遗余力,招致贪官污吏忌恨,怨恨汪雨相的人越来越多。淤地原始承租人更是怀恨在心,他们渐渐觉得有机可乘,于是暗中密谋,煽动民众起来借机闹事,以期将汪雨相赶出盱眙。为此,他们开始在商户中造谣,称教育局要增加商户租金,缴清历年积欠,否则收回另租他人。这些商户多是外地流民,其中不乏地痞、流氓,随即跟着起哄滋事。

民国十七年(1928)二月二十七日上午,幕后策划者煽动不明真相商户,以集体请愿为名,聚众数十人气势汹汹闯入县教育局,寻衅滋事,提出无理要求。汪雨相面对暴徒毫无惧色,横眉冷对,理直气壮地予以严厉驳斥,并且以理服人,申明新订租率不及社会上十分之一,只是少量增收原始承租人租金,杜绝他们大量渔利,不增加商户租金。但带头挑事者依然不依不饶,一名受到幕后策划劣绅收买指使的暴徒强行抓住汪雨相衣领,撕毁衣服,将他一路向西关路扯去,说是到县政府请愿,途中借机攻击汪雨相身体,伤及其背部,侮辱其人格、尊严。其余地痞、流氓趁势在教育局院内开始打砸,捣毁公物,砸坏门窗。

该事件立即引起盱眙县教育界公愤,事发后,大家目睹汪雨相被殴伤,公物被毁坏情状,非常义愤,为伸张正义,遂自发组织"二二七"汪案后援会,向县政府、省政府提出申诉。汪雨相本人也提出控告肇事者,要求追查幕后指使者,并愤而递交辞呈。县政府派员调查,弄清真相,对所谓的"请愿者"予以通缉。后经地方绅董出面调停,肇事者主动认错悔过,自愿接受加租方案,赔偿一切损失计银币四百元,并捐银二千八百元,作为本县图书馆基金。

汪雨相见是非已清、曲折已明,也就慨然同意撤销通缉,对赔偿费分文未取,悉数充作教育经费。

民国十七年(1928)夏,汪雨相赴省会充任建设会议代表,坚决向安徽省民政厅、教育厅两厅辞职,得到允许,并由汪雨相举荐教育局局长人选取代自己。

是年冬,盱眙县教育界同人特勒石于教育局院内以纪其事,用以警示后人。

流传地区:明光、盱眙

采录地点:明光市区

采录时间:2003 年 7 月

讲　　述:武佩河(1953—　),男,大学文化,作家。

记录整理:贡发芹

新四军智取王摆渡

王摆渡所在地王咀,位于今安徽省明光市女山湖镇境内女山脚下女山湖南岸,是女山湖一个古老的渡口,历史悠久。

抗战中期,日本人和汪伪盱眙县政府在王摆渡设立了税卡,加强了对王摆渡的控制。为阻断女山湖两岸新四军联络,伪政府还委任么开贵为队长、林荣通为副队长,率一个伪军中队驻扎王咀,号称"和平救国军",有七十多人,二十多条枪,拥有营房和院落,王咀从此具有了军事功能。

1940年3月中旬,嘉山县抗日民主政府在自来桥镇成立,隶属淮南路东专员公署,新四军五支队办事处处长汪道涵任县长,下辖自来桥、津里、古沛、潘村四区。

这里要说明的是,1932年,国民党嘉山县政府成立,治老三界,辖地绝大部分区域来自盱眙。女山湖两岸的津里、旧县、邵岗、大郢、苏巷、戴巷、义集、柳巷、潘村、浮山、紫阳、古沛、桥头等乡镇仍属国民党盱眙县辖区,直到解放初才划归嘉山县(1994年改为明光市)。嘉山县抗日民主政府范围属于国民党嘉山县与国民党盱眙县交接地带,大部分属于国民党盱眙县辖区。

1940年4月,中共盱嘉县工委撤销,成立中共嘉山县委,属中共皖东津浦路东省委,下辖第一区委(自来桥)、第二区委(津里)、第三区委(古沛)、第四区委(潘村)。

1938年,日军入侵盱眙县城、嘉山县城(老三界)及津浦线重镇明光。1938年1月18日,日军占领明光,成立维持会。1940年5月左右,日军在明光成立了汪伪嘉山县政府。1940年8月至9月间,日军侵占皖东抗日根据地,占领嘉山县民主政府第二区(津里),并在明盱公路沿线石坝、津里等处和明旧路桑苗、旧县、张凤滩等处设立了据点。

1940年9月15日,日军占领盱眙县城后,成立了汪伪盱眙县政府。此后,日军经常开动汽油船在明光至旧县镇之间的女山湖面上游弋巡查,第三区(古沛)、第四区(潘村)与嘉山县党的领导关系被切断。为此,中共苏皖边区委员会决定在女山湖以北地区成立中共盱凤嘉边区工委,驻古沛南园,刘起源任书记,下辖一个潘村区委,八个直属乡党支部。1941年5月,中共皖东北区委员会决定成立盱凤嘉县委,先后属中共皖东北区委、中共淮北苏皖边区委员会,同时成立盱凤嘉县办事处,后改为盱凤嘉县抗日民主政府,隶属淮北苏皖边区行政公署。

王咀与杨咀之间直线之南形成一个半圆形水套,水套圆弧顶端有个村庄叫岳套,圆弧顶端至王咀之间有个村庄叫杨套,杨套庄子上有个姓杨的地主,曾任盱眙县旧县镇镇长多年,1940年初,被旧县镇地方势力吕介甫勾结日本人挤走,回到杨套暂时蛰伏。他不愿投靠日本人,也不想结交共产党。他堂兄弟五人,在杨套拥有四处两进以上院落,建有炮楼三座,近三十个家丁为其扛枪护院。

盱凤嘉县政府曾派人做么开贵工作,设法策反王咀伪军,但未能成功。么开贵思想顽固,置民族大义于不顾,死心塌地跟着日本人,坚持一条黑道走到底。不仅如此,他们还不断骚扰当地百姓,经常抢走当地村民的猪牛羊和鸡鹅鸭等牲畜、家禽及粮食,勒索渡河商民,弄得当地老百姓怨声载道。

盱凤嘉县政府还侦知杨姓地主二夫人系紫阳钱西贫苦农家出身,就委派其亲属前来做杨姓地主的思想工作,希望他能配合民主政府活动。但他为了保全自己,不愿意得罪么开贵。于是,盱凤嘉县政府决定清除影响女山湖两岸交通往来的王摆渡伪军,并顺便收缴杨姓地主家的枪支用于抗日。

1941年9月4日,杨家三子满月,杨家按当地风俗举行庆典,邀请了远近亲友。王咀伪军副队长林荣逋是女山之南大林郢人,与杨家沾亲带故,也在受邀请之列。中饭后,林荣逋游说杨宗兰晚上请么开贵和王咀伪军喝酒,抬头不见低头见,借此搞好关系,兵荒马乱的,好有个照应。杨姓地主虽不乐意,但又不好推辞,便邀请了所有伪军。这样的机会,士兵一年遇不上几次,于是个个都喝得酩酊大醉。早就计划收拾王咀伪军的盱凤嘉县政府县长兼盱凤嘉总队政委刘起源事先得到线报,觉得这是天赐良机,决定乘机拔掉王咀这颗钉子。

盱凤嘉县成立时就组建了自己武装队伍——盱凤嘉独立营,营长朱允弼(1918—1948),下辖三个连,后改为盱凤嘉大队,再改为盱凤嘉总队。同时境内潘村还驻有新四军四师十二旅三十四团三营,具有较强的战斗力。9月4日,刘起源秘密通知召开会议,安排部队到古沛南面女山湖北岸的卢咀集中,并准备了十几只大船前往河边待命。晚上上弦月升起之时,刘起源一声令下,盱凤嘉总队和附近乡民武装三百多人乘船直奔女山。约莫两个小时光景,他们在女山西面山脚下上了岸。

部队上岸后,刘起源在距离王咀约四千米的女山脚下设立了临时指挥部,指挥其中一个连绕过杨套,从旱路直扑王咀伪军驻地。为切断伪军退路,防止伪军从水上乘船逃跑,刘起源安排一个连沿女山湖南岸水边进发,直扑距离伪军驻地一百余米的王摆渡,占领王摆渡后,从水边包抄王咀驻地敌军。余下的一个连作为机动,担任河岸警戒和接应任务。

午夜时分,指挥部没有听到动静,以为扑了空。正在焦急之时,就听"轰!轰!"两声爆炸声,随即响起了密集的机枪声,战斗在 5 日凌晨 1 时许打响。原来伪军全部醉酒,都在呼呼大睡,没有人站岗放哨。突击班投掷炸药包爆炸后,么开贵才从睡梦中惊醒,连忙带领十几个伪军冲出营房,很快就被冲进伪军院内的突击班呼啸的机枪撂倒。

"……缴枪吧!""新四军优待俘虏!""……不杀人!"随着四面响亮的喊声,余下的伪军很快举手投降。战斗不到二十分钟就结束了,异常顺利,干净利落,大获全胜。这次战斗击毙队长么开贵及伪军十多人,俘虏副队长林荣通等伪军五十多人,缴获手枪两支,步枪二十余支,子弹四百余发,并伪军旗及军用品。

流传地区:明光女山湖镇

采录地点:明光市女山湖镇山东村

采录时间:1992 年 2 月

讲　　述:贡世泽(1937—　　),男,中师文
化,小学退休教师。

记录整理:贡发芹

崔冲没有崔姓人

明光市三界镇西王村崔冲村民小组位于原津浦路小王郢火车站北面。这里原是一个崔姓人聚集的交通便捷的地方,因此得名崔冲,但现在这里却没有一个姓崔的。

1938 年春,靠近崔冲东面的津浦铁路段被我地方军民及游击队炸毁,导致日军一列小火车脱轨,损失惨重。此举惹怒了驻小王郢车站据点的日军,他们携带机枪来到崔冲,将全庄二十七人集中到庄前的平地上,逼迫崔冲人说出游击队的去向和驻地。

英勇的崔冲人面对敌人的机枪,无一人搭理日军,在得不到任何结果的情况下,凶残的日本鬼子在对门山上架起机枪将全村人残忍地杀害,当时只有一祝姓小女孩被大人护在身下,未被机枪击中而幸免,后来这个小女孩逃到现在的郑岗村上祝组亲戚家。

崔村惨遭日军屠村的血腥事件后,没有留下一个姓崔的人。提起这一事件,当地的老人们无人不知,无人不痛恨日军。这一事件也是日军侵华犯下的又一大罪行,小王郢日军据点现在还存在,警示人们,不要忘记日军的暴行。

这就是为什么崔冲无人姓崔的历史原因了。

流传地区:明光市三界镇

采录地点:明光市三界镇

采录时间:2016 年 8 月

讲　　述:王树艮,三界村民;

　　　　　吴启平(1961—　　),男,大学文化,三界镇政协退休干部。

记录整理:贡发芹

汪县长派人到敌占区"偷西瓜"救"双枪女侠"

凌泉,1922 年出生于安徽省安庆市怀宁县一个贫苦农民家庭。她从小性格倔强,就像一个男孩子,不受拘束。凌泉是原名,抗战时,因革命需要改名赵云生,此后便很少有人知道她的原名了。

1938 年 2 月,年仅十六岁的凌泉参加革命,加入抗日队伍,不久随部队来到皖东嘉山县山区开展游击战,在嘉山县自来桥先后担任过交通员、指导员、乡长、政委等职务。

据说,1938 年底,在嘉山境内的一次战斗中,凌泉从鬼子那里缴获两支枪,一支是驳壳枪,一支则是比手枪大、比步枪小的"马拐子"枪。随后,凌泉一直佩带着这两支枪,时间长了,附近的群众和战友都笑称她是"双枪女侠"。尽管当时她只有十几岁,参军时间较短,但要起双枪来,神气十足,尽显飒爽英姿。由于凌泉在工作和打仗中巾帼不让须眉,每次任务一到,只要有人说女孩不能去,她肯定争着去。每次打仗,她提着双枪,比有些男战士冲得还要快,还要顽强。对待鬼子,她从不"心慈手软",而是浑身充满着"匪气",人们都称她"小土匪",凌泉从不计较。

1941 年夏天,烈日炎炎,可十九岁的"小土匪"凌泉却突然得了伤寒病,高烧不退。与她关系好的嘉山县长汪道涵焦急如焚,那时药物全都断了供应,再不想办法救凌泉,她就要死了。

汪道涵听人说吃西瓜可以缓解伤寒病。他立马派人四处去找,可当时在嘉山境内别说西瓜,平时粮食都短缺。

汪道涵看着躺在病床上的凌泉,即使发着高烧,她还在喊着"打敌人",汪道涵下了决心。

他出了门,立马喊来几个人,让他们乔装打扮,到几十千米外的敌人控制区找西瓜,也就是"偷"西瓜。

几个人对了个眼色,下一秒,全都立正,纷纷表示一定完成任务。

汪道涵心里很是欣慰,自己带出来的人果然有血性,还识大体。

终于,经过几番周折后,两个救命的西瓜被找到了。汪道涵立马让人喂给凌泉,没多久,凌泉的高烧就退去了,病症也好了不少。

按理说,汪道涵救了凌泉,凌泉本应该感激,可是凌泉醒来,知道汪道涵为自己找西瓜一事,立马骂他:"罔顾人命!"

在凌泉看来,这种病当时就已经是绝症,治不好大不了就这么算了,但是汪道涵却派人到那么危险的敌人占领区找西瓜,万一这些人出了事,丢了命怎么办?

凌泉很生气,但那些被派去找西瓜的人都来找到凌泉,跟凌泉表示他们都是自愿去的,因为很仰慕凌泉"双枪女侠"的风范,愿意为凌泉做点儿事。

凌泉被感动了,当天,她就找到汪道涵,郑重道歉,而后又感谢汪道涵救了她的命。

汪道涵笑笑,拍拍她肩膀:"你我认识两年多,快三年了,讲这些客气话做什么。好好养伤,伤好了多打几个敌人,就算是道谢了。"

凌泉听了,从此更加拼命工作。

后来,七师的罗炳辉首长经过嘉山,特意找到汪道涵打听。因为凌泉"双枪女侠"的名号十分响亮,他就想见见真人。

汪道涵形容凌泉看起来是女孩模样,动起来却是个男孩。

两人哈哈大笑。不久,罗炳辉见到了凌泉,一见面,他就被凌泉身上的"匪气"吸引,直接问她:"'小土匪',愿不愿意跟我去七师?"

凌泉一听上前线杀敌的机会来了,立马爽朗地笑了,当下就点头答应。

因为凌泉自从来到嘉山后,就一直活跃在地下,负责看管物资、保护首长安全,她心里却一直渴望再上前线杀敌。

现在,罗炳辉首长亲自邀请她,她当然要抓住这次机会。上前线后,凌泉杀敌更加勇猛,敌人听见她的名号就跑。

但是后来,因为名号过于响亮,凌泉被敌人注意到了。为了保护她家人的安全,她不得不接受上级建议,改名为"赵云生"。

从此,凌泉消失,成了传说中的人物,有的只是赵云生。

在战争年代,不光有男人们保家卫国,女性们也不甘示弱。凌泉就是一个典型代表。她十六岁就加入抗战队伍,常年与敌人开展游击战。但那时候的她,没有枪支在手,只能用手榴弹攻击敌人。后来在一次战斗中,她很幸运地缴获了两支手枪,一支驳壳枪,一支"马拐子"枪。从此,凌泉日夜苦练枪法。

有次,敌人来攻击,但中途迷了路,就偷偷摸摸去村子里寻找食物,此时恰好碰上了凌泉。凌泉毫不犹豫,直接举起双枪进行射击,干掉四个敌人,剩下的一个敌人当即举手投降。从此,凌泉就有了"双枪女侠"的称号。加上她身上有点"匪气",罗炳辉就戏称她为"小土匪",而这个绰号,哪怕抗战胜利后,仍有领导这么叫她。

为了和平,凌泉将自己的一生奉献给了国家。战争时,她二话不说奔赴战场,哪里需要她,她就去哪里。战争胜利后,她则退居幕后,继续为国奉献。

流传地区:明光市自来桥镇

采录地点:明光市区

采录时间:2005 年 8 月

讲　　述:华文登(1933—　　),男,大学文化,曾任明光市委统战部部长。

记录整理:贡发芹

抗日女干部到伪乡长家养病

1940 年 3 月中旬,嘉山县抗日民主政府于自来桥镇成立,隶属皖东津浦路东联防办事处,首任县长为汪道涵(1915—2005)。汪道涵原名汪导淮,安徽省嘉山县明光镇(今明光市)人,是首批同盟会会员汪雨相之子,新中国成立后曾任第一机械工业部副部长、对外经济联络委员会常务副主任、对外经济联络部副部长、中共上海市委书记、上海市市长、海峡两岸关系协会首任会长、中国共产党中央顾问委员会委员等重要职务。其妻戴锡可(1918—1965),安徽省嘉山县戴巷乡(今明光市苏巷镇)人,1918 年出生于女山湖南岸的戴巷殷庄。新中国成立后,她先后任华东工业部上海益民工业公司经理、国家轻工业部食品局办公室主任、中共中央工业部巡视员等职。

位于安徽省明光市东南部的自来桥镇,是 20 世纪 40 年代津浦路东抗日根据地的一个重镇。这里群山环抱,峰峦叠嶂。抗日女英雄戴锡可曾经与丈夫嘉山县抗日民主政府首任县长汪道涵战斗在这里,用青春和热血写就了一个个生动的、可歌可泣的动人故事。

当时,皖东抗日革命根据地处于最困难时期,受到日、伪、顽、土匪、反动地主武装的多重夹击。嘉山县抗日民主政府成立不久,地方抗日民主武装也是刚刚建立,斗争环境十分复杂,敌我双方摩擦不断,战斗连连。戴锡可担任自来桥区委书记,在复杂的环境里坚持宣传抗日,发动群众,开展统战、反顽工作。因处境危险,她常常一天要转移好几处地方。

1943 年春,淮南区党委决定津浦路东八县调整合并为盱嘉、来六、天高、东南四个县委和办事处。汪道涵已升任淮南津浦路东专员公署专员、党团书记,离开嘉山,戴锡可担任县妇抗会主任,则留在皖东地区继续战斗。3 月 8 日,戴锡可、王榕等七十多位妇女代表在西高庙召开盱嘉县第一次妇女代表大会,纪念“三八”国际妇女节。这期间,明光镇(伪嘉山县城)、大溪河(今属凤阳县)、五河县城等地的日伪军不断出兵到古沛(今属明光)、大溪河、井头(今属五河)等地进行"扫荡"。为给日伪迎头痛击,打掉他们的嚣张气焰,我新四军十一旅及县、区武装集中兵力迎击来犯日伪军。戴锡可也随盱嘉县总队到古沛、桥头一带发动群众并组织妇女做好支前工作。

当时,戴锡可怀上了第二个孩子,由于长期奔波在抗日第一线,工作繁忙,日夜操劳,得不到休息,加之生活艰苦、缺少营养,1943 年夏末,在桥头的蒲子岗早产了。由于当时生活、医疗条件有限,戴锡可本身体质较差,孩子生下后七天就夭折了,戴锡可精神上受到了沉重打击,不幸病倒了,急需安静休养、补充营养。但当时正遇日伪军"扫荡",部队经常昼伏夜出,不停转移,辛苦异常。戴锡可身体益加虚弱,已经承受不了,随部队运动非常困难。

为此,组织上决定为戴锡可找一个比较安全可靠的地方养病。时任抗日民主政府嘉山县县长兼县总队总队长,改任盱嘉办事处副主任兼联络部长的胡坦同志首先想到了自己的恩师、旧县镇(今明光市女山湖镇)上的开明士绅汤策安先生,汤先生在当地德高望重,人脉关系好。于是胡坦派人悄悄找到正在旧县镇西部下洼村任教的汤策安先生,请他设法安排个好地方。

听说是学生、抗日民主政府县长胡坦的特别委托,又是汪道涵的夫人,这是共产党对自己的信任,汤策安先生非常重视,觉得义不容辞,慨然应允。因处在日伪占领区,敌人眼线太多,此事非常棘手。安排到哪儿呢?汤先生经过再三思量,觉得都不太安全,而此事又非同小可,必须做到万无一失。想来想去,安排到伪桑大郢乡乡长桑国权家最合适,他家房子多,容易躲藏。再则,兵走险招,特殊时期,最危险的地方,也就是最安全的地方。谁都不会想到,共产党抗日根据地领导人的夫人会住进伪乡长家里养病。

胡坦派来与汤先生接洽的同志很不放心,桑国权要是出卖了戴锡可怎么办?汤先生说:"以我对他的了解,他不会的。他虽然是伪乡长,听命于伪政府和日本人,但他手上至今还没有血债,也很少为难过共产党新四军,他控制的桑家渡,新四军经常从那里经过,事先通报一声,桑国权都是睁一只眼闭一只眼,从不阻拦。他与汪道涵有过交往,很佩服汪道涵,一直想为自己留条后路,汪夫人前往他家养病,对他来讲是个结交新四军的绝好机会。这各种利害,他还是拎得清的,他要是出卖汪夫人,他全家人性命也就不保了,共产党不会放过他的。"

听汤先生这番解释,来人终于同意了此事。于是,汤策安先生放下手中事务,专门来到桑大郢桑国权府上,一番寒暄后,汤先生说明了来意。一听说是汪道涵的夫人、县妇抗会主任、戴巷殷庄首富戴家二小姐要到自己府上养病,桑国权不敢怠慢,亲自谋划。当晚在夜幕的掩护下,桑国权带领心腹悄悄地将戴锡可接到府上,安排住在后院,封锁一切消息,叫自己女儿一直陪伴在戴锡可身边,贴身服侍戴锡可。对外说女儿生病,为防止传染,不允许任何人踏进后院,只让自己老婆一人出入。桑国权安排厨房每天烧一些可口的饭菜,由自己老婆端进后院房子里,供给戴锡可和自己女儿食用。二十多天后,戴锡可的身体得到桑国权老婆和女儿的精心护理,营养得到了一定的补充,恢复了许多,于是联系上队伍接应,悄悄离开桑府,立即奔往抗日前线。

抗战胜利后,戴锡可被调往苏皖边区人民政府工作,从此没能再回到她所战斗过的皖东抗日革命根据地,但那里的人民永远不会忘记她。今天,很多老人提到戴锡可时,都对她在伪乡长家养病的事津津乐道,并异口同声地称赞她是抗日女英雄。

新中国成立后,当地伪乡长、伪镇长、伪区长多被镇压,桑国权只被批斗而已,算是对他保护革命同志的认同。

流传地区:明光市苏巷镇、女山湖镇

采录地点:明光市区

采录时间:2015 年 8 月

讲　　述:王业有(1942—　　),男,大学文化,退休干部,曾任明光市党史办主任。

记录整理:贡发芹

太平集对日战斗

明光市(原嘉山县)石坝镇东边有个太平集,地势险要。日本侵华时期,驻守在津浦线明光镇的日军司令部派出一个小队在这里建立了一个据点。日军在这个据点内修筑了一个大碉堡,有三层楼高,周围设有护城河,岸上设有铁丝网,铁丝网外布满地雷。据点居高临下,形成了一个易守难攻的坚固堡垒。据点内驻守日本军一个小队,队长希来义带领十二个日本兵。敌人为了加强防守,又调进伪军一中队四十多人,装备有两挺歪把子轻机枪,一门小"八狗炮"。驻守在明光镇的日军司令野板太一郎,把太平集作为他收集津浦路东新四军情报和向津浦路东抗日根据地发动"扫荡"的重要前哨之一。

1942年春天,新四军二师师长罗炳辉指示新四军路东联防司令部,必须设法拔掉太平集据点。否则,我根据地春耕大生产将受到直接威胁,我边区开展游击战争也会受到很大影响。联防司令部随即命令盱(眙)嘉(山)支队负责拔掉这个据点。支队经过周密计划后决定,由独立营负责打援,警卫连负责主攻。

警卫连李连长挑选十二个小伙子作为攻击太平集的突击队,他们中有六个共产党员,四个青年队员,两个老战士。突击队长由二排长徐征发担任,副队长由三排副张友才担任。

战斗打响之前,李连长亲自主持召集突击队单独开会,他向大家详细介绍了日伪太平集据点的敌情,地形、工事构置和兵力兵器分布等情况。经过大家的详细讨论,一致认为:一、主攻一定要有佯攻配合;二、要准备好两根杉树杠子撬开铁丝网;三、带上两根大毛竹准备过护城河用;四、准备两至三个爆破筒,撬不开铁丝网就炸开;五、炸药包要准备一个大的、两个小的;六、没有扫雷器,就带两根细长竹子排除地雷。

统一意见后,傍晚6时半,部队按计划出发了,突击队派出尖兵组,在前面行进。在距离敌人还有千米的时候,气氛十分紧张,传口令都是咬耳朵转达,每向前移动一步都在等候枪声。在夜幕中,战士们突然发现前面制高点上显现出高大物体的轮廓,不用说,这就是敌人据点的核心大碉堡。

这时候,徐征发命令三个战斗小组分成三角队形,先是低姿跃进,在离敌人还有五十多米时,改为匍匐前进。副队长张友才和第一战斗小组组长张东方带领王林树、李勇奇、赵德胜匍匐在前方。第二战斗小组组长刘胜利带领朱来红、孙永胜、钱友才匍匐在左前方。第三战斗小组组长梁家贵带领杨飞虎、许小虎、齐开洪紧跟着徐征发匍匐前进。

第一战斗小组接近敌人铁丝网,他们将事先准备好的两根杉木杠子,顺着铁丝网下面的地皮插过去,铁丝网被撬起半人多高的大洞。徐征发命令第二战斗小组掩护,第三战斗小组冲进去。梁家贵第一个侧身冲过铁丝网,紧接着杨飞虎、许小虎、齐开洪用同样的姿势冲了过去。一、二战斗小组紧随着冲过铁丝网,再由第一战斗小组掩护,二、三战斗小组准备越过护城河。二、三战斗小组刚下水就惊动了日军的狼狗,狼狗立刻狂吠起来,这时候大碉堡上下日伪军一齐射击,攻坚战斗打响了。

敌人枪声一响,西边佯攻部队开火了,敌人的火力大部分被吸引过去,拼命向西扫射过去。全体突击队员一个个跃入护城河中,河水深处过头,浅处过腰,大家紧紧贴在河坡上,因为有夜幕掩护,敌人没有发现。徐征发站起身来观察了一会,发现大碉堡东南角有三四间小平房,便立即打手势命令第一战斗小组迅速冲进平房,封锁住敌人碉堡的枪眼和大门,掩护二、三小组运送炸药包。此时,狼狗狂吠得更厉害了,日伪军也开始向东边远处射击。张东方在平房的一角蹲下来,经过观察,发现狼狗拴在碉堡门前的柱子上,他手起一枪把狼狗给干掉了。这时,鬼子才发现碉堡下面有人,赶紧集中火力向碉堡附近射击。一时间,轻机枪、步枪、冲锋枪、手枪的射击和小钢炮的炮弹暴风雨般压下来。二、三小组不顾敌人的火力压制和封锁,迅速冲到平房背后。在冲锋中,钱友才光荣牺牲,许小虎腿部负伤。这时候,外围西北角佯攻部队虚张声势地发起了冲锋,吹起了冲锋号,冲杀声惊天动地,响彻夜空。日本鬼子和伪军真以为新四军从西北角冲上来了,碉堡上所有火力又都集中向西北方向射击,东南角火力暂停。徐征发趁此机会,命令第一战斗小组把炸药包外面捆上手榴弹,炸掉碉堡大门。二、三小组集中火力掩护,封住敌人枪眼。

第一小组李勇奇和赵德胜迅速把四颗手榴弹捆在大炸药包上,李勇奇挟起炸药包冲向碉堡大门,刚出平房大门不远处,大腿负伤倒在地上。赵德胜未等组长命令就迅速冲出平房,抢过炸药包,连滚带爬,将炸药包送到敌碉堡的大门槛上,拉开导火索后飞快滚回到平房后面的墙角下。一声巨响,碉堡大门倒塌下来,里面浓烟四起,哭喊声连成一片。

这时,二、三小组往碉堡里连续投掷手榴弹。只听见碉堡内嗷嗷乱叫,突击队趁机展开了政治攻势:"缴枪不杀!""快投降吧!""我们优待俘虏!"碉堡里敌人发出惨叫声:"不要打了!""我们投降!"碉堡里一、二层的伪军一个个从窗户里把枪扔了出来,举着双手走了出来。

但是三楼的鬼子小队长希来义带着几个还活着的鬼子仍负隅顽抗,不肯投降。面对这种情况,突击队第二战斗小组向三楼再次甩出两颗手榴弹,两声响后,里面枪不响,人也不吭声了。战斗持续了三个多小时,十二个鬼子全部被击毙,伪军死伤半数,还有二十几个做了俘虏。

这次战斗我方付出了一人牺牲、两人受伤的代价,最终大获全胜,缴获大正十二式歪把子机枪一挺,勃朗宁轻机枪一挺,小"八狗炮"一门,步枪四十余支,弹药一箱子。太平集对日作战极大地打击了日伪的嚣张气焰,增强了嘉山军民抗日意志,进一步保障了根据地的安全。

流传地区:明光市石坝镇

采录地点:明光市区

采录时间:2015 年 7 月

讲　　述:丁加槐(1966—　　),女,大学文化,退休干部,曾任明光市党史办副主任。

记录整理:贡发芹

新四军盱嘉支队铲除"四霸天"

旧县有个"四霸天"

旧县镇,原为汉代睢陵县故城,即今安徽省明光市女山湖镇,位于三河(湖)交汇之处,东临淮河,南滨七里湖,西、北依三城湖(今荷花池),四面环水,只有一桥可以出入,历来为兵家必争之地。全民族抗战时期,旧县为盱眙通往嘉山(今明光市)的水路咽喉,系淮北地区通往淮南根据地的必经之处,地理位置尤为重要。

日军于 1938 年 1 月 18 日占领嘉山县西部重镇明光,随后成立了明光地方维持会。1940 年 5 月左右,日军扶植汪伪势力在明光成立了伪安徽省嘉山县政府。

吕介甫是旧县镇当地土豪,靠家族势力,当上了国民党盱眙县旧县地方联保主任。1939 年底,吕介甫暗中勾结日军,纠结地方势力,将国民党旧县镇镇长杨宗兰挤走。1940 年 8 月,日军占领了旧县镇,伪盱眙县县长戈济川委任吕介甫为旧县镇镇长。不到一年,吕介甫将镇长一职让给侄儿吕锦奇,自己摇身一变,当上了旧县区区长,管辖旧县镇、津里镇、大郢乡(时称桑大郢)、戴巷乡(时称戴家巷,包括苏巷,时称苏家巷)。这几个区镇乡头目置民族大义于不顾,甘心附敌,效忠日伪,把持水上码头和陆上交通要道,公开与新四军为敌,经常残害百姓,臭名昭著。其中旧县区伪区长吕介甫、旧县镇伪镇长吕锦奇、桑大郢乡伪乡长桑国权、戴家巷伪军大队长李超最为当地人民痛恨,被称为"四霸天"。

1943 年 2 月,淮南抗日民主政权实行精兵简政,3 月,决定将盱眙、嘉山合并为盱嘉县,成立盱嘉办事处、盱嘉县委,并将新四军第二师五旅十五团一营和独立五团划出,与盱眙、嘉山的民兵总队合并,组建成由主力部队与地方武装结合的盱嘉支队,以强化军事力量。8 月,十五团政委朱云谦调任盱嘉县委书记兼盱嘉支队政委,后又兼任支队司令员。为打开工作局面,朱云谦上任当月就率部攻打了津里镇,迫使伪自卫队三十余人缴械投降,建立了津(里)石(坝)区,后又计划攻打汪伪盱眙县城。

由于各种因素,我军前两次攻打盱眙县城未能得手。在朱云谦化装亲自进城侦察后,盱嘉支队于1944年1月24日(农历除夕夜)再次奇袭盱眙县城,分四路奔向指定目标:一路包围伪保安大队和伪区公署,对敌攻而不歼;一路攻击老大关伪县政府;一路到大王庙伪警察局附近埋伏;一路由朱云谦亲率一个连,由盱嘉办事处副主任胡坦及联络员魏小昆带领的武工队配合,抢占日军铃木中队驻地对面一个白天有岗哨、夜晚有灯无人的敌人碉堡,堵住日军大门,监视日军动向。夜里12时,攻打伪县政府的枪声响起,惊动日军铃木中队,试图前去增援。这时,朱云谦指挥三挺机枪对准日军中队部大门猛烈射击。铃木中队虽有两百多人,步、马、机枪、炮样样齐全,具有较强的战斗力,但在我军火力压制下,根本不敢出来。战斗持续两个多小时,我军一举端掉了盱眙县伪县政府和伪警察局,生擒两百余人,缴获长短枪一百二十多支,我方无一人伤亡。这次战斗,充分展示了我军机动灵活的战略战术,沉重地打击了敌人的嚣张气焰,迫使盱眙日军龟缩在据点里,不敢再出城骚扰百姓。

东线作战任务完成后,朱云谦及时调整部署,决定把兵力悄悄转移至西线,抓住西线重镇旧县来做文章,将矛头对准了"四霸天"。

运筹帷幄,先除"两霸"

1944年10月,盱嘉再次分治,但盱嘉支队建制仍旧保留。为攻打旧县镇,朱云谦进行了较长时间的谋划和准备,他找来嘉山县抗日民主政府县长兼嘉山县总队长胡坦、武工队指导员吴克汝、盱嘉支队参谋兼嘉山县总队第四中队队长戴嘉璜、盱嘉支队参谋长张白锷等人详细分析形势、了解敌情、商讨对策。胡坦是旧县镇人,青少年时期一直生活在镇上,对当地地形了如指掌;吴克汝是旧县镇西老吴郢人,曾与胡坦等人在旧县镇上开过盐行,担任盐行经理,对旧县镇周围进出路线非常清楚;戴嘉璜是戴家巷街上人,了解戴家巷的情况;张白锷是苏巷吉庄人,熟悉苏巷、大郢地形。大家各自发表了看法。朱云谦综合大家意见,很快酝酿好作战方案。

旧县镇有居民约五千人,盘踞在镇上的伪区长吕介甫是盱眙西乡最大的汉奸,他与其侄儿吕锦奇凭借五百条枪和日本人撑腰,横行乡里,为非作歹,无恶不作,老百姓早已对他们叔侄恨之入骨。吕介甫在镇上重要位置一共修筑了十个炮楼、碉堡,根本不把新四军盱嘉支队放在眼里,曾放出狂言:"就是敞开大门睡觉,共产党也不敢进来!"

旧县镇地理位置特殊,易守难攻。东西一条长街,西面出入的桥头设有暗堡;北面三城湖和东面淮河为日军所控制;再往东北是大片的沼泽地,东面码头旁也设有暗堡,码头对面的扁担河边上是日军张凤滩据点,控制淮河、女山湖、七里湖交汇水域来往船只通行。吕介甫占据的王家炮楼设在街中心靠近西面的高地,四周挖有壕沟,出入的吊桥,白天放下,晚上收起。炮楼高有十几米,系砖楼,坚厚牢固,内部火力配置周密充足。站在炮楼之上,整个长街都在视线范围之内,火力足以控制全镇。镇子四周还建有围墙,围墙外挖有一点八米深的壕沟,东、西、南、北四门都有伪军站岗放哨。每天晚上,吕介甫都带着亲信和核心主力住进炮楼。经过我军细致侦察,这些情况和敌人的火力部署都被摸得一清二楚。

朱云谦的眼光并没有只放在旧县镇上,他决心趁此机会,把以旧县镇为首的盱眙西乡紧密呼应的"四霸天"伪政权一并扫除,还要对明光日伪势力和旧县东面几千米外张凤滩据点里的日军增援进行适当打援,借机教训一下敌人。经过周密计划,朱云谦决定于1945年4月29日集中十个连的力量分头行动。

战斗之前,朱云谦召开动员大会,分析敌情,部署战斗任务并兵分四路:

第一路由盱嘉支队嘉山大队长王春、中队指导员兼支队参谋戴嘉璜率第四中队兵力直扑上苗、戴家巷;第二路由民兵总队长张白锷率一个连的兵力长途奔袭桑大郢伪乡公所;第三路由支队司令员兼政委朱云谦、支队副政委兼政治处主任胡少卿、津石区委书记吴克汝率四个步兵连、一个侦察队和一个武工队为主力,越过七里湖,直取旧县镇;第四路隐蔽设伏于坝头陈明旧路(明光至旧县)两侧,准备阻击明光、石坝增援旧县之敌。

29日17时,第一路部队准时从驻地出发,直插戴巷敌老巢。20时许,与之前派出的第一侦察组人员接上头,得知敌人移驻到戴小庄两个地主家院子里,伪戴巷乡乡长徐余轩也在村内。于是,部队向戴小庄进发。在离戴小庄一千米外的孙庄,又与第二侦察组人员接上头,掌握了确切的敌情。随后,我军摸掉敌人两个岗哨,迅速攻进庄子里。不到半个小时,战斗结束,除伪乡长徐余轩带几个亲信从焦家渡坐船逃脱外,伪大队长李超以下数十人被击毙,伪中队长以下四十余人被俘虏。我军缴获大量枪支、弹药,无一人受伤。

第二路部队由民兵总队队长张白锷率领,以一个连的兵力长途奔袭,跨越明津路、明旧路,经过津里、苏巷,直指桑大郢伪乡公所,伪乡长桑国权猝不及防,带领乡队员仓促应战,不及半小时,即与所有虾兵蟹将全部束手就擒,无一人漏网。

至此,"四霸天"被我军顺利消灭了"两霸"。

旧县除恶

朱云谦、胡少卿、吴克汝等人率领的第三路部队是此次作战的主力,他们从盱眙县西高庙出发,经过官山西麓的牧场湖(今属明光市涧溪镇),悄悄来到七里湖南岸的石岗头。在地下情报员胡耀华、周利民的引导下,部队乘数十只民船,以人字形排开,浩浩荡荡横渡七里湖,向旧县镇进发。

午夜三更时分,船队抵达旧县镇南门码头嘉祐院西面河下。朱云谦命令全体指战员分头上岸,安排船员将小船荡到河汊里隐藏。按照事先计划,以一个排兵力封堵住扁担河北岸张凤滩据点前来增援的日军通道。为防万一,再以机枪班占领嘉祐院南端高地,挖好掩体,确保成功阻击日军。其余部队分为四组,逐一攻击伪军碉堡:一组由胡少卿和吴克汝率领两个加强排神速插入伪警察所门前,神不知鬼不觉地摸掉岗哨,占领了岗楼,睡梦中的伪警察一个个乖乖地举起了双手。半个小时不到,一枪未发,就占领了镇小学炮楼、黄元太炮楼和关帝庙等处敌伪据点,活捉了伪警察头目徐耀才,伪中队长钱纪怀、刘少柱。另一组由朱云谦、何玉庆带领,采取同样的方法,拿下了东炮楼,活捉了伪中队长吕国槐。

据参加战斗的盱嘉支队通信员、盱眙籍老战士伍正标回忆,当时东炮楼由一个连的伪军防御,炮楼不远处有一个日军碉堡,胆小的伪军根本抵挡不住我军将士的勇猛进攻,很快就死的死、逃的逃了,但有三十多名日军则躲在较为安全的碉堡里,仰仗坚固的碉堡与精良的武器,负隅顽抗。轻武器无法对付坚固的碉堡,我军几次进攻都被挡了回来。正在大家焦急万分之际,连长不知道从哪里弄来了一门六〇炮,只见炮手架好炮后,略微一瞄准,一发炮弹呼啸而出,不偏不斜正好落在日军碉堡上,碉堡随即被炸出一个大窟窿。紧接着,又是两发炮弹在碉堡上开了花,将碉堡中的日军全部炸死。

我军各组都进展顺利,不到两个小时,就攻下了镇上东、西、南、北四门和中街九个碉堡,占领了北面的伪区公所,共歼伪军、伪区镇公所人员和警察三百多人。之后各路部队会师街心,合围吕介甫所在的指挥中心王家炮楼。由于王家炮楼高大坚固,没有重炮,无法摧毁,只能安排爆破手携带炸药包炸掉它。但由于炮楼四面地势平坦,没有掩体遮蔽,楼下挖有很深的壕沟,难以逾越,攻击一时受阻。吕介甫躲在炮楼里做垂死挣扎,一边怂恿伪军拼命抵抗,一边对新四军嚣张喊话:"新四军弟兄们,赶紧走吧,天一亮,张凤滩的皇军就会赶过来,他们的机枪、小钢炮不是吃素的,那时你们想走也走不掉了!"其实张凤滩只有六七个日军,躲在据点里,根本不敢出来,增援更是不可能。吕介甫玩弄小聪明,意在转移新四军视线,他心里真正盘算的是明光日军不会丢下他不管,而且他从电话中得知,明光的日伪军已在增援路上,所以心存侥幸。

擒贼擒王

天亮之后,朱云谦悄悄来到王家炮楼前察看周围地形,思考对策。他决定先发动政治攻势,安排吴克汝动员地方绅士周禹门、孙映希等人前来喊话,宣传新四军的宽大政策,规劝吕介甫缴械投降。宣传后,炮楼内果然挑起了白旗,还按照我方命令,把一些武器从楼上丢下来。当我方派人前往炮楼下收缴武器时,吕介甫命令伪军从楼上突然开枪,打伤我武工队副队长等两人,原来他是以缓兵之计借机拖延时间。见诡计得逞,吕介甫十分骄横,狂妄叫嚣:"你们新四军休想动我一根毫毛!你们已经两次尝到滋味,我吕介甫不是好惹的!"面对这种情况,朱云谦当即下令组织突击队、爆破组强攻,坚决拿下炮楼,擒贼必须擒王。

强攻由侦察队队长赵克俊负责临近现场指挥。为确保强攻成功,并尽可能避免伤亡,赵克俊决定用"土地雷"和"土坦克"炸掉炮楼。

"土地雷"是盱嘉支队自制的一种地雷。此前,美国飞行员驾驶轰炸机自昆明起飞前往日本东京轰炸,途中气候不佳,丢下了八颗炸弹落在高庙街附近,没有爆炸。支队作战参谋周跃荣冒着危险将炸弹拆开,倒出了 TNT 炸药,再用这种炸药制成地雷,大家称之为"土地雷",虽土但威力较大。

"土坦克"则选择当地人家非常结实的枣树面堂桌,蒙上浸湿的多层棉被予以钉牢,令子弹无法穿透,由壮汉在桌底下顶着前行,俗称"打雨伞"。第一次强攻因炸药安装不牢,爆破没有成功,敌人自高处扔下日军提供的小钢炮的炮弹,反而炸伤了我方爆破手。经紧急研判后,朱云谦又安排战士从老百姓家中借来柏木门板,蒙上浸湿的多层棉被,让爆破手顶着前行,大家戏称为"戴斗笠"。爆破手"戴斗笠"到达炮楼底下,将门板斜靠在炮楼墙壁上,与炮楼墙壁形成一个三角空间,爆破手藏在里面打洞埋炸药。在爆破手进行作业的过程中,朱云谦组织所有神枪手封锁住炮楼枪眼,让敌人没有机会对爆破手开枪射击。

见此情况,吕介甫开始害怕,命令伪军小头目胡登甲赶快往下扔小钢炮的炮弹,阻止爆破手作业。因我军火力封锁,胡登甲将引信拉开后,不敢靠近洞口扔炸弹,慌乱之中,右手刚伸到洞口边上,小钢炮的炮弹就爆炸了,将炮楼炸开了一个大豁子。胡登甲的右手被炸掉三根手指,一条腿也被炸断。我军随即对准豁口猛烈射击,炮楼内的伪军乱作一团。就在这时,爆破手埋好炸药,安全撤离。随着"轰、轰"几声巨响,炮楼一边被炸塌。巨响刚刚停歇,包围炮楼的新四军指战员迅速发起攻势,勇敢冲向炮楼。吕介甫慌忙命令伪军顶住,但伪军见此时大势已去,已不再听他指挥,纷纷放下枪支,举手投降。就这样,包括吕介甫、吕锦奇在内的一百多个伪军全部束手就擒,其余均被悉数歼灭。我军在此次战斗中,伤两人,牺牲三人。

成功打援

吕介甫之所以不愿缴械投降,是因为就在战斗刚刚打响之际,他便向明光日军告急,日军明光警备司令部司令井上少佐带领一百多名日军和两百多名伪军火速增援旧县。吕介甫以为捞到了这根救命稻草,却不知这正中朱云谦之计,没有切断吕介甫与明光日军联络电话线,并不是朱云谦谋划疏忽,而是故意借此引蛇出洞。

朱云谦安排的第四路部队由一个加强连配备较强火力,专门负责阻击明光这股增援旧县的日军。他们于4月29日夜间进军到明光至旧县必经之地坝头陈以北设伏,天亮之前,在路上埋上地雷,然后利用山坡、塘埂等有利地形,挖好掩体,做好埋伏,摆好阵势,只等明光日伪军上钩。第一路部队在戴巷得手后也赶到坝头陈增援。

30日上午10时许,井上少佐率领的日伪军沿明盱公路行进,到达距离明光约二十千米石坝后拐往旧县镇方向,刚到坝头陈即遭到我军的伏击。一时间爆炸声四起,公路两边同时响起了密集的枪声,敌军乱成一团,血肉横飞。井上开始挎着战刀,骑在高头大马上,耀武扬威,不可一世。遭到阻击后,他随即滚下战马,躲进路边沟里,嗷嗷吼叫,指挥属下向我军阵地发起猛烈攻击。在我军的顽强阻击下,日伪军很快被打退。井上不甘失败,于13时发起第二次进攻。战斗正在胶着之时,盱嘉支队四连赶来增援,井上督促日伪军又进攻两次,企图越过我军封锁线,都被我军击溃。井上恼羞成怒,于是又把石坝、上苗据点的日伪军都调过来,于17时进行了第五次进攻。当井上挥动着小旗命令属下进攻时,被我方神枪手一枪击中。其余日伪军见势不妙,来不及抢回井上及其他日军尸体就纷纷四散逃命,仓皇逃回明光,没跑掉的都做了俘虏。

5月1日,四路部队会师七里湖西岸的大郢、苏巷、津里三乡镇交界处孔埠,在那里召开了公审大会,判处吕介甫、吕锦奇等人死刑,就地执行枪决。四面八方的民众都赶来观看了公审大会,无不拍手称快。至此,横行盱眙西乡数年的"四霸天"终于被一举清除。当地老百姓都说:"打倒了四霸天,解放了半边天。"

战士们抬着缴获的枪支弹药和其他战利品高高兴兴胜利回到高庙驻地后,支队政治处干事韩奇非常激动,当即赋诗一首以志此战:"敌占平原我出山,夜袭旧县打土顽。拔除恶霸吕介甫,我又解放大地盘。"

旧县战斗取得全面胜利,彻底打掉了盘踞盱嘉地区日伪的嚣张气焰。至此,淮北和淮南两个抗日根据地得以连通,为全面反攻、夺取当地抗日战争最终胜利,创造了有利条件。

流传地区:明光市女山湖镇
采录地点:明光市区
采录时间:2018年7月
讲　　述:王业有(1942—　),男,大学文化,退休干部,曾任明光市党史办主任。
记录整理:贡发芹

武工队智捣日伪明光警察局

1944年冬天，多灾多难的明光正呻吟在日寇的铁蹄之下。朔风呼啸，天低云暗，一小撮日伪军警、汉奸特务，为虎作伥，把持着明光，丧心病狂地欺压当地居民，并残酷地杀害我进步人士，弄得明光民心惶惶，社会动荡不安。

为了掩护沦陷区人民，给敌伪以严厉的打击，马岗西岗吴武工区分队，接上级指示：抓紧时机来一次突击，使敌伪有所畏惧，不敢为所欲为。武工队研究制订了夜袭明光伪警察局的计划，上级同意该行动计划，并从县支队派来六名精干队员，参加这次夜袭行动。

农历腊月初五，他们在岗吴村研究决定，由十一人参加此次战斗，张有明、程康琪两同志负责指挥。张、程两位指挥员事先带着侦察员杨学超同志，到明光侦察敌情，察看地形。

初六日傍晚5时左右，他们三人都是客商打扮，来到明光火车站，雇了三部人力车，拉到与警察局靠近的南头糟坊（今明光酒厂，当时是广东人开设的精益糟坊）。车子经过大巷口，越过方家巷、三星街，观察了通向警察局各路的地形，靠近警察局大门时，张有明说："车不好拉了，下来走吧。"他们三人下车向南走出栅栏门，从望横街向东，绕到警察局后院墙外，侦察完毕，又向西经过广东糟坊后院，来到南大寺，察看了通往三孔桥的道路。回来走到西市坡时，发现后面有人盯梢，他们立即拐弯向北，转到小井巷，顺着塘边到三星街下面（20世纪80年代的沿湖旅社），但"尾巴"还是没有甩掉，只好向北走。到了大马路戏院门口时，恰巧戏院正在卖票，程康琪同志便见机而行，他低声说："进去看戏，人多好甩。"于是他迅速地买票进了戏院。

不多时，便衣警特不断地进进出出，伪军带着两挺机枪也来了。张有明同志说："不好。"程康琪说："不能动，做好准备，等乱了再走。"三人都在袋里握紧短枪，做好行动准备。这时有四名伪军上台道:"戏院里进来了新四军,大家不要动。"又说:"新四军赶快投降吧,放漂亮点,还要我们动手吗?"

在这紧急时刻,张有明、杨学超一甩手,把汽油灯打灭了,场内顿时一片漆黑。他三人趁机大呼,抓新四军呀,抓新四军呀!观众一哄而起,往外奔跑。敌人光在黑暗中号叫,不敢开枪,三人趁混乱之际走出戏院,飞快越过铁路,向河西沈湾方向跑去。

腊月初八黄昏时分,我武工队十一名战士都打扮成日本武装特务模样,每人一把短枪,身藏手榴弹,由大山头渡过池河,又过了三汊河,冒着寒风,穿过三孔桥,来到离伪警察不远的南大寺。此时已是晚上 9 点多钟,因为冬季日短,居民多已入睡。武工队的同志们大模大样地持枪直达伪警局。

两个站门岗的警察问:"你们是干什么的?"

张、程答:"蚌埠下来干公事的。"边说边往里走。

两个警察喝止不住,向前来阻拦,杨学超、毕史荣两同志将两个门卫抓住,下掉枪,扒下衣服,捆绑起来,由禹大麻、杨中禄两同志换上警察衣服,持枪代为"站岗"。

其余的九位同志迅速地进了后院。张有明、杨学超来到警察局长的住处,哪知门是锁着的。就在这时,有个警察提着裤子从厕所里出来,杨学超一个箭步,上前用枪抵住警察的胸口说:"局长哪里去了?"

那家伙吓得呆了,哆哆嗦嗦地说:"带太太出去还未回来。"

张有明转身进了局长室,掐断电话线,然后与程康琪、毕史荣等同志逼近二道院的警察宿舍。伪警察们有的在打牌,有的躺在床上抽烟,忽闻"不许动,举起手来!"的警告声,吓得手足无措。

程康琪同志厉声说道:"我们是新四军武工队,你们老老实实把枪交出来,不许乱动!"

就在此时,张有明发现西墙脚下有一警官准备向程康琪开枪,张有明抬手一枪,将那个警官打死,可是那警官的枪弹,已先发出,程康琪同志应声倒地。杨学超立即上前救护,不料被一个伪警抱住后腰,杨就势弯腰,顺手一转腕子,对准伪警耳门一枪,结果了他的性命。这时有一个便衣警察趁空从后面向外逃跑,杨学超又赶上一枪,没有击中。他顾不得追赶,急忙回来看程康琪同志,程康琪因伤势过重,已经为革命捐躯。

此时,除留下两个队员看管徒手的伪警,张有明带领其他武工队员,把警察局枪支弹药收缴一空,随后便下令撤退。队员们带上程康琪烈士遗体,连同缴获的战利品,迅速向外撤退。此时他们又发现一名警察正在越墙逃跑,杨学超手起弹出,将逃跑的警察打倒在地。十个人飞快地向南大寺撤退,但听人叫马嘶,敌人已从后面追来。我机智勇敢的武工队员们,迅速由南大寺直下,穿过三孔桥,直奔西南,消失在茫茫夜雾之中。

伪警察局局长侥幸逃过一劫,从此收敛多了。

流传地区:明光

采录地点:明光市区

采录时间:1989 年 12 月

讲　　述:任定康,男,原新四军战士。

记录整理:贡发芹

老弯锄奸

老弯,原名植永鑫,参加新四军后改名为植品三,盱眙县人,是抗战时期盱眙、嘉山(今明光市)一带的传奇式人物。

1938年,日军侵占盱眙县城,烧杀抢掠。为了抗日保家,地方上各种抗日组织相继成立。植永鑫一开始在国民党盱眙县长秦庆霖手下的"抗日联队"担任第八大队的副大队长,拉队伍占据打石山一带。第二年,其弟植永余参加了新四军,秦庆霖愤怒了,撤了植永鑫的职,抄了植家,并将其父亲抓进了大牢。1940年初,植永鑫带队投奔了新四军,先后任独立三团一营二连连长、路东八县稽查、嘉山县抗日民主政府敌工部部长、中共淮南津浦路南段工作委员会一区区委书记。1947年,他在一次执行任务时被捕,次年牺牲。植永鑫早在"抗日联队"就以勇敢机智名震盱眙、嘉山。

在今明光市津里、苏巷等地一直还流传着植品三铲除伪区长徐进贤的故事。

在敌工部的一次工作汇报会上,嘉山县抗日民主政府敌工部部长植品三向县总队列举了汪伪津里区区长徐进贤死心塌地当汉奸,为虎作伥、为非作歹的罪行。嘉山县抗日民主政府县长兼嘉山县抗日总队总队长汪道涵当即决定,除掉这个大汉奸,并派植品三亲自带人执行此次锄奸任务。

1941年的一天,植品三得到了一个情报:第二天伪盱眙县津里区戴巷保的殷子房家办喜事,请了许多地方上有头有脸的人。其中,伪津里区区长徐进贤是主宾。因徐进贤一仗着日本人撑腰,二仗着驻津里的伪军中队长、警察所所长是自己的拜把子兄弟,三仗着自己手里有三十多条枪的区保安队,整日里横行霸道,看到有人不顺眼,轻则动手,重则动枪。开店的、做买卖的,见了他就像是遇到瘟神一样远远地躲开。他认为抗日民主政府的一系列抗日宣传是泥腿子们的异想天开,成不了气候,所以他根本就没把抗日政府和游击队放在眼里。

植品三几年前曾多次跟随盱眙县青帮大佬级人物去过戴巷街,因其酒量大,讲义气,又能说会道,上知天文地理,下知鸡毛蒜皮,在场面上特别抢眼。再加上其道上的朋友很多,盱眙的、泗洪的、泗州的、五河的、明光的等周围那帮老大,没他不认识的,所以他在当地名气很大。戴巷殷子房他也认识,是酒场子、赌场子、拳脚场子上的朋友。

植品三得到这一情报,喜出望外,正愁找不到机会下手,这可真是天赐良机。机不可失,植品三当即带两名年轻力壮的锄奸队员拎着礼盒,第二天天没亮,就从盱眙县大许郢(嘉山县政府临时所在地)出发,骑三匹快马,踏着黎明的露水,直奔西北方向飞驰而去。为了不惹眼,他们只挑小路走,绕开村镇。上午10点多钟,三匹快马已到罗郢,离戴巷不远了。他们将马牵到罗郢的一个秘密联络点拴好,然后拎着礼盒,一路大摇大摆朝戴巷走去。

植品三头戴黑色礼帽,上身穿件蓝色带点的丝绸对襟短袖褂,下身着黑府绸大脚裤。一双半新的翻毛浅脸皮鞋,长长的胡楂也没拾掇干净。要不是脸上挂笑,活脱脱就是一个帮里的狠角色。跟随的两名锄奸队员是一对壮汉,都是一身江湖短打装束。两人各拎一个大礼盒。

三人来到村口,老远就听到锣鼓家伙声。原来,殷子房为了把喜事办得热闹些,特意请了锣鼓班子,唱起了泗州戏《傻女拜寿》,看客不时发出一阵阵哄笑声。殷家大门口有两个知客,远远看到这边有三人拎着礼盒大摇大摆地走来,知道是前来贺喜的亲朋。年纪稍大一些的知客,一见这三位的架势,就知来头不小,一边让年轻的知客进院子告知主人有贵客到,一边连走带跑地迎了上来。到了跟前,植品三没等问,就笑着客气地自报家门说:"我是盱眙的老弯(熟悉他的朋友送给他的外号),在明光办事,听说殷子房家办喜事,特地赶来讨杯喜酒。"知客曾听说过盱眙有个叫"老弯"的人,但他一时半会想不起来这老弯姓什么,情急之下,竟然说:"弯大爷能来,是殷家福分,津里的徐区长徐大爷也来了一会了。"这位知客报出了徐进贤,想炫耀殷家的面子。其实他有所不知,这"弯大爷"就是冲着那位"徐大爷"来的。

殷家大院真够气派的,正面是一溜三间青砖灰瓦高门高窗的正房,左右两侧各有两间偏房,虽是砖墙草顶,但也都是高高大大的。院子中间是一条砖铺的鱼脊路,从院子大门直通堂屋。院子布置得也很利索,一边是两棵桃树,另一边是两棵柿子树,柿树上挂满了青果。因为还没开席,客人们有的坐在树下闲侃,还有一帮爷们围坐一团推牌九,堂屋里有几名上了年纪的人在品茗。东头房的房门口,有两个着伪军军装背枪的人直挺挺地站在那儿。植品三乜了一眼,心想徐进贤一定在东头房内。植品三估计得一点没错,这会儿徐进贤正躺在东头房过大烟瘾呢。

植品三一行进了院子,早有老知客大声报上名号:"盱眙老弯,弯大爷到。"这一声吆喝,屋里屋外如同炸了锅,院里几堆人全都静了下来,瞪大眼睛,目光齐刷刷扫向植品三。啊,这就是弯爷啊!这名号如雷贯耳,今儿个可算见着真神了。屋里的殷子房一听报老弯名号,心里一惊,忙跑出堂屋迎接。

植品三的到来,虽然让殷子房感到意外,但他还是十分高兴的。因为植品三带着重礼远道而来,这给他增了许多面子。他知道,老弯是在道上有名号的人,又是口袋里不缺那玩意的生意人,更是各路人马都给几分面子的道上的人。

植品三来得也正是时候,后厨通知菜备齐了,可以放爆竹入席了。

酒席间,主人特意将植品三安排坐在徐进贤的身边。徐进贤对身边这位三十岁上下的汉子虽然不熟,但知道老弯的名号。名号再响,今天也是在他徐进贤的一亩三分地上。俗话说,强龙不压地头蛇,因而他表现得很傲慢。但他观察植品三的言谈举止,渐渐感觉到此人非等闲之辈。

植品三将徐进贤的傲慢看在眼里,但并不在意。在闲谈中,他专门拣大的侃,找野的吹,吸引徐进贤注意。当他脸上挂着三分酒色时,主家过来敬酒。植品三端着杯子,故意表现得有些为难:"不行了,不行了,这两天连着倒了两次。前天,盱眙县保安大队长董树棠请客,日本十三旅团的铃木中队长也在座。没想到铃木中队长个头不大,酒量怪大的,一连跟我斗了四碗。我大肠头都快吐出来了,还没恢复元气呢。昨天晚上在明光,又被黄振庭县长一帮人灌倒了。那个县保安大队长赵慕儒酒量就够大了,再加上一个副大队长郁学全,把我干得是连桌腿都抱不住了。"

这一番话,把在场的人全唬住了,人家看这位爷这等了得,交的朋友全是大人物。大家都用敬佩的眼光看着他,殷子房心里更是乐滋滋的。他端着杯子站在植品三的身旁说:"老弯,弯爷,你随意,点到为止,我喝干了。"说完,一仰脖子,杯底朝了天。

这时,一旁的徐进贤不干了,他开始咧着嘴劝酒了。他说:"弯爷,那怎么行呢?这主家敬的酒不喝也不是你的做派呀!你以为我们天天就没酒喝?咱爷们也是三天两头手扶墙的。再说了,你跟县长、大队长、皇军中队长能喝,跟我们就随意? 你有点那个了吧?"

"徐区长,徐区长,我老弯可不是那种人。今天要是再干倒了,出点丑我不在乎,俗话说:'喝一辈子酒,丢一辈子丑;抽一辈子烟,烧一辈子手。'我主要怕误了明天的大事。"植品三故意神秘兮兮地说,还把"明天的大事"几个字压低嗓子说。

"其实,也没有什么大事,就是明天有批货要从南京运到明光站,然后再装船运到盱眙。"植品三故意不介意地说。

"什么货让你亲自跑一趟?"徐进贤也装着不在意的样子问。

植品三又压着嗓子,把头贴着徐进贤耳根小声地说:"是洋油。日本人限运的东西。你猜我怎么敢玩这个?"植品三停顿了一下,见徐进贤满脸茫然,又继续说,"有盱眙保安大队董大队长一半的股。他早派人带信通知了明光的赵大队长,沿途派人护运。"

这喜酒喝着喝着,人便喝热乎了起来。徐进贤和植品三的话也渐渐投机了,他甚至有非要交"老弯"这个朋友不可的阵势了。

酒足饭饱,殷家在堂屋里摆起了牌桌,这是当地的风气。有头有脸的人家办事,饭前饭后都得摸几圈(打麻将)或是推几条子(推牌九)。徐进贤是赌场的高手,他拉着植品三要推几条子。植品三也不推让,他在牌桌上装着只输不赢。一轮下来,徐进贤面前的钱起了堆,他笑得合不拢嘴,他从桌上拿起几块钱塞给在他身后看"二胡"的卫兵说:"去去去,找地方凉快去,挤在一起热死人了。"卫兵们点头哈腰,接过钱出门去了。植品三一见机会来了,向两名便衣锄奸队员使了个眼色,两名锄奸队员突然从腰间拔出手枪,二话没说,只听"啪啪啪啪",每人打了两枪,四颗愤怒的子弹出膛,徐进贤身上被锥了四个血窟窿,连吭都没来得及吭一声,就一头栽倒在赌桌下。在场之人,一个个如同被定身法定住,目瞪口呆,一动不动。

植品三一脸严肃地对在场之人说:"大家别怕,我们是嘉山县抗日民主政府锄奸队的,我们手中的枪只对准铁杆汉奸。多行不义必自毙,徐进贤每做一件坏事,我们都给他记着呢,今天我们就是代表抗日民主政府来处决他的。"

植品三的两名战士一边迅速将桌上的钱收起来,一边说:"这钱是我们的活动经费。"然后三人离开现场。出院门时迎头碰上了徐进贤的两名卫兵端着枪往里冲,见植品三和两名跟班出来忙问:"怎么回事? 谁打的枪?"植品三说:"我们是嘉山县抗日民主政府锄奸队的,徐进贤恶贯满盈,甘愿当日本侵略者的走狗,被我们处决了。你们最好放下枪回家种田或是掉转枪口加入抗日队伍中来,否则也会像徐进贤一样死路一条。"

两个卫兵听说这三位是共产党锄奸队的,两腿开始不听使唤了,想跑又抬不起腿来,他们迅速把枪掷在地上,忙不迭地说:"我们不是汉奸,我们不是汉奸,我们只是为了混饭吃,我们没干过一点坏事。"

植品三对徐进贤的两个卫兵说:"回去告诉你们的人,就说徐进贤被我们枪毙了。"

处决了徐进贤,为民除了一害,也打击了日伪汉奸的嚣张气焰。这对以后津里伪军中队三十七人、伪警察所十一人集体投奔新四军起到了一定的促进作用。特别是这一带的伪保长、伪乡长、伪镇长等恶势力再也不敢放肆了。

流传地区:明光苏巷镇、石坝镇
采录地点:明光市区
采录时间:2005 年 7 月
讲　　述:武佩河(1955—　),男,大学文化,作家。
记录整理:贡发芹

三打阚家圩

1939 年,日本侵略军越过淮河,向淮南苏皖边区大举进犯。为控制淮河一线,日军在淮河沿岸地区大肆收买和豢养汉奸队伍,设立据点。小柳巷村庄西头的大地主阚济民携家带口南逃,只留下两个伙计照看他的庄园——阚家圩。

阚家圩是阚济民家为防范土匪而建筑的土圩子,北面是一溜排楼,南面在东西拐角各有一座小岗楼,四周都是围墙,南面挑有圩沟,圩沟上的小吊桥是进出的唯一通道。这里地处淮河岸边,是扼守淮河水面的极好地方。日本侵略军决定充分利用这个地方,派了伪军驻守,并且加固了圩子,添置了军事设施。

驻守阚家圩的伪军是当地的一支汉奸队伍,名曰"和平军",村民都叫他们"鬼变子",号称一个团,其实只有百十号人,团长诨号叫"王小败祸"。王小败祸本名王少山,是西泊岗的破落地主,一向不务正业,游手好闲,后来通匪。王小败祸被日军收买后,充当了日本侵略军的帮凶,当上了伪军大队长,专门祸害地方。

1940 年正月十五元宵节五更时分,新四军淮南支队派陈涤霞连长带领队伍前来消灭这股汉奸。陈连长的队伍抵达阚家圩外,选择西南拐小炮楼突进。炮楼底部全部用大砖砌成,二层炮楼有枪眼。炮楼内伪军正在酣睡。陈连长派三个战士带上手榴弹,搭成人梯,准备从枪眼爆破。不料,第三个战士在第二个战士肩上刚想站立,西面的一条狗就叫了起来,伪军的枪响了,三个战士赶紧隐蔽,子弹像雨点一样往外打。紧接着,阚家圩里的伪军都被惊动了,纷纷往外打枪。陈连长见形势不利,便带领队伍迅速撤离。第一次攻打阚家圩未能奏效。

同年初夏的一天,中原八路军挺进淮河沿岸,见阚家圩挡在要冲,严重影响我方安全,就决定拿下这个据点。于是八路军派出一个连的兵力,在拂晓前开到阚家圩下,指挥部设在阚家圩东北炮楼一百米外的河堤北边。拂晓时,部队发起进攻。连长派山东枣庄人周永、周杰摸到圩墙边上。周永往墙内扔了一颗手榴弹,便踩着弟弟的肩膀登上围墙,正准备跳下去实施爆破,被敌人的子弹打中胸部,倒在墙外。周杰见状,咬了咬牙又上了围墙,不巧,又被敌人打中倒在围墙外面。连长赶紧派人把兄弟俩抢救回来,但兄弟俩都停止了呼吸,为革命献出了年轻的生命。因部队没有重武器,连长觉得不能强攻,只好撤离。第二次攻打阚家圩又未能得手。

同年9月下旬,新四军二旅第五团进入盱凤嘉,团长姓杨,人们又称第五团为杨支队。杨支队计划第一个消灭的目标就是阚家圩。9月24日晚上,他们首先将阚家圩团团围住,与小柳巷农救会和民兵联系。在人民群众的积极配合下,从内部将三民街南旁的店面房的山墙打通,形成抵达阚家圩炮楼下的通道。战士们午夜时分从通道抵达炮楼下,先是向炮楼里打枪,里面伪军对外还击。由于伪军们的枪支质量好,子弹足,枪打得非常凶,战士们不敢接近,只好在通道里隐蔽,战斗持续到天亮。早饭后,双方又交火,战士们从四面八方向里面喊话。王小败祸施一诡计,把十来条破枪捆起来从炮楼的射口投下来,示意投降缴枪。当战士们准备上前取枪时,炮楼里的枪又响了起来,战士们只好退回到通道里。

团长见敌人顽固,便命令战士们从四周一齐向阚家圩内开枪,敌人也不停地向外还击,战斗进行到太阳偏西。团长调来迫击炮,架在炮楼东南角大约一百五十米处。第一炮打偏到炮楼东边,第二炮打在东北炮楼的柱子上,炮楼被炸塌一块。这时,伪军们害怕了,纷纷从阚家圩里走出来,举手缴械投降。战士们一拥而上,一举拿下了阚家圩。第三次攻打阚家圩终于大获全胜。汉奸团长王小败祸也当了俘虏,当时被部队带走,因其顽固坚持反动立场,交给盱凤嘉抗日民主政府审判后予以镇压。

为了防止阚家圩再度被日伪军占领,成为扼守淮河的据点,盱凤嘉县委决定,扒掉阚家的土圩。从此,危害抗日的阚家圩被消除了。

流传地区:明光市柳巷镇、潘村镇

采录地点:明光市柳巷镇

采录时间:2015年7月

讲　　述:王忠民(1950—　),男,高中文
　　　　　化,柳巷镇退休干部。

记录整理:贡发芹

许言希血洒甘泉

许言希,原名许延熙,明光嘉山集人,祖籍徽州,生于 1912 年 4 月 15 日。少年时期,许言希温和敦厚,喜爱读书。他先在家乡附近的小学和私塾就读,继而到来安、滁县等地读完初中。

1930 年,许言希靠堂兄许延英资助,考入南京金陵中学高中部。在校期间,他和进步同学经常交谈,探索中国向何处去。目睹国内工人失业、农民贫困、青年失学等黑暗的社会现象后,许言希忧国忧民之心日益加深。

1934 年,许言希因家庭经济拮据辍学。1935 年,许言希先后在来安县建阳小学和第二高等小学任教。1937 年经人介绍,许言希先在盱眙古城的袁柳村家,后到冯郢的冯贻安家教书。1939 年冬,新四军第五支队司令部进驻冯郢、苏郢一带。五支队民运工作组领导群众向富户开展借粮斗争。谈判时,冯贻安讨价还价,一时形成僵局。这时,在冯家做老师的许言希挺身而出,明为出面调解,实则为穷人说话。他列举地主剥削农民的大量事实,揭露贫富不均的不合理现象,力陈"劳者有所得"乃天经地义,使冯贻安在事实面前无词可辩。谈判成功后,佃户每人借得了两斗粮食,许言希也因此得到了群众的信任。冯郢建立农民抗敌协会时,他被选为农抗会理事长。许言希任农抗会理事长后,广泛地接触和团结群众,为抗日救国出力。不久,许言希经新四军五支队党组织培养,加入了中国共产党。

1941 年夏,许言希被调至津浦路东半塔直属区任区委副书记。1942 年 5 月,许言希改任路东直属一区(县级)区委书记。1943 年 2 月,路东地区进行精兵简政,盱眙、嘉山并为盱嘉办事处,许言希任办事处主任兼盱嘉支队司令。

1943 年 4 月,老子山区发生了毕玉峰暴乱事件。毕玉峰妄图打掉区委之后投敌。但在我区武装力量的反击下,暴乱很快被平定了,毕玉峰被活捉。办事处决定召开宣判大会,公审毕玉峰的投敌罪行。为了进一步做好地方士绅的团结教育工作,使他们认清毕玉峰的投敌嘴脸,在公审时,邀请了地方士绅高铁九、丁浚三等人陪审。宣判前,丁浚三请求给毕玉峰减刑。丁浚三说:"恻隐之心,人皆有之。"主持大会的许言希断然回答道:"国法有所不容。"丁浚三又说:"见其生,不忍见其死。"许言希说:"天作孽犹可恕,自作孽不可活。"接着大会宣读了毕玉峰的累累罪行,并宣判主犯毕玉峰等三人死刑。丁浚三说:"中翰(毕的原名)之亡,乃自作孽也。"

许言希忙于工作,很少顾及自己的家庭。1943 年,他父亲因病去世,母亲年老力衰,已难操持家务,多次写信要他返回故里,不再离开家庭,或把妻儿带走。经过考虑,许言希抽空回家对母亲的生活做了安排,将妻儿送到岳父家里生活。然而,他对贫苦农民,特别是烈士遗孤很关心。有一次,他从办事处出发到古城区梅巷村,得知这里安置着一位姓何的客籍烈属,是川滇一带的人,丈夫牺牲于抗日前线,妻子带着三个孩子住在区政府为她安置的两间草房内。许言希连忙去看望他们,并问生活上有什么困难。尽管何姓女子一再说地方和乡亲们把他们母子照顾得很好,他还是不放心,特地跑了几里路找到该乡的万乡长,反复叮嘱要关心照顾好这户烈属。

同年 9 月,许言希调任津浦路东农抗会副理事长。为培养农民抗日骨干,他主持开办了农民培训班。农忙时,他带学员帮助农民夏收。他白天劳动,晚上回来跟学员漫谈心得体会。

1944 年 9 月,许言希调任甘泉县(今江苏仪征)县长。为了进一步壮大抗日武装力量。淮南区党委决定开展一次规模较大的参军运动。根据上级指示和县委分工,许言希于 11 月去公道区具体领导这项工作。他在工作中注重深入群众,调查走访。他以党的政策教育干部,从思想上启发群众提高对抗日救国的认识,故里爱国青年自愿报名参军,每逢基层汇报动员参军情况,他都一一交代:"我们既要圆满地完成上级下达的任务,为部队输送新战士,又要严格执行党的政策。对动员对象和他们的家属一定要做好说服教育工作,自觉自愿,不允许有强迫命令现象。"他是这样说的,也是这样做的。有一天,他到柏树全庄动员何老六参军,何母因舍不得儿子离开而哭泣。许言希认真细致地做说服教育工作,晓之以理,动之以情,做通了何母的思想工作,愉快地同意儿子报名参军。由于工作细致,动员得法,不到半个月时间,柏树乡就先后有三十七名青年自愿报名参军。

139

　　许言希为完成工作任务,白天走庄串户,晚上经常开会到深更半夜,累得身体消瘦,人也显得苍老了。警卫员小张看在眼里,急在心上,多次要给他改善伙食,他都执意不允,并向小张叮嘱:"不论在哪家代饭,都要付伙食费。"他依然吃着豌豆粉,睡着稻草铺。群众称赞他是"我们的好县长"。

　　许言希在公道区领导参军工作的消息,为敌特公道情报组长李炳荣(后被镇压)获悉。当时敌人正想方设法破坏我参军运动,所以很快就拼凑起百余人伪装成新四军,于12月9日晚从扬州乘汽车至十五里塘,下车后兵分两路,分别向南、北六集出动。向北六集进袭的敌人由李炳荣带路,窜至柏树乡政府所在地张宰庄,诡称"从后方送信给许县长",骗取我方副乡长张明良出面接待,又诱惑张带其到许言希住地孙宝昌家叫门。时已10日凌晨3时左右,许言希开完会刚刚入睡。孙宝昌闻声开门并叫醒许言希。许言希问是哪一部分,话音未落,敌人夺门而入,闯进许言希的卧室。许言希知有敌情,持枪反击不及,中敌两枪,不幸牺牲,时年三十二岁。

　　许言希牺牲后,甘泉县委和县抗日民主政府在樊公展(今属江苏仪征)举行了隆重的追悼大会。参加追悼大会的有党、政、军各界代表数百人,淮南行署主任方毅、副主任汪道涵联名发了唁信。会后,烈士的灵柩由甘泉县抗日民主政府派员护送到来安县半塔集,安葬在烈士陵园。许言希烈士永垂不朽!

　　　　　　　　　流传地区:明光市、来安县

　　　　　　　　　采录地点:明光市区

　　　　　　　　　采录时间:2009 年 7 月

　　　　　　　　　讲　　述:王业有(1942—　　),男,大学文
　　　　　　　　　　　　　　化,退休干部,曾任明光市党史
　　　　　　　　　　　　　　办主任。

　　　　　　　　　记录整理:贡发芹

少年蒋道平

　　蒋道平是我国空军史上的传奇人物之一,在抗美援朝战争中曾击落包括美国王牌飞行员约瑟夫·麦克康奈尔等驾驶的敌机五架,击伤敌机两架,荣立特等功一次,被授予空军"二级战斗英雄"荣誉称号,朝鲜授予他一级国旗勋章,1988 年 7 月荣获中国人民解放军胜利功勋奖章;曾经八次受到毛泽东、周恩来等党和国家领导人的接见;曾任空军第三十二师师长、第四军副军长等职。蒋道平抗美援朝的故事,见诸各种新闻媒体。但是,他参加中国人民解放军之前的情况却鲜为人知。

　　当地一些健在的知情老人都说,蒋道平儿时聪明、善良、好学,有战胜困难的勇气,从小志向远大。

童年早慧

　　1930 年 5 月 14 日,在安徽省明光市(原嘉山县)古沛镇,一个距离集镇近二十里的偏远小村庄蒋郢的蒋家友家里,传出几声婴儿响亮的啼哭声,一个男孩诞生了。蒋家友亦喜亦忧:高兴的是,连续有了三个闺女之后,终于生了个小子,总算是有了传承香火的人了;担忧的是,本来家里日子过得就紧巴,再添人丁,生活就更困难了。

　　"孩子长大有饭吃,是烧锅时候出生的,就叫烧锅吧。"父亲为蒋道平起的乳名,家乡人至今还记得。

　　小烧锅孩提时代就聪慧过人。幼儿们在一起玩游戏,他总是略胜一筹;他藏猫猫,小朋友很难发现,别人藏猫猫,他没有找不到的。他记忆力很强,读过几年私塾的父亲教他《百家姓》《三字经》等,他很快就会读会背会写;小小年纪,毛笔字写得有模有样,村里人啧啧称奇;六岁的时候,他就能写春联了,父亲经常自豪地把他扛在肩膀上，帮助东邻西舍人家书写对联。

桥头镇涧西庄和蒋郢同门同宗的一个蒋姓大户，专程前往他家，要把小烧锅带去上学，培养他长大当官发财，为蒋家光宗耀祖。小烧锅从未离开过父母，走了一段路就又哭又闹，父母心疼了，只好放弃。

当时的蒋郢地处穷乡僻壤，白天属于国民党统治，晚上是共产党天下，群众心里向着共产党，平时糊弄国民党。小烧锅很顽皮，嘉山县抗日民主政府主管财政的官员蒋鸿飞是他长辈，一次给他看了政府"流通币"后，一眨眼工夫，小烧锅临摹了一张，画得很像，让人难以分辨真伪。蒋鸿飞高兴地说："孺子可教，孺子可教，长大后跟我干革命。"

乡人对小烧锅的赞誉传到了三界国民县政府马县长的耳朵里，马县长见了小烧锅后，非常喜欢他，要把他带在身边培养他。马县长因剿匪还是受群众拥护的，在小烧锅家人犹豫之际，蒋鸿飞坚决反对，悄悄说："国民党一定会垮台的，不要害了孩子！"小烧锅家人哪敢得罪马县长？只能编了很多借口，好不容易才搪塞过去。

苦难少年

幸福总是短暂的。七岁的时候，随着积劳成疾的父亲蒋家友的突然离世，小烧锅无忧无虑的童年也就结束了。

父亲走时，小烧锅的小弟弟刚刚出生不久。上面三个姐姐，母亲一个人拉扯着五个未成年孩子，日子怎么过？"家里失去了父亲这个顶梁柱，我是长子，我要把家撑起来！"小烧锅默默地擦干眼泪，攥紧拳头。

从此，原来小鸟一样叽叽喳喳、蹦蹦跳跳的小顽童不见了，小烧锅仿佛一夜之间长大了。

穷人的孩子早当家。在母亲和姐姐们忙着春种、夏管、秋收、冬藏的时候，总有小烧锅幼小的身影伴随；午收、秋收是"黄金落地，老少弯腰"的季节，他忙得不亦乐乎；学插秧，总不愿落在姐姐后面；在家经常帮助妈妈做家务，放牛、放羊，不甘落后。夏天，戴顶草帽、手持镰刀，干活像个小大人。

生活的磨难压不倒小小少年。他在劳作之余，捧起父亲留下的几本启蒙书，读书让他暂时忘记苦难。渐渐地，家里仅有的几本书都读透了，他就四处借书。当时的丁岗村小学教师发现他聪明好学,就动员他上学。考虑到一是农忙能帮助家里干活,农闲能够上学;二是小学离家只有几百米远,来回也方便,母亲就勉强答应了。十四岁的小烧锅终于走进了梦寐以求的学校。他非常珍惜来之不易的读书机会,学习十分勤奋。刚进学校在一年级上几堂课,接着同时上一、二年级的课,一个多月后一、二、三年级的课一起上,许多知识虽然已经自学过了,但是没有学校教得系统,算是补缺补差吧,反正是复式班,也比较方便。在小学读书期间,他如饥似渴地读书看报,关心时政,逐步接受进步思想,把龚自珍的"青山处处埋忠骨,何须马革裹尸还"视为座右铭。

立志从军

1946年6月,共产党的队伍开始在当地征兵,正在丁岗小学读书的蒋道平听说后主动报名参军,那年他十六岁。第二天,他和本村的蒋道春、丁正新、解大模一起到古沛集中,古沛乡民主政府为参加解放军的青年戴大红花,青年们骑着马、毛驴准备送往部队。正在这时,天空中突然闯入几架国民党飞机狂轰滥炸,人们四散逃命,一些意志不坚定的参军青年偷偷跑回家了。

蒋道春带着蒋道平逃到附近新庄徐姓岳父家,岳父母把他们藏起来,说了诸如"好铁不打钉,好儿不当兵"之类的话,总之就是劝说他们不要去当兵。蒋道春被说得一度思想摇摆,想打退堂鼓。蒋道平说:"好男儿志在四方,与其在家受压迫,不如出去闯一闯。"第二天,两人一早跑出来,参加了解放军。

1949年初,解放军大军南下经过当地时,蒋道春顺道回了趟家,本来打算只见一面亲人就回部队,但终究禁不住家人劝说,就留在家种田了。蒋道平母亲询问到儿子消息后,思子心切,安顿好孩子们,一个人去找儿子。她一路讨饭一路追寻,功夫不负有心人,居然打听到了儿子下落,找到了儿子。可是部队正在行军,蒋道平告诉妈妈,马上要"打过长江去,解放全中国",没有时间与母亲交谈。母亲紧紧抓住他的胳膊说:"儿啊,我们一家快饿死了,跟我回家吧,晚了见不到妈妈了。"儿子说:"妈妈,我们劳动者饥寒交迫是因为蒋介石国民党的剥削压迫,只有打倒剥削阶级,千千万万穷苦人才能翻身得解放。"他把身上仅有的几块钱放到母亲的篮子里,说:"妈妈,自古忠孝不能两全,恕儿不孝! 但是请您放心,我们很快就要消灭蒋家王朝了,等到全中国解放的那一天,我一定回来种田养活您,让您过上好日子。"说完跪下来给母亲磕了几个头,爬起来跟着队伍坚定地向前走去……

流传地区:明光市古沛镇、桥头镇

采录地点:明光市区

采录时间:2018 年 2 月

讲　　述:陈荣新(1962—　　),男,大学文化,明光市委党史和地方志研究室退休干部。

记录整理:贡发芹

短命的"长淮指挥所"

——荷花池肃匪始末

明光市的前身是嘉山县。民国二十一年(1932),国民党政府批准在老三界设立嘉山县的一个重要原因,就是治理以老嘉山为中心的盱眙县西部(成立后的嘉山县东南部)山区的匪患。这里当时是盱眙、定远、滁县、来安四地交界处,山岭重叠,犬牙交错,为各县边缘地带,官府鞭长莫及,古时称为"弃地",匪患不断。民国十一年(1922),驻盱眙县明光镇的安徽陆军第一混成旅第一团第一营营长靳鹤龄上校率兵剿匪,在鲁山不幸中弹殉职。第二任嘉山县县长马馨亭系行伍出身,也曾多次带兵剿匪,未能彻底剿灭。此后,抗战全面爆发。抗战胜利不久,内战爆发,各方政权均未能全面完成清除匪患的任务。

1949年1月21日,嘉山县全境解放;2月,嘉山县人民政府成立;3月,中共嘉山县委成立,隶属中共江淮区党委一地委。原属于盱眙县的女山湖南岸的津里区和北岸的潘村区、古沛区也划归嘉山县。为巩固新生的人民政权和保护人民群众生命财产安全,4月,嘉山县剿匪司令部成立,配合武装大队和公安部门统一行动,于9月间在全县范围内开展了反匪反霸斗争,取得了辉煌战果。

但土匪并未被彻底剿灭,一些狡猾的土匪蛰伏下来,不甘心失败,一直在伺机活动,收买我基层干部,发展新人,并与台湾敌特取得联系,相互勾结利用,沆瀣一气,严重危害社会安定和百姓生活安宁。

1950年6月,县公安局连续接到津里、潘村、古沛三地报告,自5月初以来,该地区陆续发生抢劫案件二十多起,抢走粮食三十余石,牛驴十三头,其他物品若干,严重地影响了当地基础组织工作的开展和老百姓正常的生活秩序。

其中5月下旬,盱眙县汪姓商人雇船前来明光百货公司采购商品,返回经过荷花池时遭遇抢劫。十多名土匪冒充当地乡政府工作人员登船检查,然后公开抢劫,共抢去白、蓝两种洋布三十六丈,红、蓝条布三十九丈,旱烟三十余斤,饭碗七百余个,火柴一百二十余打,自行车一辆,其他各种糖盐果品、衣物百货均被一抢而光。这次抢劫发生在白天,汪姓商人见到了土匪模样,只是不认识,但看到他们驾小船钻进荷花池北面的芦苇荡里了,这为后来破案提供了比较有价值的线索。

另一起发生在夜里,抢劫人均是蒙面的,但留下的线索非常明确。6月23日晚,位于荷花池南岸的津里区茶庵乡(距离今女山湖镇老街西南约三千米)张家洼遭到土匪大肆抢掠,其中尹姓富户损失最重,被抢走牯牛两头、毛驴一头、小麦十二石、衣服二十余件等。尹家老者央求土匪留下一头小牛用于种地,丧尽天良的匪徒们不但没有答应,反而将老者毒打一顿,差一点伤了老者性命。事发时为夜晚,无人看清蒙面匪徒的真实模样。倒是这群劫匪在实施另一项犯罪时留下了重要线索。抢劫时一名匪徒头目借机强奸了尹家十几岁的漂亮女儿尹某兰,完事后他小声呼喊在门外放风的人说:"杨兴桂,该你了。"这名匪徒无意中暴露了同伙的姓名,而且两人都有枪,指向已经非常明确。匪徒们劫财又劫色,寡廉鲜耻,丧心病狂,把自己送上了不归路。

根据受害人陈述,公安机关迅速排查,杨兴桂,系茶庵乡西北邻乡女山乡民兵中队队长,不到三十岁,已婚,无子女,读过几年书,住在小北郢。那个在杨兴桂之先强奸尹某兰的人很可能是女山乡山东农会主任马明均,三十多岁,不识几个字,系江苏睢宁人,全家于抗战后期逃荒,流落本地,定居王咀码头,会使用各种船只,已婚,有一女。他们两家相距不足五百米,两人私交甚密,平日里杨兴桂唯马明均马首是瞻。公安机关研判,既然后者为杨兴桂,前者可以推断为马明均,但光凭受害人听到的一个名字还不足以作为逮捕的证据,于是决定先不动他们两人,暗中派人盯住他俩,放长线钓大鱼。

县公安局根据掌握的相关匪徒信息和活动轨迹,认为土匪抢劫肯定事先进行了踩点,有内应。通过暗中走访,公安机关获悉距离女山乡南面数千米的赤塘庄子上有个叫包二傻子的人,他其实不傻,而且为人圆滑精明,早年在外混世,做什么营生无人知道,解放后回乡种地,但与马明均、杨兴桂关系密切,最近联系频繁。包二傻子又与张家洼庄子上的朱某某打得火热。于是公安机关悄悄地控制住了包二傻子和朱某某,经突击审讯得悉,包二傻子是国民党潜伏下来的特务,他已经收买马明均、杨兴桂、朱某某加入了匪特组织"长淮指挥所",张家洼被匪徒抢劫,朱某某就是内应。所谓的"长淮指挥所",是嘉山县境内三股土匪联合后自立的番号。

1950 年 5 月,以管店区管店镇人黄启、潘村区太平乡人梁体将、津里区女山乡人马明均为首的三股武装匪徒,在嘉山县青黄不接之际,纠合地痞、流氓及少数对新生政权心怀不满的反动分子,在津里区、潘村区、古沛区接合部的女山湖两岸,公开结伙抢劫,持续危害群众生命财产安全,扰乱社会治安秩序,制造恐慌气氛。王咀东南至旧县(今女山湖镇),东至淮河岸边太平沟一带,北至淮河边浮山、柳巷一带,属于荷花池及北岸潘村低洼湿地,面积两百多平方千米,并与淮河、洪泽湖、三城湖(女山湖镇老街西北湖面)、七里湖、猫儿湖相连,青纱帐起来之后,这里成了匪徒们的天然藏身之处。6 月初,三股匪徒合在一起,自立番号,成立了匪特组织"长淮指挥所"。

匪首大当家的梁体将自封为"长淮指挥所"总指挥,兼淮河水上第一大队长;二当家的黄启自封为"长淮指挥所"副总指挥,兼淮河水上第二大队长;三当家的马明均留在新生政权中,负责招兵买马,发展队伍,获取新生政权动向,策应指挥所活动,待以后委以重任;黄学如一直吹嘘自己与蒋介石原配毛福梅的侄儿毛邦初(国民党空军副司令员、中将)私交深厚,自封"长淮指挥所"便衣队队长,担任特派员职务,负责整肃队伍纪律;包二傻子是"长淮指挥所"的外线,负责情报收集与传递,只与黄学如单线联系,并不认识梁体将和黄启。

"长淮指挥所"成立后,匪徒们先后收买周边数十人入伙,为非作歹,无恶不作。其中马明均、杨兴桂被拉拢入伙后,甘心听命于梁体将、黄启,在女山乡几个村庄上发展了张坪的王凤明、岳太圣、许登明(外号许老毛子),闫郢的桑泽林,王岗的王凤朝等十多人加入匪特组织。他们四处造谣破坏,恐吓群众,乘机或明或暗策动落后群众进行骚乱活动,偷袭乡公所,制造声势,同时不断腐蚀一些意志不坚定的基层干部,利用他们做掩护,肆意妄为,并派遣匪徒打入基层政权组织,窃取机密,从事各种破坏活动,犯下了累累罪行,广大受害群众对他们恨之入骨。因此地离嘉山县城较远,匪特越来越放肆,四处造谣破坏之后,又开始公开抢劫,并积极准备武装叛乱,以策应国民党反共活动。梁体将、黄启多次对下属训话:"等国民党反攻过来,我们就有办法了,日子也就好过了,要官有官,要钱有钱。现在是暂时的困难时期,我们只有依靠抢劫来维持生存!"于是匪徒们就以荷花池为中心,在女山湖沿岸的津里、潘村、古沛三个区范围内到处抢劫,有时还跑到盱眙县、泗洪县、定远县以及本县南部山区张八岭等地抢劫,影响极坏。

嘉山县公安局对接连发生的抢劫破坏案件非常重视,经过对包二傻子和朱某某的审讯和对群众报案线索的研判,进一步加大侦查力度,摸清了匪徒的活动轨迹,了解了匪徒的头目为梁体将、黄启等人,同时了解到我方基层组织中叛变人员马明均、杨兴桂等人已成为匪特骨干分子,基本上掌握了匪徒的行踪以及大致人数,弄清了匪徒的老巢设在荷花池北岸的青纱帐里。

为了及时破案,实现为民除害,巩固新生人民政权的目的,1950 年 7 月初,县公安局召开了五个区公安区员会议,专门研究清剿荷花池匪徒问题。经过具体分析,会议确立了清剿目标和措施。

当时荷花池北边湿地芦苇稠密,青纱遍布,水网纵横,面积巨大,内部情况复杂,人们进去往往分不清东西南北,行动困难,清剿藏身其中的匪徒不一定太顺利。引蛇出洞,各个击破,是上策。于是公安局采取内紧外松策略,麻痹匪徒。匪徒们不可能躲在青纱帐里不出来,外面风声不紧时,他们还会出来抢劫的。匪徒们抢去了许多物资,多余的和不适合使用的物品肯定会在风声不紧的情况下拿出来出售。在他们外出时抓捕清剿比较容易。各乡镇保卫部门必须加强上下联系、邻区联系,发现线索、掌握情况,及时互相通报。公安局利用内外线跟踪侦察,重点搞清匪徒人数、武器装备详情以及活动规律、区域、线路、方式、方法,以武装清剿与政治瓦解相结合的办法予以彻底消灭。

7 月 9 日,淮河水上第二大队长黄启伙同特派员黄学如带领十数人前往定远红心集(今属凤阳)实施抢掠,虽然抢得许多物品,但很快露出了马脚。次日,我侦察人员发现,明光集市场内有人在出售被抢劫的物品,大戏院后边还来了五六个形迹可疑的人,一直在此游荡。下午,县公安局派侦察员进入大戏院侦察,发现黄启、黄学如等人正在戏院里看戏,当即回来汇报情况。这群匪特胆大妄为,太不把我公安机关放在眼里了,上钩的鱼绝不能让他们跑掉。县公安局随即派出几名便衣,悄悄接近匪首,坐到黄启、黄学如等人身旁。他们一门心思看戏,根本没有发觉危险已降临到自己身边,很快被秘密逮捕,紧接着外面六名匪徒也被抓获,缴获盒子枪一支。当晚,县公安局对匪徒们进行了审讯,黄启供出了抢劫张家洼的潘村区太平人梁体将等人,梁体将现在正住在潘村街上的亲戚家,等待他们这一票成功出手后回去庆功。

根据掌握的情况和匪徒的供词,7 月 11 日,县公安局组织精干的武装人员,连夜火速赶往潘村将"长淮指挥所"总指挥兼"淮河水上第一大队长"梁体将一举擒获。梁匪归案后,经审讯和政策攻心,很快供出武器数量、藏匿地点,更主要的是供出了津里区女山乡山东农会会长马明均和民兵中队长杨兴桂是其同伙,属于首要分子,每次抢劫成功,多得力于他们两人提供的准确信息和暗中帮助。这与公安机关之前推断的情况一致,可以收网了。

马明均、杨兴桂已经两三天没收到梁体将、黄启任何消息了,感到事态严重,自己的罪行可能已经暴露,索性一不做,二不休,公开加入"长淮指挥所",躲进青纱帐。

7月14日,天空下起了大雨,马明均与杨兴桂在王咀马明均家里召集骨干成员研究对策,决定雨一停就开始行动。他们认为这里距离县城四十千米,今天是周五,又是雨天,公安局不可能有行动,最早也要下周一才能赶到王咀,明天雨停天一亮就行动完全来得及。他们哪里知道,县公安局也在谋划此事,揣摩他们的心理,大家觉得阴雨天是抓捕的最好时机,兵贵神速,出奇才能制胜。傍晚时分,县公安局警卫队冒着滂沱大雨从南面陆路赶到王咀附近,潘村区、古沛区公安区员也接到命令,组织战斗人员乘船从水路赶到王咀,马明均、杨兴桂等人很快便束手就擒。

当晚进行审讯,根据马明均、杨兴桂的供述,强奸尹某兰的正是他们两人。另外从他们的供述中,县公安局警卫队还获得了荷花池里匪徒的具体方位、人数、武器等确切线索。次日,警卫队乘胜追击,命令愿意立功人员带路,从多个方向进入荷花池青纱帐清剿匪徒。经过一天时间的围堵,在老鼋塘附近成功将三十二名匪徒全部擒获归案,缴获船三艘,长短枪七支,牛驴三头,其他物资若干。7月16日,岸上残匪也被全部抓捕归案。老百姓无不拍手称快。

至此,匪特组织"长淮指挥所"被彻底剿灭。随着审讯的深入,很多细节逐渐清楚,盱眙汪姓商人货物被抢是马明均提供的准确信息。女山乡大林郢人林乃炳解放前担任过女山保保长,新中国成立后担任嘉山县百货公司会计,与马明均熟识。马明均前往县城明光办公事时,以农会主任身份拜会了林乃炳。林乃炳觉得马明均既是老乡,又是地方干部,就留马明均小酌一顿。席间,林乃炳无意之中谈及盱眙一个商人上午进了许多货,是他开的票。

言者无心,听者有意。按常规,满载百货的商船当天不会出发,应当是在次日天亮之前从明光西街码头开船,晚上赶到盱眙,为避免途中发生意外,一般不会在水上停留过夜,越过王咀进入荷花池应当是中午时分。马明均立即从旱路赶回王咀,将盱眙商人购货之事告诉了梁体将,梁随即组织匪徒假扮当地基层干部,以检查为名,将货物洗劫一空。

1950年10月,皖北行政公署人民法院滁县分院在津里区大郢乡二十里铺(今属苏巷镇潘庄村)召开公判大会,以现行反革命罪、抢劫罪、强奸罪等罪名判处匪特组织"长淮指挥所"首要成员和骨干分子梁体将、黄启、马明均、杨兴桂、黄学如、桑泽林、岳太圣、许登明等九人死刑,立即执行。会后就地枪决。

"长淮指挥所"存在时间实际上不长,只是明光历史上一个短命的匪特组织,早已随历史灰飞烟灭。

流传地区:明光市女山湖镇、潘村镇
采录地点:明光市女山湖镇山东村
采录时间:2021年2月
讲　　述:贡世泽(1937—　　),男,中师文化,小学退休教师。
记录整理:贡发芹

虚惊一场的"女山大地震"

这件事发生在1976年唐山大地震两个多月后的一天。

唐山大地震之后,全国各地纷纷防震,女山脚下的防震形势异常严峻。当时盛传中国著名地质学家李四光预言的中国在六十年内会发生地震的区域已经震过了三处,最后一个就是郯(山东郯城)庐(安徽庐江)一线,中心就在距离我们所在的村庄两三千米处的女山。该地震很可能就要发生,地震时死火山女山极有可能再次爆发。于是当地按照上级指示,家家搭建防震棚,人人入住防震棚,全民防震。

当时邵岗公社(今并入女山湖镇)及山东大队不断派人挨家挨户宣传地震知识,告诉大家地震的前兆:井水发浑、冒泡、变味、发臭;鸡不进架、撞架、在架内闹、上树;鸭、鹅白天不下水、晚上不进架、不吃食、紧跟主人、惊叫、高飞;兔不吃草、在窝内乱闹乱叫、惊逃出窝;猪不进圈、不吃食、乱叫乱闹、拱圈、越圈外逃;牛惊慌不安、不进棚、不进食、乱闹乱叫、打群架、挣断缰绳逃跑、蹬地、刨地、行走时突然惊跑;猫惊慌不安、叼着猫崽搬家上树;狗狂吠不休、嗅地扒地、咬人、乱跑乱闹、叼着狗崽搬家;老鼠白天成群出洞、醉酒似的发呆、不怕人、惊恐乱窜、叼着小鼠搬家;蟾蜍(癞蛤蟆)成群出洞,甚至跑到村口路上;天气闷热、久旱不雨或淫雨绵绵、黄雾四塞、日光晦暗、怪风狂起;等等。

一天,女山北面紧靠女山的小林郢庄子前面蟠龙树下的一口水井里的水变臭,情况很快一级一级报告上去,地震部门火速派人到现场察看,并肯定了此事,于是地震即将到来的消息不胫而走,传得沸沸扬扬。再加上1976年是女山湖流域罕见的干旱之年,几十年一遇,有关部门认为这可能是地震前兆之一。人们在惊恐中相互提醒着。

又过了两天,那天上午天气异常燥热,没有太阳,天空灰暗,气压很低,人们感觉沉闷。大约中饭后,广播里通知防震,大队干部一家一家通知,不准人待在家里,到家里取东西要迅速,进屋要马上就出来,晚上所有人员必须住在防震棚里。小孩子只有些微的恐惧,很快恐惧就消失得无影无踪。大人们则笼罩在地震即将到来的极端恐惧之中,神色凝重,时刻做好面对地震灾害的准备。

那天下午学校没有课,父亲没有去学校,母亲没有下地,她宰了一只小公鸡,贴了一锅死面饼。太阳还没有落山,全家人就吃晚饭了,我们都吃得很香。弟弟妹妹们没有什么感觉,不过年不过节,有鸡肉吃,他们非常高兴。我有些恐惧,不知如何是好。父母亲则是忧心忡忡,他们可能在考虑,如果发生地震,该怎么办?如何带着我们渡过难关?他们当时的心理压力可想而知。

晚饭后,我们全家聚集在距离门前十米远的防震棚里,怀着深深的恐惧,等待等待再等待,似乎没有什么事可做,唯有等待。弟弟妹妹们很小,他们在嬉闹,很快就疲惫了,进入了梦乡。我又坚持个把小时,终究熬不住,只好睡觉了。我不知道父亲和母亲坚持到什么时候,是何时入睡的,抑或一夜未睡。如果是一夜未睡,在极度恐惧中煎熬了一夜,那该是多么痛苦的一夜啊!

但第二天一切正常,什么也没有发生。地震部门感到奇怪,别处水井一切正常,为什么只有小林郢一口水井井水发臭呢?为弄清此事,上级部门专门调来一台水泵,抽干井水,察看究竟。原来井底有一只黄鼠狼和一只老母鸡,均已腐烂了。这是井水发臭的真正根源。大家恍然大悟:黄鼠狼夜里偷鸡用嘴含着,昂首奔跑,不小心掉进水井里了。

井水发臭与地震前兆无关,女山周围的人着实虚惊了一场。

流传地区:明光市女山湖镇邵岗

采录地点:明光市女山湖镇山东村

采录时间:2012 年 2 月

讲　　述:贡发芹(1965—　　),男,大学文化,安徽省文史研究馆特约研究员,中国民间文艺家协会会员。

记录整理:贡发芹

"老弟兄四个"

"老弟兄四个",不是指某户人家有兄弟四人,而是柳巷镇闻名遐迩的菜肴名称。

位于千里长淮南岸的明光市柳巷镇,千百年来,经常受到淮河水灾侵扰。每当淮河决堤,泛滥的洪水就会夹带着大量泥沙冲到岸边,淤积起来,因此这里的土质松软,土壤肥沃,加上气候温和,雨水充沛,日照时间长,形成了极佳的植物生长地理环境。这里因而成了黄豆、绿豆、豇豆、黑豆等豆类作物主产区。

柳巷是一个富庶之地,古人说过:"走千走万,不如淮河两岸。"当地流传一支民谣:"金泊岗,银代阳,万年穷不了大柳巷。"

淮河要津柳巷,水上交通发达,南来北往的商船很快会将外地的文明理念和生产技术带到柳巷。其中淮南王刘安发明的豆腐等豆制品制作技术,很早以前就传到了柳巷,因而柳巷的豆制品作坊遍布大街小巷。有了充足的原料,当地作坊师傅们不断研制配方,精益求精,豆制品的口感也越来越好,被称为民众舌尖上的美味。这里的豆制品,由于营养丰富,价廉物美,始终畅销不衰。

豆制品生意在这里曾经火爆一时,也是柳巷人家餐桌上不可缺少的美食。其中最为常见的是豆腐、豆干、豆饼、千张等四种豆制品,被称为柳巷豆制品中"老弟兄四个"。

假如你去柳巷朋友家做客,朋友问你想想吃什么,你说有"老弟兄四个"就行了,朋友就知道你要吃哪四个菜了。

20世纪六七十年代,我国经济相对落后,柳巷人家招待亲戚,有这"老兄弟四个"就足够了。豆腐、豆干、豆饼、千张在那物资紧缺的年代,已经是佳肴啦。

平常家庭生活,早晚老咸菜,中午一顿汤(说是一顿汤,就是一个豆腐或者是五毛钱的豆芽菜汤而已),一般就是"老弟兄四个"中的其中一个。来了亲戚朋友,

"老弟兄四个"才能一起上桌。当然,茶豆、青豆、菜豇豆、黄豆芽、绿豆芽、豌豆苗等也是夏秋时节这里老百姓餐桌上常见的佳肴。

现在的生活条件虽然好了,但"老弟兄四个"仍然是柳巷老百姓的最爱。

流传地区:明光市柳巷镇

采录地点:明光市区

采录时间:2018 年 10 月

讲　　述:阚开银(1961—　　),男,大学文化,明光市纪检委退休干部。

记录整理:贡发芹

董县长微服私访

明光市原来叫嘉山县,1932年成立,县城不在明光,而是在距离今三界镇东北面八里的老三界。

据传,有一年上峰派来了一位县长,姓董,为官清正,惩恶扬善,扶弱济贫,深得百姓爱戴。

董县长刚刚到任时,有不少人还不认识他。他呢,也就经常微服私访。一天,他带着两个县丁,来到一条街巷,见许多人在围观什么。出于好奇,他便也挤了进去。

很快,董县长弄清了事情的原委:一位农民到城里担粪,从早晨一直担到中午,担了好多趟,由于饥饿干渴,两腿发软,一不小心,被石头绊了一下,人虽没跌倒,粪便却从桶中溅了出来,洒到了一家布店门前。这家布店老板一贯为富不仁,仗着自己有钱有势,经常横行霸道,欺压百姓,人送外号"惹不起"。一见有人敢把粪便洒在他家门前,"惹不起"早已捂着鼻子走了出来,一边走,一边破口大骂,还觉得不解恨,又逼着农民把棉袄脱下来,将地上的粪便擦干净。

农民马上央求说:"老爷,求您老开开恩吧,我用别的东西给你擦干净,保证不留一点痕迹。"

布店老板一瞪眼说:"不行,一定要用棉袄擦,你自己不脱,我叫人给你剥下来。来人!"

他话音刚一落,就见几个伙计伸胳膊,捋袖子,从布店内冲了上来。农民一看,胳膊拧不过大腿,只好眼泪汪汪地脱棉袄。

"慢着!我看你不能这么霸道!"正在这时,董县长从人群中挤了出来,对那位农民说,"凭什么?用棉袄擦粪便,你穿什么?你看,这布店里那布架上有的是布,你就用他家的布来给他擦地吧!"这位农民哪敢动,傻呆呆地站在那里,不知如何是好。

这一下,惹恼了布店老板,他火冒三丈,恶狠狠地冲着董县长说:"你是什么人?敢在我太岁头上动土?来人!把这个不识好歹的家伙给我绑起来,好好调理调理,叫他知道我的厉害!"

董县长非常威严地说:"谁敢无礼?我是新任县长,今天看谁敢目无王法!"布店老板一下被镇住了。这时,董县长又对担粪农民说:"老乡,不要怕!你就用他店里的布擦地,有事我担着,我保证一切与你无关!"担粪农民满心委屈,一听有县官大老爷做主,就大胆地到柜台里扯下白布来擦粪便,连用了九匹布才把布店门前的粪便擦完,在场的人连连叫好。

蛮横的布店老板一见来者是县官大老爷,吓得连忙跪在地上磕头谢罪。董县长随后又命令县丁把他带到县衙,重打二十大板之后,又游街,不准他日后再欺辱百姓。当地老百姓无不拍手称快。

没过多久,布店老板见自己已威风扫地,在此地无法再混下去,便趁着夜色,带着妻小,溜到他乡了。

流传地区:明光市三界镇

采录地点:明光市明南办事处

采录时间:1998 年 8 月

讲　　述:马昌凡(1951—　　),男,初中文
化,曾经下放至张八岭镇,明南
粮站退休职工,作家。

记录整理:贡发芹

酒香里的前世今生

　　酒香里是明光(原嘉山)市区一段路面,南北走向,南至池河大道(原三马路),北至女山路(原明旧路),长六百余米,宽七米左右。它的东面是明光市第二中学(原四中),西面是花园村社区(原花园村)。这里20世纪80年代初还是郊区的一片农田。

　　酒香里的由来与明光酒密切相关。

　　明光是池河岸边一个生产酒的集镇,新中国成立前这里有五家比较有名的酿酒作坊。1949年1月20日晚,刚刚取得淮海战役胜利的华东野战军第七纵队第十九师的先头部队进入这里,次日派兵接管主要乡镇,宣告嘉山县解放。1949年5月,华东野战军派一个排的兵力接收了嘉山县的酿酒行业,实行军管。1949年8月,华东野战军与嘉山县人民政府共同兼并五家私人糟坊,组建明光酒厂,地址在今城南大道与中心路交会地带东南角。

　　1985年1月,为发展地方经济,明光酒厂开始在黄郢选择新址扩建。经上级批准,嘉山县人民政府成立扩建明光酒厂指挥部,将分四期扩建明光酒厂两万吨曲酒工程。首期征地二百八十四亩,5月份首期工程破土动工,拉开明光酒厂扩建两万吨曲酒工程的序幕。随后,曲酒工程一边建设、一边投入使用。

　　明光酒厂新址对面的花园村农田在酒厂建设的同期被征用,开始建设民房和民用设施。酒厂对面是嘉山县农业三中心和种子公司,后边是四中,1997年改为二中。二中东面有一条路,名叫体育路,二中西边有一条路,就是现在的酒香里。

　　1990年,明光酒厂新址全面投产后,明光酒在全省已实现全覆盖,明光酒全城飘香。明光酒厂周边的居民更是感受颇深,与明光酒厂一墙之隔的原嘉山中学学生们直言不讳地说:"我们都是闻着明光酒的香味长大的。"由于明光酒供不应求,外地来购酒的车辆排成长龙,正常要排队二十多天才能回去。酒厂门外车水马龙,场景十分壮观。明光酒厂对面一路之隔的无名巷内的旅社、饭馆更是客源不断、生意兴隆。明光酒厂门前道路两边每天都停满了拉酒的车辆,很多车辆没地方停,就停在花园村与种子公司之间的巷子里。这个巷子当时还没有名字,因为这里邻近明光酒厂,每天酒香飘溢,有的司机就叫这里为酒香里。

1992 年,县民政局正式将该巷命名为酒香里巷。

流传地区:明光市区

采录地点:明光市明光街道办事处

采录时间:2012 年 10 月

讲　　述:李亚南(1954—　　),男,大学文化,曾任明光市人民政府副市长、明光酒业董事长、明光市政协副主席。

记录整理:贡发芹

"一丈清"水井得名

"一丈清"水井是这样得名的。

1958 年秋,全国各地都在开展"大跃进"活动,赶英超美,大炼钢铁。当时的嘉山县也不例外。

当时明光城外的韩大山脚下,冶炼高炉林立。因炼出的铁水需要用水冷却,领导决定在韩山西麓新建的嘉山耐火厂边上打一口大井。

韩山周围地下全是石头,在石头上打井可不容易,进度十分缓慢,而且打到四十五米的深度仍未见水,很多人认为没有可能成功。最后领导决定寻找专业技术人员来看看可有希望。领导在一群所谓有问题(右派嫌疑)的人里找到一位某著名高校毕业的水利专家老谢。老谢经过仔细分析,认为可以打到水,为此,他亲自下井作业。

打井工作又持续了半个月,终于在四十九米处发现一丝渗水,老谢估计打井已经成功,于是叫人赶紧运来三麻袋黄豆送到井下。他把一块小石头撬开,突然冒出一股水柱,且越冒越粗。他大声喊助手赶快填黄豆,每袋一百五十斤重的黄豆刚搬到洞口就被吸进去了。这时水头已经有海碗粗了,老谢决定再填第二包,仍然堵不住。此时井下水已漫至两人大腿处,处境十分危险。井上的人大呼小叫,井下的两人拼命把第三包黄豆堵向喷口。谢天谢地,三包黄豆经水泡胀,终于把喷水口堵住了,只有一股涓涓细流缓缓涌出。在上边人的救助下,两人赶快出井,回到地面。

后来老谢分析,这条井脉与池河平行,挖到水平时池河水倒灌,必然形成巨大的水柱,用水泥都封不住,只有靠黄豆的膨胀力才行。一席话说得大家心服口服,再看看井里的水涨到离井口一丈远处就停住了,这可能就是老谢说的井水与池河水平行的原理。

几十年来无论是梅雨季节,大雨倾盆,洪水泛滥,还是三伏暑天,久旱无雨,禾枯苗萎,这口井的水位距离井口始终保持一丈左右,不下落,也不上升,井水清冽,纯净甘甜。当地的居民都认为这口水井非常神奇,便给它取了个美丽的名字——一丈清。

六十多年过去了,这口老井依然完好如初,水源充足,地址就在原耐火厂宿舍区耐火东村。

流传地区:明光市区

采录地点:明光市明光办事处

采录时间:2018 年 8 月

讲　　述:张志江(1948—　　),男,高中文
化,曾任嘉山县耐火厂厂长。

记录整理:贡发芹

明光市民间传说精粹

大横山与小横山

大横山,即横山,又名横涧山,位于皖东江淮分水岭之上,在今明光市、定远县之间。其中百分之六十五属于原嘉山县横山乡,即今明光市明南街道办事处,包括滁州、盱眙原所辖范围和定远所辖横山集等处,距明光市区十五千米;百分之三十五属于定远县拂晓乡,距定远县城四十多千米。横山海拔二百三十四米,方圆十五平方千米。光绪辛卯《盱眙县志稿》载:"横山,治西南一百五十里,一曰横涧山。《方舆纪要》:上有石累城,下临涧泉。兵火时当屯御于此。接定远县界。"又载:"小横山,治西南一百里。乾隆志:今俗呼小红山。"可见,相对于小横山,横山又俗称大横山。

大横山(王绪波 摄)

大横山山体形成于地球第四纪造山运动时，因年代久远，人们只能望山兴叹，无从考证其名字的由来。一说大横山无论从东西南北哪个方向看去，都是"横"的，故而得名；一说原属盱眙、定远两县交界人烟稀少的荒芜地带，称为大荒山，当地人将韵母 uang 读作 eng，"大荒山"就读成了"大横山"了；一说山下原有红山乡，后并入定远拂晓乡为红山村，村旁大山有丹霞地貌，红如血染，山就被叫作大红山，当地人将韵母 ong 读作 eng，"大红山"就读作"大横山"了。县志记载，小横山俗称小红山，那么大红山俗称大横山的可能性极大。不过，这些说法难免有些牵强。我们不妨从传说中寻找答案。

相传远古时代，昆仑山下住着老太太杨氏、女儿杨正霞、儿子杨二郎一家三口。姐弟二人从小就出门学艺。杨氏一人在家，打柴度日。那时玉皇大帝有十二个儿子，每个儿子就是一轮太阳，他们分工值日，每天只能有一个太阳升起降落。一天中午，十二个太阳一起出来了，烤得树木枯焦，花草着火。正在山上捡柴的杨氏躲避不及，竟被活活晒死。已得道成仙的杨二郎姐弟得知母亲惨死于太阳暴晒之下，非常气恼，决心狠狠地惩治这十二个太阳。杨二郎手持一根长鞭，肩上担起十二座大山，腾云驾雾追赶这十二个太阳。这些太阳知道杨二郎的厉害，拼命逃躲。杨二郎大发神威，一鞭抽下一个太阳，他姐便搬起一座大山压在太阳身上。经过十一天的恶战，十一个太阳被杨二郎打下，压在十一座大山下面。还有一个太阳被杨二郎用鞭子打瘸，因跑不动，躲在大横山背面一棵马郎菜（学名马齿苋，耐旱，茎叶可入药，又称长寿菜）下面。杨二郎没有找到这个太阳，气得哇哇乱叫，就对这座大山猛抽一鞭，把这山打成三截。底部就是现在明南街道办事处境内的大横山，山顶平整；上部就是现在距离大横山十几千米的明光石坝镇境内的小横山，顶部尖突；中间就是今定远县境内的岱山，群山散乱，旁有大小双墩，为杨二郎姐姐双鞋倒出来的碎土堆积而成。那个瘸腿太阳，因为马郎菜的遮盖，没有被杨二郎发现，保住了性命，为了感谢马郎菜，所以再毒的太阳也晒不死马郎菜。

还有一种说法，秦翦灭六国统一天下之后，役使几十万民夫修筑万里长城。观音菩萨念民夫服役之苦，便在他们的工具上系上一根"一缕拨千斤"的红丝线。民夫顿觉千斤重担轻如鸿毛。监工发现这个秘密，报告给秦始皇。秦始皇转念一想，一根红丝线便有那么大的神力，若是聚成丝鞭，定可移山。恰在此时有大臣禀报，淮河流域连降暴雨,洪水猛涨,洪泽湖即将溃坝,坝下良田将被淹没,黎民遭殃。秦始皇于是下令收缴红丝线,编成丝鞭,移山堵住淮河下游几个支流。池河是淮河下游最大的一条支流,首先被封堵。秦始皇一鞭在手,从西北荒山中寻出一座不高的小山,扬鞭一抽,天摇地动,山峰拔地而起,直奔池河入淮口飞去。观音菩萨听到响声,从天庭朝下界一看,大惊失色。她知道此次虽然能堵住洪水,但后患无穷。日后这一带山洪暴发时,泄口被堵,江淮之间将大量积水,沦为汪洋大海。随即她长袖一拂,将真丝鞭换成了假丝鞭。于是轰隆一声,山峰没有到达池河入淮口就掉了下来,落在了南沙河的南边、池河的东面,就是今天明光、定远交界处,这就是后来的大横山。因真丝鞭已被更换,始皇又抽三鞭,用尽全身力气,才将山尖抽下来,只好作罢。抽下来的山尖被带到十几千米外,就是现在石坝镇境内的小横山。如今大横山脊背上还留有道道深沟,那就是秦始皇当年赶山留下的鞭痕,因山尖被抽走,所以大横山顶部非常平坦。

流传地区:明光、定远

采录地点:明光市明南街道办事处

采录时间:2012 年 8 月

讲　　述:薛守忠(1955—　　),男,大专文化,中学退休语文教师,作家。

记录整理:贡发芹

大横山石城

混沌初开，天地苍茫，大地上原是一片荒芜。过了亿万年后，大地上逐渐有了水和生命，但是没有人，于是玉皇大帝就命令女娲到大地上造人。女娲捏了许多泥人，晒干后，把他们放到大地的各个角落，吹一口仙气，他们就活了。

一天，女娲在大地上散布泥人时，路过江淮之间、池河岸边的大横山，在山上歇了一会儿，觉得这里是人们生存的好地方，于是丢下两个泥人，吹了一口仙气就离开了。

过了不久，这两个泥人慢慢变成了人，一男一女。两位仙人以兄妹相称，一直生活在凡间大横山上，渴了饮山间泉水，饿了摘树上野果充饥，没事就在山上到处玩耍，每天与鸟兽做伴，日子过得非常开心惬意。

又过了千万年后，妹妹惊喜地发现，大横山下有许多猿猴已进化成人，开始成群地定居于山下，只不过这些人都是凡人，肉眼看不见两位仙人。这些凡人经常到大横山上游玩。一天，其中一个老者说，这大横山非常奇特，山顶平坦，风景优美，只是没有人烟，不见香火，似乎有些单调。

妹妹就把此事告诉了哥哥，哥哥觉得老者的话很有道理。于是兄妹俩商量后，决定做一件好事，在山下西北方即将进山的平坦之处修建一座山门，在西坡、北坡平坦之处修建两座佛塔，在山顶平坦之处修建一座城池，分别称为一嶝、二嶝、三嶝，可以供山下居民游览山景和拜佛，也可供流落此处的人们居住。

但此事不能让山下凡人发现，必须一夜修成。于是兄妹俩开始分工：山顶城池工程量较大，由哥哥负责；山下山门和山坡佛塔由妹妹负责。为此兄妹打赌，看谁先建好，天亮前修建好为赢。

哥哥对修建城池一事满不在乎，自恃个头高大，力大无穷，认为城墙好建，就先去歇息了，说等休息好了再建，倒下头便呼呼大睡。妹妹自知个小体弱，应笨鸟先飞,就不停地忙碌起来。天还未亮,两座砖塔就完工了,山门也建好了,非常气派。哥哥还在梦中,妹妹就赢了。

她见哥哥仍在酣睡,难以完成城池工程,就在塔顶上挂了一个红灯笼,然后去唤醒哥哥,说:"天亮了,太阳出来了,你的城建好了吗?"哥哥揉了揉惺忪的眼睛,看见塔顶上的一点红,误把红灯笼当作初出海面的太阳,心想:这下糟了,天亮了,城还未建呢!心里一急,就脱掉上衣,朝地下一铺,满山捡拾大圆石放在上衣里,然后连土带石兜起来,在山顶上跑了一圈,边跑边撒下大圆石,就形成了今天大横山顶上的石头墙围城。

这个石头墙围城据说有半人多高,全由巨大的圆石堆积而成,易守难攻。元代末年,朱元璋曾经在这里收降缪大亨的两万精兵,以大横山石城为兵营,精心操练军队,奠定了饮马长江、问鼎金陵的基业。

哥哥建好后,发现一轮太阳冉冉升起,再仔细一瞧,这一次是真的太阳升起,先前那个太阳是一只灯笼。但不管怎么样,自己打赌输了,很不好意思,下山时一直垂头丧气,在身后的妹妹捂着嘴咪咪笑,边笑边跟着哥哥走。

下山不远,妹妹感觉鞋里硌得慌,脱掉鞋倒出两撮土在地上,就是今天的大横山东庙"小双墩子"。

又走了数里,哥哥感觉兜石头时,手忙脚乱,衣袖和口袋里都留下了不少沙土,就随手抖干净。那些沙土落在地上,就形成了今天人们看见的大横山南面的"大双墩子"。

时至今日,大横山上石城遗址还在,故事还在流传。

流传地区:明光市明南办事处(原横山乡)

采录地点:明光市上岛咖啡店办公室

采录时间:2019 年 12 月

讲　　述:宇成(1972—　),男,大专文化,明光市明南办事处(原横山乡)人,明光市上岛咖啡店法人,明光市利德清洁有限公司总经理。

记录整理:贡发芹

大横山无意井

大横山上有口无意井,但没有人确切地知道它在哪里。

相传远古时期,大横山下有一对穷苦的兄妹以砍柴为生。一天,兄妹俩正在大横山上砍柴时,听到路边一处草丛里传来青蛙的惨叫声。他们循声望去,只见一条大蛇正在追撵一只青蛙,青蛙慌乱之中跳上了一棵小树的三角枝杈中间,一只后腿收缩慢了一点,被大蛇咬住了,青蛙奋力挣扎,但无济于事。这青蛙非常精明,它坚持躲在小树的三角枝杈中间,大蛇始终没有办法吞下它。大蛇也很清楚,如果张嘴再次吞噬,只会咬住树杈,青蛙可能乘机逃脱,那样就竹篮打水一场空了。于是大蛇就咬住青蛙一只后腿不放,口里不断喷出毒液,想毒死青蛙,然后享受美食。僵持之中,青蛙不断惨叫求救,但在蛇毒的侵害下,声音越来越弱。兄妹俩见此情景,立即赶走了大蛇,救下了青蛙,但青蛙已中毒昏迷。兄妹俩就采来草药捣碎,敷在青蛙的伤口上,并用树叶包扎好。过了好一会,青蛙醒来,鸣叫几声,蹿入草丛,转眼消失得无影无踪。妹妹看到此情景很高兴,对哥哥说:"青蛙离开时的叫声是在感谢我们呢。"

那个时候,人们生活得非常痛苦,天宫里的玉皇大帝有十二个儿子,每个儿子都是一轮太阳。玉帝每天派一人巡游天空一次,可是他们经常一起出来玩耍,同时出现在天空之上。一旦十二个太阳并出,大地上温度骤升,树木就会被烤得枯焦,花草起火,人畜惨死。

一次,大横山下的兄妹俩又到山上砍柴,恰好遇到十二个太阳并出。大地上热浪滚滚,禾苗枯萎。兄妹俩身体内的水分蒸发很快,口渴难耐。哥哥实在经不住热烤,晕了过去。妹妹心急如焚,不知如何是好。万分焦急之际,忽听得几声蛙鸣,循声望去,见草丛里有一口井,伸手可及,井水清凉甘甜。妹妹顾不了许多,当即取来井水送到哥哥嘴边,哥哥喝了井水,很快苏醒过来。哥哥问妹妹哪来的凉水,妹妹说刚才无意中发现那边草丛里有一口井,就取来水救了他。哥哥就叫妹妹带他去看看那口救命的水井,但是那口神奇的水井却不见了,再怎么也找不着。

这之后,兄妹俩上山砍柴,又遇到十二个太阳并出,干渴难忍时,无意间又听到几声蛙鸣,随即眼前就出现一口水井,喝了清凉的井水很快就能活命,但过后再找时,水井又不见了。所以人们认为所谓的水井原是那只青蛙为报兄妹俩蛇口救命之恩所变,故称为"无意井"。据山下人介绍,曾有很多人自称在山上见到过此水井,却怎么也说不清它的位置。

话说又过了很长时间,地上出现了一位著名的射手,他名叫后羿。后羿非常痛恨玉帝的十二个儿子经常出来伤害无辜百姓,就决定射掉危害人类的十二个太阳。那天后羿一口气射下十一个太阳,剩下一个太阳被射伤腿部,躲在马齿苋下得以幸存下来,也就是今天每天东升西落的太阳。幸亏后羿没有把十二个太阳都射杀,否则,天地间就永远漆黑一片了。

没有那十二个太阳的危害,大横山下的兄妹俩过上了四季分明的日子。但从此之后,兄妹俩上山砍柴,再也没有见过这口水井了。

无意之间发现,有意寻找不得,这口井的名字叫"无意井",那是再恰当不过了。

流传地区:明光市明南办事处(原横山乡)
采录地点:明光市上岛咖啡店办公室
采录时间:2019 年 12 月
讲　　述:宇成(1972—　),男,大专文化,
　　　　　　明光市明南办事处(原横山乡)
　　　　　　人,明光市上岛咖啡店法人,明
　　　　　　光市利德清洁有限公司总经理。
记录整理:贡发芹

大横山金牛池

明光市境内的大横山与别处山头有明显的区别,它的顶部是平坦的,树木、野草茂盛,因而成了山下百姓放牛的好去处。顶部中间有几个大小不等的水池,都是自然形成的,大的面积有几间屋大,可供牲畜饮用和人们放牛时汪牛(给牛洗澡)。这些水池大多没有名字,只有一个比较大的水池叫金牛池。相传金牛池的来历是这样的。

很早以前,大横山下有一个土财主,土财主家饲养了八头牛,雇了一个伙计专门为其放牛。这个伙计每天早上将八头牛赶到大横山上散放,自己则选一处树荫休憩。到了中午,天气炎热,为防止中暑,伙计就将八头牛赶进山顶的一个大水池,开始汪牛。

开始,伙计没有注意。可是有一天,伙计无意中发现,他赶进水池里的牛是八头,到了水池里之后就变成了九头。伙计感到奇怪,把牛赶上来,一数,还是八头。第二天,八头牛进了水里,随即又变成了九头。再把牛赶上来,一数,还是八头。天天如此。

伙计弄不明白,就把此事告诉了东家土财主。土财主开始以为伙计撒谎,不大相信,但伙计一再说真有此事,贪心的土财主就亲自上山查看。到了中午,他将自家八头牛赶进水池后,果然又变成了九头,把牛赶上来,一数,还是八头。

土财主心中窃喜,有一头牛肯定不是自己家的,究竟哪头不是自己家的呢?得想办法逮住,这样家里又能多一头牛,牛可是庄稼人的宝贝啊!土财主不动声色地回到家中,准备好八条红丝带,第二天叫伙计系在自家八头牛的牛角上,自己则带上家中用人到水池旁守候。到了中午,土财主盼咐伙计将八头牛赶进水池,一数,水池里又变成了九头牛,而且果真有一头牛牛角上没系红丝带。再仔细一看,那头牛角上没红丝带的牛竟然浑身金黄,原来是一头金牛!土财主按捺不住内心的激动,欣喜若狂——这要是逮住它,就不是多一头牛那么简单了,而是发大财了,子子孙孙也享用不尽。

于是土财主便带领用人一起下水捉拿,要求大家盯住那头牛角上没红丝带的牛,务必将它逮住。他们刚下水,土财主家那八头牛就受到惊吓跑上岸,水池里只剩下一头金牛。土财主吩咐大家小心翼翼从四面八方围上去,心想这一下你可跑不掉了。包围圈渐渐缩小,正在大家准备一起伸手抓牛时,只听金牛大叫一声,腾空而起,转眼之间消失得无影无踪。再一看,水池中只有一汪清水,别的什么也没有了。土财主不死心,又在水池旁连续蹲守好多天,但汪牛时再也见不到金牛。土财主非常失望,只好作罢。

可是过了不久,又有人发现,只要把牛赶进这个水池里汪牛,水池里就会多出一头牛,就是那头金牛,但人们只能远远地看到,一旦有人走到近前,金牛瞬间就消失了。于是有人说,这是一头神牛,集天地之灵气,能够腾云驾雾,来去自由,不属于凡间,凡夫俗子谁也别想得到它。

后来人们就将大横山顶上这个大水池取名为金牛池。这个水池至今还在大横山的山顶上,常年积水,始终不曾干涸。

流传地区:明光市明南办事处(原横山乡)
采录地点:明光市上岛咖啡店办公室
采录时间:2019 年 12 月
讲　　述:宇成(1972—　　),男,大专文化,
　　　　　　明光市明南办事处(原横山乡)
　　　　　　人,明光市上岛咖啡店法人,明
　　　　　　光市利德清洁有限公司总经理。
记录整理:贡发芹

柴王吊尸石城门

　　明光市境内的大横山山顶地势平缓,面积足有两三平方千米,四周堆积着半人高的大圆石。人们都说那是一座石城的遗址,当年石城四边分别建有大门。

　　据传,五代后周世宗柴荣曾在此屯兵,所以又称柴王城。《盱眙县志》记载:"柴王城,累石为墙,周围二里有四门。"时至今日,山上古城的轮廓仍清晰可辨。经现在的法华寺向南上山,步行大约一千米即可到达大横山山顶的柴王城。近年来,山下有人上山挖草药时还挖出过登城的台阶。

　　据说柴王野心很大,一心想征服江南,统一天下。他原计划在大横山上操练一段时间兵马,等时机成熟再攻取滁州,饮马长江,一举夺取南唐的江南之地,早日问鼎天下。哪知天不遂人愿,柴王患上了绝症,穷尽一切治疗办法,也不见一丝好转,病情反而越来越重。眼看大限已到,柴王虽壮志未酬,不能瞑目,但也只得托付后事。

　　话说柴王一生光顾着攻城略地,却疏于对子女的管教。柴王的长子是一个不肖子,从小就不听话,骄横跋扈,桀骜不驯,专与父王反着干,父王说东,他偏向西,父王向南,他偏往北。柴王为此伤透脑筋,曾多次计划废除长子的太子身份,但废长立幼事关大局,非同儿戏,必须慎之又慎,所以一直没有下定决心。

　　柴王病重时心想,自己多年来一直征战不断,始终没有机会考虑另立储君一事,现在已经无法做到,只好听天由命了。既然太子会反着干,我不如留下反向遗嘱,太子会反其道而行之,这样可以歪打正着。于是临终前柴王就把太子叫到床前交代说:"儿呀,父王只求你一件事,我驾崩后不要下葬,把我吊到城门上,天神好接我到天堂去。这是我的最大心愿,希望你能满足我。"

　　柴王的意思是:你反着干,就会选一块风水宝地,大张旗鼓,建一座坚固的陵墓,把我隆重地安葬了。

谁知太子已经幡然醒悟："身为人子人臣，应当遵守君君臣臣、父父子子之道，我一辈子没听父王的话，他老人家为我操碎了心，如今他即将升天，最后一个要求，我还能不答应吗？虽然大家不能理解，但父王提出这样的要求，肯定有他的道理，做儿子的必须遵守。"

于是柴王死后，太子恪守父王遗命，力排众议，不但没有按照礼制厚葬父王，反而坚决把父王尸体吊到城门之上，成为后世一大笑话。

此事称为柴王吊尸石城门，至今还在大横山周边流传。

当然，这只是传说，没有实证。事实上，柴王有七个儿子，前三个儿子柴宗谊、柴宗诚、柴宗诚均在幼年被后汉隐帝刘承祐给杀了。柴王三十九岁病故，英年早逝，即位的是其四子柴宗训，当时只有七岁，由辅佐他的太后、大臣们把持朝政，幼君冲龄御极，没有任何决定权，柴王吊尸石城门一事不可能发生。

流传地区：明光市明南办事处（原横山乡）

采录地点：明光市上岛咖啡店办公室

采录时间：2019 年 12 月

讲　　述：宇成（1972— ），男，大专文化，明光市明南办事处（原横山乡）人，明光市上岛咖啡店法人，明光市利德清洁有限公司总经理。

记录整理：贡发芹

龙庙山的传说

明光老城区北部,市人民医院至今市第三中学东门口以南区域,原是一座山,叫龙庙山,也叫明光山。山上遍布青松翠柏,郁郁葱葱,南高北低,波浪起伏,像条青龙伏卧在那儿。山头有一条小溪,分两股流淌,终年水流不断,远远望去,恰似青龙的两根胡须。

关于这座山的由来,还有一个动人的神话传说呢。

很久以前,一年夏天,明光一带百日无雨,不但庄稼干枯,连人们吃水也很困难。黎民百姓在烈日下磕头求雨,腿跪麻木了,头也磕破了,天上就是没有落下一滴雨来。人们心中愤怒,齐声怪龙王无道,不顾百姓死活。人们把香火踩灭了,冲天空吐唾沫。正在这时,有块乌云从西北方向飘来,像条青龙,翻翻卷卷,飘到明光上空,洒了几滴雨,打了几声雷,霎时便消失了。

原来这条青龙从外地行雨归来,路过这里,见到百姓惨状,听到人们的怨言,落了几滴泪,叹了几声气,回龙宫去了。

青龙回到龙宫一看,众龙正在为龙王祝寿。众龙齐呼龙王恩德浩荡,及时行雨,人间五谷丰登,万民称颂。龙王坐在龙椅上,眯缝着眼睛,听着颂扬声,好不自在。正在龙王得意时,青龙压住心中的恼怒,急忙跪下高声禀道:"龙王爷,您不要听信这些恭维,为了讨您喜欢,恭维话往往是谎言!我经过明光上空,见那里田禾焦枯,百姓怨声载道。"龙王一听,龙颜大变,身子连连哆嗦了几下。这时,有条白龙慌忙跪在龙王面前说:"您不要听他一派胡言!据我所知,天下百姓并无饥寒,无不颂您恩重如山。青龙是有意编造谎言诽谤您。"龙王听罢,心中大怒,本想喝令左右将青龙推出斩首,但念它平日不辞劳苦,行雨有功,就罚它在龙宫内做苦役。

青龙在做苦役期间,老黄龙劝它不要太认真,向龙王认个错,以求得到宽容算了。青龙说:"我讲实话,有何错处?为救百姓于水火,我死也无憾!"于是它一面做苦役,一面继续向龙王谏奏,劝龙王不要光听好听的话,要听听黎民百姓的呼声,并恳求龙王及时派龙去明光行雨,拯救受苦受难的众生。

白龙见青龙固执己见,满心欢喜,暗下对龙王说:"青龙是死心塌地跟您作对,若不重处,有损您的崇高威望!"龙王听后,怒不可遏,决定把青龙捆起来,扔向明光,活活干死它!

青龙被扔下来之后,明光一带的百姓知道它是为自己才遭难的,都十分崇敬和同情,纷纷到几十里外挑水来救它。青龙说:"龙王爷昏庸无道,你们是救不了我的。我决意把肚里的水吐出来,暂救你们眼前之急。"说罢,青龙吐出肚子里的水就死了。人们流着眼泪把青龙掩埋起来。

不想第二天,在埋葬青龙的地方长出一座山,它吐出的水变成一条小溪,供人们吃喝和灌溉庄稼。人们为纪念青龙,就在山上盖了一座庙,叫龙神寺,把这座山叫作龙庙山。

如今,山上的庙宇早已被毁坏,遗址已荡然无存。后来,不知是谁在庙的废墟上立了一块石碑,碑正面镌刻着十个大字:"为人民捐躯者流芳千古!"现在,这块碑也不知去向了。

流传地区:明光

采录地点:明光市明光街道办事处

采录时间:1998 年 8 月

讲　　述:刘德和(1938—2012),男,中师文化,曾任明光市三中党委书记、安徽明光中学副校长。

记录整理:贡发芹

明光由来又一说

明清时期,明光属凤阳府泗州盱眙县。

发源于定远县西北大金山(峰顶高程三百三十二米)东麓和凤阳山的池河,流经定远县东南部、凤阳县东边,从明光城西穿过,至抹山处注入女山湖。池河明光段东岸的韩大山、龙庙山、抹山、四顾山等簇拥而立。古时,这里的人依山而居,依水而渔,日出而作,日落而息,逐渐形成稀稀落落的几个村庄,虽地处偏僻,倒也山明水秀,朝闻鸡鸣,暮听渔歌,成为宜居之地。大明王朝开国皇帝朱元璋就诞生在抹山脚下的赵郢二郎庙里。

朱元璋登基数年后,他的外甥——开国功臣岐阳王李文忠回到故里盱眙县太平乡冷水涧省亲,见龙庙山下的家乡如今人口稠密,居民繁多,已形成颇具规模的集市,非常高兴。李文忠返京后即把见到的家乡变化报告给皇帝舅舅,并上书皇帝舅舅请求命名。朱元璋想到父母在时曾说,在他降生时,龙庙山顶光柱冲天,亮如白昼,说明他的出生地属于宝地。现在为宝地命名不失为替自己树碑立传的一次良机,于是便传旨,将太平乡改名灵迹乡。同时欣然作《钦赐明光》诗一首:"衔山抱水景物菁,凤枝龙脉九州屏。春风箫夜化铁马,明光钦赐宝地名。"(此诗实为作者戴晴辉 1995 年作)

从此,池河岸边的小渔村就改作明光。明光这个地名便一直沿用至今,由明光集发展成明光镇,由明光镇发展成明光市。

流传地区:明光

采录地点:明光市明光街道办事处

采录时间:2008 年 8 月

讲　　述:戴晴辉(1961—　),男,大学文化,明光市发改委退休干部。

记录整理:贡发芹

中心路老街——卧龙冈

话说朱元璋开创大明王朝初期,很怕朱家江山不稳,遂派军师刘伯温去全国各地四处"考察",查找"不安定"因素。刘伯温到了明光集,发现明光集的青石板老街地势最高,酷似一条"卧龙"趴在山脊之上,龙头在明光山(今龙庙山),沿山脊向南,整个老街就是龙身。老街中间高,两边低,两侧东西向延伸的小街巷均是下坡,如东侧的汇源巷、学堂巷、方家巷、望横街,西侧的关庙巷、大巷口、三星街、胡巷、李巷等,老街南头有一片洼地,常年积水,这儿就是龙尾。

朱元璋问刘伯温有何方法镇住这条卧龙,刘伯温说道:"在明光山顶上建一座寺庙,镇住龙头,四个龙爪和龙尾处都淘上井,拴住龙爪和龙尾,卧龙就动弹不了,我主从此可以高枕无忧。"

朱元璋当即吩咐手下付诸实施。

一庙即龙神祠,建于明光山的最高处,明光山因此又被人呼作龙庙山。

五井,即老街西侧的梅大井和小井巷的老井,东侧的实小东巷古井和靳郢井。东侧井另有一说,说是四眼井和靳郢井。四眼井在实小东巷东边约五十米,属于误传,因为四眼井是民国时期所挖,实小东巷古井比较靠谱。这四口井镇住了四个龙爪。到了南大街南头原明光酒厂再向南接近津浦铁路那儿,有片洼地,俗称小鬼洼,就是龙尾所在地,那儿也挖了一口井,镇住了龙尾。这五口井如今仅有梅大井被圈在车站路原派出所院内,因水质好,曾被用作生产纯净水的水源,目前尚存;四眼井已被一居民锁在四眼井东巷 1 号院墙内;靳郢井原址修路建屋,据说被盖在屋下;而实小东巷古井、小井巷老井及小鬼洼老井由于城市建设,均已不复存在。

龙庙山上的寺庙早年毁于战火,1990 年,在龙庙山顶处,也是今车站路北头建起了县人民医院门诊部和住院部大楼,门前还修建了一条东西向的大路,取名龙山路,与车站路形成丁字路口,往北不通。

21 世纪初,明光城市建设改造得到重视,改造后中心路老街已经旧貌换新颜,既古色古香,又充满了现代气息。在扩大城区的同时,市政府将市医院搬迁,把龙庙山改建成龙山公园。昔日卧龙冈今天已经发生了天翻地覆的变化。

流传地区:明光市区

采录地点:明光市明光街道办事处

采录时间:2023 年 1 月

讲　　述:张志江(1948—　　),男,高中
　　　　　　　文化。

记录整理:贡发芹

古红庙和香花涧

民间传说,元泰定帝四年(1327),朱元璋的祖父葬于风水宝地泗州孙家岗杨家墩之后不久,一天夜里,朱元璋的母亲陈氏梦见一身着黄色衣衫的老人,头上罩着光环,自杨家墩方向走来,一直走到自己床前。他取出一颗白色药丸放在陈氏手中,只见药丸发光并散发着说不出来的香味,老人示意陈氏将药吞下后就不见了。陈氏醒来向丈夫朱五四(名世珍)讲述了梦中情景,丈夫说:"这个梦好啊!我现在还能闻到你口中散出的香味呢!"没过几个月,陈氏便怀上了朱元璋。

不久,由于泗州孙家岗一带遭受洪涝灾害,在生活的重压之下,朱五四携妻儿迁居于濠州钟离之东乡盱眙县木场津里(今明光市津里镇)。

元天顺元年(1328)一天夜里,刚登上皇位的元天顺帝从一个奇怪的梦中惊醒,惶惶不安,于是立即召巫师进殿释疑解惑。巫师听完元天顺帝的叙述后,便到外面观测天象,他发现天际多出了一颗异样的星辰,这是淮河岸边濠州一带新的真龙天子将要出现的征兆。刚称帝不久的元天顺帝非常气愤,为保自己的江山,立即下旨,捉拿濠州一带怀孕的妇女和近期出生的男婴,就地杀掉,一个不留,以绝后患。一场灾难就这样降临了。

朱元璋的父母得到消息后,第一反应就是津里待不下去了,赶快逃命。于是他们开始商量,如何逃避这场灾难。朱五四在脑海里斗争了很长时间,最后决定携妻陈氏于夜间悄悄离开津里,沿池河逃命。

这一年九月的一天,傍晚时分,身怀六甲的陈氏来到了古焦城旁池河东岸的一座无名小山北头,稍作休息后,陈氏坚持夜晚沿着羊肠般的山路继续前行,一步一步艰难地由北向南走去。陈氏有孕在身,行动艰难,因深夜时刻,到处漆黑一片,只好摸着石头慢慢移动,一不小心滑到路边,碰到石棱上,只觉得膝盖处非常疼痛,用手一摸,还黏糊糊的,放在鼻子上一闻,一股血腥味,原来是被石头棱角划破流血了。陈氏随手抓了一些碎土揉成粉末摁在伤口上，嘴里还喃喃地说道："这石头要是圆的就好了。"说来也怪，原本有棱有角的石头全部变成了大小不等的浑圆或椭圆状的石头了，陈氏得以顺利通过。因陈氏是靠摸爬越过这座无名小山的，后人便称此山为摸山，亦名抹山。

天亮时分，疲惫的陈氏来到了盱眙县太平乡灵迹村赵郢（今明光市明东乡赵府村），暂居庄子西边的二郎庙内。是年九月十八日戌时，二郎庙四周上下红光照耀，陈氏诞下朱元璋。此后二郎庙上空时常飘浮着五色祥云，于是后来人们将二郎庙改称为红庙。

另传，朱元璋的母亲和其他孕妇一起被元军关在濠州焦山寺内，陈氏深夜时双膝跪地仰天长叹："老天爷，救救我和孩子。"话音刚落，围墙裂开一道缝，陈氏迅速走出，墙又恢复原状，随后她乘夜色逃到二郎庙。

朱元璋降生后，也许是黄衫老人药丸的作用，朱元璋身体上仍香气不断，陈氏喜不自禁，抱在怀里，左亲右抚，始终舍不得放下。一天，陈氏抱着爱子在池河的一条小溪边取水洗澡，正愁没有肚兜，只见溪水上漂来一段红绫，拿起来一抖红绫上就没有水了，还散发着扑鼻的香气，正好给朱元璋系上。真是山清水灵，两股香气融在一起，朱元璋洗浴后的溪水和岸边的小草香气四溢，久久不散。后来，人们便称这条溪涧为香花涧。

如今，时过境迁，物是人非。古红庙遗址犹存，来此参拜的人络绎不绝。而香花涧已成荒郊僻涧"野渡无人"了，虽古迹难寻，然朱元璋在这里诞生的故事一直在老百姓中间口口相传。

流传地区：明光、凤阳、滁州

采录地点：明光市明光街道办事处

采录时间：2006 年 2 月

讲　　述：慎贵平（1948—　），男，大学文化，明光市政协退休干部，曾任市政协文史委副主任、提案委主任。

记录整理：贡发芹

抹山寺的传说

抹山寺建于何时,由何人所建,没有史料记载,只能从传说中寻找答案了。

那是元代的一个阳春三月,盱眙县旧县镇(今明光市女山湖镇)的一个小商人从濠州钟离(今凤阳县临淮关镇)返回旧县,途经抹山时(这里原是一条古驿道),在现在建寺庙的地方,无意间发现路边有一包东西,他随手捡起,打开一看,原来是一双崭新的女人绣花鞋。欣赏一会后,他便左顾右盼,又吆喝几声谁丢了东西。见无人应答,他便将鞋带回家中,并向妻子讲了捡鞋经过。妻子说,既然捡回来了,看看我能不能穿。一试,正合脚。接下来神奇的事又发生了。话说这妇人三十多岁,婚后多年一直不育,苦于膝下无子女,自从穿上那双绣花鞋后不久身体便有了异常反应,再后来怀孕症状明显。在全家的期待中,妇人居然顺利产下了一个男婴,可以想象这一家人的快乐。

光阴荏苒,一晃二十多年过去,这一家不仅又增添了几个子女,经商也有了积累。特别是第一个孩子,不仅一表人才,居然还在外地为官。每当儿子回乡省亲,总是勾起老两口那段往事,特别是那老妇人经常在男人面前唠叨全家因鞋得福的事。因为无法报恩,这件事就像一块石头压在男人的心上。一日,男人在朋友家喝酒,席间吐露了那段往事,苦于无以报恩。听后,这位朋友说,这事我来帮你。后来那朋友告诉男人,可在捡鞋处建一座寺庙,不仅了却心愿,又可使自己功德圆满,还可恩泽地方,让佛祖享受万年香火。经一番筹建,一座规模不算太大,但与山体十分协调的寺庙落成。早期寺庙怎么称呼,已无法考证。朱元璋称帝后,由于老母那段黑夜摸山的经历,当地百姓称这座山为摸山,寺庙也随山命名为摸山寺,后来演变为抹山寺。

庙会是一项综合性的民俗活动,关系到宗教信仰、商业民俗、文艺活动等诸多方面。所以,有寺庙,必须考虑到庙会。抹山庙会始于何年何月,已无法考证。抹山庙会日为何定在农历三月二十日？民间有三个版本：一说，是住持借用外地庙会日期为本地庙会时间；二说，寺庙的落成日为庙会日；三说，是以助生娘娘（又称送子娘娘）的千秋圣日为庙会日。大多数人认可第三个版本。尽管寺庙内未供奉助生娘娘的神像，但它不仅与孤本传奇故事有着密切的联系，而且其行为是一种知恩图报的因果关系典范。抹山庙会正期为农历三月二十日，后来又延长两天，庙会内容更丰富，形式更加活跃。

新中国成立后，佛事活动受到限制，僧人离去，庙产被附近生产队分掉，寺庙被冷落。当农村实行高级社时，寺庙里的佛像被搬出，空房用来圈养猪牛羊。再后来，附近生产队为发展副业，将一些百年以上树龄的枣树砍伐，用作榨油的工具，同时一棵三人合抱不过来的黄连树也遭了殃。

"文化大革命"中，为扩建抹山小学，将寺庙的部分房屋砖瓦拆除，运下山建了六间教室，寺庙仅剩下几间破屋。上山下乡运动时，几间破屋又被用来安置上山下乡知青。知青回城后，房屋被当地几户村民长期占据。

党的宗教政策落实后，2003 年的一场瑞雪，将应感梦缘的果虚师父赵桂斌从海南召来复建抹山寺。历经十多年，赵师父多方筹资建设，当前山门、大雄宝殿、天王殿、配殿等建筑已竣工落成，复建的抹山寺已初具规模。如今，法灯再度放射光明，香火再度升起缭绕，庙会从 2006 年恢复以来，盛况一年胜过一年。

流传地区：明光市

采录地点：明光市明光街道办事处

采录时间：2016 年 8 月

讲　　述：慎贵平（1948—　），男，大学文化，明光市政协退休干部，曾任市政协文史委副主任、提案委主任。

记录整理：贡发芹

曹郢古井由来

曹郢位于明光城北郊大纪村,村口有一口古井,据说元朝末年就有了,已有七百多年历史。当地人传,这口古井与刘伯温有关联。

这口井的来历是这样的,距离这口古井东面大约一百米处,曾经有一座无名小山,一天天地长高。小山的对面也有一个小土丘,形似一头小猪趴在那里,人们就称这个小土丘为金猪。

一天,刘伯温受玉帝之命,前来池河东岸巡视风水。他追撵风水赶路,经过金猪身边,惊奇地发现这座无名小山形似一只老虎,在慢慢地长高。他掐指一算,这只老虎长高以后,就会闹事,它会首先吃掉对面的金猪,再危害周围的生灵。

怎样才能阻止无名小山长成老虎呢?刘伯温想了好长时间,终于想出了一个计策——在无名小山和金猪之间挖一口深井,用凉水浸泡小山的脚底,叫它站不稳,它就长不高了。想到此,刘伯温果断拔出腰间宝剑,猛地往地上插去,然后旋转一周,很快成了一口水井。有此水井,无名小山再也不长高了。

后来,刘伯温再次经过这里,发现抹山形似一条头南尾北的巨龙,如果它修炼成精,将回来抢夺金猪。于是刘伯温挥起一剑,将抹山山尖削平,实际上是削去了龙角,抹山也就没法修炼成精了。

刘伯温走后,盘踞在池河里的水龙一看机会来了,就趁机来到金猪身边占有了金猪。但水龙并不危害金猪,而是一心保护着金猪,无论下多大的雨,发多大的洪水,始终淹没不了金猪,也就是曹郢古井旁边的那个小土丘。

又传,朱元璋降世时,元天顺帝派兵到处抓新生男婴。朱元璋的母亲为避难,就带着他躲藏到这个小土丘上,生活用水都取自这口深井,而且每天把朱元璋的尿布晾晒在荆棘上。朱元璋做皇帝后,人们就称这个小土丘为尿布滩。从此,尿布滩之名在民间广为流传。

因为这口古井位于曹郢村口,大家就称之为曹郢古井。几百年来,曹郢人的生活一直依靠这口古井。后来使用上了自来水,人们才不再吃井水。现在这口古井还在,不过井栏已遗失。提起这口井,曹郢人都说与朱元璋、刘伯温有关联,很是自豪。

流传地区:明光市明东街道办事处

采录地点:明光市区

采录时间:2023 年 7 月

讲　　述:卞其璋(1946—　),男,大专,明
东中学退休语文教师。

记录整理:贡发芹

太祖醉卧图

太祖醉卧图是安徽省明光市 X 线生态旅游线路上一处鲜为人知的奇观,只有伫立在安徽国有白米山农场二分场场部才可以观赏到。

站在白米山农场二分场场部,仔细观看老嘉山,你会惊奇地发现,它像一个人仰卧在那里,天当房,地当床,面朝晴空,首南足北;亮额饱满舒展,剑眉浓郁威扬,眼睛深凹闭合,额骨丰盈凸出,鼻头鼓起远勾,嘴唇浑厚宽阔,下巴超长斜翘,胡须稀朗直竖,耳垂肥硕下坠,颈脖瘦细颅长,双肩雄壮微耸,两手笔直平放,胸部结实坚挺,腹部微隆,双腿并拢平伸。像谁? 明太祖朱元璋! 这是朱元璋仰卧侧面图,让人惊叹! 虽然五官失调,不成比例,但这是民间常说的大富大贵的帝王形象,五官超格,相貌超俗,天庭怪异,地阁雄奇,妙不可言,贵不可测,自然别于常人! 奇丑但奇异奇特奇雄奇妙,魅力无穷。

这使人想起了《明史·太祖本纪》中关于朱元璋相貌的记载:"比长,姿貌雄杰,奇骨贯顶。志意廓然,人莫能测。"在现实中找到了印证。所谓"奇骨贯顶",乃相术所指的一等骨相,即日角月角相,又称朝天伏羲骨。如果朝天伏羲骨上至百会穴(发际)的顶部,下至中正之部(俗称华盖,印堂上一指位置),两侧周边城,直上入鬓曲,下达眉尾之福堂,形成一颗方形的印,又名方伏羲骨。主大富大贵,大名大寿,可享帝王之福,最次也是将相之才、当朝权臣、封疆大吏之料。主人尤其英明神武,大勇机智,消息于全国有安危,喜怒于人民有祸福。故中国古代汉族神话志怪小说集《博物志》(西晋张华著)云:"金龙头上有物,如博山之形,其精灵之结晶,完全凝聚于此,有此灵物,方能嘘气成云,扶摇直上,飞升于九天也。此为特贵之品,故列为第一。"当然,这种说法有点玄乎,也未经科学证实。不过,作为旅游素材,越神奇越能引起游人的兴趣。

传说老嘉山就是醉卧在那儿的明太祖朱元璋,也是玉帝的第十二个儿子。很久很久以前,玉皇大帝有十二个儿子。每个儿子就是一轮太阳,每天只能有一个人出来值班。一天中午,十二个太阳一起出来,烤得人间树木枯焦,花草着火,许多老百姓躲避不及,竟被活活晒死。二郎神看到后非常气愤,决心狠狠地惩治这十二个太阳。二郎神就手持一根长鞭腾云驾雾追赶这十二个太阳。这些太阳知道二郎神的厉害,拼命逃躲。二郎神神鞭一抖,就抽下一个太阳,十一个太阳被二郎神打回天宫,玉皇大帝最小的一个儿子被二郎神用鞭子打瘸,因奔跑不动,就躲在江淮之间一棵马郎菜下,才保住了性命,为了感谢马郎菜,所以后来再暴热的太阳,也晒不死马郎菜。但玉皇大帝这个最小的儿子从此心灰意冷,什么事也不再做,没事就从天宫中偷得美酒来到人间与马郎菜对饮,每次都喝得酩酊大醉,醉后就仰卧在江淮之间,他睡一天就是人间百年,真是逍遥自在。

凡人看不清他的面目,只当他是一座山,起名老嘉山。下雨时,山东之水注入长江,山北之水流入淮河,此山成了江淮分水岭。

话说元代末年,天顺帝日趋昏庸,满朝文武无能,朝纲不振,义军四起,兵荒马乱,灾荒不断,民不聊生。特别是江淮之间,老百姓生活在水深火热之中,每天都在死亡线上挣扎。一天,太上老君巡视人间,发现此事,报告了玉皇大帝。玉帝非常生气,决定废掉天顺帝,重新选派真龙天子管理人间,就问,谁现在距离江淮最近?太上老君告知玉帝:"陛下,您最小的儿子正醉卧在江淮之间。"玉帝当即安排太上老君叫醒这个小儿子,安排他投胎凡间,管理一下华夏大地。经太上老君点化,玉帝这个小儿子就投胎泗州盱眙朱五四妻子陈氏腹中,在朱五四和妻子陈氏自泗州逃荒至盱眙县太平乡赵郢二郎庙时出生,这就是朱重八。太上老君安排朱重八吃尽人间苦头,灾祸不断,饥寒交迫,父母双亡,走投无路,出家为僧,遭到同伴告密,受到元军追杀,被迫投奔义军,更名朱元璋,成为义军首领,慢慢发展壮大。经一步步磨炼,朱元璋最终打败强敌,开创了大明王朝,成为真龙天子、大明太祖皇帝。

开始,朱元璋治理国家兢兢业业,有条不紊。但过了一段时间他开始懈怠,听信谗言,滥杀无辜,弄得百姓怨声载道。三十年后,玉帝实在忍无可忍,就派太上老君把朱元璋收回天庭,另行派人管理凡间。

朱元璋,也就是玉帝的小儿子回到天庭后仍旧无所事事,闲得无聊时就从天宫中偷得美酒,悄悄来到人间与马郎菜对饮,依然每次都喝得酩酊大醉,醉后就仰卧在江淮之间。玉帝拿他没有办法,索性听之任之。这就是老嘉山的形成传说。老嘉山就是玉帝的小儿子化身,世上没有人知道此事,但人们见过明太祖朱元璋的画像,熟悉朱元璋的相貌特征,与特定方位看见的老嘉山的形貌一模一样,于是,人们因此称老嘉山为太祖醉卧图。傍晚时分,太阳斜照在老嘉山之上,老嘉山金光闪闪,山南头有一股白雾慢慢升腾。此时太祖脸色酡红、润泽,醉态毕现,那白雾就是太祖呼出的酒气。

太祖醉卧图是皖东胜境一大奇观,但只能在白米山农场二分场场部南北五百米范围内才能见到,且晴天傍晚时分为最佳时间。这一奇观极具旅游开发价值,相关部门已经开始精心包装,着力打造这一景点,实在是匠心独具,富有战略眼光,令人赞许。

流传地区:明光市张八岭镇、石坝镇

采录地点:明光市区

采录时间:2015 年 9 月

讲　　述:王玉昌(1938—　),男,中师文化,退休教师,曾任明光市大郢、高王、津里等中学校长。

记录整理:贡发芹

六蝶泉传奇

六蝶泉位于安徽省明光市老嘉山西南麓支脉牛首山山腰低洼之处。泉上天然形成一块平整之地,春来繁花似锦,秋到硕果飘香,于是被一云游得道高僧看中,辟为净地,化缘建造寺庙于牛首之上,取名花果寺。

寺下百米之外有一泓清泉,四周绿树环绕,花草茂盛,馨香袭人,引来彩蝶麇集,成群结队,穿梭飞舞,流连忘返。细观察常见六蝶为一组,或栖于花心促膝攀谈,或翔于枝头悠然翩翩,故名六蝶泉。

六蝶泉来源于一个神奇美丽的传说。当年七仙女经常背着母亲王母娘娘从天宫瑶池悄悄降临凡间云游。一天,她们游玩到老嘉山上,觉得这里山明水秀,景致宜人,虽是人间,但胜于仙境,于是停下来玩耍。她们不知不觉走进密林深处,忽见密林之中有一泓清泉,碧波闪闪,晶莹澄澈,玉润透明,一望见底,但深不可测。蓝天白云,绿树红花全都倒映水中,美不胜收。这泓清泉远离山下村庄,十分幽静,人迹罕至。于是七位仙女毫不犹豫除去轻罗衣裳,纵身跃入清流,尽情享受人间清福。她们天生丽质,经纯净柔润的清泉洗濯,五脏六腑连同每一个毛孔都舒畅起来。一次洗濯,便难以忘怀,这以后,她们经常结伴前来沐浴,乐此不疲。

一天,她们沐浴时,情不自禁地互相打闹起来,放松了警惕,忘记了返回瑶池的时间。她们不知道,清泉环境虽然幽僻,但还是有一个人知道这里的,他就是山下庄子里的牛郎。牛郎出身农家,自幼父母双亡,随兄嫂度日。兄嫂待牛郎非常刻薄,与他分家时,只给了他一头老牛,其他的家当都被兄嫂独占了。分家后牛郎和老牛相依为命,他选择在山坡林间披荆斩棘,开荒种地。一两年后,牛郎凭着自己勤劳的双手在山上建造了两间茅屋,借以栖身,勉强可以糊口度日。可是,除了那头不会说话的老牛外,冷清清的家中只有牛郎一个人,日子过得相当寂寞。

遇到山泉干涸时,牛郎除自己用水要到山下挑取外,每天都要牵着老牛到山下池塘饮水,来回非常辛苦。一天,牛郎牵着老牛下山时,老牛不愿意,直往密林里钻。牛郎没有阻拦,就跟在后面。穿过几十米密林,一泓清泉展现在牛郎面前,牛郎非常惊喜,从此,他省去了不必要的辛劳,经常于傍晚时分,牵着老牛前来饮水。这一天,他照旧牵着老牛去饮水,走着走着就听到密林之中不时传来女孩的嬉闹声,像银铃一般清脆。牛郎非常好奇,急切地想看个究竟,就用力牵着老牛往前,老牛鼻子被牵痛了,随即"哞"地叫了一声,惊动了正在泉中沐浴的七仙女。她们纷纷上岸,慌忙穿上云衣霓裳,为防止牛郎看到自己真实面目,迅速化作彩蝶,栖于花心。唯有最小的织女,一向生性活泼,对人间诸事都很感兴趣,她只顾玩乐,没有听到老牛的叫声,没有来得及上岸,只好躲到泉边一丛水草之下。

牛郎很快明白了是怎么回事,当即拾起地上的云衣霓裳紧抱在怀中,织女看见牛郎的举动又羞又急,却又无可奈何,只好呼唤牛郎放下云衣霓裳。这时,牛郎提出条件,只要她答应做他妻子,他就把她的衣裳还给她。织女很想惩罚牛郎的无礼,准备使用法术让牛郎变盲,但定睛一看,发现牛郎不足二十,眉清目秀,身材健壮,正是自己心中夫君的样子,便含羞答应了他。这样,织女便做了牛郎的妻子。六个姐姐发现后都非常害怕,仙女与凡夫通婚,触犯天条,这要让母亲知道那还了得?于是就一同苦劝小妹织女返回瑶池,她们会帮助织女在母亲面前隐瞒此事。但织女十分迷恋人间男耕女织、相亲相爱的生活,日子过得非常美满幸福,坚决要求留在人间。六个姐姐无奈,只好作罢,赶返回瑶池以后,她们一直隐瞒织女的去向。不久,牛郎和织女生下了一儿一女,十分可爱。牛郎织女以为能够终生相守,白头到老。不料,王母娘娘还是知道了此事,勃然大怒,立即派遣天兵天将把织女捉回天庭问罪,并把织女与牛郎的两个孩子也带回瑶池。为惩罚牛郎,王母娘娘指使天将用定海针将牛郎钉在老嘉山之下、织女沐浴的清泉之上,让牛郎与织女永远不得相见。许多年后,牛郎身体化作牛头一样的山岭,就是今天人们所说的牛首山。

织女被迫与牛郎分离后,非常思念牛郎,就经常委托六个姐姐前来看望牛郎。为了不让牛郎发现,六位仙女就化作彩蝶栖息或飞舞在清泉周围花丛之中。花果寺建成之后,清泉成了寺庙生活水源,人们常见有彩蝶六只一组在清泉周边栖息或飞舞,把这里看作一道风景,于是就将这泓清泉取名六蝶泉。但无人知道六蝶是六位仙女的化身。

　　六蝶泉旁的花果寺香火曾旺盛一时,但织女走后便渐渐衰落,无论道行多高的方丈,都留不住那些年轻的小和尚,原因都是他们饮了六蝶泉的清水。六蝶泉原来是山泉,织女离开后,山泉干涸。牛郎寂寞地守在泉边,无限思念妻儿,每天泪水涟涟,流入洼地,化作清泉,泉水中蕴含太多的情愫,年轻的小和尚饮了充满情愫的六蝶泉之水后,就会凡心涌动,纷纷还俗。花果寺最后一位方丈圆寂后,香火中断,寺庙在风雨飘摇之中无声坍塌。多少年过后,这里成了平地,不过尚能寻得旧时遗迹,任人凭吊。

　　但花果寺前的六蝶泉优美雅静的景致仍在,青山依旧,绿水澄碧,六只一组的彩蝶依然常在六蝶泉边栖息或飞舞,那是六位仙女前来探望妹夫牛郎,接着演绎牛郎织女六蝶泉边凄美的爱情故事。

流传地区:明光市张八岭镇、石坝镇

采录地点:明光市区

采录时间:2015 年 9 月

讲　　述:马昌凡(1951—　　),男,初中文化,曾经下放至张八岭镇,明南粮站退休职工,作家。

记录整理:贡发芹

牧羊山的传说

明光市津里镇(已并入石坝镇)的南面有一座山,名叫官山。官山原来叫牧羊山,之所以叫牧羊山,与楚怀王有关。

传说,楚国被秦灭掉之后,楚怀王的孙子熊心受到秦兵追杀,侥幸逃脱,流落民间,避难于七里湖东岸一个叫乜岗的小村子,隐姓埋名,潜身放羊。秦末大乱时,项羽和刘邦各自派人到各地探听熊心下落,欲请回熊心,拥立他为国君,借以号令天下。

得知牧羊人就是熊心时,项羽领先一步找到他,隆重迎接到军中,拥立熊心为楚怀王。

时刘邦羽翼未丰,不便明争,就在表面上跟项羽一道共事楚怀王。楚怀王面对这两股强大的势力,不好倾向哪一方,于是商定"先入关中者王之"。刘邦先入关中,攻下咸阳。但刘邦势力较弱,当时还不敢称王关中,就还军灞上,等待项羽表态。

项羽后到咸阳,但他势力强大,撕毁约定,逼走刘邦,封天下十八个诸侯王,其中刘邦为汉王。项羽自号西楚霸王,可以号令天下。之后,项羽带着楚怀王熊心还都彭城(今徐州市)。

项羽还都彭城后,他的实力在十八个诸侯王中最大,他想干什么就干什么。大家都不服气,但又不敢惹他。渐渐地,他就不把楚怀王熊心放在眼里。他觉得没有必要干什么都向熊心禀报,自己说了算,熊心就是一个摆设,已没有任何用处,后来就一怒之下杀了熊心。

诸侯王杀了国君,属于大逆不道之举。这就给刘邦联络天下诸王发难制造了借口,于是引发了"楚汉之争"。

楚怀王熊心死后,官山当地百姓方才得知他就是在这里生活多年的牧羊人。

为了让后人记住这段故事,就给七里湖边的山峰起了个名字"牧羊山"——天子牧羊之山。

早年,这里的学校曾流传过"牧羊山常青,淮河水长流"的校歌歌词。两千多年前楚怀王熊心牧羊之山,自然会闻名古今。

> **流传地区**:明光市津里镇、石坝镇、涧溪镇
>
> **采录地点**:明光市明光办事处
>
> **采录时间**:1999 年 2 月
>
> **讲　　述**:刘德和(1938—2013),男,中师文化,曾任明光市三中党委书记,安徽明光中学副校长。
>
> **记录整理**:贡发芹

官家之山

官家之山简称,位于明光市境内东北七里湖东岸,距离明光三十五千米处,海拔约一百八十米。该山南北蜿蜒五千米,如一条巨龙俯伏在七里湖畔,龙首高昂,腾飞在即,龙身浑圆,气派雄浑,龙尾戏水,灵异莫测。历史上这里山水相依,景色宜人。千百年来,这里民风古朴,人民生活安逸。方圆数千米,山间耕夫号子声声,蚕妇小调切切,牧童短笛阵阵,水面鸥鸟翻飞悠然,舟楫穿梭不息,渔歌互答有致,交相辉映成一幅诗意盎然的山水田园图景。

官家之山的来历是这样的。

据传,明太祖朱元璋小的时候,父亲朱五四很想家里出个读书人,就把朱元璋送进了私塾,可是只念了很短的时间,就因家里贫穷而放弃。朱元璋七岁时只好离开家,到外公家所在的津里镇给地主放牛牧羊。镇东边的牧羊山牧草丰盛,牧童们常在这里相聚,他们把牛散放到山上吃草后,就在一起玩耍。后来成为明朝开国功臣的徐达、汤和、周德兴等人都是朱元璋小时候的放牛伙伴。

一天晚间,朱元璋听了说书人讲的《大破孟州》的故事,次日就开始模仿,和小伙伴们玩起练兵游戏来。他们用树枝当刀枪,用石头在山坡上垒成点将台,每天在此操练。大家轮流上台坐到王位上接受朝拜。别人登台坐在王位上,朱元璋刚下跪,那人就会跌下来;朱元璋登台,众人下跪叩头朝拜,高呼"吾皇万岁",朱元璋却能安然不动,稳如泰山。如是三番,伙伴们最终都服了朱元璋,一致推举他为首领,大家甘愿俯首称臣。

朱元璋从小就非常聪明机灵,做事有主见、有心计,点子很多,并且说到做到,敢做敢当,不连累他人,所以伙伴们都佩服他。一次,他和一群放牛娃在牧羊山上放牛操练,大伙操练累了就坐在地上休息,一个个肚子饿得咕咕叫,而时候尚早,不敢回家,怕挨东家打骂。大家正发愁没东西充饥的时候,有一人提出来要朱元璋

"犒劳臣下"。朱元璋眉头一皱,喊了声:"有了!"只见他站起来,从牛群中拉过一头小牛犊,用放牛绳捆住前后腿,周德兴赶紧用砍柴斧子当头一斧,大伙围上来七手八脚把皮给剥了,捡些干柴树枝,就烤起牛肉来,一边烤一边吃,不一会儿,一头小牛犊就被大伙吃得一干二净,只剩下一张皮、一堆骨头和一根尾巴。大家美美地饱餐一顿牛肉之后,有一个小伙伴提出:回去如何向东家交代小牛的下落? 谁都想不出个主意,只是面面相觑。朱元璋把手一摆说:"大家都别吵了,主意是我拿的,有事当然由我一人担当,不会连累你们的。"说完,他把小牛的皮骨埋好,用沙土把血迹掩盖掉,把牛尾巴牢牢地插在石头缝里。回去后他对东家说,小牛钻进山洞,夹在石头缝里,怎么拉也拉不出来。虽然他因此遭了东家的一顿毒打,并丢了饭碗,却赢得了放牛娃们的钦佩和信任,大家都把他当头目看待。

七里湖风光(王绪波　摄)

牧羊山作为大明王朝开国皇帝朱元璋儿时"指点江山"之地,代代相传,自然闻名古今。

史载,洪武二年(1369)五月甲午,明太祖朱元璋追封外祖父陈公为扬王,后下诏"定扬王、徐王庙祭,岁春秋二祀,所在有司行礼"。扬王墓在何处? 清同治《盱眙县志》载:"扬王坟,在津里镇。……"清光绪《盱眙县志稿》载:"扬王墓,治西,牧羊山西北。……"扬王墓,位于今安徽省明光市涧溪镇官山片(民国前属盱眙县津里镇,新中国成立后独立为官山乡,2007年并入涧溪镇;津里镇已于2007年并入石坝镇)松山村,南距原官山乡所在地两千米,西距七里湖约一千五百米。明代朝廷派有官员驻牧羊山守墓,守墓队伍庞大。《明史·外戚传》专门为朱元璋外祖父陈公列传:"陈公,逸其名,淳皇后父也。洪武二年追封扬王,媪为王夫人,立祠太庙东。明年有言王墓在盱眙者,中都守臣按之信。帝乃命中书省即墓次立庙,设祠祭署,奉祀一人,守墓户二百一十家,世世复。"明万历《盱眙县志·赋籍》载:"扬王坟置洒扫人三户,共田地四十亩。又奉钦赏种田三百余石,坐落滁州三才乡,钦免粮差。正德年间《会典》开载作二百户,至今滋盛。兼奉祀招纳逃捕等户投荫,今成二万余丁,掩蔽官民田地,不纳税粮,约种三万余石,开载册籍地方四十余处,所在皆有署田,名曰祭粮田,一县之民不敌其三户。"足见扬王坟奉祀的宏大规模。

扬王坟墓冢封土呈圆丘形状,高约三十米,占地约七百平方米。墓前原有神道、碑刻、石雕等,惜"文革"期间均遭破坏,部分石刻残件现湮没泥土之中。墓可能已被盗掘,但遗址犹在。

明清两代,整个牧羊山都纳入了官家管理范围,百姓就称其为官家之山,简称官山。

流传地区:明光市津里镇、石坝镇、涧溪镇

采录地点:明光市明光办事处

采录时间:1999年2月

讲　　述:刘德和(1938—2012),男,中师文化,曾任明光市三中党委书记,安徽明光中学副校长。

记录整理:贡发芹

欺负朱元璋受罚

　　朱元璋原名朱重八,小时候家里很穷,只念了一两年书就辍学了。后来他就到外公所在的津里镇上给一个地主家放牛。

　　放牛的地点多在津里东南面的官山南头一个叫牛头拐的地方。因为朱重八满头害有秃疮,经常流脓,散发着腥臭味,一开始,小伙伴们都不喜欢他,也不跟朱重八玩。

　　其中一个叫吴良的大孩子,人高马大,是这群放牛娃的头,非常霸道,大家都听他的,他说什么就是什么,大家有好吃的都要供给他。这吴良经常拿朱重八的秃头开玩笑,动不动就辱骂朱重八。朱重八个子矮,力气小,打不过他,受到侮辱只好忍气吞声,这群放牛娃也跟着吴良经常欺负朱重八。

　　一个盛夏的中午,忽然天空乌云密布,电闪雷鸣,顿时下起了瓢泼大雨,大家都争先恐后地钻进当地一个废弃的窑洞里躲雨,朱重八也跟了进来。因空间狭小,非常拥挤,朱重八满头秃疮,腥味刺鼻,于是吴良就叫朱重八出去,朱重八不肯,吴良就硬把他推了出去,其他伙伴都跟着附和。

　　朱重八没有办法,只好站在外面淋着雨,心中很痛苦,但又无可奈何。而吴良与伙伴们都在洞里哈哈大笑。朱重八非常气愤,就对他们说:"你们太欺负人了,欺负人不会有好果子吃的! 看你们神气的,好歹老天有眼,把窑洞炸塌了,让你们都躲不成雨!"

　　哪知话音刚落,一道闪电袭来,接着就是一声惊天动地、震耳欲聋的雷声,朱重八吓得目瞪口呆。雷声过后,朱重八回过神来,自己安然无恙,而窑洞却真的崩塌了,那些刚才还在拍手大笑的放牛娃都被压在里面,有几个带着伤爬了出来,已经魂不附体,而那个吴良再也出不来了。

　　朱重八趁机对那群孩子说:"这都是老天对你们欺负我给予的惩罚。"孩子们亲历此事,信以为真,从此大家再也不敢欺负朱重八,一切都听朱重八的了。朱重八从来不欺负大家,大家都非常尊重朱重八。

夏日红旗圩(王绪波　摄)

朱重八后来做了皇帝,就是明太祖朱元璋。朱元璋少年时在牛头拐放牛的故事,至今还在老百姓中流传,大家都说,朱元璋是皇帝,金口玉言,他叫老天惩罚欺负他的人,老天肯定听他的。

流传地区:明光市津里镇

采录地点:明光市津里镇

采录时间:1990 年 12 月

讲　　述:王绵熹(1911—1995),男,私塾
　　　　　文化,民国时期曾任津里镇
　　　　　镇长。

记录整理:贡发芹

朱元璋应对徐达

朱元璋乳名朱重八,小时候在津里镇上给地主放牛。放牛的地点在津里东南的官山南头牛头拐。每天早上,地主只给朱元璋提供两碗稀饭,要到太阳落山才准他回家。

一天,朱元璋没到中午肚子就饿了,坚持到中饭后,更饿了,但时候还早,他不敢回家,怕挨地主的责骂。与他一道放牛的徐达、汤和、周德兴等许多小伙伴也都说饿了,大家肚子里咕咕直叫,越来越响。徐达说要是有一碗白面条吃该多好!汤和说红烧肉最好吃,他一个人能吃一大碗。周德兴说,别做梦了,肉是给地主们吃的,我从来就不知道红烧肉是什么味道。说得大家口水直流。猛然间,朱元璋大声说:"现成的肉,就在我们面前,为什么不吃?"小伙伴们都眼睁睁地望着朱元璋,不明白什么意思。

朱元璋没有解释,而是牵过一条小花牛,用放牛绳捆住小花牛的腿。这时大家才省悟过来,这是要宰杀地主家的小牛啊。这可不是闹着玩的,干系重大,大家大眼瞪小眼,没有人敢动手。这时朱元璋说:"你们不要害怕,我亲自动手!"但大家都很纳闷,怎么杀牛?刀从何来?只见朱元璋随手折断一片茅草说:"刀有了,这就是刀。"大家都不相信,茅草怎么杀牛?"怎么不能?我杀给你们看。"说着,朱元璋用草叶边上的锯齿在小花牛的颈脖子上来回拉扯了几下,小牛就被杀死了。

徐达、汤和等人一看神了,一起上来帮助朱元璋用茅草剥皮割肉,其他小伙伴赶快去捡干柴枯树枝,就地架起几块石头,把火生了起来,边烤边吃。牛肉鲜嫩可口,真是稀世美味,不一会工夫,一条小牛就只剩一张皮、一堆骨头和一根尾巴了。

大家还在回味时,太阳已经落山,回家的时候到了。徐达忽然提出来:"重八,小花牛被我们剥吃了,回去如何跟地主解释?"大家面面相觑,不知如何是好。朱元璋拍着胸膛说:"放心,有责任我重八一个人承担,绝对不会连累大家的。"于是朱元璋吩咐大家把牛头、牛皮、牛骨藏进了山洞,拿土把血迹掩盖了,把小牛尾巴插在山上石头缝里。然后一起下山。

回到地主家之后,朱元璋报告地主说,小牛钻进山洞里去了,怎么拉也拉不出来。地主听后非常生气,于是大发雷霆,对朱元璋的话也有些怀疑,小牛怎么会钻山洞里不出来呢?当即派管家上山查看究竟。管家也是穷苦人,知道实情后,非常怜悯孩子们,就将小牛尾巴拿回,用谎言来掩盖朱元璋的谎言。管家报告地主说,亲眼所见,小花牛确实钻进了山洞,拉断了尾巴也拉不出来。尽管如此,地主无故损失了一头小牛,心疼得要命,于是就拿朱元璋出气,狠狠地打了朱元璋一顿。

第二天,小伙伴们又来到牛头拐放牛,徐达看到朱元璋,风趣地说:"小牛钻山洞——尾巴在外。"

朱元璋虽然挨打了,但依然装着没有事一样,一边拍打着手上的灰尘,一边风趣地应对徐达的话:"老爷打重八——脑壳当先。"

这件事过后,小伙伴们从心底里佩服朱元璋,觉得他重感情,讲义气,敢于担当。从此,大家都听从朱元璋的吩咐了。

流传地区:明光市津里镇、涧溪镇

采录地点:明光市邵岗

采录时间:1990 年 8 月

讲　　述:纪能文(1963—　　),男,博士,厦门大学历史系退休教授。

记录整理:贡发芹

朱元璋咒死土财主

朱元璋宰杀地主家小牛的真相,没过多久,还是被地主知道了。什么小牛钻山洞,全是朱元璋撒的谎。地主非常生气,将朱元璋赶出了家门。

朱元璋本想到别的地主家放牛,但其他地主听说了朱元璋杀人家小牛的事,也都不敢雇用朱元璋了。朱元璋想回到父母身边,又怕受到父母的责怪,只好寄居在外祖父陈公的故里津里镇,以乞讨为生。

十一二岁的朱元璋天资聪明,在津里要饭的时候,他专挑大户人家讨要。由于朱元璋是"真龙天子",他每到一个大户人家,多远就喊道:"大爷、大娘,给我一点饭吃吧。"一声喊叫,被叫的人不管年龄有多大,不是头痛就是脚软,或者是腿抽筋,有的甚至很快就会不明不白地跌倒在地。为此,津里的几个大户人家都很害怕朱元璋上门讨饭。

一天中午,朱元璋端着破碗沿街乞讨,一连讨要几家都没有讨要到一口饭,一个人走在寒风里瑟瑟发抖,饥肠辘辘。这时他闻到了一股喷香的饭菜味,是从津里街南头一个姓钱的土财主家飘散出来的。这钱老爷家是镇上数一数二的富户,有良田千顷,骡马百匹,妻妾成群,每天都是锦衣玉食。于是朱元璋便来到钱府讨饭,他站大门前,叫了好一会儿,钱家上下听出来是朱元璋在喊叫,就是不开门。

朱元璋从门缝里远远看见钱家正在开饭,钱老爷和家人正围坐在堂屋桌前,桌上摆满大鱼大肉,朱元璋口水都流出来了。因无人理睬,朱元璋很无奈,正打算离开时,忍不住又从门缝往里看了一眼,他看见钱老爷用筷子夹起一大块肉往嘴里塞,非常生气:凭什么你们大鱼大肉,我连汤都喝不上呢? 就随口骂一句:"叫你吃,好歹让肥肉噎死你这个老家败!"

说完,朱元璋掉头就走。刚走几步,就听钱老爷家哭爹喊娘地乱成一片,朱元璋回过身来一看,原来钱老爷真的被那块肥肉给噎死了。朱元璋笑道:"为富不仁,

抹山明文化风景区跃龙冈(王绪波　摄)

活该!"

从此,津里镇上的大户人家只要看见朱元璋远远地走来,不是盛点饭叫伙计送过去,就是闭门坚决不予理睬。

朱元璋无奈,只好离开津里,一路往西北方向流浪乞讨。

流传地区:明光市

采录地点:明光市明光街道办事处

采录时间:2019 年 12 月

讲　　述:许永宁(1953—　　),男,中专文化,作家,文史专家。

记录整理:贡发芹

话"年"

春节是我们中华民族最重要、最隆重、最热闹的节日。民间称之为年,过春节称为过大年。每到过年之时,远在他乡打拼的游子们都会栉风沐雨、日夜兼程赶回家中,和家里人团聚,亲亲热热地过年。

现在,过年是一种热闹,一种快乐,一种幸福,一种享受。但在几千年的传承中,并不都是这样,人们曾经把过年叫作"年关"。

为什么叫作"年关"呢? 这就需要从过年的起源说起了。

年,传说它本是一种怪兽,身躯高大,十分凶猛。它头顶前方有一只角,又粗又尖锐,有一张巨大的嘴,獠牙锯齿,张开像一张大弓,眼睛呈三角形,腹部硕大,肚皮几乎拖至地面,四腿粗大,浑身长满长毛,尾巴又粗又长,从臀部能甩到嘴巴前面。它走起来快如疾风,吼起来声如雷鸣,身手敏捷。人们都说它来无影去无踪,所有的野兽都害怕它。它有个特性,除了生吃各种肉类外,嗅觉非常灵敏,喜欢闻熟食的味道,距离老远的地方,它都能闻到。在春、夏、秋三季里,年可以在山间、水边、草地、湖里捕捉猎物,不会饥饿。可是到了冬天,尤其是冰天雪地的时候,各种动物都躲藏在温暖的洞穴里或者草丛里,食物就匮乏了,它就会行起凶来,到处乱奔,寻找食物。白天,它怕受到人群围攻,不出来活动,到了晚上,它就活动频繁了。

远古时期,人烟稀少,人类祖先刚刚进入村落生活的文明阶段。而且,人们大多生活在山坡处、山脚下、高地上。大一点的村落里也只有几十户人家,一般的都是八九户或者十来户人家。居所多为低矮的茅草房子或庵棚子,有的人家选择在房子的山墙下面开门。每到冬天,人们都不能做什么活动了,农人闲下来了,手工者闲下来了,猎人闲下来了,大多数人待在家里取暖。冬天蛰伏,是四季轮回的开始。人们这个时候都聚集在家里围着老人和孩子,也有时间做点比较好吃的饭菜,全家人欢乐一下。所以,一到傍晚,很多人的家里都会传出熟食的香味,特别是熟肉食的香味。年这种怪兽很快就会闻到,于是就悄悄地靠近村庄,靠近人家。当人们稍不留神的时候,年就会钻进人家里,有时候,晚上趁着人们熟睡的时候,年还把人家的柴门推开,偷走人们做好的熟食。人们对此感到非常奇怪,更感到心疼。为了弄个水落石出,等到下一个四季轮回的时候,人们就开始注意了。一些有心人就躲在家里暗处观察,看看究竟是什么动物把这些熟食吃掉的。许多人家都发现了年这种怪兽。不过,人们只能看着这种庞大的怪兽偷食,也不敢靠近,更不敢吱声。就这样,有关年这种怪兽偷熟食的事情就传开了。之后,每到这个时候,人们就只好组织起来,拿着石刀、石斧或者棍棒驱赶年。可是,因为年的行走速度飞快,尾巴就像鞭子一样有力,人们经常被年抽打得东躲西藏,根本不是年的对手。为此,人们很苦恼,对年既感到头疼,又无能为力。

池河风光(王绪波 摄)

后来,人们一到这个时候,就互相提醒,为提防年来偷食,就把熟食收藏起来,躲过年的这一关。就这样,艰难地度过"年关"就传开了,并且成为躲避年而形成的共识,所有人都会遇到这一关。后来,一些有识之人,就留心四季的轮回时间,一个轮回是三百六十天左右,所以,人们就把一个"年关"的周转定为三百六十天。这就是农历"年关"的计算方法。随着时间的推移,人们又发现了,年这种怪兽害怕红色,尤其害怕响声。所以,人们每到"年关"时,就在大门两旁贴上红纸,并敲响罐子,后来,又发明了爆竹,于是就燃放爆竹发出响声,驱赶年这种怪兽。人们称这种做法为"辟邪",称这种活动为"躲过年关",后来,把"躲"字、"关"字丢掉了,简称"过年"。

随着时间的推移,过年虽然热闹祥和,但是,每到过年的时候,大人们都想做点好吃的食物给家里的老人和孩子们吃,或者给孩子们添件新衣裳,但很多时候,家境贫寒,家中钱物没有结余,也只能心有余而力不足。当家的大人们常常感到愧对老人和孩子。为此,他们都说过年是过"年关",也就是渡过关口。但是,虽然从前过年如过关,可是,到过年的时候,全家人们都必须聚集在一起,共享欢乐,晚辈给长辈拜年,祝福长辈健康吉祥,长辈送给晚辈钱币礼品,表示鼓励、关心和爱护。

到了南朝的时候,过年的时候,把贴红纸又改成了贴春联,这样,既能"辟邪",又显得文明美观,还有祝福和祈盼之意,越来越富有文化内涵。

年年过年,一年又一年。

流传地区:明光市柳巷镇、潘村镇

采录地点:明光市柳巷镇

采录时间:2019 年 7 月

讲　　述:李世金(1956—　　),男,中师文化,退休教师。

记录整理:贡发芹

小年的来历

民间称春节为大年,过春节就是过大年。大年之前还有一个小年,据说小年的来历是这样的。

明朝开国皇帝朱元璋,年轻时家里很穷。有一年,快要过年了,但家里没有一分钱购买年货,朱元璋实在没有办法,就决定到太平集的肉铺里赊几斤肉过年,但势利的老板一点面子不给,当场拒绝。朱元璋想,猪头比较便宜,就央求老板说:"那就赊一个猪头吧。"可是老板连一个猪头也不愿意赊。朱元璋无可奈何,既难过,又气愤,于是随手在肉铺旁边的墙壁上写上一首打油诗:"可怜可怜真可怜,别人有年我无年!没钱打肉包饺子,赊个猪头要现钱。有朝一日当皇上,老子要过两个年!"

大家都觉得这是个笑话,穷光蛋还想当皇帝,真是做梦,就没把这首打油诗当回事。但朱元璋是认真的,一直在心里牢记这个愿望。二十多年后,朱元璋还真的当上了皇帝。快过年了,他又想起自己曾经写在墙上的那首打油诗,如今自己是皇帝了,自然想干什么就是什么,于是他随即颁旨:从今年起过两个年,一个小年,一个大年。当时已是腊月二十二了,就定二十三为小年。

由于交通不便,圣旨传到南方是腊月二十三,南方人的小年是腊月二十三;圣旨传到北方时迟了一天,北方人的小年是腊月二十四。大年之前过小年,这个习惯一直延续至今,民间称之为送灶。

流传地区:明光市

采录地点:明光市区

采录时间:2023 年 1 月

讲　　述:董俊杰,男。

记录整理:贡发芹

福慧无翼钟

福慧即福慧寺,位于明光南端曹府山,菜市巷最南端,本名福兴寺,俗称南大寺,与岐阳王李氏宗祠毗邻。

李氏宗祠为岐阳王李文忠幼子李芳英后人所建,位于福慧寺之北。祠内原有银杏两株,前庭后院各一,均为明代所植,立祠时即有。前者为雄,只开花,不结果;后者为雌,既开花,亦结果。雌株粗大,需五人才能环抱。其丫杈寄生桑树一株,胸径粗及碗口,每年树上结两种果实,一为桑葚,一为银杏,实为奇观。雄株亦有三人环抱之粗。

李氏宗祠旁置大钟一口,此钟特殊,没有两翼,有刀削痕迹。相传该钟原置于曹国公坟旁之大李寺,日久天长,吸收天地之精华,具有灵性,可以自由行动。每天白天,它就飞回大李寺;到了夜晚,它就不见了,原来它飞到李氏宗祠里来了,因为李氏宗祠里有一面大鼓,这大钟与大鼓是好朋友,每天晚上,它们都要聚会谈心。一天夜里,这个秘密被李氏家族的族长发现,他觉得大钟是吉祥之物,应当永远留在李氏宗祠。于是他趁大钟不备,突然挥剑砍去了大钟的双翼,这样大钟再也飞不起来了,只好就留在了李氏宗祠。

大李寺僧侣开始感觉非常奇怪,大钟怎么无缘无故就丢失了呢?于是他们开始四处寻找,很快发现这口大钟在李氏宗祠里了。他们很想把大钟运回大李寺,但是大钟没有了双翼,没有地方系绳索,太重,无法搬运,只好作罢。但大李寺的僧侣始终不知道大钟是怎么到李氏宗祠的,又怎么失去双翼留在李氏宗祠的。

每天早上,李氏宗祠都会安排人来定时敲钟,悠扬的钟声响彻整个明光城。钟声是美好的召唤,听到钟声,人们马上就会意识到,新的一天开始了。后来此处鸣钟成为明光镇一景。李氏士绅李泽同将其列为《明光十六景》之一:

福慧闻钟

禅房寥落认遗踪,银杏婆娑影正清。

百八蒲牢声久寂,苔莎半蚀梵王钟。

民国初年,明光人敬香礼佛之地福慧寺屡遭兵燹,正殿被毁,仅存耳房数间,围以垣墙,改名"公所",做李门人士修身养性之所。原来寺院之内有盆景千百,姹紫嫣红,清静幽雅,凡嗜好烟酒者,谢绝入内,真如世外桃源。前来游览观赏者络绎不绝。

日寇占领明光期间,公所被毁,片瓦无存。李氏宗祠内大钟也被侵华日军劫去铸造军火。

古银杏二株,属于珍贵品种,1949年前后,亦因故被砍伐。

钟声已远去,寺祠已消失,胜景已不再,但传说依然在流传。

流传地区:明光市明光街道办事处

采录地点:明光市区

采录时间:2014年9月

讲　　述:詹步卫(1963—　　),男,大学文化,明光市政协港澳台委员会原主任。

记录整理:贡发芹

"明光酒"得名

从前，泗州盱眙县西面与濠州交界的地方有个太平乡，太平乡里有个太平集，位于池河东岸。朱元璋开创大明王朝之后，因他出生在这里，就将太平乡改为灵迹乡，当地官员上书皇帝朱元璋，钦赐太平集新的名字明光集。

明光集酿酒历史源远流长，南宋建炎二年（1128），这里的酒即为金陵御酒，"四季供奉，不得苟且"。现在明光酒酿造工艺是安徽省非遗，曾荣获国家发明专利，明光酒曾荣获中国驰名商标称号，明光酒厂荣获"中国最值得尊敬新徽商企业50强"称号，明光酒还曾荣获南洋劝酒会"金边玻匾奖"。"大江南北走一走，好喝还是明光酒""千里长淮多琼浆，好喝还是老明光"的广告词一时风靡大江南北。

明光酒原来不叫明光酒，而是叫太平集"二骡子酒"。原来太平集上有一个名叫包二的人，他家祖上世代从事酿酒生意，并在太平集上开了个酒坊，包二自小就得了祖上酿酒真传。包二继承了包家老槽坊之后，更是精益求精，酿出来的高粱酒品质越来越好，深受当地人欢迎。太平集改为明光集之后，发展迅速，集上人口越来越多，一派繁荣景象，包家的酒坊生意也越来越红火，每天都是顾客盈门。因为包二乳名叫"二骡子"，长辈或年长几岁的人都叫他"二骡子"。其酿的酒品质较好，人们爱喝，大人们叫孩子打酒，为防买错，一般都特别交代说："买二骡子酒。"包二觉得，再怎么，自己也是镇子上声名在外的大老板，大人小孩都喊自己"二骡子"，多难听？于是这成了包二一块心病，一直盘算着怎么给它改过来，起个好听的名字。

洪武三年（1370），朱元璋派人传旨要他老干妈家派人进京受赏。朱元璋老干妈家住抹山脚下小孤庄，姓汪，在朱元璋落难时她帮助过他，并认朱为干儿子。朱元璋当了皇帝后，消息传到了太平集小孤庄，汪氏母子十分高兴，庄邻也都纷纷过来劝汪氏唯一的儿子汪文去应天（今南京）找他的干弟弟皇帝封个一官半职，有人竟直接巴结汪文,直呼汪大人,弄得老实巴交的庄稼汉子脸都红了。起初,汪文和母亲曾合计过是否去应天找一找。可汪氏不同意,她说:"重八(朱元璋的乳名)那孩子是卖糖球住高楼——硬熬的,现在当了皇帝,天下那么一大堆子难事要管,别去给人家添麻烦了。"其实汪氏心里是很想念她的干儿子重八的,她是怕当了皇帝的重八不愿认她这乡下穷老太太,自己丢人丢到了京城。三年过去了,皇帝派人来了。这事一传十、十传百,很快传到明光的"二骡子酒"酒坊,包二一听,马上心花怒放,心想发财的机会来了!

且说这汪氏母子早在家又合计开了,是谁去呢?还是娘俩一块去呢?别看汪文是个爷们,可事到临头却打了软腿,死活不愿去,他说他小时候打过朱元璋的屁股。商量来商量去,最后还是决定汪氏一人去。但汪文有个要求,他说:"干弟弟要是给他封官,千万别答应,当不好丢人家的脸;若赏他地也千万别要,要多了也种不了,荒了怪可惜的。"汪氏这么多年没见重八了,如今去了怎么说也不能空着两手呀。带什么呢?又有什么带呢?汪氏正愁着呢,忽听门外嘎嘎两声,她喂的两只看家的大白鹅伸着长脖子,一晃一晃地走进屋来。汪氏高兴地笑着说:"你们也想见我那干儿子呀?"

当天晚上,汪氏家来了很多凑热闹的人,大家说着笑着热闹极了。村口的狗又叫得紧,不一会儿,老板包二拎一坛"二骡子酒"找上门来。包老板听说小孤庄汪氏要进京见皇帝,他灵机一动:何不托汪氏让皇帝给他的酒赐个名?包二说明来意,汪氏一口应允了,她知道朱元璋年轻时候特别好喝酒,但家里穷,一年都喝不上一两次。为感谢汪氏,包二还给了她一些细碎银子做盘缠。

第二天天刚蒙蒙亮,汪氏就上路了,日行夜宿,起早摸黑,两三天,就赶到了江边。过江时,久没见水的大白鹅挣开了绳子,汪氏一把没抓牢,白鹅扑进了江里,小船在江心猛一晃,晃倒了酒坛子,酒咕噜噜淌了一船。到岸后汪氏一手攥着几根鹅毛,一手提着个空酒坛子,一路打听着皇帝住哪。人都把她当成疯婆子,没人理会她。直到她来到应天城第二天才找到了皇城,守城的一听说是皇帝的老干妈来了,慌忙禀报,朱元璋听报亲自出宫迎接。二人一见,悲喜交加。一阵客套后,朱元璋问干妈手中鹅毛和空坛子是怎回事?汪氏连忙说:"干妈老了,没用了,从家带了两只白鹅送你,过江时鹅跑水里去了,我一把没抓住,只抓了几根鹅毛,逮鹅时,又碰翻了酒坛子,一坛家乡好酒也淌光了。"朱元璋听后忙扶着汪氏说:"干妈呀,这鹅毛我收下了，这酒坛我也收下了。"朱元璋轻轻吹了吹手中的鹅毛感慨地说："干妈千里送鹅毛，礼轻情义重。"说着又捧起空酒坛闻了闻，"好酒，好酒，这醉翁之意不在酒，在乎干妈心意有，老干妈心意有，长江清水胜似酒。"提到酒，汪氏突然想起包老板委托的事了，她让朱元璋给赐个名字。朱元璋一时没听清，以为要他赐地名，随口道："太平集我已赐过名字了呀，明光，这个名字不是很好吗？"汪氏也跟着重复了几遍："明光，明光，这酒就叫明光酒，好呀，好呀！"

汪氏在皇宫里山珍海味吃着，大戏听着，小戏看着，吃饭、穿衣、睡觉都有人服侍着，就连上茅房也有宫女陪着。过惯了乡村生活的汪氏，几天稀罕劲一过就想家了。马皇后为汪氏准备了很多东西并派人送汪氏返乡。

汪氏回到家那才叫热闹呢，近邻远亲都赶过来听新鲜，就连盱眙知县大老爷也大老远带着礼物前来汪家登门拜访。汪氏每天都滔滔不绝地给来人讲皇宫里的事。包二也带着四包点心前来，汪氏一见，忙拨开众人对他说："朱皇儿说了，就叫'明光酒'。"这包二兴高采烈地打起了"明光酒"的招牌，还特别注明"皇帝御赐"。

听说当今皇帝赐名包二的"二骡子酒"为"明光酒"了，开始人们都不信，但包二多精明，他把汪氏母子请到酒坊来，每天好吃好喝供着，不由得大家不信。那汪氏老母每天都跟客人说："我可以作证，皇上的的确确给'二骡子酒'赐名'明光酒'了，皇上金口玉言，不能改的，'明光酒'就是'明光酒'，不能再叫'二骡子酒'了，皇上要听到会怪罪的。"于是明光集上的人从此不再叫"二骡子酒"，都改称"明光酒"了。加之酒本身也够劲，"明光酒"的名气越来越大了。那时虽然没有什么"商标保护""注册登记"之类，但包二家的酒名字是皇帝御赐的，谁敢再与他的酒同名？谁的酒还能卖过包二家的酒？因而有的酒坊改行了，有的搬迁他处了。从此，明光集上只有包二家的"明光酒"最受顾客青睐，生意越来越红火了。

流传地区：明光、盱眙

采录地点：明光市区

采录时间：2004 年 8 月

讲　　述：武佩河（1953—　　），男，大学文化，作家。

记录整理：贡发芹

明光绿豆的传说

朱元璋是一位从乞丐登上九五之尊帝位的皇帝,在民间有好多的传说。明人王文禄《龙兴慈记》记载,朱元璋十七八岁时,在马员外家当长工。马员外嫌贫爱富,对朱元璋不屑一顾,但马家小姐对朱元璋却情有独钟。"是年大旱,野无颗粒",到了秋季又遇连月大雨,致使濠州地界瘟疫流行,加之元末朝纲混乱,政治腐败,盗贼蜂起,更是民不聊生。

是年,朱元璋也得了大病,高烧不退,唇焦舌裂。此时已与朱元璋私订终身的马家小姐,自然心急如焚,遂悄悄前往禅窟寺拜佛求签,得一签曰:"龙诞之地,绿珠相济。"马小姐求解,寺中长老见马小姐虽大手大脚,但凰形凤声,知其来意后,便道:"日出东方,灵迹之处必有仙方,医而可愈也。"

次日,马小姐依禅师所述,朝着日出的方向,一路走去,走了有百十余里,来到泗州盱眙县涧溪镇清平山脚下,向半山腰望去,隐隐约约可见一座庙宇,庙宇之上红光笼罩,紫气升腾。

此时的马小姐口干舌燥,便寻一山泉,躬身掬水饮之,耳旁仿佛有人在呼叫自己,一转身,见一白发老妇,红光满面,慈眉善目,亲切地说道:"姑娘,见你孤身一人来到此地,所为何事啊?"马小姐愁云满面,直言相告。老妇说:"姑娘,请随我来。"她便把马小姐带入庙宇,取出一个精致的葫芦,倒出数粒绿色药丸,递与马小姐。马小姐连忙用手帕包好。转眼之间,老妇不见了,庙宇也消失了。马小姐甚为奇怪,但救人要紧,来不及多想,急忙启程往回赶,跨越涧溪河时,不慎摔倒,药丸洒落地上。马小姐边哭边捡,不禁落泪,晶莹泪珠落于药丸之上,散落于溪边沙土上的绿色药丸,瞬间生根发芽,长出豆荚。马小姐剥开豆荚,只见豆荚里绿豆晶莹明亮,马小姐想起禅窟寺长老所言,若有所悟,便摘取数升绿豆,带回与朱元璋和众乡亲煮水饮用,数日瘟疫即消。此后,马小姐遗落在灵迹乡的绿豆在明光集周边及涧溪、石坝等地蓬勃生长,成为当地居民非常喜爱的一种豆类杂粮,因其颜色碧绿,就称之为绿豆。

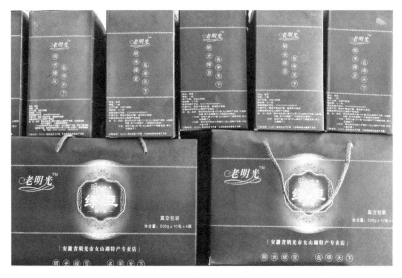

明光绿豆

灵迹,即古灵迹乡,据民国七年(1918)李泽同修《李岐阳氏族谱》世系一之先世源流中记载:"世居之地本属太平乡,明太祖以龙潜所在,分立灵迹乡,赐山名曰明光,故为明光集。"李泽同《明光十六景征诗小启》:"明光山,集之主山也,明太祖生时,此山有光灼天,因赐名。乡人建龙神祠于山巅,俗呼龙庙山。"由此可知,"明光"和"灵迹乡"等地名的出现,与朱元璋出生地之间存在着不可分割的关系。

灵迹之地盛产绿豆,豆粒饱满,色泽鲜明,绿如碧玉,晶莹光亮,皮薄易烂,汤色清绿,气味清香。明代李时珍在《本草纲目》中称之为"真济世之良果也"。绿豆味甘、性凉,有清热解暑、止渴利尿、消肿止痒、解毒之功效,属于夏季药膳珍品。

作　　者:腾云揽月
采录时间:2023 年 8 月 29 日
采 录 人:贡发芹

明龙绿豆酒的传说

　　安徽明龙酒业有限公司采用明光绿豆酿造出一个新品种——明龙绿豆酒。该酒因淡雅香醇、绵柔纯净、醇馥幽郁，受到广大消费者的青睐，不仅走上了千家万户的餐桌，更是人们红白宴席的首选酒品。

　　明龙绿豆酒精选明光当地特产明光绿豆（简称"明绿"），经精心酿制而成，纯净透明，口感清香，在众多的白酒中独树一帜。

　　传说明龙绿豆酒的来历是这样的。元朝末年，大明王朝开国皇帝朱元璋在明光北郊的泗州盱眙县太平乡赵郢村二郎庙里出生以后，朱家就暂时在赵郢村落下脚来，给本村的赵员外家打长工，闲暇时自己也开垦点荒地，种点五谷杂粮，补贴家用。

　　朱元璋小名叫朱重八，从小就生活在赵郢。斗转星移，不知不觉中朱重八已经长到了十来岁，因家境贫寒，只上了两年私塾，就离开学堂跟着父母也到赵员外家打工，给东家放牛。这赵员外为人还比较厚道，乐善好施，对家里雇佣的长、短工也不苛刻。赵员外有个儿子名曰赵三，憨厚朴实，年纪和重八相仿，两人很快成为好朋友。赵三不上学时，也跟着重八每天出去放牛。两人下河摸鱼虾，上树掏鸟窝，形影不离。

　　却说这一年，淮河流域暴发洪水，淮河八大支流之一的池河也深受其害。大水之后，池河东岸的赵郢村方圆几十里的庄稼颗粒无收。人们赶紧补种易成活、生长期短、还未过农时的绿豆。结果这一年赵郢村及周围村庄绿豆大丰收，家家户户都收获了很多绿豆，赵员外家的仓库里也是堆满了一袋一袋的绿豆。

　　这赵员外家开了个酿酒坊，在太平集上还开有酒铺，生意做得非常好。一天，小朱元璋放牛归来，和赵员外的儿子赵三在赵家的酿酒坊里玩耍，看酿酒师们如何下料酿酒。恰巧，有一位酿酒师正在往窖池添加酿酒原料红高粱，这时赵家开在太平集上的酒铺里的伙计来到酒坊拉酒,那位酿酒师傅就出去帮着装酒了。这时,聪明又调皮的重八对好朋友赵三说:"酿酒都用那红高粱,如果用绿豆行不行呢?"憨厚的赵三怔怔地看着重八,摇了摇头说:"不知道。"重八瞅了瞅门外说:"要不我们来试试?"那赵三历来对重八都是言听计从的,听重八这样一说,也好奇心大起,当即点头同意。于是两个小家伙趁酿酒师傅不在,连拖带拽地弄了几袋绿豆倒进了酒窖,然后还不忘在上面盖了一层薄薄的红高粱。

两个月之后,酒窖出糟,放到蒸锅里蒸馏,其他的几锅酒跟往常一样,唯独那锅绿豆原料的酒,异香扑鼻、清纯透明。酿酒师傅甚是奇怪,扒开酒糟仔细一看,原来是绿豆做的原料发酵酿出了的酒。酿酒师傅又惊又喜,连忙跑去喊来东家赵员外。赵员外闻听此事也是又惊又喜,连忙派人拉了一些到太平集上自家的酒铺里试卖。结果大家品尝之后,都啧啧称赞,一时间赵家的绿豆酒十分抢手,供不应求。这赵员外喜不自胜,连忙命家中的酿酒师傅加紧生产。

多年后,朱重八投靠了红巾军,改名朱元璋,南征北战十几年,终于推翻了元朝统治,创建了大明王朝,当上了开国皇帝。一次,朱元璋派外甥李文忠巡视故里,得知家乡人丁兴旺,社会繁荣,非常高兴,就赐名太平乡为灵迹乡,太平集为明光集,赵郢为赵府。

这时,朱元璋童年伙伴赵三已经接管了赵家家业,继续酿造绿豆酒,但生意却清淡了下来。赵三问什么原因,伙计告诉他:"这两年明光集上最火的是明光酒,那汪氏老母说是皇上干妈,天天坐在酒铺里,向客人介绍说是当今皇上钦赐的酒名,把其他几家酒铺都挤垮了。"赵三问:"那皇上到底钦赐了酒名没有?"伙计说不知道,没看到,都在传。赵三想,与皇上沾上了关系,酒就好卖,那我家酿造的绿豆酒就是当今皇上朱元璋当年在我家发明的呢,我家绿豆酒与当今皇上的关系更硬呀。

赵三不停地嘀咕此事,一个聪明的小伙计受到启发,他说:"东家,当年你家的牧牛小童成了当今皇上,是真龙天子呀,开国年号又是大明,是大明王朝的真龙天子呀,真龙天子已经赐名我们赵郢为赵府,何不把赵家酿造的绿豆酒命名为'明龙绿豆酒'呢?我们也对客人说这是当今皇上钦赐的酒名,反正没有对证。只要酒品质好,客人爱喝就行。"

赵三一想,对呀,这酒确实与当今皇上有关系,就叫"明龙绿豆酒"!于是,他很快就在明光集上的酒铺前打出"明龙绿豆酒"的招牌,逢人就介绍说是当今皇上

女山湖牌系列绿豆烧酒

钦赐的。生意果真再次兴隆起来,门庭若市。人们听说这酒与当今的皇上渊源深厚,纷至沓来,先尝为快。

从此,"明龙绿豆酒"在明光及周边地区迅速流行开来,成为江淮地区人们办红白喜事待客首选的美味佳酿。

流传地区:明光市

采录地点:明光市明光街道办事处

采录时间:2019 年 12 月

讲　　述:李兵(1975—　),男,大专文化,作家。

记录整理:贡发芹

明太祖盛赞"明龙美酒"

洪武十一年(1378)十月十一日,岐阳李氏一世祖、曹国公李贞薨于京师(今南京)之赐第,享年七十有六。朱元璋亲自前往致祭,翌日颁降诰命,追封李贞为陇西郡王,谥恭献。是年十二月庚申,李贞之子李文忠奉旨"扶柩归葬,与公主合窆",史书称为曹国长公主墓,世人俗称曹国坟或朝姑坟,位于盱眙县灵迹乡冷水涧之源,即今安徽省明光市明光街道蔬菜村大李村庄西隅。据传这里是明光真正的风水宝地。

事毕,李文忠准备回京复命,想顺便带点家乡土特产孝敬舅父皇帝。明光集上的岐阳李氏宗亲和乡邻们得知国公爷要给皇上进贡礼品,大家都非常高兴,就你一言、我一语,七嘴八舌地纷纷献上良策。因为朱元璋不仅是明代开国皇帝,还是他们的乡亲。朱元璋出生在明光,在这里生活到十多岁,这里的乡亲有的是朱元璋的发小,有的甚至还和他沾亲带故呢。特别是他领导起义军,推翻了元朝的残暴统治,让老百姓过上了安宁的日子,大家对他更是感恩戴德。于是,大家纷纷想把自己认为最好吃的送给他。有人提议送女山湖银鱼,有人建议送七里湖芡实,有人觉得池河的梅鱼口感甚好,有人说浮山的淮王鱼味道更鲜,等等,不一而足。

正在这时,朱元璋的童年伙伴赵三带人送来了四坛"明龙绿豆酒"给李文忠。朱元璋喜欢美酒,一次宴请大臣时,曾说家乡有种绿豆酿造的酒,有机会让大家尝尝,群臣都非常好奇,第一次听说绿豆能酿酒。这不就是机会吗?皇帝舅父看到自己进贡的"明龙绿豆酒",一定会笑得合不拢嘴。再说,此地距离京城有两三百里路程,一路颠簸,需要好几天时间才能到达,再好吃的山珍野味,也会变味,但酒不怕腐坏变质,却是越陈越醇香。

于是,曹国公李文忠就决定多买一些,运往京城。赵三说:"不要钱,您只要跟皇上说是赵三的一点点心意,赵三就满足了。"李文忠当然满口答应。

女山湖牌绿豆烧

朱元璋当年无意间用绿豆做原料发酵酿造出来的酒,赵员外曾珍藏四坛,埋在地下,预备自己八十大寿宴请贵宾。赵员外现在虽然老态龙钟,但一听说皇上想品尝赵家的绿豆酒,非常激动,立即叫赵三派人挖出来,交给李文忠。

回到南京后,李文忠没有歇息,马上把安葬的经过上报给舅父,朱元璋听了,想起二姐夫李贞一生爱护二姐、救济朱家,后来曾在李文忠军中执掌军务、监管大事,也常为自己出谋划策,排忧解难,不免叹息不止,泪水直涌。李文忠见此,也是难过至极。他在舅父面前强忍悲痛,又一一报告老家明光的百姓现在生活状况,家家安定,业业兴旺,所有人都对皇上感恩戴德,朱元璋听了才稍有安慰。于是李文忠趁机把赵三的四坛"明龙绿豆酒"献上,说是赵员外托他把当地美酒送给皇上的。听说这是家乡的美酒,朱元璋不愿辜负幼时家乡恩公的情意,当即品尝。酒一入口,即觉清香甘洌,荡气回肠,仿佛"一滴甘露落入口,千粒珍珠滚下喉",令人回味无穷,胜于他品尝过的这样那样的宫廷琼浆玉液。他想到,自己的家乡实在是个好地方,物华天宝。他望着李文忠说:"赵员外家的酒果真是美酒,我也不能白喝,给'明龙绿豆酒'赐个名吧。朕是真龙天子,起于明光,那里是龙兴之地,酒名就改为'明龙美酒'吧。"他还命人将赵员外的绿豆酒分赐给几位开国功臣。

谋士刘伯温当场献藏头诗一首:

> 明光有奇闻,龙腾彩凤鸣。
>
> 美景山水间,酒香四海名。

于是,满朝文武都知晓皇上家乡盛产"明龙美酒",也就是"明龙绿豆酒"。"明龙绿豆酒"被朱元璋赞誉为"明龙美酒"后,一直代代相传,誉满江淮,现在简称"明龙酒"。当年"明龙绿豆酒"的制作技艺今天已入选省级非物质文化遗产,是明龙酒业独泉享有的专利。

"明龙绿豆酒"为何风味异常独特呢?

现代科学解释:明光绿豆以涧溪镇境内出产的最为纯正。因为生长于凹凸棒石黏土地层,所以色泽翠绿、粒大皮薄、清香可口。通过手工发酵,精心酿制,再加上采用深井岩隙里的优质矿泉水勾兑,又用一定的时间窖藏沉淀,因此具有举世无双的风味,更兼具养生功效。

明龙酒业专心绿豆酿酒,明龙美酒已经远近闻名。

流传地区: 明光市

采录地点: 明光市明光街道办事处

采录时间: 2019 年 12 月

讲　　述: 许永宁(1953—　　),男,中专文化,作家,文史专家。

记录整理: 贡发芹

马沉涧的传说

今明光市女山湖镇旧县老街西南两三千米处,有一个地方叫马沉涧,是七里湖伸入陆地旧县村青年组两千多米长、六百米宽的一条溪涧。

传说七里湖西北岸的这条溪涧曾是隋唐瓦岗寨英雄罗成马陷淤泥河的地方。罗成是燕山罗艺之子,秦琼的表弟。秦琼是北齐宰相秦旭之孙,马鸣关大帅秦彝之子,真正的名门之后。罗成随父专门练习罗家枪,回马枪法炉火纯青。后来,罗成与表兄秦琼传枪递锏,习得秦家锏法,年纪轻轻,就成了隋唐"第七条好汉"。

传说,隋朝末年,罗成带领一队人马在盱眙与隋军遭遇,双方恶战一天一夜,罗成虽然武艺超群,但终因势单力薄,孤立无援,大败而逃。罗成骑着玉斑马出了涧溪,一路往南,钻入崇山峻岭,早已把隋军甩在身后。但是曾经被罗成回马枪击杀的隋朝大将杨林,一直阴魂不散,始终在追撵罗成,伺机报仇。罗成经过老嘉山下的鲶鱼洼歇马时,巧遇一群白鹭仗义搭救,才摆脱了杨林的阴魂。

当天夜里,罗成赶到齐云山脚下与表兄秦琼会合,商议如何破敌。两人约定,秦琼飞马往濠州与单雄信会合,罗成飞马往泗州与程咬金会合,然后聚集各路义军,与隋军决一死战。次日一早,二人在石村岔路口惜别分手,各奔东西。

话说罗成单枪匹马一路向北飞驰,刚过津里镇,就听头顶上空有人喊:"罗成,看你小子今天往哪跑?快拿命来!"罗成抬头一看,真是冤家路窄,杨林的阴魂不知从哪里又追撵过来。罗成双腿猛夹马肚,那灵性的玉斑马立刻领会主人意思,扬起四蹄向昭义(旧县前身)县城方向飞驰而去。但杨林的阴魂紧追不舍,在空中敲锣打鼓,摇旗呐喊,追撵罗成。在锣鼓声、呐喊声的召唤下,大批隋军迅速围拢过来。玉斑马实在无路可去,遂飞奔进昭义城中的都梁寺。罗成立即下马躲进寺内。都梁寺通圆长老得知是义军大将罗成被追赶躲避来此,慌忙出迎,并将罗成连人带马藏入后院,然后出面与隋军周旋,拖延时间,为罗成争取逃走机会。

隋军副将军汪雷眼见尘土飞扬至都梁寺消失，认定罗成一定躲进了寺内。他一边与长老攀谈，一边示意部下进入寺院，捉拿罗成。通圆长老正想隐瞒罗成入寺一事，阻止隋军扰乱寺庙宁静，但话还未出口，杨林阴魂就在天空大叫："我朝将军听令，罗成人就躲在后院，赶快捉拿，千万别让他再溜了。"汪雷一听，哪敢怠慢？指挥手下立即将寺院包围起来。

就在汪雷指挥隋兵包围寺院的空当，罗成开了后院大门，飞身上马，往城西南奔去。越过狮龙桥后，因慌不择路，罗成连人带马陷入七里湖溪涧的淤泥河。罗成骑在马背上挥舞手中长枪，转如一轮铁盘，风雨不透，那隋军支支飞箭都落在了淤泥河中，但人马始终无法脱身。正在罗成性命攸关之际，表兄秦琼及时飞马赶到，一箭射向空中，吓走杨林阴魂，挡住汪雷追兵，趁机将罗成拉上自己的战马飞奔而去，罗成因此幸免于难。人虽未死，但战马却陷入溪涧淤泥之中，不能自拔，活活被乱箭射死，沉入溪涧淤泥之中，马沉涧因此得名。

1957—1958 年，当时的旧县公社组织劳动力在此处修建一条长七百五十米，顶宽四米的圩堤，围湖两千三百亩。马沉涧年年养鱼，取得了良好的经济效益，现已成为女山湖镇三大渔场之一。20 世纪末，"马沉涧夕照"被曾担任过女山湖镇党委书记的傅守乾先生列为"女山湖十景"之一，得到了社会的普遍认同。很多人慕名前往游览，从涧边圩堤向西望去，湖面上波光粼粼，如串串珍珠洒在碧波之上，令人游目骋怀，心旷神怡。目前，马沉涧已被辟为鱼蟹精养池，这里的女山湖大闸蟹声名远扬。

流传地区:明光市女山湖沿岸乡镇

采录地点:明光市区

采录时间:1995 年 8 月

讲　　述:王玉昌(1938—　)，男，中师文化，退休教师，曾任大郢、高王、津里等中学校长。

记录整理:贡发芹

马过咀得名

马过咀,也叫马过嘴,位于今明光市女山湖镇(原旧县镇)东面约四千米的地方。据传马过咀是这样得名的。

马过咀是淮河下游陆地深入淮河的滩涂,上面乱石丛生。淮河泊岗段没有裁弯取直之前,这里枯水季节河窄水浅,石滩裸露,两岸没有湿地淤泥,大批牲畜渡河不会陷入泥沼。

东汉末年,群雄割据,虎贲中郎将袁术先与袁绍、曹操等共讨董卓。后与袁绍翻脸对立,被袁绍、曹操击败,率众攻下九江郡属地淮南寿春(今寿县),割据扬州,自称徐州伯。建安元年(196),袁术引兵北上徐州攻打刘备,又任命吴景为广陵太守。刘备率军与袁术相持于盱眙、淮阴一个月,双方互有胜败。

当时袁术兵多将广,屡欲吞并徐州。刘备入主徐州后,心里并不踏实,因为徐州乃弹丸之地,势孤力寡。刘备虽然积极备战,但只是为了御敌守土。

袁术先派大将纪灵屯兵盱眙。刘备非常担心,时加警惕。为了知己知彼,刘备命张飞设法刺探敌情。张飞带领一帮人马察看淮河地形,选择渡河地点,结果发现,不是河面宽阔,水深流急,就是岸边遍布湿地沼泽,马匹无法通行,容易打草惊蛇,被敌人发现。最后,张飞等人找到一个叫乱石咀的地方,这里水浅流缓,河面较为窄小,马匹经过没有危险。张飞一行立即飞马渡过淮河,在南岸侦察完敌情后又返回北岸,向刘备复命。刘备问,这么多人马是怎么渡过淮河的? 张飞回复,是从一个乱石滩越过的,这个乱石滩,当地人叫乱石咀,我们是马过乱石咀。后来人们就把张飞带领人马越过淮河的乱石咀叫作"马过咀"。

在了解敌情之后,刘备对徐州的防务迅速进行了部署。

后来,袁术派遣纪灵等率步骑三万人大举进攻刘备,刘备、下邳陈氏全力抵抗袁术大军的猛攻,袁术最终在吕布"辕门射戟"调停下退兵。因为袁术军情被张飞

女山湖节制闸风光(王绪波　摄)

侦察,刘备有了充分防备,不易攻取,袁术才决定退兵,放弃攻打徐州的计划。

流传地区:明光、滁州、凤阳

采录地点:明光市明光街道办事处

采录时间:2018 年 3 月

讲　　述:颜明洲(1963—　　),男,高中文化,作家。

记录整理:贡发芹

女山湖大王庙的来历

明光市女山湖镇(原旧县镇)水边原来有一座寺庙,名叫大王庙。

大王庙的来历是这样的:

南宋末年,京城临安城内有一谢姓富户,弟兄四人:纲、纪、统、绪,都是当地有名的绅士。绪最幼,隐居于钱塘之金龙山。南宋灭亡后,朝廷派人召唤谢绪出来做官,为元朝效力。谢绪忠于南宋,不愿意做元朝臣民,为了保住汉人气节,投水而死。

到了元朝末年,朱元璋率领义军与元将海牙战于吕梁,始终不能取胜。正在朱元璋焦虑万分之时,云中出现一位天将,挥动手中宝剑,驱动河水倒流,淹没元兵军营,元兵死伤无数。朱元璋一看,这是上天相助,于是挥军杀向敌营,最终大胜。

朱元璋得胜后心存感激,一直念叨,不知哪路神仙相助?有朝一日,一定报答。

这天夜里,朱元璋梦见一位身着素服者前来拜谒,他告诉朱元璋:"臣谢绪也,玉帝命为河伯,今助真君破敌,幸得成功。"言毕再拜而去,朱元璋从此铭记在心。

后来朱元璋在南京登基称帝后,决定敕封谢绪。谢绪行四,原来隐居在钱塘金龙山,于是就敕封为"金龙四大王",并下诏,在江淮沿岸各地,特别是设有码头的地方,都要修建大王庙,以此来纪念谢绪。

自从有了大王庙,沿岸居民在江河中航船行舟、捕捞鱼虾、途中遭遇恶劣天气,都会叩头许愿,祈祷大王保佑平安无事,嗣后必进庙烧香还愿,因之香火颇盛。

女山湖的大王庙一直香客不断,每天都有许多人前来拜佛敬香。清末民初,女山湖大王庙的西厢,多年为淮河水道凤阳关涧溪口税卡所占。大门前竖起一根旗

浮山堰之淮河龙(王绪波　摄)

杆,上悬"凤阳关涧溪口税卡"八字大旗。凡进出粮、油、烟、盐等商品,必须到此报税,方准通行。

流传地区:明光市女山湖镇

采录地点:明光市女山湖镇

采录时间:1986 年 7 月

讲　　述:汤策安(1904—1998),男,中医师,曾担任过旧县小学教师、旧县医院院长、嘉山县中医学会理事长。

记录整理:贡发芹

水漫泗州城

古代，泗州城里有一位在京里做官的陈大人。这一天皇帝降旨，派他回家乡泗州做府台。陈大人接旨后，携妻小从水路返回泗州上任。当官船行至黑水湖时，陈大人与夫人走出船舱，立于船头，眺望湖中景色。哪知他们被湖中一个水獭精看见。这水獭精修行千年，人称水母娘娘。水母娘娘施妖术，将陈夫人心爱之物金手镯滑掉在船头。陈夫人弯腰去拾，被水母娘娘一口妖气吹倒，栽进黑水湖。陈大人急忙命人打捞。不多时，陈夫人被救上船来。其实，这位陈夫人是水母娘娘变的，真正的陈夫人已被水母娘娘害死。水母娘娘想借人体得道成仙。

水母娘娘跟随陈大人上任，不觉半年有余。一天，盱眙县龟山大成寺大成佛僧到泗州化缘，看见州府内妖气冲天，要面见府台大人。陈大人知道大成佛僧是得道高僧，传令进见。大成佛僧对陈大人道："你府内有妖。"陈大人问："妖在哪里？"大成佛僧道："大人气色不正，夫人乃是水中之妖！"陈大人说："夫人从小与我结发，怎能是妖？莫不是在落水时沾了妖气？"

大成佛僧答道："并非如此。夫人已被水怪害死，现在的夫人乃水湖里的水獭精！此妖必须除掉！如不除掉，你的性命早迟要伤于它的手下。"陈大人道："夫人现已怀有身孕。"大成佛僧道："这水怪怀的是一条乌龙，待它生下后，我来降妖。当乌龙出世时，大人家中一滴水都不能有，否则，水怪将乘水而去。望大人切记。"

一月后，水母娘娘肚痛，乌龙出世。府台大人命人将家中水全部泼尽，点滴不留。家人在倒水时，忘记将书房砚台和水盂里的水倒掉。小乌龙就乘砚台和水盂里的水逃走了。水母娘娘已知大成佛僧来降它，也乘砚台和水盂里的水返回黑水湖。

水母娘娘回到黑水湖，对大成佛僧和陈大人恨之入骨，发誓要报仇。它坐在洞中思谋策划，忽然想起，东海有一只装海桶，只要宝桶到手，此仇就可报了。于是，水母娘娘偷偷游进龙宫,将装海桶偷来,游遍五湖四海,把水装满。

回来路上,水母娘娘正巧遇到八仙之一的张果老。张果老认出此桶是东海龙宫之物,能盛五湖四海水。这一桶水如泼下去,不知要淹掉多少州府,就急忙上前说道:"我这条毛驴走得饥渴,请大嫂行个方便,给它喝上几口水吧。"水母娘娘心想,一头小毛驴,能喝多少水,便道:"尽你的毛驴喝个够。"张果老的小毛驴,乃一头神驴,能驮四大名山,能喝五湖四海水。小毛驴把头伸进水桶里,猛喝几口,水去一半,再喝几口,水已快完了。水母娘娘这才知道张果老来了,慌忙提桶,将桶底所剩的一点水泼了出去。霎时,大水滔滔,淹没了泗州城。

张果老上前欲捉拿水母娘娘。水母娘娘乘水返回黑水湖。张果老连忙将此事面奏玉帝。玉帝大怒,随即派王母娘娘和红孩儿,助大成佛僧降妖。

王母娘娘召来大成佛僧,叫他如此这般同水母娘娘厮打,自有妙法降它。大成佛僧依计来到黑水湖,找到水母娘娘,一僧一怪大战起来,大成佛僧边战边退,水母娘娘紧紧追赶不放。大成佛僧退到盱眙龟山下,躲进王母娘娘的阵法之中。水母娘娘找不到大成佛僧,又气又累,又饿又渴。这时,只见山边有一位老太婆,一手拉着小孩,一手提一桶面条,往山上送饭。水母娘娘喝道:"此饭送到何处?"老太婆答道:"送给大成寺和尚。"水母娘娘听到是送给大成寺的,不由分说,端起小桶吃个精光。吃完,它对老太婆说:"你把空桶送去,就说饭被水母娘娘吃了,要他速速下山,来与老娘决战。"说着说着,水母娘娘顿觉腹痛难忍,上吐铁链,下泻铁链,铁锁锁心,水母娘娘动弹不得,现了原形。

王母娘娘与红孩儿现了原形,命大成佛僧将水獭精锁进龟山背后枯井里,永世不准出来。

流传地区:明光、盱眙

采录地点:明光市明光街道办事处

采录时间:2006 年 3 月

讲　　述:洪厚宽(1936—2019),男,初中文化,明光市津里镇人,曾任滁州市文化局创作室主任,剧作家。

记录整理:贡发芹

荷花池里老鼋塘

明光市境内女山湖下游王咀至赖石咀之间的湖面,因长期生长菱藕,被当地人称为荷花池。荷花池长度接近十五千米,宽度在五百米至三千米之间。荷花池中间靠近北部有一个占地五亩的深水潭,这就是老鼋塘。

老鼋塘周边的湿地,丰水季节与荷花池、女山湖、淮河相连。女山湖入淮没有改道之前,其中右边入淮水道即从老鼋塘边上越过,经太平沟,向东注入淮河。即使是枯水季节,老鼋塘也从未干涸过,即使荷花池见底,老鼋塘依然满满一塘清水。

当地人们传说,老鼋塘是东海龙宫出入千里淮河的一道大门,龙王派乌龟把守此门,这里直通东海,所以永远不会干涸。

话说很久以前,长年在荷花池以捕鱼为生的孤儿赵三,正在荷花池里捕鱼,忽然听到老鼋塘这边传来巨大的水声,赵三心中一惊,心想:该不会有鱼吧!于是急忙划船过来,想看个究竟。这不看不要紧,一看着实吓了一跳。那水中有只乌龟,四肢被破网缠住,有两条大蛇正在缠绕乌龟,欲置乌龟于死地。乌龟在水中拼命挣扎,但没有能力反击。赵三出于善良本性,不忍那乌龟被蛇吞食,就操起船桨,使劲拍打水面,那两条蛇受了惊吓,一溜烟地游走了。赵三将那乌龟身上的破网解开说:"快走吧!别再让蛇缠上,那就危险了。"

赵三哪里知道,他看到的乌龟是修炼成精的老鼋,看到的那两条蛇是东海龙王两个顽皮的儿子,他们要从这里出去游玩,被忠于职守的老鼋堵住。于是,他们乘老鼋不注意,用渔网罩住老鼋,想乘机逃出龙宫。由于赵三赶到,及时为老鼋解困,龙王两个顽皮的儿子未能得逞。

赵三救老鼋,无意中得罪了龙王两个顽皮的儿子,他们两个怀恨在心,悄悄凿通了赵三的船底。几天后,赵三划着小船去河里捕鱼,还没划到河中间,发现小船漏水,很快就沉了。赵三会水,本来船沉也不碍事,但是龙王两个顽皮的儿子一人缠住赵三一只脚,赵三被活活淹死在老鼋塘中。

老鼋后来知道了此事,非常生气,就把龙王两个顽皮的儿子杀了,为赵三报了仇,然后逃往西域,再也不回荷花池这个地方了。女山湖改道之后,湿地上留下一个空空的深水塘,因它原来是老鼋的居所,人们就称之为老鼋塘。

原来女山湖入淮水道上有一道坚硬的陡坎,挡住水的去路,湍急的流水越过这道坚硬的陡坎一泻而下,激流旋涡,长期不断冲刷,下面就形成了一个大深潭。新中国成立后因建设潘村湖农场,女山湖改由荷花池经女山湖镇北与七里湖汇合,然后入淮。老鼋塘渐渐淤塞,但仍然地势低洼,终年积水。1975年至1976年,太平乡修筑丰收圩,圩堤从老鼋塘边上跨过,每天垒土很高,次日就矮了许多,一而再,再而三,后来打桩填石填草,堤坝终于垒成。开春化冻之后,垒成的堤坝再次低矮了许多,后经多次加固,才与前后无异。有人就传说老鼋还住在老鼋塘里,垒土下沉是被老鼋滚掉所致。水利技术人员解释称,老鼋塘内为沼泽淤泥,承受力有限,堤坝压在上边,当然会慢慢沉降。因地下为淤泥,堤坝始终不牢固,1998年、2003年淮河流域发生特大洪水,丰收圩均从老鼋塘破堤。后来维修时,就向南绕一个十多米弯子,2020年淮河流域再次暴发特大洪水,丰收圩再次破堤,但没有从老鼋塘破堤。

荷花池中老鼋塘,地点还在,传说还在继续。

流传地区:明光市女山湖镇

采录地点:明光市女山湖镇

采录时间:1998年7月

讲　　述:陈文国(1962—　　),男,高中文化,作家。

记录整理:贡发芹

五里茶庵得名

旧县镇(原为招信县城)即今明光市女山湖镇,西面五里有一个村庄叫五里茶庵。为什么叫这个名字呢? 当地是这样传说的。

相传这个庄子原叫崔庄,位于招(招信县)濠(濠州)古驿道之上。崔庄上有好几十户人家,大多数是崔姓。北宋时期,庄子上有一位崔姓子弟,聪敏好学,勤奋苦读,考取了状元,在京城做官。后来,他年纪大了,就告老还乡,落叶归根,回到崔庄居住。

崔状元一生信佛,非常虔诚,告老还乡后就在自己的状元府边上修建了一座佛庵,取名福慧庵。福慧庵的正殿供奉弥勒佛,慈悲为怀,笑口常开,乡民景仰,因之香火极盛。

崔状元为人忠厚,平生乐善好施。福慧庵建好后,他又拿钱在庵的北侧打了一口水井,供庵中尼姑生活使用和过往行人饮用。井水清甜甘洌,深受欢迎,当地人称之为崔家义井。

为了更好地方便行人,崔家雇人专门为过往行人免费提供茶水,寒天是姜汤,夏日是清茶。崔家专门雇请用人为行人服务,行人喝茶时,用人都要在碗里撒些淘净的稻壳,行人边吹边饮,目的是防止烫伤口腔。行人如要喝凉水,也如此,目的是防止行人热渴时暴饮凉水得病。主人用心可称周到,行人经过这里喝完茶后,都赞不绝口。

后来这里成了古招信十景之一。《福慧庵落照》一诗云:

向晚西望福慧庵,夕阳返照护灵山。

佛光无量法无量,定有高僧住此间。

游人因之络绎不绝,崔庄热闹非凡。

因为福慧庵距离旧县镇五里,从旧县西行的人经过这里,都要到福慧庵前喝茶,渐渐地,人们就称这里为"五里茶庵",简称茶庵,崔庄的名字反而从人们的记忆中消失了。

五里茶庵庄子上的福慧庵不知何年毁坏,民国初年已成废墟,以后地方乡保曾在该地修建牛王庙,供奉青山绿水大力牛王之神。

流传地区:明光市女山湖镇

采录地点:明光市女山湖镇

采录时间:1998 年 7 月

讲　　述:陈文国(1962—　　),男,高中文
　　　　　　化,作家。

记录整理:贡发芹

光明的由来

光明是明光市女山湖镇的一个"美好乡村",2007 年由原来的藕塘村、光明村、左桥村三个行政村合并而成。

光明村为何叫光明呢？据说与朱元璋有关。

今光明村境内明女路二十二千米处西侧有一口池塘,名曰清水塘,塘北稍东侧两百米处有一自然村庄牛郢。女山湖镇所在地原为招信县城,古代招信县城到濠州有一条官道,即招濠驿道,正好经过牛郢村边上。

传说元朝末年,朝纲不正,灾荒不断,民不聊生。居住在泗州盱眙县杨家墩的农民朱五四一家因年年歉收,日子难以为继,就肩挑箩筐,拖家带眷,四处乞讨。而朱五四的妻子陈氏这时已经身怀六甲,即将临产,走走停停,停停走走,非常困难。

一天傍晚,他们一家渡过淮河、女山湖,来到招信古城旧县集,也就是现在的女山湖镇。听说元军正在这里捕杀新生儿和临产孕妇,朱五四不敢停留,只好带着全家连夜继续赶路。他们沿招濠驿道一路西行,到达牛郢村时天已漆黑,本想在此歇脚,但考虑到牛郢距离旧县集太近,又在招濠驿道边上,很不安全,于是继续前行。这时招濠驿道已年久失修,坑坑洼洼,陈氏摸黑行走,深一脚,浅一脚,极为艰难。她叹息道:"要是有一道光亮明晃晃地照在我们眼前就好了。"

话音刚落,天空中果然出现一道光亮照在陈氏眼前,一直引领陈氏行走到抹山南头的盱眙县太平乡赵郢村西的二郎庙旁。这时她实在走不动了,朱五四就决定一家人暂时在二郎庙歇脚。

当天夜里,鸡叫三遍之时,陈氏在土地庙里平安地产下腹中婴儿,就是后来大明王朝开国皇帝朱元璋。

后人为纪念此事,将这个出现光亮的地方——牛郢,取名为"光明"。

2013 年底,光明村牛郢集中居住点被安徽省政府确定为美好乡村建设点,取

女山湖光明村(王绪波　摄)

名"光明美好乡村"。选择在这里建设美好乡村,一是这里具有历史内涵、文化底蕴,二是寓意这里村民生活和谐,幸福美好,前景光明。

流传地区:明光市女山湖镇

采录地点:明光市区

采录时间:2011 年 8 月

讲　　述:杨木成(1964—　　),男,大学文化,明光市第三中学历史高级教师。

记录整理:贡发芹

女山名字的由来

明光境内的女山湖边上有一座山,名叫女山。女山的名字怎么得来的,史料上没有确切记载。传说是这样的:

很久很久以前,女山湖边上有一个渡口,渡口上有一摆渡老人,因叉鳖十拿九稳,被称为鳖爷。鳖爷有一女儿,取名为玉女,生得如花似玉,与湖边渔人庞龟相恋。正当两人择日准备成亲的时候,下湖巡湖的恶霸王爷看中了玉女,要纳她为妾。一天,王爷带人上门抢亲,与庞龟打了起来。庞龟力大无比,无人能够近身。王爷令手下开弓射箭,当利箭射穿庞龟胸膛之际,庞龟使出全身力气,将手中渔叉掷向王爷,渔叉不偏不倚,正中王爷心窝,王爷死了。庞龟倒毙在船板上,鳖爷也气死了。

玉女见状,悲痛万分,当即投湖自尽。其尸体漂到湖边,变成了一座山,人们把它叫作玉女山,时间长了,便简称为女山。另外,从女山北面的湖面上看,女山像一个仰卧的少女。从空中看女山,山形像一个“凹”字,如同一个玉环,故也称之为玉环山。清康熙《泗州志》载:“玉环山,县西八十里唐兴乡内,又名女山。”

流传地区:明光市女山湖沿岸乡镇

采录地点:明光市区

采录时间:2016 年 12 月

讲　述:傅守乾(1951—),男,大学文化,明光市政协退休干部,曾任明光市委统战部部长、市政协副主席,作家。

记录整理:贡发芹

女儿山传奇

女儿山又叫女山,原名玉环山,位于安徽省明光市北面偏东三十二千米处,坐落于女山湖镇境内。

相传很久很久以前,淮河下游一带渺无人烟,是神仙世界,属于东来鳌州,为东海龙王鳌广管辖之地。龙王有个女儿,身材苗条,相貌出众,俊美胜仙子,玲珑如碧玉。作为龙王掌上明珠,她来去自由,无拘无束。她天生好动,耐不住寂寞,竟背着父王悄悄爱上了龙宫的守门将领——一只力大无穷的龟神,而龟神也对龙女心仪已久。于是,他们私订终身,决心一道私奔,去寻求幸福美好的生活。

一天,他们俩终于瞅准涨潮机会,顺利脱身,逃出龙宫。他们俩走啊走,终于走到一个景色优美的地方。展现在他们面前的是一望无际的湖水,上面长满碧绿耀眼的荷叶。那荷叶展绿叠翠,浑圆宽阔,光滑的叶面上闪动着晶莹透明的小水珠。绿叶丛中,一朵朵粉色荷花亭亭玉立,像娇羞的女郎,满脸绯红,微微含笑。而那花骨朵儿正半开半收,娇蕊盈盈,鲜嫩欲滴,煞是好看。岸旁草青柳翠,莺飞蝶舞,令人耳目一新。微风过处,清香扑鼻,沁人心脾。

他俩完全被眼前的自然景致陶醉了,觉得这里环境幽雅,风光旖旎,景色迷人,再美好不过了,遂在此定居下来。

转眼两个月过去了,秋天来临,潮水退却。龙王这才发现女儿和龟神不见了,这让他颜面丢尽,威风扫地。龙王为此非常气恼,认为龙女和龟神已触犯天条,不可饶恕,不严惩他们不足以平息自己心头愤怒。于是龙王立即派虾兵蟹将分头寻找,最终在淮水东南岸的"淤泥河"畔的荷花池里找到了他俩。

此时,他们正在一边采莲,一边对歌,欢欢喜喜,恩恩爱爱,幸福得无与伦比。突然间天昏地暗,电闪雷鸣,狂风大作,暴雨倾盆。他们还没明白究竟是怎么回事,龟神即被响雷劈昏在地。龙女见势不妙,正待挣扎,却被狠心的父王一刀砍倒。为了不使他们再回到一起，龙王遂用定海针把龙女钉在"淤泥河"南岸，龙女从此失去了自由。龙王又命令属下将龟神拖到江苏盱眙，也用定海针钉在那儿。几天后，龟神从昏迷中醒来，发现自己心爱的龙女已不在身边，遂决定前去寻找，但他的身体已被牢牢钉住，动弹不得，几经挣扎，只能将头伸到龙女跟前，但依然相距两三千米，再也回不到龙女的身边。从此，龟神在盱眙化作了一座山，名叫龟山；而龙女则盘成环状，也化作一座山，名叫女儿山，渐渐地，人们省去了"儿"字，就叫女山了。

在女山正东面两三千米处，龟头也化作了一座山，名叫龟头山（当地俗称龟头嘴）。女山身后的"淤泥河"就是今天的女山湖，女山至女山湖镇之间的湖面就是当年的荷花池，现在名称依旧。

物换星移，寒来暑往，风风雨雨已过去了多年，他们俩虽然饱经人世沧桑，但依旧相互遥望，互致情意，可见他们俩对爱情是何等忠贞！这也正是女山令游人无限向往的原因之一。

其实，女山位于郯庐断裂带之上，一百五十万年前由岩浆喷发而成，为中国保存最好的古火山口之一，是非常罕见的地质奇观。火山口东西长一千五百米，南北宽五百米，海拔一百零一点五米。远远望去，女山像一个刚出浴的少女侧卧在女山湖东岸，曲线优柔，容貌清丽，丰润俊秀，美丽动人。山上植被茂盛，绿树成行，碧草如茵，鸟语花香。湖光山色，相映成趣，素有"三村环抱一分水，四月葱茏万亩田"之美誉。山中有蝴蝶谷、仙人洞、龙躺沟、玉环池、珍珠泉、瓢儿井、鱼鳞坡、蟠龙树、二娘庙、仙家楼等女山十二景。女山的浮石、彩石，珍贵稀有。可以说，女山以独特的火山地貌孕育了绮丽的自然风景和丰富的人文景观。

女山的地形地貌保存完好，火山结构齐全，特征典型，喷发物种类丰富，构造组合完整，是研究地球内部结构的重要依据。山上地幔岩包体出露多，岩石学特征明显，在地质学和生态学等方面具有极高的科研价值。2004 年，女山被批准为安徽省 AA 级地质公园，成为世人探索地球内部知识、普及地貌科学知识、增长大众科学知识和旅游、休闲、度假的理想去处。

当地文化旅游部门对女山地质公园已做了全面科学规划，正在营造女山水域景观、山岳景观、地质景观、文化遗存和民俗风情等特色旅游项目，加快争创 AAAA 级旅游景区，使其成为长三角区域中融生态、休闲、度假、科普于一体的旅游胜地。

女山地质公园(王绪波　摄)

届时,地质奇观女山将不仅仅是地质奇观。

流传地区:明光女山湖镇、潘村镇

采录地点:明光市女山湖镇山东村

采录时间:1985 年 2 月

讲　　述:贡世泽(1937—　),男,中师文
化,退休小学教师。

记录整理:贡发芹

女山湖的传说

明光市境内的女山湖是以湖边的女山而得名的。而女山的来历,相传又和旧县的龟山、花园嘴的鳖山有紧密的联系。这里有一个发生在女山湖的古老传说。

女山湖在女山脚下拐向东南,流出两千米处,有一个渡口,叫王摆渡,渡口有个摆渡的老人,因他又鳖十拿九稳,当地人称他为鳖爷。鳖爷生性懒散,嗜酒贪杯,光凭他摆渡挣来的几文钱当然不够他的日常花销。

有一天,一个年轻人到湖边过渡。鳖爷将小船划到湖心,四下打量一番,见两岸无人,水面也不见片帆。他把船停了下来,就向年轻人索取船钱。年轻人给了些铜钱,鳖爷不收,哈哈大笑说:"这点太少了! 小伙子,把银子都丢下吧! 看你年纪轻轻的,丢了小命多可惜!"年轻人听了恳求道:"老人家,小生所带银两是为母亲迁坟而用,求您高抬贵手,开开恩吧!"鳖爷听后,冷笑一声:"要我开恩? 你得问问我手中这杆竹篙。来! 你能把这篙子拔上来,我不要钱了,免费送你过河!"说完,鳖爷用尽全身之力将长篙猛地插入水底淤泥之中。年轻人见此情景,说道:"老人家说话算话?"鳖爷道:"当然!"于是,年轻人不慌不忙地只用一只右手,轻轻一提,便将那长船篙拔了起来。鳖爷一见他力大无穷,直吓得张口结舌。他本是个欺软怕硬的人,忙向年轻人赔不是,又问:"你姓甚名谁? 做什么生计? 老汉今天实在多冒犯了,请多多包涵。"年轻人说:"我名叫庞龟,原是个靠风浪吃饭的渔人。只因父母不幸患瘟病双亡,办丧事花费太大,前不久不得已将渔船卖掉,日后只有靠帮工为生。"

鳖爷一听,心中暗喜:这庞龟一身本领,力大无比,而且生得一表人才,若招他做女婿,可算有了靠山。不怕土匪抢,不会被人欺,家中再多个拉网的大力士,还愁自己没有酒喝? 想好以后,他再三挽留庞龟,让庞龟到自己家里吃了饭再走,并说自己只有一个女儿,捕鱼人手不够,正想找个帮工,他问庞龟愿不愿干这生计。庞龟答应等迁坟事忙完后就来。

原来这鳖爷膝下没有儿子，只有一个女儿，名叫玉女，年方一十八岁，长得清秀俏丽，如花似玉，看到她的人都以为是仙女下凡，因此，求亲的人踏破了门槛。玉女看不上富贵人家的浪荡公子，一心只想找个忠厚能干的打鱼郎白头偕老。

庞龟办完了迁坟之事，就来到鳖爷家当帮工。他湖上捕鱼的活计样样能干，风里浪里一人顶几个人用。鳖爷不用去摆渡，也能天天酒醉饭饱，眼见日子一天天好起来。

天长日久，庞龟和玉女之间感情一天天加深。庞龟找了个机会和老汉说了结婚之事，鳖爷满口应允。庞龟和玉女订了年前腊月十六日成婚，小两口高高兴兴地筹办结婚事宜。

不料这日玉女上街去买花线时，被恶霸王爷发现了。这王爷上连官府，下通土匪，在这一带胡作非为，打鱼人个个恨他。他见了玉女后，立即派人打听是谁家的姑娘，发誓要娶她做第七房小老婆。

第二天，王爷的狗腿子带着金银财物登了鳖爷的家门，直统统地向鳖爷说明了来意。

鳖爷开始不吱声，但禁不住那狗腿子连吓带骗，又见那么多贵重的礼物，心想王爷势大惹不起，便答应了下来。

王爷听到鳖爷已应允婚事，一阵狂喜，等不得再选吉日良辰，立即命令手下张罗办喜事。他亲自带一班吹鼓手，乘一条大船，直奔王摆渡口。他们连推带拉，把鳖爷请到船中坐定，好酒佳肴款待，然后再把船驶向湖心，寻找玉女的渔船。此时庞龟和玉女已经收网，正要回家，王爷的狗腿子大声喊道："鳖爷已把玉女嫁给王爷做第七房夫人，我们接新娘子来了！"

玉女和庞龟听得此言，大惊失色。

"胡说！"玉女靠近庞龟说，"爹爹老早把我许配给庞郎，怎么会……"

不等她说完，狗腿子推出鳖爷，喝道："当着姑娘的面说，你把她许配给哪一个？"鳖爷本是个没有骨气的人，这当儿竟点头哈腰地对王爷说："王爷，我没有把玉女许配给庞龟，还是我们两家结亲吧！"他又转身对小船上的女儿央求道，"玉女，是我把你拉扯大的，听我的话吧，跟着王爷享一辈子福啊！"玉女一听这话，如迅雷击顶，她叫了一声"妈呀……"，便瘫倒在船板上，痛哭不止。庞龟气得双目圆睁,拳头攥得咯咯响。

王爷一声怪叫:"打!"狗腿子们一拥而上,举刀执剑向庞龟打来。庞龟也不惊慌,他大吼一声,跳进人群,一脚一人,将两个站在船边上的狗腿子踢下水,再向前一跃,以迅雷不及掩耳之势,两手左右开弓,从另外两人的手上夺得刀剑。他身轻如燕,飞身跨上大船,对准王爷和鳖爷,挥刀舞剑砍去。王爷吓得浑身打战,慌忙命人抵挡。

王爷身边两名心腹家将,眼看凭武功打不过庞龟,就赶忙张弓搭箭,向庞龟射去。霎时,几支利箭穿透了庞龟的胸膛,鲜血如注。庞龟怒喝一声,将手中刀剑一齐掷出,快如闪电,正中王爷和鳖爷的要害。他们两人顿时丧命。庞龟也扑倒在船板上。

玉女见此惨状,心如刀绞,她不顾一切地爬上大船抱起庞龟,连声呼唤,可庞龟已闭上眼睛。玉女抱着庞龟尸体,一头扎进湖里。

顿时,湖面上狂风大作,大船、小船都被风浪掀翻了,船上王爷的两名家将也葬身鱼腹。

这以后,庞龟的尸体漂到女山湖边的旧县镇以西,长成了一座山,老百姓都叫它龟山;玉女尸体漂到了湖边,也长成了一座山,老百姓都称它女山。王爷因作恶多端,人神共怒,他的尸体落水后被鱼虾蟹鳖吃了个精光。鳖爷尸体漂到花园嘴湖边,长成了一座鳖山。龟山和女山遥遥相望,好像庞郎和玉女心心相印。从此,这个大湖就以女山为名,叫女山湖。

流传地区:明光市女山湖镇、潘村镇

采录地点:明光市区

采录时间:2018 年 12 月

讲　　述:刘开东(1966—　),男,大学文化,紫阳乡人,抹山小学校长。

记录整理:贡发芹

龙躺沟的传说

女山小山口直下,有条弯曲沟,宽达五米,深达一米,有头、有角、有爪、有尾,形如龙在躺伏,这就是龙躺沟。

相传在若干年前,乌龙探母,施法降下倾盆大雨,水漫泗州(今洪泽湖),坑害百姓,触犯天条,被惩罚罪降女山,给烈日蒸晒,叽叽直叫。当地人民可怜乌龙受苦,用牛衣去为乌龙遮蔽身体。这乌龙是水母娘娘所生。

朱元璋在隐士"高筑城,广积粮,缓称王"的指导下,最终建立明朝,建都金陵。筑皇城,穿城四十里,必由江岔水窖(今水西门)经过。于是朱元璋命令民工运石担土,填这江岔水窖。千百个民工运一天土石方,第二天里面无有一物,一连数日皆如此。民工回报朱元璋。朱向大臣刘基谈及此事。刘基精通阴阳八卦,并能卜吉凶,遂占一课,爻示内有水怪作祟。"怎么办?"朱问。"用宝镇之。"刘说。

当时南京有个大财主,财富甲天下,名叫沈万三。他家有聚宝盆,此宝盆有金光万道,能驱妖魔,便去向他借之一用,并说四更借五更还。据说就从那时起,江南一直不打五更,目的是以之作为不还沈万三聚宝盆的借口。

盆投水窖,果真,水怪被宝逼走。当时水母身怀乌龙,被朱皇帝逼得无家可归,对朱皇帝无比痛恨。她取五湖四海之水,来淹没朱氏社稷,以消心中之恨。不料这事为玉帝所知,派遣观音菩萨去收服水母娘娘。观音与水母娘娘大战三天三夜,未分胜负。于是观音且战且退,用脱身法术把水母娘娘引到一个山坳,然后突然不见。水母娘娘身困力乏,又饥又渴,向前走,见一间茅房,内坐一位老媪,头发如银丝,面皱痕成浪,坐在那拧线。水母娘娘饥饿难忍,向之求食。老媪说:"锅里的面条,是留给我儿子砍柴回来吃的,给你吃了他怎么办?"水母娘娘再三恳求。于是,老媪把面条盛与水母娘娘。水母娘娘张口一吸,一条铁链钻入腹中,将水母娘娘擒住。顿时,那间茅房和老媪也不知去向。观音牵住水母娘娘到盱眙下龟山,用手指点穴,将水母娘娘放在里面,成了地牢,观音坐在上面。现在龟山上有观音庵,观音菩萨座下有穴,即水母娘娘坐牢处。

乌龙出生后,由观音送往别处抚养,每年五月二十五日来此探母,行云布雨,农民以此日为下雨日,相传至今。这年此日,乌龙为报母恨,施雨如注,三天三夜,洪水泛滥,那上边淮、浍、漴、潼、沱五河水涨下流,把泗州淹没。

房屋倒塌,人畜伤亡,是乌龙所致,理应受到惩罚。乌龙被罚到女山小山口下平地躺着,给烈日蒸晒,吃尽苦头。久而久之,那地竟成沟漕,名为龙躺沟。

流传地区:明光市女山湖镇

采录地点:明光市区

采录时间:2006 年 8 月

讲　　述:武显家(1923—2018),男,中师
　　　　　　文化,住在女山脚下,曾当过小
　　　　　　学教师。

记录整理:贡发芹

小龟山的来历

女山湖拐过女山脚下,向东南流去,至今女山湖镇的一段湖面约四十平方千米。这个范围内的湖面过去长满荷花,因而被称为荷花池。

荷花池西岸,有一座状似一尊卧龟的小山丘,位于女山正东面四千米处。从岸上看,像是趴在水边的大乌龟,头伸向荷花池内,当地人称之为龟头咀。从荷花池内观看,极似卧龟,被称为女山湖一大景观——荷花池看龟。山因不大,被称为小龟山。小龟山的来历,亦有一段美丽动人的神话传说。

据说玉女的未婚夫庞龟死后,尸体顺流而下,在盱眙县城边长成一座山,即现在的上龟山。龟山对玉女旧情难忘,每天夜晚都越过洪山头,游往女山湖与玉女相会。久而久之,玉女怀孕了,但感情不专一的龟山却喜新厌旧,另有所爱,不再到女山来了。悲痛欲绝的玉女气得大哭一场,泪水流入湖中,淹没了招信古城。不久,玉女生下小龟山,含辛茹苦地养到十多岁。有一天,小龟山向玉女提出,要去盱眙寻找父亲,玉女苦劝不住,便答应了小龟山的请求。谁知,小龟山玩心重,途经荷花池,被美丽的荷花景色吸引住了,流连忘返,于是便住在荷花池岸边不走了,久而久之化作一座小山,就是此荷花池岸边的小龟山。

流传地区:明光市女山湖沿岸乡镇

采录地点:明光市区

采录时间:2016 年 12 月

讲　　述:傅守乾(1951—　　),男,大学文化,明光市政协退休干部,曾任明光市委统战部部长、市政协副主席,作家。

记录整理:贡发芹

女山无蚊处

女山无蚊处是女山十景之一,位于今女山东出口南边一块阜地上,约有两百平方米。现在这里是一片茂密的橡树林,以前是长满荒草的平地。到了夏天,别的地方蚊子嗡嗡乱叫,直往人身上叮,这里却是一只蚊子也没有,在这里乘凉非常安静舒适。

以前,乡下蚊子太多,炎热而无风的夏夜,人和牲畜常常被蚊子叮咬,痛苦难耐,无法入睡。在没有电风扇、空调的年代,驱散蚊子很困难。缺少灭蚊药剂,人们都用烂草碎末焐火,发出浓烈异味的烟雾来熏走蚊子。

为什么夏天女山上到处都有蚊子,唯独这个无蚊处没有蚊子呢?传说与朱元璋有很大关系。

当年朱元璋做了皇帝,准备选择宝地营建都城。他带着刘伯温在盱眙西乡的官山上数来数去,十座山九个头,脚下踩着的一座山头被他忘记了,于是他决定放弃,前往濠州察看。从官山脚下七里湖乘船,进入女山湖,到达王咀码头时,有人跟他说岸上的女山风景很好,何不去看看呢?

朱元璋一行来到女山时,太阳已落山,便决定不走了,在女山寺里住一晚。吃过晚饭,因天气炎热,朱元璋不能就寝,就手拿纸扇,呼唤侍从,一起到外面散散步,看看有没有清爽的地方可以凉快凉快。出了寺院大门,几分钟,便来到寺院左手的一片高地,他觉得这里有些微风,风中带着丝丝凉意,很是宜人,便对随从说:"这里比较凉快,就在这里坐一会吧!"侍从们听了,连忙给他铺上坐垫。朱元璋于是很高兴地坐下歇息,他对大家说:"这儿很好,不错,不错!"但是没过一会儿工夫,他有些不耐烦了,原因是不时有蚊子叮咬他的手和脸,于是他连忙挥动扇子扑打。但扑了东边,蚊子从西边过来;打了西边,蚊子又从东边过来。随从们见他扑打蚊子,也连忙帮助扑打。可是蚊子太多,无法打绝。扇子一停下来,蚊子就嗡嗡乱叫,搅得朱元璋心烦意乱,乘凉的兴致大减。于是,朱元璋决定回到寺庙休息,但又对那美丽的夜景和习习凉风有些恋恋不舍,便叹息道:"唉!这里要是没有蚊子多好。"说来也奇怪,朱元璋话刚出口,蚊子顿时减少了,渐渐地,连一只蚊子也没有了,真是神奇。有人说朱元璋是皇帝,金口玉言,他说过话,蚊子就不敢来了。

朱元璋走后不久,女山寺里的僧人发现了这个秘密,每到夏天晚上,僧人都会聚集到这里乘凉,有的僧人夜里就睡在这里。

民国初年,女山寺倒塌,僧人四散。当地居民经常在盛夏的晚上,带着草席,牵着牛、驴来这里躲避蚊子叮咬。近年来,这里种植的橡树已经成林。不过,这里依然没有蚊子,因此成了女山一景。

后来,有人对此做了解释:一是这个地方生长着一种植物,蚊子害怕这种植物的味道,就不敢飞来。二是女山系火山爆发产生的火山灰堆积而成,无蚊处地下蕴含硫黄,蚊子是被硫黄的异味驱离的。

流传地区:明光市女山湖镇邵岗
采录地点:明光市区
采录时间:2019 年 2 月
讲　　述:蒋道付(1965—　),男,大学文化,明光市政协社会和法制委员会主任。
记录整理:贡发芹

圣 贤 愁

从前,女山南山东面坡地上有一座寺庙——女山庙。女山庙的东廊房屋梁上悬着一块单扇门大的木匾,上面用红漆写着"圣贤愁"三个大字。

民间传说,上界神仙吕洞宾和铁拐李到下界游历,路过此庙投宿,见此匾上三字,不解其意,忙问和尚。和尚说,本地有个无赖,是"饕餮"之流,不管何等人家操办大事小事、白丧红喜,他都到场饱餐一顿,吃过就走。哪怕你赶集下饭馆遇之,他进来就吃你的。世人给他送个外号,叫"圣贤愁",意思是说圣人、贤人遇到他都发愁,拿他没辙。

吕、李二仙听了和尚的介绍,觉得很有意思,决定会会这个家伙,看他到底无赖到什么程度。于是他俩到集上买了一些酒菜,来到女山庙廊房坐定,摆好酒菜准备就餐。

正在此时,突然从外面闯进一个大汉,进来就动手。

吕洞宾说:"且慢,你把屋梁匾上之字给我解释一下。"

那大汉说:"'圣贤愁'是世人送我的外号,圣人、贤人见到我都发愁,无法对付我。"

吕洞宾说:"今天你要吃酒菜,得用这三个字。我们每人取一个字作诗,谁作上来,就饮酒吃菜;谁要是作不上来,就不吃。你看怎样?"

那大汉说:"好!"

吕洞宾说:"我先用'圣'(聖)字。口耳王,口耳王,壶中有酒我先尝。桌上无肴难下酒,割下耳朵尝一尝。"说毕马上用刀割下耳朵,血淋淋地放在盘中。

铁拐李说:"我作'贤'(賢)字。臣又贝,臣又贝,壶中有酒我先醉。桌上无肴难下酒,割下鼻子配一配。"说毕马上用刀割下鼻子。

那位大汉见此光景,毫不迟疑地说:"我作'愁'字。禾火心,禾火心,壶中有酒我先斟。"说毕,马上斟酒喝完,又道,"桌上无肴难下酒,拔根汗毛表寸心。"说毕,从腿上拔根汗毛,向吕洞宾和铁拐李说,"今天遇你们二位,我才拔一毛,平常不管在什么场合我都白吃白喝,一毛不拔。"

吕、李二仙不约而同道:"这'圣贤愁',还真叫圣贤愁了!"

从此,"圣贤愁"在当地更加出名了。

流传地区:明光市女山湖镇

采录地点:明光市区

采录时间:2006 年 8 月

讲　　述:武显家(1923—2018),男,中师文化,住在女山脚下,曾当过小学教师。

记录整理:贡发芹

女山何老坟的传说

女山北山中间偏西一点的山坡上有一座白色坟墓,它就是何老坟。

传说这座何老坟埋葬的是明初京城南京的一位何姓举人。他曾任过县令,在任期间,搜刮民脂民膏,腰缠万贯。他"官"迷心窍,一心想子孙后代也做大官,出人头地,既能光宗耀祖,又能谋取大量钱财。但欲得如此富贵,必须得祖坟葬得好地。于是何县令派人到处去找风水先生。有一天,下属为县老爷请来一位风水先生。先生自言,善明周易,深晓地理,阴阳八卦,卦卦精通,能卜吉凶,还能看坟地未来过去。县老爷闻听欢心若醉,马上要风水先生往各处看风水、探龙脉,不惜耗费人力、物力、财力,给他寻找好地以达到自己的目的。

这回,何县令偕风水先生来到女山,看有块地状似鱼鳞,一层层阶梯似的,从山根到山顶自然形成,特像翻开的书页,引人入胜。风水先生告之:"此地优异有三。第一,此乃万卷书之象,如坟葬于此必出贵子。读万卷书之人,岂非达官显贵?第二,此处居北向南,左右上下皆居中,象征宝殿,居宝殿之人是南面而坐,可想而知。第三,新秋坐此处,可以看到云收云放的景观,能观察天下风云,岂非居庙堂之人?"又云:"此处是金鸽宝地,坟坑挖到板石为止,石不能动。切记!切记!"还云:"下葬还须遇这三种事:人戴铁帽、驴骑人、鱼打鼓。如遇这三者,就是下葬吉日良辰。"继而告之:"此地是龙脉宝地,必须父子同葬,后代子孙才能官居一品,光宗耀祖。"何老听要父子同葬,心中不快,但想到子孙能当大官,又考虑到风水先生说得神乎其神,内中定有玄机,遂下定决心,绘好图纸,立下遗嘱,命子孙后代,于他死后,遵照图纸遗嘱办事。

当何老死时,子孙只有从命。从南京到此地,千里迢迢,扶丧送殡并非易事。当到坟地打开遗嘱,内写如此如此才能生效,于是使随从挖地,果真见到白板石,停止挖土,相信风水先生所说是真,遂遵照先生所说办事,等候其他条件下葬。这时凑巧雷雨下降,送葬人等都往庙中去避雨,留一人看守灵柩。这人认为坑挖到石为止,内中定有秘密,于是他用铁锹撬开石头,竟然出来一对鸽子向南飞去。雨过天晴,何老三子为凉雨所击,骤生急病身亡,也应了风水先生所说的父子同葬。在下葬之前,有个赶集人从山下经过,买口铁锅头顶回家,后面跟着一个人双肩背着刚生下来的小驴驹子。与此同时,天空一只老鹰叼着条鱼,飞过此处,被众人一哄,老鹰脱口,鱼落鼓中。风水先生所说种种应验无讹,遂下棺落葬。

其坟用松香、石灰、桐油、糯米汁掺拌铸成,共十七层,非常坚固,面积约五平方米。坟前置一巨大方石,为何氏子孙清明祭扫陈列祭品而置。如此探龙脉,赶风水,何氏子孙后代出了几许身居庙堂之上、官居一品、光耀门楣之人呢?

流传地区:明光市女山湖镇

采录地点:明光市区

采录时间:2006 年 10 月

讲　　述:武显家(1923—2018),男,中师文化,住在女山脚下,曾当过小学教师。

记录整理:贡发芹

邵岗掌故新编

明光市邵岗乡(今已并入女山湖镇)一带曾流传这样的民间掌故——"三城里的麦""教场洼的屋""黄庄的水""朱三郢的闺女""包咀的媳妇""张坪的破大锣"。这六个民间掌故,当地老人能够清晰地讲述其来龙去脉。

一、三城里的麦——三城里即赵桥村(已并入山东村)前后周、张、越、纪等村庄范围。这几个村的小麦与别地麦产量相比,每亩都高出一百斤以上。品种一样,田亩同样大,土杂肥同样多(从前没有化肥),但生出的麦苗比别地麦苗苗壮,麦穗大,颗粒饱满,收成好。从前是这样,现在仍是。若问其究竟,答案如下:1.三城里的土质尽是粉白土,挖地三尺不见黄泥。2.庄郢稠密,粪便较多。此处高产乃先天条件与自然优势所致。

二、教场洼的屋——教场洼位于邵岗西面大约三里。此庄有陈、丰两家,都是殷实之家,富有之户。陈姓起盖堂屋,梁棒尽是杉木,上盖全是荒草,雇茅匠筑墙,一干到底,荒草齐檐,四平见线,比丰姓房屋高一倍。而丰姓人家不甘落后,于隔年也盖堂屋。他们从外地雇来精巧茅匠,从别地用牛车拉来粉白土筑墙,比陈姓屋墙又高几寸。盖的荒草刷成净秆子,从檐头到屋脊背平整光滑,非常好看,又比陈姓屋阔气几倍。陈姓心有不满,将盖好不到三年的屋扒掉重盖,屋基放宽,墙升高,梁棒重稳,铺盖上木板条,溜山溜檐,比丰姓房屋既高又大。就这样陈、丰两姓互相比拼,不过几年就盖新房。因此,四周村庄的房子没有能比教场洼好的。

三、黄庄的水——黄庄位于邵岗西南,原属董郢村(已并入山南村)。村的东南有口砖井,不知何年挖掘,深达六丈。此水冬暖夏凉,烧茶喝有丝丝甜味,且无沉淀物。传说这水是换来的:当初井打好后,水有碱苦味,后来一术士告知,这水能换,但必须如此如此,这般这般。此庄黄某遵照术士所云,于大年初一凌晨,身穿重孝,蓬头垢面,手提两只沙茶壶,一壶装本井水,一壶汲别井水,各换一壶。而后,此井水慢慢变了。现在看来,这种说法不科学。其实,并非井水变了。原来挖掘土层渗的水呈碱性,至于后来水质变好,是因岩层渗的水碱性变弱,而非换来的。

四、朱三郎的闺女——朱三郎在邵岗五户村(今已并入光明村)。此庄在若干年前仅有几户人家,每户人家都有一两个闺女,皆有嗜好,年龄都差不多(十七八岁)。这几户人家的闺女,一个比一个好看,一个比一个爱打扮、爱漂亮,虽个头不高,但身材窈窕,且贤惠勤劳,知书达理,描龙绣凤样样精通,做针线活、操持家务一个比一个强。人人夸赞,个个羡慕。小伙子若能娶到朱三郎的闺女,真乃福气。

五、包咀的媳妇——包咀也是邵岗五户村,庄在咀头,户数不多。此庄盛传娶媳妇照婆婆,一代传一代,都很贤淑温顺。操持家务有条有理,妯娌和睦,内助多贤,孝敬公婆,教子有方。一家如此,家家如此。这样传承下来,使得包咀的媳妇人人夸赞,妇孺皆知。

浮山堰上观淮河(王绪波　摄)

六、张坪的破大锣——山东村张坪位于邵岗正北,距邵岗约十二里。以前全村仅几户人家,村小人稀,屡遭匪患,经常遭偷被盗。由于人少难以抵御匪患,欲向别村求援,但又不好联系,呼喊不能应,走路过去不及时。于是张坪、王岗、费郢三村庄有识之士共同商量抵御之法。只有联合起来,以张坪大锣为号,如一村遭贼偷抢,张坪就敲响大锣,王、费两村就齐集援救,这样共同抵御强盗,才能保全自身安宁。故张坪的破大锣也为后人纪念,流传至今。

这些掌故生动有趣,易记易传,已被地方群众口传演化成人们能快速接受的几则歇后语:

三城里的麦子——得天独厚。

教场洼的屋——争强好胜。

黄庄的水——说得也有理。

朱三郢的闺女——没的比。

包咀的媳妇——人人夸。

张坪的破大锣——响呱呱。

随着国家城镇化建设的推进,上述自然村庄大多已经拆迁、消失,但关于它们的传说,还留在人们的记忆之中。

流传地区:明光市女山湖镇(邵岗)、苏巷镇(大郢)

采录地点:明光市邵岗

采录时间:1985 年 8 月

讲　　述:武显家(1923—2018),男,中师文化,住在女山脚下,曾当过小学教师。

记录整理:贡发芹

洪塘冲名字的来历

洪塘冲是明光市明东办事处新塘行政村里的一个自然村,这个村前几年已被地方政府征收拆迁,原地址位于今明光市经济开发区嘉山大道北侧,滁州市机械工业学校(明光市新职高)附近。

为什么这个村子取这个名字呢?

据说一百五十多年前,洪塘冲村庄的南面有一面大的水塘,村民在水塘里种植大量莲藕,每到夏天池塘里都长满了密密麻麻的荷叶。

一天,太平军攻打明光时,路过这个村。庄子里的人早听说了太平军的规矩,他们打到哪里,哪里的青壮年都要跟随他们去当兵征战,凡是不愿当兵的,就要被杀掉。这个村子及附近的老百姓都非常害怕,但又无处可藏,于是都赶在太平军进村之前,跳到水塘里,躲藏在荷叶下面。

太平军来到村子后,发现村中一个人也没有,他们非常奇怪,就四处寻找,找到了村口的池塘边,也没有发现人影。因为水塘里躲藏的人太多,有一个小孩看见太平军个个拿着长枪,杀气腾腾,非常害怕,就呼喊家长,被正准备离开的太平军听到了,躲藏起来的人都被太平军发现了。太平军首领非常生气,就下令:"一个不留,全部杀死。"就这样,水塘里几百口人全部惨遭杀害,这个水塘被鲜血染红。为了让后人牢记这个血的教训,人们就把这个水塘改名为"红塘",后来有人认为"红塘"容易引起人们痛苦的回忆,就又把它改为"洪塘"。因为这个村子处在一条流向池河的一个水冲之上,于是就改名为"洪塘冲"。

如今这个村原址上已建起了一幢幢现代化楼房,土地被推平,村子失去了原貌,水塘也早已不存在了,但洪塘冲的故事还在流传。

嘉山公园新貌(王绪波　摄)

流传地区:明光市明东办事处

采录地点:明光市区

采录时间:2015年8月

讲　　述:李明付(1963—　),男,大专文
化,抹山小学退休教师。

记录整理:贡发芹

按,在李明付收集记录的陈永安(明
东办事处原魏岗村吴岗组村民)口述
基础上整理而成。

津里的由来

津里镇（2007年并入石坝镇）是一个历史古镇，与原旧县镇（今女山湖镇）、涧溪镇、明光镇，并称为泗州盱眙县西乡四大古镇。原津里镇位于明光市东部，距市政府二十七千米，北临七里湖，东望官山，是闻名皖东的江淮水乡名镇，是七里湖上最重要的水上码头，夏季可以直接引七里湖之水灌溉农田。

津，乃渡口。要津，即重要渡口。津里可否解释为"渡口里""码头里"？显然不通。那么，津里怎么来的呢？

津里原来不叫津里，而叫渡梁，即水上的桥梁，引申为供人通行的工具、地方。时间一长，被人们唤作都梁。津里有一座古寺庙——开化寺，原来名字就叫都梁寺。

津里作为都梁古地，风景秀丽，人杰地灵。津里作为渡口码头，沿水而建，形成一大集市，集上大多数人从事水上运输业务。元末明初，外地人大量迁入此地，其中有李、姚、江、杨四大姓，形成津里的"四大家族"。"四大家族"富甲一方，名冠一时。他们各占几百米河岸，修建码头，经营水上运输业务，岸上的农产品、山货从这里可以进入淮河、洪泽湖，经京杭大运河通江达海，外地的布匹、丝绸、食盐、陶瓷等货物也可以运回这里集散，津里因而繁华一时。人们按照"四大家族"的财富和名望称他们为金李、银姚、铜江、铁杨。

当时李氏家族在津里具有举足轻重的地位，经营的渡口码头最大，人们出行大都选择李氏渡口码头，你要问商旅从哪上船，他们都会回答："金李！"金李，金李，于是就喊开了，即李家的渡口。一天，金李的头人费尽周折，与皇帝朱元璋外甥、大都督、曹国公李文忠攀上宗亲关系，前往都城南京拜望李文忠。李文忠太忙，没有时间接见头人，头人就央求李文忠管家转达，请李文忠给"金李"渡口题个名字。李文忠不知道"金李"是什么意思，他认为"金李"既是渡口，那可能是"津"了，"金李"估计是最里边的渡口码头,于是大笔一挥题写了"津里"两个大字。"金李"的头人不知道李文忠是什么意思,又不好多问,也不好怠慢这位权倾朝野的宗亲,就请人装裱挂在自家的渡口大门上,作为炫耀的资本。从此,人们就喊"金李"为"津里"了。据说后来"金李"家族为谋求更大发展,逐步迁出,在明光及周边形成大户,都说是得津里风水之惠。

津里作为渡口,那可是名副其实的,它东西南北都有渡口,东渡口从东小街湖边有渡船至河东大陆郢一带;西渡口从街西有渡船至孔埠一带;南渡口从陆坝有渡船至陆圩、花郢一带;北渡口很早以前是没有的,从旧县(现女山湖镇)到津里北头庙台子(亦名古戏台)是绵延十多里的大庙,有"骑马关庙门"之说法。后因水漫泗州城殃及七里湖,大庙就沉没水下,年深日久就倒塌了。现在庙台子一带还能见到破砖碎瓦,可见传说之真实,从此庙台子就成为通往北方的渡口。在四个渡口中,要数东小街的东渡口在1949年前后最为繁忙,也最为热闹,因为那里有津里老百姓生活必需品和当地土特产进出口的码头,沿途街道上木架车日夜穿梭不停,青石板都磨出了深深的痕迹。车轮滚滚声、夜宵叫卖声和打更的锣声交织在一起,是当时津里特有的旋律。

流传地区:明光市石坝镇(津里)、涧溪镇、苏巷镇

采录地点:明光市区

采录时间:2006 年 12 月

讲　　述:卢清祥(1940—　　),男,中师文化,明光市大郢学校退休教师。

记录整理:贡发芹

津里"雨神"的由来

清朝顺治年间,津里一带大旱,塘坝干涸,禾苗枯黄,瘟疫蔓延。老百姓成群结队到庙内焚香祈祷,求天降雨,并敲锣鼓、鸣枪炮,驱逐瘟神……但尽管如此,仍无济于事,依然赤日当空,片云不起。

当时,津里北头火神庙内有一小和尚,俗姓杨,年方一十八岁。三岁那年,因得重病,父母来到火神庙焚香许愿,求神灵保佑,并许诺,如能痊愈,长大后送他来庙当和尚。后来他长至十二岁时,被杨氏族长送进火神庙出家受戒。因姓杨,人们都称他"杨和尚"。

一天,寺院方丈吩咐杨和尚去挑水,他挑着空桶连跑数井,滴水皆无,只好到距集镇三里多以外的水井去挑,好不容易才取了半桶水。他在途中看到地里庄稼一片枯黄,七里湖里的水也即将耗尽,不禁仰面长叹:"苍天若再不下雨,数万生灵就要干旱而死。"他暗下决心,以己之命,为民求雨消灾。如求不下雨来,死了也要当"雨神",让人间风调雨顺,五谷丰登。

回寺后,他将所见所想如实禀告方丈,并表达了求雨的决心。方丈见他一片至诚,不惜舍身拯救万民,内心也为之感动,遂命人在庙门外搭起三丈三尺高的求雨台,准备让杨和尚登台求雨。

六月初三日清晨,杨和尚将七七四十九盘大盘香,堆成一丈二尺高的圆柱形,放在装满炸药的柳斗上,登台作法,并用火点燃顶端一层的圆盘香。他盘坐台上,怀中抱着那只装满炸药的柳斗,口中不断祷念:"南无大慈大悲救苦救难阿弥陀佛……"他心想,若求不下雨来,盘香燃至尽头,自己将被炸死,但自己死而无憾,只要能降雨消灾,就是粉身碎骨,也在所不惜。

杨和尚静坐三天三夜,已是六月初六。他粒米未沾,滴水未进,眼看盘香渐渐烧到底层,距离炸药只有二寸左右。他微睁双目,仰望天空,但见万里无云,红日高照。此时他犹如烈火焚身,浑身汗水湿透袈裟,不禁长叹一声:"苍天不佑,我命休矣。也罢!为民请命,死而无憾。"于是停止祷念,闭目待死。

正在此千钧一发之际,忽听东南方雷响三声,接着半空乌云翻滚,霎时电闪雷鸣,大雨倾盆,足足下了一个时辰,塘坝灌满,禾苗得救,旱情解除。人们欢声雷动,额手称庆,都说这是杨和尚赤诚之心感动了天地。

人们为了感戴杨和尚求雨消灾的功德,特地雕刻他的木像供在庙内,每年农历六月初六(杨和尚祈雨下雨之日)举行庙会,点烛焚香,颂扬他舍己为人的精神。

后来,津里一带每逢干旱年月,都要把火神庙里杨和尚的木像抬出来求雨,大家尊称他为"雨神"。

流传地区:明光津里镇、石坝镇
采录地点:明光市明光街道办事处
采录时间:1999 年 8 月
讲　　述:高学书(1932—2015),男,中师
　　　　　文化,曾任津里中学教师。
记录整理:贡发芹

大郢的变迁

大郢原来是女山湖东岸的一个渡口,经过数百年发展,成为一个水边集市。民国初期,行保甲制,该地为盱眙县桑大郢保,后行区乡制,改为盱眙县津里区桑大郢乡,1949 年后仍为大郢乡、大郢公社驻地。1978 年,因地处偏僻,大郢公社治所迁至明旧路(今明女路)牛郢边上重建,开始叫新公社,后来叫新大郢,原来的大郢乡所在地被称为老大郢。随着老大郢的中小学、粮站、供销社、食品站、信用社等机构迁出,原来数百住户的大郢变成了几十户人家的一般村庄,而且住户年年都在减少。

1983 年,新公社改为大郢乡,1993 年改为大郢办事处,2007 年并入苏巷镇,现在为大郢社区。

老大郢过去一直叫桑大郢。据传桑大郢庄子上桑姓人家原本并不姓桑,而是姓秦。大约在清朝乾隆后期,乾隆皇帝好大喜功,宠幸谄媚拍马屁高手和珅,任命和珅为殿阁大学士、军机大臣。和珅贪婪成性,一手遮天,权倾朝野,把整个朝廷搞得乌烟瘴气。

桑大郢庄子上有一位姓秦的后生,自幼勤学苦读,后考中进士,成为翰林,留在朝廷做官。乾隆就把他安排到和珅手下当差。这秦后生是一位农家子弟,为人正直,他发现整个朝廷贪腐成风,和珅是一个十足的大贪,而且贪得无厌。他觉得自己无法与他们一河蹚水,最后决定辞官还乡。

和珅得知后,非常生气,因为秦后生在和珅手下干了十几年,掌握和珅众多专权、贪腐的罪证,对和珅非常不利。和珅害怕秦后生回到地方乱说,把自己的贪腐罪证传播到社会上,造成不好影响,就立即派人前往秦后生的家乡寻找,企图把秦后生带回朝廷,继续在自己手下当差,委以重任,和自己绑在一棵树上,否则就杀掉灭口,以绝后患。

经过舟船劳顿,一路颠簸,秦后生于一个多月后,风尘仆仆回到家乡。快到大郢庄时,因为太劳累,便在庄外一棵大桑树下休息了一会,不想一下睡着了。待他醒来时,和珅派来的官差也走到了这棵桑树下,也想休息一下。官差见桑树下睡了一个人,虽然没穿官服,但也不像农民,便问:"你是不是当地人?认识不认识秦翰林?"

正在熟睡的秦后生一下惊醒了。秦翰林?那就是我呀!可是……来者都是朝廷的官差,肯定是冲着我来的,可能是和珅的爪牙,一个个都不是善茬。我如果被他们带回去,要么跟在和珅屁股后面,与和珅同流合污,要么遭和珅黑手,反正不会有好果子吃。于是秦后生说:"我不认识秦翰林。"可是官差并未放过秦后生,而是继续追问:"你姓什么?"

秦后生一想,可不能说出真姓,那会自找麻烦。他抬头一瞧,身边有一桑树,于是灵机一动,就以此树为姓吧,于是他就说:"小的姓桑。"官差听说他姓桑便不再理睬,转而到庄子里寻找秦翰林,秦翰林当即躲了起来。官差在庄子里找了半天,也没有寻找到秦翰林的影子,大家都异口同声说,他没有回来。于是官差就回京复命了。和珅以为秦翰林可能躲到偏僻之处了,也就不再计较此事。

官差走后,秦后生回到庄子里,为防止官差再来,就改秦姓为桑姓。后来桑姓人丁兴旺,形成一个非常大的庄郢,人们就称这里为桑大郢了。清朝末年,这里已发展成为一个上千人的集镇。民国初,盱眙县在这里设立了桑大郢保。桑大郢日渐繁荣,桑家祠堂香火也更加兴旺。

1949年后,桑大郢成为乡政府所在地,叫桑大郢乡有些拗口,于是就改为大郢乡。桑大郢也就变成了大郢。

流传地区:明光市苏巷镇

采录地点:明光市区

采录时间:2015年10月

讲　　述:王玉昌(1938—　),男,中师文化,退休教师,曾担任过大郢、高王、津里等中学校长。

记录整理:贡发芹

毛家湾九连塘

据说世上有一本天书,天书上载有一幅图,图上面现出一棵树,这棵树虽不太大,却很是神奇。这棵树只有两个大枝,一个大枝上面挂满金元宝,一个大枝上面挂满银元宝,一看便知道这是一棵摇钱树。

明朝初年,曾经有一段时间,这棵摇钱树出现在池河西岸一个村庄。这村庄名叫毛家湾,简称毛湾。

这棵摇钱树的主人姓毛,是一位老员外,人们因此送他一个外号"毛钱树"。久而久之,他的真名叫什么,却被淡忘了。他家有了这棵摇钱树,金银财宝就会源源不断从树上掉下来,因此他家的财富可与当时的首富沈万三相提并论。毛湾村至今还流传这样一句话:"毛家有一棵摇钱树,沈万三有个聚宝盆。"据说沈万三与毛钱树两家在当时是中国最有钱的财主,两家都为朝廷出了很多钱。毛员外家这棵摇钱树是怎么得来的呢?

传说是这样的,毛钱树家发家致富都归功于一个风水先生。有一年,从外地来了一位风水先生,他到了毛湾村就找到毛家,对他家人说:"我在你们村西南发现一块风水宝地,如果你们家老人去世以后安葬在那里,你家就会财源滚滚,发大财,日子将会越过越好。可是我要是把具体地点告诉你家,我的一双眼睛就会慢慢瞎了,以后再也不能给别人看风水了。这是我给人看的最后一块地了,我的年龄大了,无儿无女,无依无靠,也不知以后的日子怎么办。"毛家人一听能得到一块风水宝地,都非常高兴,也听懂了风水先生的意思,就对风水先生说:"只要我们家能发财,还能少你吃的吗?你就住在我家,我们给你养老送终。"风水先生得到毛家如此保证之后,便放心了。没过几年,毛家有一位老人离世,便按风水先生选择好的时辰和地点安葬。

三天圆坟时,天没亮毛家人就去圆坟,远远地就看见坟头上直发金光,到跟前一看，只见那坟头上奇迹般地出现了一棵树。毛家人圆坟之后，就把这棵树带回家放在家堂上。原来这是一棵摇钱树——摇一摇，开金花；晃一晃，开银花；拜一拜，金银财宝就从树上落下来，要吃要穿都靠它！从此，毛家一年比一年有钱，人丁也越来越兴旺，毛家的几个小孩也非常聪明，家里专门请来先生教孩子们读书。

后来风水先生的眼睛果然慢慢地瞎了，毛家也信守承诺把他留下来，每日三餐都有人侍候好好的，风水先生也确实过得很好。以前的人们建房、家里有人生病、出门经商、猪马牛羊等牲畜丢失，都要找来风水先生拆字算卦，算一算。这个风水先生在毛家如同一个军师，也没白吃他们家的饭，毛家大事小事都去找他商量，讨个吉利。

一天，毛家的一只老母鸡掉到茅厕缸里淹死了。以前经常有鸡掉到茅厕缸里淹死，人们都舍不得扔掉，把鸡洗干净后烫了再吃，所以毛家也没有多加考虑就把这只鸡做好后送给风水先生吃了。事后，毛家有一个多嘴的丫鬟问风水先生："那天你吃的那只鸡味道怎样？"风水先生说："味道还可以呀。"那多嘴的丫鬟就说："那只鸡并不是东家特意杀给你吃的，而是掉到茅厕缸淹死了，才给你吃的。"风水先生听了这话，越想越生气，心想现在毛家家大业大，不愁吃喝，这一切还不是多亏了我？要不是当初我给你家看中一块宝地，你家哪有今天这么富有？我为了你家眼都瞎了，你们不应当如此忘恩负义，用茅坑死鸡招待我，这也太不尊重我了！欺负我是个瞎子！

风水先生把气憋在心里，假装什么事都不知道。过了几天以后，他就去找毛家人说："你家可想发财来得更快些？"毛家人说："当然想了。"风水先生说："只要你们按我说的去办，保管你家发大财。"毛家人问："怎样才能叫财发得快一些呢？"风水先生说："你家在村西筑两个大戏台，从毛湾村通往戏台的路途中再挖个九个大水塘，九个水塘之间再挖一条大水渠，每个水塘的水都可以放进水渠里，水渠里可以行船，直通池河，唱戏的时候，你们家人就可以从家坐船到戏台去看戏。"九个水塘连在一起，故名"九连塘"。

毛家人听说要挖九个水塘，皆大欢喜，都认为是一件好事，全家老少都很支持。挖水塘不光可以如风水先生所言直通风水宝地，水塘挖好之后，还可以灌溉毛家大片的农田，以后旱涝保收，真是一举两得。于是毛家很快就雇来许多民工挖水塘，每年冬天农闲的时候就挖塘，一连挖了好几个春秋，从毛湾向西一共挖好了八个水塘,其中一个最大的塘就是现在的红塘。当挖到西姜集二道桥南的第九个水塘时,奇怪的现象出现了:白天挖好后,第二天来到池塘边一看,塘里的土又涨上来了,那么多的民工一天的活都白干了,而且天天如此。一天,一个民工东西落在了工地上,晚上去取时,听老龙王在说:"千人挖,万人填,就怕铁锹八卦站在前!"

毛家对此束手无策,就把这事告诉了风水先生。风水先生听了这话心中暗喜,心想这就对了,便说:"你们明天再去挖塘,放工的时候不要把铁锹扛回家了,把锹排成一个八卦阵放在塘里就行了。"第二天,民工再去挖塘,还是像往常一样,塘里昨天挖走的土今天又涨上来了,他们又要重复地挖土。到了傍晚放工的时候,他们就按照风水先生说的去做,把所有铁锹按八卦阵形插在塘里。

第二天人们到工地上一看,全都大惊失色:昨天挖出的土的确没有再次涨上来,但塘里面却溢出如血一样的红水。原来这地下卧有一条巨大的土龙,龙头可以延伸到抹山南尿布滩附近,龙尾巴延伸到凤阳红心。这么多铁锹插在池塘里,这条土龙受了重伤,流出的血水染红了塘水。这个塘的土壤至今还是红色的,就是这条龙流出的血染红的。当然这一切只有风水先生知道,村里的人都还蒙在鼓里。

九连塘挖好之后,风水先生又说:"你家要想日子过得更加红红火火,还要在村西搭两个戏台,每年冬季农闲的时候,请各地戏班子来表演,让前庄后邻的人都能看到戏。"毛家听了这话认为这也是一件大好事,于是马上按照风水先生的话,在村西筑戏台。戏台是用土石垒成的大台子,这项工程也要很多民工,干了近一个冬季才完工。戏台搭好之后,毛家急不可待地请各地戏班子前来表演,好几个戏班子轮流上台唱大戏,观众从四面八方纷纷而来,整天锣鼓喧天,人山人海,热闹非凡,人们赞扬毛家行善积德。其实这也是风水先生在使坏,每天在龙脉之地上锣鼓喧天,欢声震天动地,这条受伤的土龙伤口会更加疼痛,难以忍受。

这还不算完。风水先生又生出一个毒计,对毛家说:"你家的九连塘挖好了,如今戏台又建成了,为了彰显毛家财运亨通,你们家还要打响场。"响场就在毛湾村北。所谓的响场就是在打谷场上挖地三尺,用砖砌成一条条长方形,在上面再搭上厚厚的一层木板,每块木板下面挂着一排排大铃铛,打场的时候上面十几个石磙一起滚动,震得下面铜铃直响,石磙滚动的声音伴随着铜铃声,构成一支特别的"交响乐曲",人们听了觉得特别悦耳,可是那条土龙却不爱听,简直无法忍受如此折磨,很快就生病了。

原来,毛家的摇钱树主要靠土龙的仙气滋养才得以旺盛,土龙生病后,仙气断绝,摇钱树开始枯萎,最后死掉了,毛家从此失去了财源。但毛家湾的九连塘依然在造福当地村民。

流传地区:明光市明西办事处

采录地点:明光市区

采录时间:2022 年 10 月

讲　　述:李明付(1963—　　),男,大专文
化,抹山小学退休教师。

记录整理:贡发芹

红塘头的由来

  毛家湾土龙有一个结拜兄弟神牛。那神牛乃是太上老君在石门山炼丹时候的一个炼丹小道童。这小道童每日与青牛为伴,相处甚密。后来青牛成为太上老君的坐骑,随太上老君到处云游讲道,而这个小道童却没有随行。小道童刚离开毛家湾几千米外的石门山,便化为一头神牛,常常在山中四处游玩。有一次到石门山游玩,偶然遇到了土龙,它俩一见如故,相见恨晚,结拜为兄弟。

  不知过了多久,一天,土龙对神牛说:"这里并非你久留之地,你得想方设法回到天宫里去找太上老君才对。"神牛听了很不高兴地说:"是否是小弟有所得罪,你不喜欢我了,想让我走?"那土龙道:"你误会我了。这么多年我们相处得如同亲兄弟一般,我也舍不得你走啊!可是你在此待久了误了修仙,岂不是影响你的前程?"神牛听了土龙之言,才如梦初醒。自从太上老君骑青牛离去,它终日不思进取,忽视了修炼,真是惭愧至极。

  在没有时间和空间概念的仙界,一切事物都如同寡淡的白云,无争无为,无悲无喜,也许最大的烦恼就是没有烦恼。所幸的是,这些年月神牛广泛交友,总算没有虚度光阴。再想想老牛家族在仙界颇为兴旺,众多的老牛前辈神通广大,武艺高强,享有盛誉,神牛觉得无颜去见太上老君,于是决定先到积雷山火云洞牛魔王行宫修行几年,以后再作打算。

  神牛来到火云洞见到红孩儿,自然是皆大欢喜。神牛每日在洞内专心修炼,法力渐长。一天,神牛突然想起土龙兄弟,掐指一算,便大惊失色,叫道:"不好,土龙兄弟有难。"神牛急忙告别众神,立即下界来到人间,得知土龙兄长遭遇大难,气愤万分,泪如雨下,却无可奈何。这神牛虽有一腔热血和勇气,但修炼不精,道行太浅,无法大显神通搭救这条巨龙,它便潜身于九连塘之一的红塘里,日后再作打算。

  有一年夏天,天气特别炎热,大地好像着了火似的。毛家有九十九头水牛,雇佣几个人放牛。放牛的人每天中午早早地就把牛赶到红塘头的水塘里汪水,他们把绳子都拴在塘埂上,牛就放在水塘汪水,自己就回家吃饭休息了。奇怪的事发生了,每到下午再去放牛时,那些牛在塘里跑得到处都是,以后天天如此。几个放牛的感到很不正常,明明把每头牛都拴好的,怎么会都跑掉呢?以前从没有发生过这样的事。有一个老放牛的就对几个小放牛的说:"今天牛汪水,你们都回去,我在塘埂下面守着看看到底是怎么回事。"几个小放牛的走后,过了一时,红塘里有一头公牛说:"你们的主人家心也太黑了,你们在犁田的时候要是慢了点,主人立即就用鞭子打,你们就不要再替主人卖命了。我怎么劝说你们,你们总是不听我的话。"这时有一头牛回答说:"我们生来就是做牛马的命,普天之下,哪有牛马不听主人话、不给主人做事的道理?"那公牛道:"你们跟我走不就行了吗?"那些牛一齐回答说:"这更不行啊,要是我们都跟你走了,如果被主人追了回来,还不把我们往死里打?如果我们逃跑成功,到了远方最终也会被外地人发现,那我们死得就更快了,他们把我们抓去往牛行一赶,我们也只有进牛肉馆了。现在只要我们不走,尚无生命之忧啊!"那公牛听了此话,气得"哞哞哞"地大叫,便用两只大角乱撞牛群。那牛群虽然一齐同公牛大战,但都不是公牛的对手,九十九头牛满塘乱跑,混战成一团,颇为壮观。这头公牛便是神牛,那老放牛的却不知其中的缘由,他站在塘埂上观察牛群时,那些牛立刻便老老实实在塘里不动了,一切都平静下来。他费了很长的时间一头一头地数,看看可有跑掉的,他发现原来九十九头牛不但没有少,反而还多出来一头牛,却不知多出的是哪头。他一连数了几遍,不多不少都是一百头!可是到了下午把牛赶上岸再数,牛又变回了九十九头!

以后每天都是这样,他很纳闷,就把这事与毛家如实说了。毛家也不知是怎么回事,便去问风水先生。风水先生知道这是神牛来为土龙报仇了,心里也很害怕,却故作镇定地说:"那是一头金牛,你家财气又来了,只要把它捉住就能发大财了。"毛家一听来了一头金牛,自然是非常高兴,可是怎么才能捉到金牛呢?风水先生说:"可以用土炮轰。"毛家人说:"满塘都是牛,怎么能分清哪头是金牛呢?"风水先生说:"这好办,你准备九十九条红布条,明天在牛汪水前给每头牛系一条红布条,再把牛赶到塘里。"

第二天,毛家人按照风水先生的吩咐,准备九十九条小红布条,在中午牛汪水之前在每个牛角上都系上一条红布条,再把牛赶到塘里,便很容易分清哪一头牛是

"金牛"。众多的家丁暗中对准那"金牛"就是一炮,神牛中炮后血流如注,痛苦地在塘里转了几圈,很快这满塘的水都被染成红色,最后神牛消失得无影无踪,毛家只落得空欢喜一场,家道从此慢慢地走向衰败。因神牛的血把水塘染红,这个大水塘从此就叫"红塘",水塘附近的一个村子因此名叫"红塘头"。

流传地区:明光市明西街道办事处

采录地点:明光市区

采录时间:2022 年 10 月

讲　　述:李明付(1963—　),男,大专文化,抹山小学退休教师。

记录整理:贡发芹

水母娘娘收回刘伯温金扁担

为确保朱元璋的大明江山永固，军师刘伯温根据天书指点，手持斩龙剑、打神鞭，到处斩龙降妖驱魔。后来，他得到另一件利器——金扁担，更加威猛起来，所有人都怕他的金扁担。

一天，他来到盱眙县西部灵迹乡明光集北面的尿布滩，发现这里形如三龙抢珠，便用金扁担破坏掉抹山和赵府村的龙脉，让池河水龙抢得宝珠。之后他准备到距明光西南十几里的凤阳县境内大禹山找禹王送还金扁担。可是刚走不远，他发现有三条巨龙藏卧于此，一条是明光龙庙山的龙脉，它是一条巨大的土龙；一条是松庄到柳湾的龙脉，它也是一条巨大的土龙；一条是高山岭（今明光中心路）到平湖岸边（南大寺遗址附近）的龙脉，它是一条巨大的火龙。刘伯温发现了这三条巨大的龙，心中无比惊愕，他想，今天不是已剿了龙王老巢了吗？这里怎么还有这么多的龙？

原来这三条巨龙都是东海龙王的儿子，很久以前，它们没有事，就离开东海龙宫，四处游玩。来到明光这个地方，看到此处山清水秀，风景优美，并且此处兴龙，它们就在此潜心修养。

刘伯温经过仔细观察推算，晓得这三条巨龙并非善类。朱元璋在凤阳修建明中都城时，这三条巨龙结伴西去，曾计划要在凤阳大闹中都城，现在它们正想越过池河，悄悄靠近凤阳的皇城，一旦它们毁坏掉皇城万世根本，世上就会出现新的真龙天子，大明江山将不复存在。这也是后来刘伯温劝谏朱元璋罢建中都城，定都应天的原因所在。

刘伯温想到此，便举起手中神鞭往龙头前的地面打下去，地面上立即出现一条大沟，这就是池河九道湾，一条弯弯的池河挡住了三条巨龙的西去之路。走在前面的那一条巨龙正好被神鞭打中了头，受到重创，停在柳湾、松庄不动了。一条龙把头往回一缩就停留在现在的龙庙山不走了。另一条龙受到刘伯温打神鞭的惊吓，一掉头就往南边的东洪山爬去，到了高山岭就停了下来，龙身趴在高山岭上，龙头对着朱元璋姐姐的坟墓。

话说东海龙王令三太子去了解人间旱涝情况。此行三太子没走天上的云路，而是从东海水晶宫通过地下洞府直接来到尿布滩，遇见三龙抢珠的水龙，从水龙那里得知，刘伯温刚刚在这里斩龙绝脉，他手中拿的法器十分了得，一件是斩仙剑，一件是打神鞭，还有一件是金扁担，有了这三件法宝，天下龙族可要遭大殃了，不死即伤。

三太子立即回到东海龙宫报告父王，老龙王得知刘伯温又获新的杀器金扁担，大惊道："那金扁担本是龙宫之宝，是水母娘娘在上古时期治水之法器，怎么能让刘伯温得到反过来对付龙族？真是岂有此理！必须立即去把此宝器收回。"于是，他令龙王三太子立即去泗州城水府，让在那里修仙的水母娘娘降服刘伯温，收回那金扁担，否则要去天庭找玉帝讲理。

龙王三太子来到泗州城，见到水母娘娘，说明了来意。水母娘娘听后非常气愤："那金扁担本是我的治水法器，当年借给了禹王治水，不料现在却落入刘伯温之手，反被用来对付我们龙族，真是我们的奇耻大辱！我得让刘伯温付出代价。"

水母娘娘一生中最恨两个人，一个是朱元璋，一个是刘伯温。前面说到朱元璋建南京城墙时，被一条小河阻断，工匠们遂用巨石填埋这条小河，可是怎么都填不上，那里好像是一个无底洞，填下去的石头很快就消失了。建城的官员把这事报到朱元璋那里，朱元璋一边找刘伯温商量对策，一边命令徐达带领三千人马去填平这条小河，结果填了三个多月还是没有填平，这条小河还和以前一样。

这是怎么回事呢？原来朱元璋在应天登基坐殿时，水母娘娘与好友结伴到应天城游玩，她被应天街市的繁华以及山水美景所吸引。中华门这里本来有一条小河通过，于是她便决定在这个地方的小河里修建水晶宫，想长期在此居住修仙。城门下面就是通向水晶宫的入口，当城墙建到此处，水母娘娘哪能让人把她的巢穴捣毁？她就在水府中用两只水桶把工匠们填河的巨石一块块收集起来，所以不管工匠们怎么填，填多少石头，都会在两只水桶之中化为乌有。人们只看到一块块巨大的石头消失得无影无踪，却不知道这是何故，当时没有人察觉到这是水母娘娘在作祟。

刘伯温经过仔细观察才发现有妖孽作祟,看天书所示,聚宝盆可镇此妖,于是寻到沈万三的聚宝盆。刘伯温用沈万三的聚宝神盆源源不断往河中地倒金元宝和银元宝,水母娘娘就用两只水桶收这些元宝,一只桶专收金元宝,一只桶专收银元宝,聚宝盆里倒出多少就收多少。眼看聚宝盆里面倒出来的金元宝和银元宝越来越少,刘伯温非常着急,生怕聚宝盆里的元宝倒完了也填不平这条河。果然不出所料,很快聚宝盆的金元宝和银元宝就要没有了,小河还是同以前一样一点没变。刘伯温拿起聚宝盆使劲地晃动,那聚宝盆一下子飞到天空中变成巨大的宝盆,大到遮天蔽日,很快从盆中倒出来一座金山,又倒出来一座银山,水母娘娘用一只水桶装金山,另一只水桶装银山,就这样两座山全都被装入水桶之中,化为空虚。那聚宝盆在空中不淡定了,直冲向河中沉入河底,击穿了水母娘娘的两只水桶,这才破了水母娘娘的水桶法术。最后小河被填平了,南京城墙顺利建成,沈万三的聚宝盆则永远留在南京城墙下面,水母娘娘只好舍弃水晶宫逃之夭夭。

水母娘娘在南京中华门小河中的水晶宫被刘伯温用聚宝盆填平后,她痛定思痛,越想越不对,刘伯温从哪里弄来这个宝物破了她的法术呢?后来查出这聚宝盆原来是老子在盱眙老子山炼丹用的神器,老子早就算到了水母娘娘要到南京建水晶宫,想在那里生活,享受荣华富贵。想当初水母娘娘是在昆仑山承担司水职责之神,不怕劳苦,现在怎么可以到人间享受荣华富贵呢?他特意把聚宝盆送给沈万三,目的就是让刘伯温借去专门用以对付水母娘娘。

这聚宝盆里面的金银财宝是千万年聚集的,千万年里日积月累,越聚越多,只有沈万三能从中取出财宝,其他任何人、任何神仙和妖魔鬼怪都取不走聚宝盆里的金银财宝。这聚宝盆制作材料特殊,非金非银,非土非木,是由女娲娘娘补天时用过的五彩石制作的,放置于昆仑之巅,历经千万年,吸收天地之灵气,博采日月之精华,最后由老子在盱眙老子山上用纯青之火炼制而成。水母娘娘的两只水桶无法把此聚宝盆吸入其中,这才破了那两只水桶的法术。

水母娘娘从泗州城来到明光龙庙山,见到刘伯温正想要用金扁担降龙,冤家路窄,旧仇又添新恨,于是大喝一声道:"老贼刘伯温,且给我住手,待我来降你!"刘伯温一看来了一个女子,而且口气不小,回道:"这位小姐,你是何人?为何打扰我的好事?"水母娘娘道:"我乃东海龙女,难道说你还敢来降我不成?那姑奶奶我今天就看看你可有这个本事。"说完水母娘娘就化为一条巨龙在刘伯温面前盘旋。

刘伯温大惊，心想不好，我在神州大地降龙无数，那些龙见了我都是落荒而逃，哪有敢来主动应战的？可见此龙非同一般。刘伯温道："你为什么要来找我的麻烦？"水母娘娘说："老匹夫，你在南京建都城时用沈万三的聚宝盆把我的桶底击穿了，毁了我的水晶宫，现在你又对我们龙族痛下杀手，你竟然还问我为什么？那我现在就来告诉你为什么。我今天就是来跟你算这笔账的，今天看我怎么收拾你！"刘伯温听说她是南京城墙下的那个水怪，他印象很深，当年幸好找到了聚宝盆，可惜的是那聚宝盆永远地埋在南京城墙下面了，身边没有此宝，看来今天凶多吉少。他不由自主地从衣兜里拿出几寸长的金扁担，以备不测。

水母娘娘说："刘伯温，你那条金扁担是我的，你知道吗？此行特来收回。"刘伯温听了大笑道："这金扁担是我在峰山破风水时发现的宝物，是上天赐予我的宝器，它在那里已经千万年了，本是无主之物，师父曾说过这是玉帝在冥冥之中赐予我用于降龙的利器，怎么能说是你的呢？你说是你的，你有何凭证？你叫它，它能答应你吗？"听完这话水母娘娘更怒了，说道："好你个无赖的刘伯温，你才几年的道行？这条金扁担是我在上古时期治水的法器，它跟随我不知道有多少万年了，虽然它不能说话，但是我叫它做什么它就做什么，我叫它到哪它就到哪，我叫它站着它就不会躺着，刘伯温你能吗？"说完她便对金扁担念念有词，只见金扁担发出道道红光从刘伯温手里飞向空中，水母娘娘伸出一手，那金扁担从空中直接落入水母娘娘的手中。水母娘娘说："刘伯温，你看到了吧，这金扁担应当是谁的？你要是不服，我再还给你，你叫它试一试，它可会听你的话？"

刘伯温看到金扁担被水母娘娘抢去，心中暗道苦也，慌忙从身上抽出玉帝赐予的斩仙剑仓促应战。水母娘娘乃是上古大神，哪里把刘伯温放在眼里？可是那斩仙剑却是天宫顶级法宝，其法力不容小视。于是水母娘娘抡起金扁担与刘伯温大战起来，战得天昏地暗，飞沙走石，几十个回合没分胜负。水母娘娘无心恋战，卖了个破绽把金扁担往空中一抛，那金扁担金光四射，刘伯温的斩仙剑直接被打落在地上。

刘伯温赶快从身上取下打神鞭在手中不停地挥舞着，每打出一鞭如同天空响起一声惊雷，似天翻地覆，恐怖如斯。水母娘娘见状大惊，她心想：这打神鞭确实厉害，难怪刘伯温斩龙绝脉能顺风顺水，我得小心谨慎才行。既然你换了宝物来战我，我也换一件宝物与你斗斗。于是她从身上取下一只水桶，把水桶口对准刘伯温,口中念念有词,只见那水桶把刘伯温和打神鞭以及地上的斩仙剑全都吸入其中。水母娘娘正准备把水桶摇一摇、晃一晃,把刘伯温化为脓血之时,巡天御史太白金星驾云来到,高声喊道:"龙姑娘且慢,手下留人。"水母娘娘问道:"金星为何前来替他说情?你可知这老贼刘基近年来在全国斩龙绝脉,对我龙族痛下杀手?我也搞不清楚,我们龙族究竟和他有什么深仇大恨。"太白金星道:"这一切都是天之所命,上天注定会发生的事,人也无法改变。刘伯温是个有道之人,不是胡作非为之徒,莫要怪罪他。你还记得上古时期我们在昆仑山上创世时,众位大神所定下来的律条吗?刘伯温只是一个执行者。"

水母娘娘听太白金星这么说,心想确实有这回事,便问道:"依你说应当怎么办?"太白金星道:"刘伯温受命降龙的重任已经完成,以后也就不用再斩龙了,你把金扁担还给刘伯温,让刘伯温把此宝送给禹王,禹王和在那里的神龟与这条金扁担还有一面之缘。禹王正在凤阳大禹山修炼,待修炼完成之后,你们再去禹王那里取回此宝物便可。"太白金星这样安排完全是按玉帝的旨意行事。

水母娘娘听了太白金星的话,念了咒语,把刘伯温以及他的打神鞭、斩仙剑从水桶中倒出来还给了刘伯温。刘伯温谢过太白金星,将此三宝奉给禹王。禹王后将金扁担还给了水母娘娘,此桩公案,就此了结。

流传地区:明光市明西街道办事处

采录地点:明光市区

采录时间:2022 年 10 月

讲　　述:李明付(1963—　　),男,大专文化,抹山小学退休教师。

记录整理:贡发芹

乾隆盱眙放水母一见天日

一日,乾隆坐在龙椅上摆摆手,随侍太监心领神会,马上对着下面满朝文武大声说道:"各位爱卿,皇上说今日朝见完毕,各位臣工,有本奏来,无本退朝!"

话音刚落,群臣正要退朝之时,有一大臣说:"臣有一事,要面奏圣上。"乾隆说:"爱卿有何事要奏?"这位大臣说:"臣家乡出了一件奇事,臣要告诉皇上。"乾隆说:"你讲。"那大臣说:"水母娘娘水淹泗州城,张果老把水母娘娘镇压在龟山的水井里,井边用铁打了一棵树,树上张果老亲手写'铁树开花,驴长角,水母娘娘能出世一次'。这铁树怎么能开花呢?驴怎么能长角呢?当地老百姓们都在传说水母娘娘永远不能现世了,除非当朝的天子金口玉言,来此说一句铁树开花,那铁树才能开花;说一句驴长角,那驴才会长角。"

乾隆一听觉得这还真是一件奇闻,当时就说:"明天就动身,我要到江南微服私访,回来时再到泗州。"乾隆为何要下江南呢?他不可能因听说民间出现一件奇怪的事情,就不理朝政出去游玩。因为现在正是秋试的时候,去年收到江西的折子,说江西的主考官贪赃枉法,埋没人才,他要去江西微服私访。其实,除此之外,他心里还有一件不可告人的寻父的事情。

跟有关文武大臣商量好行程后,乾隆就带着纪晓岚等臣子,从北京通州登船沿大运河向江南进发。

一日,乾隆的船队到达镇江,进入镇江高桥九曲河时,秋雨蒙蒙,烟波浩渺,白帆点点,渔歌阵阵。乾隆举目眺望,看到远处有一个老头在河边一只小船上钓鱼,觉得很有趣味。乾隆非常喜欢吟诗作对,便对同船的纪晓岚说:"你喜欢作诗对对子,现在你就来对一副对子怎么样?"纪晓岚说:"以什么为题呢?"乾隆向河中一指说:"你看那老头在河边钓鱼,就以此为题,你能用十个一作一副对子吗?"

纪晓岚看了看河边钓鱼的老者,脱口而出:

一蓑，一笠，一渔舟，一个渔翁一钓钩。

一口气对上了五个一，下联还有五个一，纪晓岚当时还真是怎么也对不上了。就在纪晓岚苦思冥想之际，乾隆手拍巴掌大笑说："这下子把你难倒了吧！你还有五个一对不上来了吧？"纪晓岚突然一下子就来了灵感，当即对出：

一拍，一呼，还一笑，一人独占一江秋。

上联写一个民间渔翁，下联写当朝天子，对得十分工整。船一边行，众人一边谈论着此对的妙处，其乐融融。

又过一段时日，乾隆经过安徽来到了江西省境内。这一天他到了九江的庐山附近，这个地方有一个古代点将台，是科考的地方。

俗话说："不要来得早，就要来得巧。"此时正是乡试放榜的时候，很多人聚集在那里看榜。乾隆打扮成一个商人模样，来到人群中，只听人们谈论，却不敢说话，因他说话口音不同，担心会引起麻烦。一些举子在此叫冤，他们都围住一个人说："你才应该是本榜解元，当今皇上无眼，派来一个贪钱的主考官，像你这么好的人才都选不上。"

乾隆一听大惊失色，也不管自己身份是否会暴露了，问那个骂他的人："我听你在说皇帝无眼，你说哪个人学识高没有被录取？"那人用手一指："就是他，就是因为他家穷，没有钱送给主考官，就没有录取。"乾隆就问穷书生："都说你学识高，你能高到什么程度呢？我出一副对联给你对好吗？"那人说："好，你出上联。"乾隆出道：

玉帝出征，雷鼓云旗，雨箭风刀天作阵。

穷书生脱口而出：

龙王赴宴，日星月灯，山肴海酒地为盘。

乾隆听了大惊,心想此对子我让很多人对都没对上,你却这么轻松就对上了,真是太有才了,随口便道:"你就是明年殿试的状元。"人群中有人说:"现在他没有中举,明年没有资格参加殿试,他怎么可能中状元呢?"

乾隆一想,对呀,但自己是金口玉言,话已经说出去了,怎么能再收回? 他灵机一动说道:"给你补一个副榜举人资格,你就能中状元了。"人群中有人道:"你说的话能当真吗? 举人还有副榜? 副榜也能参加殿试?"乾隆对穷书生说:"当然,副榜也能参加殿试。我认识你们这里的主考官,我给你一块玉佩,你拿着这块玉佩去找主考官给他看,他看到此玉佩就会给你补一个副榜举人资格。"穷书生不信,不要他的玉佩,人群中就有人说:"你先收下来,去找主考官试试看。"人群中有几个人看乾隆言谈举止不凡,非富即贵,都劝说:"你拿着吧,拿着去找一下主考官试试看。"穷书生这才接下玉佩,去找主考官。穷书生把玉佩给主考官,主考官一眼就认出这是皇上的玉佩,他知道皇上下江南了。主考官就叫这个考生在此住下,日后再作安排,可是那考生却没有在此等待,悄悄地走了,从此消失了,而"副榜举人"一词便由此诞生了。

在回京途中,乾隆一行乘船来到了洪泽湖岸边的盱眙县境内的龟山。乾隆看见淮河水畔群山环绕,葱茏叠翠,楼台掩映,庙宇毗连,鸟语花香,淮水滚滚东去,气象万千。面对此自然天成的美景,乾隆感到十分欣慰,感慨道:

淮河天然水之流,三山五岳自古有。

朝廷一代接一代,前人没有后人有。

此时突然起了大风,船只有停靠码头避风,但是这里离码头还很远,只好停靠在洪泽湖岸边避风。船工们拿了三根木桩,想用绳子把船固定在岸边,船工们忙了一阵子才发现此处根本无法固定绳子,因为岸边都是岩石,船工没有办法把木桩打下去。乾隆说:"快把桩打到岩石里,现在能打下去了,大风马上就要来了。"皇帝是金口玉言,这句话一说出去,船工们立即就能把三根木桩打到岩石里头了,船工们再把缆绳拴在木桩上,后来,岩石上留下了三个木桩洞。

风云消散之后,乾隆一行来到龟山旁边的一个渔村微服私访,只见此村一派繁忙,男男女女各尽其职,有的围坐一起织网补网,有的晒鱼晒虾。乾隆一行人从水路而来,很长时间没有吃饭了,他叫随从到渔村里买些吃的。渔民们见是外地来的客人,全都热情招待,拿出他们刚刚捕获的水产,每家每户凑一些大米,还有人从家拿出老酒,整个渔村都忙活起来。

不一会儿,一桌丰盛的洪泽湖水鲜端了上来,乾隆等人真是开心至极。吃完饭后,乾隆要随从付酒饭钱,这些渔民怎么也不肯收,乾隆以为渔民们都很富裕,也就罢了。谁知刚出渔舍,就见隐藏起来的一群光屁股孩子蜂拥进舍。乾隆好奇,跟在后想看个究竟。原来,这些渔家孩子见客人来都知趣地躲了起来,等客人走后,他们才敢入室吃这些残羹剩饭。看见孩子们那股馋劲,乾隆知道渔人们并不富裕,而招待客人却热情大方,这样的乡风民俗让乾隆深为感动。

乾隆一行刚要动身,只见一群官差模样的人气势汹汹地拥进渔村。乾隆一打听才知,这伙人在向渔村人催缴什么款项,渔村大多数人家都服服帖帖地交上了,唯有一个病婆婆哭叫着说:"可怜可怜我这孤老婆子吧,我实在交不起呀,就剩这点鱼干活命,你们给收去,我可怎么活呀!"老人攥紧鱼干,死活不松手。领头的人见状恼羞成怒,飞起一脚将那病婆婆踢得口鼻流血,昏倒在地。领头的人还不解气,又在病婆婆胸口狠踹一脚,顺手夺过鱼干撒向河中。

乾隆见了,怒上心头,别说让他身边的高手去战,就凭自己的身手也不费吹灰之力就可让这几个狂徒跪地求饶,怎奈自己是微服私访,怕暴露了身份。正在强忍怒火之时,乾隆忽见一顶小轿,后跟几个衙役飞快而来,不用细问,这是当地县太爷率众前来。县令及衙役到了渔村村头,立刻将刚才一伙官差模样的人擒拿捆绑起来。

只听县令对被捉的领头的人训斥道:"王虎,你一贯以官差之名纠集团伙,私自下乡搜刮民脂民膏,今天现场被捉,还有何话可说?"那人连声哀求大老爷宽恕。县令吩咐衙役:"把这伙不法之徒押回县衙听审!"说完,他便疾步来到已奄奄一息的病婆婆身边探视。乾隆见这县官能主持公道、体恤民情,颇为赞赏,上前赞道:"这一方土地,难得有你这样的父母官。"县令见称赞人好生面熟,一想,哎呀,不得了,这不是当今万岁爷吗?慌忙要行跪拜大礼,乾隆急忙制止并暗递眼色。县太爷急忙改口:"客官大驾光临敝县,请到寒舍一坐。"

乾隆没有推辞,随县令一行前往县城。说来也奇,晴朗的天气,只东南方有一

小片乌云,忽然晴空一声炸雷,不偏不倚将那个叫王虎的恶人击毙,背上还现出几行字:

> 尔俸尔禄,民膏民脂。
> 下民易虐,上天难欺。

众人见了,无不骇然。到了县城,县令殷勤款待了乾隆一行,亲自带他们游览山水名胜。盱眙城下,淮河岸边,有一座山,名叫独秀山,乾隆登山览胜,仔细品赏了摩崖石刻,盛赞盱眙美景中竟有如此的国粹。县令见状,命人献上文房四宝,请求乾隆为摩崖再添光彩。乾隆说:"水乡泽国,人间仙境。"随即拿过笔一挥而就:第一山。当地人随后把这三个字刻在山崖上,从此独秀山改名"第一山"。

山在呼,淮水在咆哮,乾隆离开第一山后上了龟山,来到山上镇压水母娘娘的水井前,井上面盖有一块石板,井旁边立着一棵铁打的树,乾隆看到树上有张果老亲手题写的"铁树开花,驴长角,水母娘娘能出世一次"。

一同来的还有一些地方官员,他们说:"万岁爷,您是金口玉言,只要您说一句铁树开花。"乾隆说:"我怎么才能叫铁树开花呢?"官员们说:"万岁爷,您朝南天门拜三拜,许个愿,说铁树开花,驴长角便可。"乾隆便向南天门拜了三拜,许了愿之后便说:"铁树快快开花,毛驴快快长出角。"此时,神奇的事情出现了,就看那铁树长出绿叶,发了芽,很快开出了花,有红花,有黄花,有蓝花,有白花,五颜六色,非常好看。

铁树开花了,可是怎么叫驴长角呢?乾隆不愧是一国之君,看到前来观看的人群里有拉毛驴过来的,就说这好办了,他叫卫兵把两把红缨枪靠在驴头两面,这样便是驴长角了。

乾隆命人把井盖石板打开,看到井里的水直往上冒泡,开始就像水被煮沸了一样,不一时,井水直往上泛。有人就往上拉铁链子,这时水母娘娘露出来,身上长满青苔,龇牙咧嘴,面目极其凶恶。水母娘娘在井里说:"要不是看你是当今皇上,一朝人君地主王,我一口就把你吸进来了。我是奉玉帝圣旨在此守东海的,如今我的尘念已绝,灵魂已经完成崭新的洗礼,进入与前世水母娘娘一样的境界,你为何打扰我的安宁?看到了你们,让我再度思念那一段忘不掉的世间红尘往事,让我心碎。"

乾隆说:"难道说你不想见一见外面的世界吗？这是张大仙曾经许下的愿望,我特地来帮你实现的。"水母娘娘说:"我现在在此修仙,不想让人们来此打扰。今天你来这里,明天就会有更多的人来到这里,我承担保护东海之责,东海要是不保,海水将泛滥肆虐人间,我又咋向玉帝交差?"

乾隆道:"我这也是顺了天意民意,来此搭救你的。这里的百姓们说,只有我才能解开张果老曾经许下的咒语。你看看这铁树都开花了,驴也长角了,必定是你的修行感动了上苍,让你出来见一见外面的世界。"

此时水母娘娘表情狰狞可怕,露出一嘴獠牙。

乾隆吓得要人立即把铁链松了,井里又泛起串串小水花。水母娘娘沉入水下,众人又把井盖子盖上了。水母娘娘几千年只见到一次天日,以后就永远留在了水府。

流传地区:明光市明西街道办事处

采录地点:明光市区

采录时间:2022 年 10 月

讲　　述:李明付(1963—　),男,大专文化,抹山小学退休教师。

记录整理:贡发芹

明光梅鱼为何叫贡鱼

　　明光境内马岗至抹山九道湾之间的池河里生长一种特别的鱼——梅鱼。梅鱼肉质鲜嫩,入口即化,肥而不腻,有较高的食用价值,当地有"梅雨季节食梅鱼"的说法。梅鱼为明光地方特产,当地人一直称梅鱼为"贡鱼",这是怎么回事呢?

　　明光梅鱼是安徽省独有的濒危鱼种,主要产于明光境内的池河水域。梅鱼的最佳食用时间为黄梅时节,因其"色白如银,浆汁似奶,肉嫩味鲜,绝无仅有",一直被列为席上珍品,早已闻名遐迩。

　　明光在明朝时属盱眙县灵迹乡,朱元璋登基后明光集开铺,发展迅速。明光是朱元璋诞生地,明光人就选择梅鱼做珍馐献给皇帝享用。

　　清乾隆年间,一个盼食梅鱼心切的盱眙知县刚一到任,就令小吏送梅鱼给他品尝。小吏不敢怠慢,却心中犯难,由于"梅白鱼极为娇贵,脱水就死",即使从池河清水湾取水,将鱼养在水中,送到一百二十里外的县城,鱼也不能成活,无法做到活水煮活鱼。但是,叫知县亲自来到池河边上吃梅鱼,似乎也不妥。

　　就在小吏万般无奈时,吏妻想了一个点子。她找来木工,制作一副火炉担子,按传统方法,将鱼洗净,放入锅中,配制好佐料,用火慢慢蒸煮,同时,令两个壮汉轮换挑起鱼担,向县城走去。

　　俗话说,千滚豆腐万滚鱼。鱼煮的时间越长,味道越鲜。等壮汉将鱼担挑到县城,送到知县老爷面前时,鱼味正浓,汤白如奶,香气扑鼻,知县吃了赞不绝口。

　　此事很快被传开,连乾隆也知道了。乾隆可是个美食家,听说梅鱼鲜美之后,就记在心上。一次乾隆下江南时,到南京住进江宁织造府,首先就提出要品尝梅鱼。

　　江宁织造府的人立即通知盱眙知县,知县老爷不敢怠慢,亲临明光督办此事。怎么才能让皇上吃上新鲜的梅鱼呢? 这可是一个难题。知县绞尽脑汁,急得团团转。一位师爷想出一个绝招:挑选最佳骑手,预备快马一匹,马背上驮着火炉挑子,煮着刚下锅的梅鱼,沿着官府驿道,快马加鞭,向江宁奔驰而去。

一路上驿站互相接力,换马快跑,明光到江宁二百余里,五六个时辰马即到达,鱼正好煮透,清香四溢,诱人垂涎。

乾隆品尝之后连声称好,在褒奖盱眙知县的同时,命令每年的梅雨季节将此鱼供奉朝廷。从此,梅鱼就成了专供皇上享用的"贡鱼"了。

流传地区:明光市明光街道办事处、明西街
    道办事处
采录地点:明光市区
采录时间:2012 年 2 月
讲 述:韦学忠(1945—),男,大专文
    化,明光市教体局退休干部。
记录整理:贡发芹

王摆渡的传说

　　王摆渡是一个古老的渡口，原名女山渡，位于安徽省明光市女山湖镇境内女山脚下女山湖南岸邵北公路尽头。历史上，女山渡原是泗（州）六（合）古道要津，历史悠久，远近闻名。改名王摆渡是因五代时历史人物王彦章在此摆过渡并在此大战过李存孝。

　　王彦章（863—923），五代后梁勇将，字贤明，寿张（今山东梁山西北）人。王彦章少年从军，随梁太祖朱全忠征讨四方，以骁勇闻名，常持铁枪冲锋陷阵，因号"王铁枪"。因屡立战功，王彦章由开封府押衙等职累晋为行军先锋马军使、检校司空、汝州防御使、匡国节度使、北面行营招讨使，封开国侯。

　　李存孝（？—894），代州飞狐人（今山西灵丘），本姓安，名敬思，唐末至五代著名的猛将，武艺天下无双，勇力绝人。史书记载，李存孝"骁勇冠绝，常将骑为先锋，未尝挫败；从李克用救陈、许，逐黄寇，及遇难上源，每战无不克捷"。李存孝少时力大无比，牧羊大涧村前。晋王李克用围猎遇虎，安敬思恐虎吃羊，徒手击杀，隔涧掷还，众军皆惊。晋王收为养子，赐姓李，名存孝，因排名十三，为十三太保，随李克用南征北战，骁勇善战，常为先锋，手舞铁马鞭，出入阵中，围平阳，定邢、洛，皆有功，李存孝为邢州、洺州、磁州节度使。

　　据说，王彦章尚未从军之时，流落到王摆渡，聚集二十余人，占据渡口，手使一条浑铁枪，驾一条木船，在此剪径劫掠。但王彦章从不扰民，凡穷人特别是两岸百姓渡河随叫随到，分文不取；富人渡河必遭勒索，获取钱财用于周济两岸百姓，当地老百姓一直对王彦章感恩戴德。

　　一次，十三太保李存孝受晋王李克用之命，带着几个亲信前往各地招兵买马，欲从女山湖渡河，再到淮北去。听说王摆渡有个叫王彦章的，力气过人，功夫深厚，远近闻名,就顺便前来会会,想把他招为部下。这一天,李存孝在几个手下人前呼后拥下上了渡船。王彦章看到领头人气度不凡,眼睛一亮,心想,发财的机会又来了。船到湖心,王彦章故伎重演,索要三斗黄金、五斗白银。二人话不投机,在船上交起手来。王彦章两手举铁枪,向李存孝头上打来,李存孝伸手,攥住铁枪,王彦章不肯放手,与李存孝夺枪,恰似蜻蜓摇石柱一般,李存孝用手一拖,把王彦章连人带枪扔到水中,便渡河北去了。王彦章从水里露出头来,爬上岸,披挂上马,追赶上李存孝,抢枪向李存孝刺去,结果李存孝用槊轻轻地打去,王彦章便招架不住。李存孝夺过浑铁枪,两手握枪,双膀用力,把王彦章一百二十斤重的浑铁枪拗得桶箍般圆,扔回给王彦章。王彦章两手使劲欲把枪拗直,拗了三拗,纹丝不动。王彦章欲更换兵器再战,李存孝说:"不用换枪,本王与你把枪拗直。"王彦章将信将疑,把桶箍样的铁枪扔给李存孝。李存孝接住后,两手握好,两膀一使劲,一掰一拗一拗,铁枪杆笔直如初,随手扔给王彦章。王彦章接过一看,枪杆比原来长出三寸,心中暗暗赞道:"真乃神力也!"李存孝有心收服王彦章,还要再与之战。王彦章明知自己不是对手,跳入水中,借水逃遁了。

王彦章后经打听才知道,与其交手的是大名鼎鼎的战将李存孝。王彦章对李存孝的勇猛过人早有耳闻,很不服气,久有会他之意,今天总算领教了。自知武功远远不敌李存孝,王彦章甘拜下风道:"若李存孝在世十年,我十年不出,除非李存孝死了,我王彦章才敢露面。"

自此,王彦章隐姓埋名,苦练本领,直到李存孝死后,他才开始从军,走上战场,跟随朱全忠转战南北,所向披靡,屡建战功。从军第二年他就当了左龙骧军使,后官拜上将军。公元923年,河东节度使李克用及其子李存勖灭后梁建后唐,王彦章在战斗中因寡不敌众,不幸被俘。后唐王李存勖也惜慕王彦章的为人和才能,多次劝降。王彦章宁死不从,后死于牢中。王彦章死后,当地老百姓因怀念王彦章的忠贞和劫富济贫的美德,就称渡口为"王摆渡"。

一千多年过去了,王彦章的美名被当地老百姓世代传颂着,至今在女山湖、潘村一带说到"好马不驮二夫,好将不事二主"时,还常说起王彦章宁死不降的故事,"王摆渡"这个渡口的名字也随王彦章世代传扬。

女山湖夕照(王绪波　摄)

流传地区:明光市女山湖镇、潘村镇

采录地点:明光市女山镇山东村

采录时间:1992 年 2 月

讲　　述:贡世林(1935—2018),男,读过
　　　　　私塾,农民。

记录整理:贡发芹

三界观音阁的传说

明光市三界镇老三界行政村老街上原来有十个观音阁,现在只保留了一个。此阁位于老南街的南头,是老三界百姓在原来观音阁的基础上于 2005 年 8 月复建的。观音阁跨街而立,高七米,宽三点八米,跨街长五米,下面可行人、可通车,五米之上是阁楼,里面供奉着观音菩萨。观音的面前设有香案,每逢观音生日或民间节日,周围百姓都会上阁焚香。老三界人为什么对观音如此敬重?当地老人向我们讲述了由来。

在老三界的神话传说中,关于观音显灵的故事很多,特别是民国期间土匪猖獗的那个年代。有人说,土匪抢的多是观音阁外面的人家,里面的有观音保护,土匪不敢进来。还有人说,观音给积德行善的人家送过儿子,给仗义疏财的人家送过平安。所以,老三界的观音阁建了左一个右一个,并且香火不断,一直延续至今。

传得最玄乎的是日本鬼子在老三界的一次奇遇。民国二十七年(1938)二月中旬,驻扎在新三界的日寇窜到老三界,纵火焚烧了六条街,整个县城仅剩下一条南小街。原来繁华一时的民国嘉山县城毁于日本强盗之手,令人扼腕叹息。

数日后的一天夜里,从新街车站(现在的三界车站)出来了两个鬼子,一个手握指挥刀,一个扛着步枪来找姑娘。未找到,这两个邪恶的日本鬼子就迫使未逃走的老三界村民在西岗头集合排队。刚排好队,拿枪的那个日本鬼子就把枪口抵在排头的一个村民的胸口开了一枪,一枪穿倒了几个村民。剩下的几个村民吓得拔腿就跑,两个日本鬼子跟在后面追赶,眼看就要追上,几个人跑到了观音阁下,不知道什么原因,两个鬼子忽然停下来不追了,并且迅速逃离了现场。几个人死里逃生,侥幸捡回了一条性命。

事后有人说,是观音显灵了,两个日本鬼子吓得不敢再追了;有人说,观音阁下出现了天兵天将,把日本鬼子堵在了阁外;有人说,日本鬼子敬畏神灵,不敢开罪神灵……最靠谱的说法是,日本鬼子只有两个人,害怕进了阁会中埋伏丢掉性命。不管是哪一种情形,老三界人从此更加信奉观音,对观音阁也更加情有独钟了。

流传地区:明光市三界镇

采录地点:明光市区

采录时间:2016 年 12 月

讲　　述:傅守乾(1951—　　),男,大学文化,明光市政协退休干部,曾任明光市委统战部部长、市政协副主席,作家。

记录整理:贡发芹

清河寺的传说

明光市三界镇老三界村顶南头是本镇地脉的尽头。在尽头的缓坡上，曾建有一座庄严巍峨的庙宇——清河寺，寺内主祀观音娘娘。建庙的原因是敬神灵、镇地气、旺人财。

1932年，民国嘉山县政府成立，县城设在山区市集老三界。当时，清河庙香火最盛，乡民前往祈求、跪拜者，络绎不绝，有祷皆灵，所以，周边府县也有很多香客慕名前来进香。县城也因此热闹起来。

话说一日，有一香客马某前来祈求——不花钱财而处处得艳遇。果然，从此之后，马某便很受一些不正经女人的喜爱，真是日日笙歌萦绕，夜夜花丛醉卧，乐得马某上下唇不能合拢，口水拉有三尺长。

可是好景不长。那日，马某在某女家留宿，适逢吴某来喊门。马某仗有神助，乘酒兴打走了吴某。正当马某得意时，不想吴某衔恨邀众前来报复。结果，马某被当场打死，吴某因此坐牢偿命。

原来，吴某也曾在清河寺里许过愿，愿自己处处威风，有人帮忙，没有人敢欺负自己。但是，威风逞过了头，是要承担后果的。

自从马、吴出事后，乡民们便不敢在神前胡乱许愿了。人心昧良，而神目如电，果然作恶到头，报应就降临了！因为这件事，清河寺的香火比先前更加旺盛了，老三界的风气也为之一清。

后来有一个村民觉得该寺妨碍了他家的风水，便怂恿无知之徒毁了清河寺，建成私家竹园，作为娱乐之处。不久，这个村民在该竹园锄地，锄到寺前石柱，发现一条青蛇盘在石柱上。该村民立刻浑身青紫，疼得满地打滚，任何治疗都没有效果。后经人指点，该村民自愿毁掉竹园，恢复寺庙，方脱大难。之后，该村民的前胸一片乌紫，犹如鬼掐神打，而难以消去。

不过,清河寺为何叫清河寺,原因不明。寺前只有小溪流,没有河流,可见清河寺不是因为寺旁有条清河而得名。有人猜测,"清河"二字可能与唐代名人张巡任清河县令有关。中国古代有"圣人出,黄河清"的说法,张巡倾力平叛,泽被江淮,称圣人也未尝不可。修建清河寺是为了纪念清河县令张巡,而非祀观音,也未可知。

流传地区:明光市三界镇、管店镇

采录地点:明光市三界镇

采录时间:1995 年 2 月

讲　　述:覃振洋(1968—　　),男,大学文化,作家。

记录整理:贡发芹

仙鹤缘爱成山

　　明光市三界镇老三界行政村西北里把路有一座小山,名叫仙鹤山,海拔只有九十米,但余脉甚长。从正南望去,它恰似一只展翅南翔的仙鹤,山因此而得名,并闻名遐迩。传说它是吕祖爷的坐骑变化来的。

　　那日瑶池大会,欢宴中,吕祖爷的坐骑仙鹤童子多喝了几杯琼浆玉液,就乘着酒兴跑到御花园游玩了一会。在荷花池畔,仙鹤童子见一位少女临池而立,那亭亭的身姿倒映在澄碧的池水里,引来很多游鱼观望,它们竟然因贪看少女的美色都忘记了翕动嘴腮,一个个地沉到了池底。仙鹤是一位红唇美少年,见状不禁慢慢走过去,忘情地一把抓住少女的手深情地吻嗅。少女先是一惊,而后也动情地任仙鹤抚爱。正在二人忘情之时,巡查力士见了立刻抓住仙鹤押到玉帝面前。玉帝龙颜大怒要杀仙鹤,这时,少女闻讯上殿来求情。原来,那少女便是玉帝最小的女儿若泽公主。若泽公主流着涕泪求情,吕祖爷边自我检讨,边为仙鹤求情,其他仙班神将也纷纷劝玉帝开恩。玉帝怒气稍平,决定贬仙鹤到人间为山。千年之后,方许回到天庭。

　　于是,仙鹤被力士抛下南天门落在老三界西北化作了仙鹤山。而若泽公主,因思念仙鹤童子过度,时常找父母倾诉,让玉帝不胜其烦。于是,玉帝一怒之下,贬若泽公主到人间也化为一座山,这就是距离老三界西南八千米的凡山。因若泽公主是半躺在莲花上下凡的,所以,从东和北两个方向看,凡山是一位抱膝而坐的少女,正在凝望朝霞,而膝头就是两座山峰,人们说,那是她不忍心望见正北方的仙鹤在凡世间受苦受难。而若泽公主的深情,感动着一代又一代三界地方子民。每一代,三界地方都会发生无数个令人感叹的爱情故事。

　　人们说,自古名人大将犯地名。而若泽公主是犯了封号之忌。若泽者,心正即成苦海也。是真是假,无法考证,但若泽公主和仙鹤童子的相互守望,却成为三界地方一道永恒的风景线。

人们都祈望仙鹤童子能够服罪期满,早日重返天庭;人们都希望若泽公主能够重返天庭,享受天伦;人们更希望这样凄美的爱情故事能够给后人以警诫。

是的,人处青春时代难免轻率。面对缘爱成山的仙鹤,人们唯有感慨。

流传地区:明光市三界、管店

采录地点:明光市三界

采录时间:1999 年 7 月

讲　　述:覃振洋(1968—　　),男,大学文
　　　　　　化,作家。

记录整理:贡发芹

圆枣树和四不像

老三界仙鹤山东面,原来有一棵圆枣树,一个成年人才能环抱过来。这棵枣树是野生的,还是人工栽植的,没有人知道;树龄有多长,也无人知晓,反正至少二百年。这棵枣树树冠硕大,树荫占地超过一亩地。

当地老人都说这棵圆枣树有一个神奇之处,炎热的夏季,只要树冠上一旦升起冉冉黄雾,时间不长,天空中就会乌云滚滚,紧接着就会暴雨倾盆。因此,每当干旱之际,大家都会盯着圆枣树,一旦树冠上有金黄色的浓雾生起,大家就会奔走相告,要下雨了,旱情马上就要解除了。于是大家都说圆枣树是一棵神树。该树也因此成为古老市集老三界的一大景观。

后来,有人说此树是某家龙脉所系,便处心积虑地给伐掉了。乡民知道后都很惋惜。

仙鹤山下,距离圆枣树不远处,还有一面大塘,人们都称之为北大塘,水域面积有百十亩之大。

传说北大塘里栖息着一头神兽,每到月圆之夜便上岸觅食。这个神兽外表很奇怪,似牛,却没有牛角;似象,却无长长的鼻子;似马,却没有大尾巴;似驴,却长着圆圆的耳朵。大家都说这种神兽非常稀有,名叫四不像,平时很难见到。

有一年中秋,老三界边上一户村民半夜起来小解,听到塘边菜园地有呼哧呼哧的喘息声。这位村民感到奇怪,就悄悄走近观看——月光下的菜地里,有个比牛犊还大的神兽正在吃那些鲜嫩的菜叶,只见它两眼如铜铃,闪闪放光。神兽发现有人过来,就咕咚一声跳进北大塘里。

第二天这个村民把所见所闻讲给大家听,很多人都不相信,但他当场发誓,自己绝对没有看花眼,看到的绝对不是牛犊子。因为菜园留下的蹄印都有面盆口大,肯定不是牛蹄印。但此后,再也没有人见到过这头神兽四不像。

三界外大门(王绪波 摄)

流传地区:明光市三界镇、管店镇

采录地点:明光市三界镇

采录时间:2006 年 8 月

讲　　述:覃振洋(1968—　　),男,大学文
　　　　　化,作家。

记录整理:贡发芹

宝塔山的传说

宝塔山位于分水岭水库（今跃龙湖）的上游，老嘉山之南。相传，此山是托塔李天王为了镇住河妖，放在这里的。

宝塔山突兀而立，周围无遮无挡，居高临下，四周一览无余。站在山顶，跃龙湖的全貌尽收眼底，同时可俯瞰老嘉山、鲁山、清平山、杏山、乌山、尖山、黄寨草场。向北望去，眼下的跃龙湖犹如一幅徐徐展开的水墨丹青长卷，远山近水，绿树蓝天，尽收眼底，湖光山色，浓淡相宜。山，层峦叠嶂，淡雅飘逸；水，一望无际，波光粼粼；树，连片成林，葳蕤葱茏。尤其是那满眼的绿色，无论是岛上路旁，还是沿湖诸岸，完全被绿荫覆盖，蓝天绿树倒映在水里，绿透了半边湖水。

如果你雨天登上了宝塔山，细雨霏霏，水天一色，朦朦胧胧，一片迷离。在这风也飘飘、雨也潇潇的诗情画意中，索性丢下了雨伞，享受着丝丝小雨、微微轻风。意，为之迷；神，为之醉，似真似幻，不知今夕何处！"眉如远山黛，眼如秋波横。"只有在宝塔山上，也只有在雨丝飘飞中遥看那青山绿水，才能体会得到那份眉目如画、顾盼生情的韵味。跃龙湖的水，美就美在她自己是绝代佳人，而且映入她碧波里的山和树、点缀在其中的小岛、伸入她怀中的触角也一样秀色可餐，她们深浅浓淡，和谐相容，似泼墨写意，妙趣天成。

传说很久以前，千年成精的鲶鱼河妖在此兴风作浪，最可恨的是它专挑那五六岁的孩子作为充饥美餐。此事惊动了在桃花岛棋盘石边下棋的张果老、吕洞宾、何仙姑，他们虽然法力高深，但是狡猾的鲶鱼妖与他们打斗一番，累了就逃之夭夭，等他们不在桃花岛，它又来作恶，搞得三位仙长十分心烦。有一天，他们巧遇在砚台山泼墨作画的杨二郎，杨二郎说："杀猪焉用宰牛刀，这般小妖何须我动手，叫我的哮天犬去就行了。"于是他令前不久老嘉山山神送给他的那个猎犬前去降妖，谁知鲶鱼精在水里就是不上岸，专门和哮天犬打水仗，从山里出来的哮天犬岂是它的对手？没过三回合,便败下阵来。杨二郎天性爱偷懒,不想自己动手,回去向玉帝舅舅禀报。玉帝派托塔天王李靖下凡,这才引出"李天王祭宝塔、镇河妖、保一方平安"的故事。

话说李天王来到鲶鱼洼南侧一处河滩,祭起宝塔,立时出现了一座小山,留在当地。村民一觉醒来,发现周边情形与往日大不一样,仔细观察,才发现多出了一座很像宝塔的小山,立时奔走相告,纷纷前往叩拜。鲶鱼精为此山所镇再不能扰民为害了。从此,尖山一带人丁兴旺,百姓安居乐业,老百姓都把这座山叫作宝塔山。

流传地区:明光市涧溪镇、张八岭镇

采录地点:明光市区

采录时间:2016 年 12 月

讲　　述:傅守乾(1951—　　),男,大学文化,明光市政协退休干部,曾任明光市委统战部部长、市政协副主席,作家。

记录整理:贡发芹

尹集的传说

相传清朝光绪年间,有一个尹姓大户人家落户于杏山脚下,家主人称尹员外。老员外原是苏北地区的一个知县,告老还乡,置地千亩,富甲一方。

尹府上下男女眷属、长工、用人,不下百余人。尹府对面及两边均开设饭铺、酒肆和商铺等店面,卖菜的,卖肉的,卖鱼的,卖柴草的,经常聚集在这里,甚是热闹,渐渐地就形成了一个小集市。因是尹家聚集在这里形成的集市,人们称之为尹家集,简称尹集。

尹集流传着一个凄美的故事。

话说尹员外年届花甲,膝下五儿一女,长子在朝廷为官,小女秀儿年方十三四岁,不但天资聪慧,而且貌若嫦娥,身材苗条,美丽动人,被员外视为掌上明珠。

一日,管家领来一少年,见过员外,管家禀道:"此人姓郭名安,其父是府上的一个佃户,常年身患重病,并于年初归天,膝下两子,郭安为长,年刚十五,因家中年年交不起租子,已欠下斗大的窟窿,一时无力偿还,其母就把他送来打长工抵债。"尹员外觉得既然这样,那就留下来吧。

郭安眉清目秀,生性善良,为人敦厚实在,做事勤快麻利,讨人喜欢。管家安排他做了牛倌,他一人每天要照料近二十头牛,活儿既苦又累。由于郭安从小就与牲口打交道,自然熟悉牲口秉性,侍弄得颇为顺当。但是,每晚熄灯后,他却很难入睡,总会倚窗眺望着远山,思念家中的母亲与弟弟。每当这时,他就会轻轻地吹起叶哨,借以打发心中寂闷。

到了暮春一日,秀儿小姐在丫鬟陪护下,手持轻罗小扇,在池塘边追逐扑赶蝴蝶。秀儿不慎跌入池水中。此刻,郭安正在府内,惊闻"救命"的呼喊声,便赶紧跑来,一个纵身,跳入水中,奋力救起小姐。

小姐得救后,浑身湿透,便一头扑向母亲怀里,呜呜地哭出声来。

光阴荏苒,转眼已是中秋,一年来风调雨顺,丰收在望。由于女儿落水,有惊无险,员外很是高兴,特请来戏班唱戏。待圆月高升,全府上下都聚集在院中边听戏边赏月。郭安吃罢晚饭,无心听戏,一个人默默地来到一棵柳树下,望着天上的明月,又轻轻地吹起了叶哨,心中更加思念在家劳作的母亲。

一边思念一边吹叶哨,他眼角不由得流出了泪花。就在这时,一股桂花的清香气飘来,郭安侧身望去,原来正是被他救起的小姐秀儿。秀儿手中拿着两块月饼,悄悄地塞给了他,乌亮的双眸怯羞地注视着勇敢救她的少年。此刻,郭安的心仿佛被一只手紧紧地攥住,木然地站在那里,呆呆地傻望着小姐,早已忘了手中的月饼。

其实,郭安的叶哨声早打动了深居闺楼的秀儿,而孤独寂寞的郭安亦早对漂亮善良的秀儿动了真心。就这样,他俩偷偷地相爱了。

每天黄昏,秀儿总会张望着远处郭安在夕阳下赶着牛群归来的身影;每天晚上,郭安都要对着小姐闺楼的窗子,吹奏着自然如天籁的叶哨。往往那轻轻悠悠的哨声,一直响到深夜,当然,秀儿闺房里的灯光也会随哨音亮到深夜。几乎天天如此,月月如此。

花开花落,冬去春来,转眼三个年头过去了。郭安在辛劳中磨炼得更加健壮,秀儿也出落成了大姑娘。这时节,上门来给秀儿提亲的人络绎不绝,毕竟秀儿也到该出阁的年龄了。这不,泗州府的知府就托人前来为其在国子监读书的儿子提亲,一番茶水过后,老员外点头默许。

这下可急坏了秀儿!当天晚上,秀儿约了郭安在闺房中商量对策,彼此便有了肌肤之亲。不料,他们的秘密被管家发现了,管家火速报告给了老员外。

当时,老员外气得恨不得把郭安处死,可转念一想,他曾救过秀儿的命,不能做得太绝,于是就把他吊在一棵酸枣树上,一顿鞭打,随后便把郭安逐出尹府。同时,为防止秀儿做出出格之事,就在秀儿闺楼上也增加了两个丫鬟。

郭安被逐出尹府之后,经常坐在老嘉山脚下的溪流旁,伤心地吹着叶哨,不停地流泪。泪水汇入溪流,更像是一根银线弯弯曲曲地绕山脚流去,一直流到秀儿的闺楼下。秀儿终日茶饭不思,常常倚在窗前看着日落,泪水也随风儿飘落在那条小溪流中。两颗年轻的心,似乎都在殷切地呼唤着对方……

又是一年新春到,尹府的人们在漫天飞雪中忙着过年。除夕夜,鞭炮声声,秀儿呆呆地坐在闺房中遥望着远方,痴痴地思念着郭安。忽然,他又听到那熟悉的叶哨声,顿时惊愕地站了起来,走近窗前,但见心爱的人就站在楼下。郭安看到了秀儿,便从肩上取下一盘柔软的藤条,散开后,把一头抛向闺房的窗台,秀儿随手接住藤条,把它紧紧地系在窗棂上,然后她顺着藤条慢慢地滑了下去。

郭安带着秀儿私奔了,他们沿着流满自己泪水的小溪,拼命地向上游奔去,向着自由奔去。雪越下越大……

天快亮的时候,尹府上下乱成了一团,长龙般的火把照亮了漫天飞雪的夜空,哭喊声、呼唤声此起彼伏。第二天,有家丁发现,在老嘉山脚下,有两个人紧紧地拥抱在一起,十指相扣,怎么也分不开,俨然已变成了冰冻的雕塑。这两个雪人,就是郭安和秀儿。他们用无声的语言,在雪白的天地间宣誓着最纯洁的爱情。

尹员外悲痛欲绝,他指使家丁将女儿和郭安分开,可不论人们如何使尽全力都无法分开。尹员外无奈,只好把爱女和郭安合葬在一起。

尹员外一病不起,无力再料理家业,从此家道败落。尹府的辉煌不复存在,可是已兴起的集市却延续下来,它就是今天的张八岭尹集(村)。后来,在那清清的溪流边长出许多朴树,树上紧紧地缠满了藤条,当地的老人都说那朴树是郭安,那藤条就是秀儿,那潺潺不停的溪水,是他俩的眼泪。

尹集一直存在,秀儿与郭安的爱情故事一直在尹集流传。

流传地区:明光市张八岭镇

采录地点:明光市区

采录时间:2016 年 12 月

讲　　述:傅守乾(1951—　　),男,大学文化,明光市政协退休干部,曾任明光市委统战部部长、市政协副主席,作家。

张俊昌(1972—　　),男,作家。

记录整理:贡发芹

燕子湾的由来

　　相传很久以前，明光市张八岭镇燕子湾北面的山上，有一座寺庙叫广福寺，寺旁还有一座尼姑庵，叫福慧庵。寺和庵建在岗岭之间的一道水湾之上，它们的前院各有一眼水井。生活在这里的老百姓生活用水都从这两眼井中汲取。但他们一直有一件事情很不顺心，那就是许多男女结过婚后都没有怀孕。

　　后来，广福寺附近村庄里一对姓梁的青年夫妇治愈了一只受伤的小燕子，放飞燕子那天，女主人怀孕了！十个月后生下了一个女儿，取名小燕子。小燕子既漂亮，又活泼可爱。

　　小燕子十八岁那年，梁姓夫妻不幸染病双亡。举目无亲的燕子没有办法，只得来到福慧庵出家当尼姑。不久，小燕子因为和广福寺的小和尚慧明交往过密，被老尼姑当众责骂。不甘受辱的小燕子纵身跳进了院内的深井。慧明闻讯，在夜深人静的时候也跳入了同一眼井内。

　　周围的老百姓深深怀念这对从小看着长大的孩子，他们推倒了院墙，掩埋了小燕子和慧明。不知什么原因，自此以后，周围村上结了婚的女子都怀孕了。人们传说，是福慧庵那眼井的位置不好，断了龙脉，观音菩萨把南海的燕子下派到人间，让她跳井殉情，深埋了这眼井，续上了龙脉，青年男女婚后才得以顺利怀孕生子的。不管这个传说是真是假，这一带从此人丁兴旺，并且生男孩的居多。

　　因为这个缘故，后来，迁到水湾上居住的人越来越多，人丁越来越兴旺。大家都认为这是托小燕子的福，就把这里取名燕子湾。20 世纪 70 年代，政府部门在这里建造了一座水库，取名燕子湾水库，因为这里水质好，又在这里建造了一座自来水厂，取名燕子湾自来水厂。大家都说，山上的井水已经渗透到水库里了，吃这里的水可以多子多福、幸福安康。

张八岭镇柴郢村湿地公园(王绪波 摄)

流传地区:明光市张八岭镇

采录地点:明光市区

采录时间:2016 年 12 月

讲　　述:傅守乾(1951—),男,大学文
化,明光市政协退休干部,曾任
明光市委统战部部长、市政协副
主席,作家。

记录整理:贡发芹

花果寺传奇

花果寺的遗址坐落在老嘉山东峰被称为牛头山的大山深处,这里云雾缭绕、仙气氤氲、灌林密布、曲径通幽。在一千多平方米的范围内,密布着残砖断瓦,还有一些毁坏的香炉、础石。遗憾的是,现在这里除了遗址其他什么也没有。

传说花果寺的由来与小燕子湾广福寺那个小和尚有关。话说广福寺的小和尚慧明,因为和福慧庵的尼姑小燕子交往过密,老尼姑怀疑他们有私情,震怒的她集中庵内所有的尼姑,当众责骂了小燕子,还要将她驱逐出佛门,不准再踏入福慧庵半步,小燕子羞愧难当,纵身跳进了院内的深井。慧明闻讯,在夜深人静的时候也跳入了同一口井内。意想不到的是,那个小燕子是南海观音派来造福人间的南海飞燕,慧明跳入井里,落到了一件羽衣上,羽衣飘动着,把他送到了地面。慧明又惊又喜,惊的是世上还有这等奇事,喜的是井里没有水,自己和小燕子都没有死。慧明深知自己的过错,他来到了广福寺,跪在师父面前,请求师父责罚。老和尚像没有看到一样,置之不理。一心想痛改前非的慧明跪了两天两夜,师兄弟们一起向师父求情,师父这才让他起来,把他叫到后堂,语重心长地对慧明说:"我知道你和小燕子是有名无实,但是,你的心里已经有了她,出家人要学会放下。从现在起,你要放下一切,一心向佛。而且,即便如此,你也不能留在广福寺了。"

师父指了指门前的银杏树说:"你出去云游四海,但每年要回来一次,看看银杏树是不是开花结果了。如果开花结果了,你就可以用你募集的善款在一个偏僻的地方建造一处庙宇安度晚年了。"

慧明大哭了一场,拜谢师父后,开始了他漫长的漂泊生活。当时,他并不知道银杏树的特性。俗话说:"行万里路,读万卷书。"在"行万里路"的过程中,他才知道,银杏树生长缓慢,结果晚,但寿命极长,一般要十至二十年才开始开花结果,所以有"公孙树"之称。他深知,这是师父在磨炼自己的意志。他想,铁树都能开花,只要我坚持下去,银杏树一定能开花结果。就这样,他每年都回来一次,他不在意银杏树开不开花、结没结果,回来主要是看望师父。当然,银杏树也没有开花结果。

十年过去了,在这十年中,慧明增长了很多知识。他知道了做人的艰辛,知道了世态炎凉,亲身体验了酷暑严寒,感受了食不果腹、衣不遮体的滋味,甚至受过胯下之辱。他善学佛学知识,以"正心"建立自我,建立人际关系;以"思制"应对困难,应对生活;以"清静心"平衡心态,平衡意志;以"感恩心"对待他人,回报世人。最后慧明成了一名高僧,众多和尚拜他为师,他受到了很多人的尊重。终于有一年,银杏树开花了,慧明欣喜万分,在这株杏树下,仰天长叹,喜极而泣。

慧明带领他的弟子,倾其所有,在老嘉山深处建造了一座庙宇。为了感谢师父的教诲,纪念银杏树的开花结果,他把庙宇取名叫花果寺。

虽然花果寺地处深山,但香火一直鼎盛,有的香客甚至住在这里,不愿离去,他们都是慧明十多年走遍天下结交的朋友,来到这里,他们听慧明大师讲经,寻求人生的真谛。

清朝末年,花果寺毁于山火,九十八岁的慧明大师从此不知所终。

流传地区:明光市张八岭镇、石坝镇

采录地点:明光市区

采录时间:2016 年 12 月

讲　　述:傅守乾(1951—　　),男,大学文化,明光市政协退休干部,曾任明光市委统战部部长、市政协副主席,作家。

记录整理:贡发芹

自来桥杏山传说

明光市自来桥境内有一座山叫杏山,山下有一个村庄叫杏山村。

很久以前,杏山是一座荒山,没有人居住。据说,曾经有一个书生,博览群书,但不愿出仕做官,喜欢游山玩水,遍历名山大川。后来,他来到皖东一处荒山,觉得这里清静,就搭了一间茅屋暂住下来,每天与清风明月做伴,同绿水青山为友。

书生学得一身医术,医德高尚,医技高明,人们都喊他神医。神医在山里居住时间久了,树上那些活泼可爱的小鸟,甚至山中一些凶猛的野兽,发现他性情恬淡,为人和善,不但从来不伤害鸟兽,还救助了很多受伤的鸟兽,所以鸟兽们都经常来与神医嬉戏玩耍。神医的生活虽然孤寂冷清,但有鸟兽为伴,每天也充满了生机和乐趣。

神医很关心周围百姓的疾苦,经常亲自采集草药,给附近的贫苦百姓治病,尽力帮助他们消除病痛疾苦。神医的医术精湛高明,具有药到病除之功夫,无论什么疑难杂症,经他诊治,很快就能康复。当地老百姓都从心底里感激神医,称他活菩萨。

神医治病不收钱,只要求病人痊愈后,在他居住的山上栽种几株杏树。重病者治愈后,要栽种五株;轻病者治愈后,要栽种一株。多者不限,多多益善。好多年以后,山上山下,山前山后,到处栽满了杏树,达到十数万株。每年的春季,雪白的杏花开满枝头,远远望去,像白雪一样洋洋飘洒,煞是好看。于是人们就把这座无名之山取名为"杏山"。

神医不食人间烟火,只以杏和野果充饥,渴了就喝山下泉水。据说他活了两三百岁,身体还非常健壮,体态容貌还像二三十岁年轻人一样。有一天,他站在高高的杏山顶上,一片五色祥云飞来。他纵身一跃,登上云端,冉冉升起,向天外飞去,从此离开了人间。但他留下的杏山一直在造福当地百姓,在杏山的庇护下,这里的老百姓一直健康生活,寿命都高于山外之人。

后来,人们常用"杏林春暖""誉满杏林"来称赞某位医生医德高尚、医术高明,也含有对杏山神医的怀念和敬重。

流传地区:明光市自来桥镇

采录地点:明光市区

采录时间:2019 年 9 月

讲　　述:胡广如(1964—　　),女,大学文化,明光市政协退休干部,曾任市政协社会与法制委员会主任。

记录整理:贡发芹

薛郢黄连抱子

明光市自来桥镇白云寺村薛郢村民组村口，有一大二小三棵枝叶繁茂的黄连树，大树立于中间，两棵小树一左一右，像是一个大人怀中搂抱着两个孩子。当地人称这一自然景象为"黄连抱子"。

"黄连抱子"树后有一座石庙，当地人称为土地庙，庙门上方镌刻有"嘉庆二十二年十二月"等字，表明此庙有两百多年历史，下方落款为"福德正神"四个大字，字迹清晰可辨。

传说很久以前，薛郢来了两个外乡人，姓薛，系兄弟，没有读过书，也没有大名，人们都称呼老大为薛大，老二为薛二。薛二年幼尚不能自食其力，就给庄子上的财主家帮工，主要是放牛、喂猪。薛二虽然年幼，但心地善良。干了一年，领了工钱后，首先买些供品、香烛，来到这土地庙前，给土地公、土地奶奶磕头烧香进贡，年年如此。薛二的孝心，终于感动了土地奶奶，她对土地公说："这年轻人常来给我们敬献供品、烧香磕头，我们应该施点好处给他才是。"土地公说："万万不可，我已经问过阎王爷了，他只有半吊钱的命。"土地奶奶不信："这样的好孩子怎么就半吊钱的命呢？"土地公说："你若不信，明天就来试验一下。"土地公把半吊钱放在一处，一吊钱放在一处。第二天，薛二又来土地庙敬香了。临走时，他只拿了半吊钱。这时，土地奶奶觉得不忍心，就说："薛二是个好孩子，你要帮帮他。"

薛二刚走出不远，土地公就出来喊道："年轻人，请留步，我有话对你讲。"薛二回头一看，是一位白发苍苍的慈祥老者，便问："请问老人家你有什么吩咐？"土地公说："你年年来给我烧香磕头，我也没什么报答你，我给你一张老鼠皮。这庄子上有一个酒馆，你要是饿了，想吃什么，就把这张老鼠皮铺在地上，打上三个滚，就变成一只老鼠，钻进酒馆，想吃什么就吃什么。吃饱喝足后，再就地打三个滚，老鼠皮就脱掉了，又变成了人。从此，你只管吃喝玩乐，享清福就是了。"薛二谢过老者，取走鼠皮,试了一下,果真如此。于是,薛二再也不去给财主辛苦打工了。

薛二饿了就变鼠,吃饱了就变人,日子过得非常悠闲。一天,薛二看中了薛郢庄子上一个如花似玉的美女。傍晚,薛二起了歹念,把老鼠皮铺在地上打了三个滚,变成一只老鼠钻进了这个美女的房里,又打了三个滚脱了老鼠皮成人后,与美女睡在一起,天天如此。日子久了,这美女的母亲发现女儿的肚子渐渐大了,就问女儿什么原因,女儿如实告知。

母亲得悉情况后,非常生气,心想这样坏了我女儿名声,叫女儿今后怎么做人?于是决定惩治薛二。母亲对女儿说:"等薛二再来,你哄住他把老鼠皮弄到手。"女儿于是遵照母亲的旨意办了,把哄到手的老鼠皮交给了母亲。母亲立即报官,知县老爷随即派人拘捕了薛二,开始审问薛二,追问老鼠皮从何而来,薛二谎称是在石庙前捡到的。知县老爷说:"那好,你变给我看。"为此知县老爷安排衙役建了一个大围挡,把薛二圈在当中,防止薛二变成老鼠逃脱。薛二在变之前,发现了一处暗洞,变成老鼠后就从暗洞逃跑了。

远眺女山地质公园(王绪波 摄)

过了几日,美女对母亲说:"他又来了。"母亲对女儿说:"你再想办法把老鼠皮哄到手。"美女施计,又把薛二的老鼠皮哄到手了。其母再次把薛二送到衙门审问。这下知县老爷有经验了,吃一堑长一智,他把薛二带到一艘大船上,四周都是水,即使变成老鼠也无法逃。结果,薛二变成老鼠后,爬到了桅杆上,无奈,知县老爷命手下把桅杆放下来,心想这下看你往哪里跑。正在这节骨眼上,薛二想起了土地公对他说过,在危难时,你喊"金钩驴老哥,你快来救我"。薛二刚喊出口,从不远处飞来一只老鹰,把老鼠叼走了。

薛二得救后就改邪归正了,认为先前这样吃喝玩乐下去,总有一天会翻船的,不如与美女结婚,交出老鼠皮,再也不变人变鼠了,成家立业过正常人的日子。而美女的母亲一看生米煮成了熟饭,只得同意了这门亲事。不久,美女媳妇给薛二生下了两个儿子,薛二经常抱着两个儿子,享尽人伦之乐。

不知又过了多少年,薛二离开了人世,不久土地庙前长出一棵黄连木。又不知过了多少年,这棵大黄连木两旁又生出两棵小黄连木。大家都说那棵大黄连木就是薛二的精魂,那两棵小黄连木就是薛二两个儿子的精魂。因为薛二家的一切都是土地公、土地奶奶给的,薛二知恩图报,就长年抱着两个儿子为土地公、土地奶奶遮风挡雨。土地老爷很高兴,就保佑薛郢兴旺发达、日益辉煌。所以薛郢人一提到黄连抱子,都肃然起敬。

流传地区:明光市自来桥镇
采录地点:明光市区
采录时间:2019 年 9 月
讲　　述:胡广如(1964—　　),女,大学文化,明光市政协退休干部,曾任市政协社会与法制委员会主任。
记录整理:贡发芹

佘园得名

佘园位于明光市涧溪镇白沙王村白沙王集市西南侧约六百米处,地处白沙王小盆地,环境优美,道路、树木、菜园、农舍,构成一幅原汁原味的山村画面,是一个"美丽乡村"居住点。

村庄中部有两株古木瓜树,高数丈,粗达几人合抱,枝繁叶茂,郁郁葱葱。两棵古树是佘园一道独特的风景,为佘园这个村庄增添了几分古朴和厚重。据了解,佘园庄上没有一户余姓村民。之所以村庄叫作"佘园",是因为一个历史传说。

历史上,佘园原名叫竹园,因为庄子上家前屋后长满了翠竹,非常幽静。竹园北侧有一条河流,河流上有一个码头,就在今佘园北部邻庄杜湾的南侧。杜湾之所以称作"湾",是因为历史上这里是一个河湾。由于山洪暴发,迫使上游水流改变方向,杜湾的这条河流渐渐淤塞,故今天已不复存在。原来舟船可经由这条河流进出七里湖,经淮河、洪泽湖,进入大运河,通江达海。

传说北宋真宗年间,杨延昭,也就是杨六郎,遭奸臣陷害,被判下狱问斩。八王爷买通狱官,用一死囚顶替,将杨六郎私下释放。杨六郎不敢留在东京汴梁(北宋都城开封),就带家丁私逃到白沙王不远处的一个河流边的小山村避祸。

杨六郎的母亲佘老太君一直以为儿子被朝廷冤杀了,整天以泪洗面。于是家人偷偷告诉佘老太君,杨六郎没有死,现在藏在南方一个名叫竹园的村庄里。佘老太君一听儿子还活着,喜不自胜,非要见见儿子。家人没有办法,就以外出散心为由,陪同佘老太君离开京城,乘船从大运河经汴水、泗水进入淮河,再经七里湖上岸,到白沙王附近的竹园看望儿子。因路途遥远,佘老太君非常疲惫,就决定在这个地方住上一段时间。再则,这里翠竹青青,赏心悦目,如同人间仙境,也是养生的好去处。

为改善母亲的居住条件,杨六郎在今竹园这个地方为母亲新建了居所,还在居所旁边建了一个精致的花园供母亲平日休闲娱乐。

没过多久,杨六郎冤案得以平反,重新获得自由。杨六郎决定回到京城,继续报效朝廷,率军抵抗辽兵。佘老太君非常支持儿子的选择,就随儿子六郎离开了白沙王,返回京城。临走时,佘老太君与杨六郎为感激竹园村民对他们的照顾,就把花园留给了村民,还留下不少金银,供村民使用。

村民为了纪念佘老太君与杨六郎母子,就把花园取名为"佘园",久而久之,人们把竹园村庄也呼作"佘园"了,佘园的名字就这样流传了下来。

寒来暑往,斗转星移,当年佘老太君居住的房舍、花园早已不复存在,只有花园里的这两株不知何时代、何人栽植的珍贵的古木瓜树在见证着时代的变迁、岁月的沧桑,它记录了一段历史,给人们留下了对古村落佘园演变的几多遐想。

流传地区:明光市涧溪镇

采录地点:明光市区

采录时间:2019 年 9 月

讲　　述:胡广如(1964—　),女,大学文化,明光市政协退休干部,曾任市政协社会与法制委员会主任。

记录整理:贡发芹

耙了就罢了

唐朝中期,举国上下建寺修庙,安徽省明光市柳巷镇义集村岱堂寺(也称代堂寺)就是这个时候诞生的。岱堂寺建在淮河下游开阔的滩涂上,当时地名叫大义集。这地方由于水分充足、土质丰润,农业生产年年丰收,百姓安居乐业。因此,来此定居的人也就越来越多。加上这里建有寺院,因此,和这地方交往的人也就络绎不绝,大义集的名字也就越传越广,闻名遐迩。随着这个地方知名度不断提升,前来拜佛的人,也就很快多了起来。这样,岱堂寺的香火随之日益兴旺起来了。

岱堂寺本来是一座中型寺院,因香客日益增多,名声随之传扬开来,远近皆知,所以不断扩建,和尚越来越多。到了清朝初年,寺庙再次扩大,院落延伸到了义集南面驯马场的中段。每天晚上,寺院南大门关闭时,僧人们都骑马来回。寺院有上千亩佛田,大小和尚上百人。不过,这个时候,和尚们还是很守佛规的,每天吃斋念佛,唱经打坐,习武修炼,与民间接触很少。百姓们也比较敬重他们。可是,到了乾隆年间,岱堂寺里来了一位住持,法号叫岱阳。岱阳住持年龄不过五十岁左右,身强体壮,武艺高强。据说,他是乾隆皇帝的近族外甥。此人虽为佛家子弟,表面上一本正经,但心中无佛,从不遵守清规戒律,诲淫诲盗,经常私下里用寺院里的物品与香火钱哄诱寺院之外贫家妇女,讨得她们欢心,借机霸占她们。时间久了,寺院内外,传言甚广,寺院里的大小僧人也都破规,利用自身势力到寺院外寻欢作乐、欺男霸女。村庄上的百姓们面对这样的境遇,也不敢反抗,只有忍辱含恨。因为他们知道,岱堂寺里的住持是皇帝的亲戚,同时,这帮和尚武功压众,老百姓动起拳脚,绝对不是他们对手。

一年深秋,人们忙完了农活,开始走亲访友。江北的一个民女按照母亲的吩咐,去京城拜望大舅父。这个民女步行三日,来到大义集村庄,这时,天色已晚,她本来打算渡过淮河到北岸的双沟镇投宿的,眼看不行了,于是就决定在眼前的大义集村庄投宿。她顺着大路来到岱堂寺东门，见两个小和尚出门做差事，便开口问路。谁知，两个小和尚见这个民女身材苗条，眉清目秀，遂起歹意。两人互使眼色，随即动手，连拖带拽，把这个民女拖进寺院里。民女呼救，空旷的寺院无人应声。

两个小和尚把民女拖进寺院后，藏在西院墙根的厢房里。晚上，两个小和尚就轮流进去糟蹋这个民女。民女见四周漆黑，像死一般的寂静，连个猫狗的叫声都没有。她反抗无力，只有任由两个小和尚糟蹋。过了三四天，两个小和尚生怕把这民女饿死在寺院里，于是，就利用晚上的时间，把民女架拖到寺院外，丢到西门的北侧。

民女有气无力，蜷缩在那里，奄奄一息。恰巧，这时大义集村庄的一个妇女带着两个孩子从紫阳村娘家回来。她看墙根好像有个黑乎乎的东西，走到跟前，还能听到微弱的喘气声。于是，她用手摸一把，喘气声大了一点。她就把这女子扶起来，背回家里，叫家人给她弄点稀汤喝。就这样，这位好心妇女把这个民女留在家里调养了四五天。这个民女精神渐渐好起来，神志清醒过来，她流着眼泪，诉说自己前往京城省亲途中，路过此地的遭遇，并感谢他们好心相救。这户好心人家听后都对那群和尚恨之入骨，但还是无力反抗。

又过了三四天，民女要动身，她再次流着眼泪，感谢好心的人们。好心的人们又给她添了些干粮，凑了些碎银子。她走了一个多月时间，终于来到京城，见到了大舅父。一见面，民女扑通跪在大舅父面前，痛诉途中所遇。大舅父听后，咬牙切齿。第二天，大舅父找到自己妻子的表弟，诉说此事，表弟听后更是痛心疾首。于是，他立刻找到当年在比武场上结交的好友武状元，请之代为申冤。

武状元现在是乾隆皇帝的贴身侍卫大臣。武状元来到乾隆皇帝面前禀报了冤情。乾隆皇帝听后，十分生气，便派武状元带队前往调查。武状元一行来到大义集村庄，走访百姓，百姓们人人都是咬牙跺脚，恨之入骨，说："岱堂寺的住持仗着是皇亲国戚，欺男霸女，无恶不作。"他们纷纷请皇上对他处以极刑。

武状元回城后，向乾隆皇帝禀报所查实况。乾隆皇帝听后，沉默了片刻，略有所思，右手微微一挥说："罢了。"意思是算了，不要计较此事。

武状元听后很失望，但他灵机一动：有了，"罢了"就是"耙了"。于是退朝后，他立刻带领人马，星夜兼程，来到岱堂寺，把大小和尚全部抓获，捆绑起来，带到寺院外，面对前来观看的众人说："岱堂寺大小和尚，欺男霸女，无恶不作，罄竹难书。

皇上有旨,耙了!就是用铁耙把这些恶和尚的头全部耙掉!"百姓们听后奔走相告,真是大快人心!

当天下午,侍卫大臣武状元就叫大义集村庄的男女村民们集中到岱堂寺南门口,挖几十个平胸深的大坑。第二天上午,侍卫大臣武状元指挥手下把岱堂寺大小和尚五花大绑押解到坑前,推到坑里,叫百姓们平胸埋上土,每个和尚只露出光头在泥土上面。兵士们骑着战马,拉着钉耙,在和尚的头上飞快地奔跑。那些和尚们翻着白眼,流着眼泪,咧着嘴巴,想说什么也说不出来。大约耙了一两个时辰,满地是血,所有和尚的头都被耙掉了。前来观看的人,就像赶会的一样多,全都拍手称快。当天下午,侍卫大臣武状元又安排放火烧掉了岱堂寺,不许在这里再兴建寺庙。大火烧了整整四天四夜才熄灭。

事后,火烧岱堂寺、钉耙耙和尚的大事就传开了,而且越传越远,人们把这件事情的时间和经过都传得清清楚楚。后来乾隆皇帝得知此事,也不好追究什么,只好说:"罢了就是耙了?耙了就罢了吧!"

岱堂寺从此不复存在了,可是,却成就了另一个地方,那就是钉耙子。由于岱堂寺被烧了,寺院南门口的驯马场处也就有人来居住了。这里的人只要与外地交往,就会说:"我们住在钉耙耙和尚的地方。"后来人们就简称这里为钉耙子,再往后,说到钉耙子,有的人不知情况,不知道是"钉耙子",主观认为是众多姓丁的人居住的坝子,就写成了"丁坝子"。就这样一直流传,传到今天,反而约定俗成称这里为丁坝子了。

流传地区:明光市柳巷镇、潘村镇

采录地点:明光市柳巷镇

采录时间:2022 年 8 月

讲　　述:李世金(1956—　　),男,中师文化,退休教师。

记录整理:贡发芹

柳巷的传说

柳巷是淮河岸边的一个地名,分为大柳巷和小柳巷,原来属于盱眙县。大柳巷位于淮河北岸,今属于江苏省泗洪县;小柳巷位于淮河南岸,今属于安徽省明光市,现在叫柳巷镇。

柳巷镇境内有一座历史遗址——浮山堰遗址,位于淮河三峡之一浮山峡(另外两峡为硖山口、荆山峡)上。古代浮山堰属于军事设施,是南北朝时期在淮河上修建的拦河大坝,是淮河历史上第一座用于军事水攻的大型拦河坝,也是当时世界上最高的土石坝工程。梁天监十三年(514),梁武帝萧衍修筑浮山堰,目的是夺回被北魏占据的寿阳(今寿县)。

浮山堰工程的规模在当时是举世无双的,据估算,其主坝高三十至四十米,形成的水域面积估计有六千七百多平方千米,总蓄水量在一百亿立方米。浮山堰主副坝填方两百多万立方米。这几项指标在当时都是世界第一位。国外的土石坝至12世纪才突破三十米高度,比浮山堰晚了六百多年。

传说,大柳巷和小柳巷的来历就与浮山堰工程有关,这里有一段传奇故事。

梁武帝开始派材官祖恒、水官陈承伯二位将军负责此项工程。祖、陈二位受命后,前往浮山峡实地察看地形,一致认为这里淮河水面狭窄,且淮水漂疾汹涌,沿岸沙土松散,难以垒堰,强硬筑堰是劳民伤财之举,工程合龙无期,成功无望。为此他们力劝梁武帝放弃筑坝计划,另谋他策。梁武帝一听大怒,就命令左右卫兵将祖、陈二位捆绑起来,斩首示众。此后,再也没有人敢提出反对意见了。

因梁武帝夺取寿阳心情非常迫切,一意孤行,手下将领只得听命。他们从徐州、扬州一线征集民夫,每二十户抽五人,共征集民夫十五万多人,加上五万多士兵,共二十多万人。民夫们不论酷暑严寒,昼夜不停地挖土垒坝。工程接近合拢之时,河水越涨越高,缺口处的河水越来越凶猛。一笼笼土石倾倒下去,很快就被汹涌的河水冲到数十丈之外。一千六百米大坝几个月就完成了,而几十米缺口却长时间无法合龙。

于是有人献计,用铁铸成巨型大锅,锅内装进土石,沉入水底,以挡住河水。梁武帝觉得可行,立即派人调集生铁十几万斤,铸成铁锅沉入水中,但铁锅很快就被冲到下游,仍然无济于事。汹涌的河水如同猛兽,滔滔东去,不听控制,无法驯服。

梁武帝急得不知如何是好,整天焦躁不安,食不甘味。他脾气越来越坏,为了尽早合龙围堰,实现自己的军事策略,常常亲自上堤监工,办法想了一个又一个,负责工程的大臣杀了一批又一批——稍有不顺眼的就斩首抛入河中,但依然不能奏效。

时值天寒地冻,民夫终日劳作,吃不饱,睡不好,累死、冻死、饿死、病死的不计其数,死了就被扔进河水里,家人连尸首都找不到,许多父母失去儿子、妻子失去丈夫、小孩失去父亲,妻离子散,家破人亡,惨不忍睹。

这时工地上有两个工匠,是一对孪生兄弟,哥哥叫大柳相,弟弟叫小柳相,看在眼里,痛在心里,他俩觉得这样下去也不是事儿,会有更多的财产浪费在大坝上,会有更多的民夫死在这项工程上。为保护其他民夫,他们主动向梁武帝请缨,愿献出生命,跳入合龙处,钉成"井"字形木桩,以便迅速填进土石,促使大坝合龙,早日完成浮山堰工程。

梁武帝想不出更好的办法,就死马当作活马医,采纳了他们的建议,火速派人砍伐树木,开山采石。一切准备妥当,柳氏孪生兄弟每人抱着两根长长的木桩义无反顾地跳入凶猛的河水中。只听"咚"的一声巨响,人们看见大柳相、小柳相跳下去的一瞬间,身体突然变大,重重地砸了下去,牢牢地堵在大坝中间缺口之上,猛如蛟龙的淮河水不仅突然断流,竟然掉转水头向回冲去,四根粗大木桩深深扎进大坝缺口的泥土之中。岸上众多民夫和士兵趁着这个空当,拼命将事先准备好的树桩、石块、土袋子迅速填进坝口,不一会,大坝合龙了,挡住了水流。大柳相、小柳相也被埋在了土石之中。这天正好是梁天监十五年(516)四月十日,历时整整十八个月的浮山堰工程终于合龙,宣告完成。

大家都认为是大柳相、小柳相这对孪生兄弟的壮举感动了上苍,才让淮河水一时断流的,是大柳相、小柳相救了广大筑堰民夫,要不是大柳相、小柳相用生命堵住缺口,还要有许多民夫死在工程上。为了感激大柳相、小柳相,彰显大柳相、小柳相兄弟的义举,让后人世世代代记住大柳相、小柳相的恩德,大家自发沿水坝栽种许多柳树,以示永久纪念,并把淮河北岸泗洪沿河的一个村子叫大柳相,淮河南岸浮山向东沿河的一个村庄叫小柳相。

后来这个地方遍地是柳树,成为当地一道亮丽的风景。一排排、一行行柳树,就像街巷,又因为谐音,人们叫着叫着就把大柳相、小柳相叫成了大柳巷、小柳巷。大柳巷、小柳巷不断发展壮大,成为淮河岸边较大的集镇和渡口。后来泗洪的大柳巷村改叫四河乡,今已并入双沟镇了;明光的小柳巷村已成为柳巷镇了。

流传地区:明光、泗洪

采录地点:明光市柳巷镇

采录时间:1986 年 12 月

讲　　述:张效春(1956—　　),男,大专文化,柳巷中心小学退休教师。

记录整理:贡发芹

河蚌姑娘

很久很久以前,淮河岸边住着一位老汉,老汉年轻的时候娶了一位贤惠的妻子,妻子怀胎十月,生小孩时不幸遇上了难产。常言道:"阳光节年年有,就怕七月二十九。"这个小孩出生在七月二十九,老汉的妻子生小孩难产去世了,老汉又当爹又当娘,千辛万苦把儿子抚养成人。

老汉吃苦耐劳,住的是用芦苇做墙盖的一间茅草房子。他用杂木打造一条小船,自己发明一张撒旋网,以捕鱼为生。

十九年后,老汉的儿子已经成长为一个英俊的小伙子。一天老汉带上儿子去淮河里捕鱼,可是这一天比较奇怪,没有捕到一条鱼。老汉决定,再撒最后一网就收工回家了,没想到最后一网捕捞上来一只河蚌,有五六十斤重,老汉很生气,就把河蚌扔到小船舱里,没拿它当回事。此后几天,老汉都没有驾船到淮河里捕鱼。老汉的儿子一直惦记船上那只大河蚌,他不知父亲会如何处理这只河蚌,默默地来到了船上,一看,大河蚌脱水几天干得奄奄一息了,他没多想,用力把大河蚌放进河里去了,大河蚌得救了。

老汉气消了之后,又带着儿子去撒网捕鱼了。到了中午,父子俩感觉肚子饿了,于是决定回家烧锅做饭。可是到家之后,一看锅里已经有人烧好了饭菜,这父子俩不知道咋回事,心想难道是过路的人到我们家借锅烧饭吃吗?父子俩也不敢吃饭,等啊,等啊,等到太阳落山了,实在是饿得受不了了,干脆就把做好的饭吃了。连续三天如此。第四天,老汉留个心眼,装模作样地带着儿子上船了,没一会儿就提前收工返回,距离家不远处,他们就看见家里烟筒已经在冒烟了,到家门口一看,门还关着。父子俩悄悄从芦苇墙的透风处对屋子里张望,看到正在屋里做饭的是一个身材苗条、相貌出众的姑娘。老汉叫儿子破门而入,一把抓住姑娘的胳膊,追问姑娘怎么回事。

　　姑娘挣脱不了，就一五一十地说明了原委："我就是你们那天在河里捞上来的大河蚌。我是由于好奇，出来玩耍，误入你们的渔网，被你们捕到船上的。在你们船上待了几天，我离开水干得不行了，要不是公子把我放到水里，我早就没命了。我来帮你们烧饭，是报答公子的救命之恩的。"

　　老汉的儿子长得很帅，一表人才，心眼又好，河蚌姑娘已经看上了老汉的儿子了。老汉的儿子对河蚌姑娘也是一见钟情。两人瞬间就产生爱的火花。老汉的儿子提议河蚌姑娘留下来，河蚌姑娘当即同意。老汉乐得合不拢嘴。

　　不久，老汉的儿子与河蚌姑娘拜堂成亲，一对小夫妻住在茅草屋里，恩恩爱爱。老汉虽自己一人住到小船上，但心里还是乐滋滋的。白天父子俩撒网捕鱼，河蚌姑娘在家烧饭，一家三口过了一段幸福美好的日子。

　　一天，河蚌姑娘叫老汉在家，她要和丈夫去撒网捕鱼，老汉自然就答应了。小夫妻俩兴高采烈地上了小船，河蚌姑娘对丈夫说："我叫你在哪下网，你就在哪下网。"丈夫笑着说："听你的。"

　　河蚌姑娘把小船划到离家不远处，让丈夫面向西南角下网。一网下去，丈夫再也拽不上来了。老汉在岸上看到了，心里想这下子完了，渔网一定挂在哪个万年棺材上了，没有渔网，他们一家就没有生活门路了。河蚌姑娘上前用手一拎，就把网拎出了水面，网里全是鱼，至少有三百斤。

　　第二天又让丈夫面向西北角下网，同样如此，第三天面向东北角下网还是一样的，第四天面向东南角下网也是一样的，第五天面向正北方向下网鱼更多了。可是，第六天面向正南方向下网，只捕到一条像棺材钉子一样的小鱼，这条鱼细长而光亮，头尖而无鳞，现在只有淮河里有这样的小鱼，当地叫它敲钉鱼。

　　河蚌姑娘知道不好了，得罪了鱼神了，鱼神可能要发怒了。不一会儿，河面上电闪雷鸣，狂风大作。河蚌姑娘心想，要是连累村里的百姓跟着遭殃怎么办？眼看大水要淹没村庄，正南方水面上浮出一个黑色东西，开始只有大扁那么大，之后越来越大，原来那个浮出水面的黑色神物是一只体型庞大的老鼋。河蚌姑娘连忙向老鼋呼救："请求老鼋前辈拯救百姓。"老鼋就是老鳖。

　　老鼋很快游过来，于是河蚌姑娘叫全村百姓全部跑到老鼋的背上。百姓跑到老鼋背上以后，他们的家园就被大水淹没了。河蚌姑娘双脚踩在贝壳上，注视着汹涌的波涛。水越涨越高，老鼋驮着全村百姓，随着水位越浮越高，老鼋竭尽全力上浮,保护着全村百姓。

终于,雨停了,风也停了,水位也下去了,河蚌姑娘与全村百姓一道被老鼋带到现在的淮河岸边的蚌埠市,就此上岸,定居下来,这就是蚌埠的来历。

鱼神眼看斗不过老鼋,最后只好偃旗息鼓。淮河水位又回落到原来的位置了。这时候,老鼋想回家去了,可是它已耗尽全身的力气,回到家之后,身子就再也动不了了,它想全身缩回到水里,但是几经努力,没有做到,身体留在淮河南岸,最后化作一座山,就是现在明光境内的浮山。

当地一直流传,浮山有多高,水位就有多深;后来人们还传,哪里水深不可测,哪里就是老鼋藏身之处。据说浮山脚下水位最深的地方就是一个老鼋窝,四两铜丝也打不到底。

流传地区:明光市柳巷镇

采录地点:明光市区

采录时间:2023 年 1 月

讲　　述:王翠荣(1961—　),女,初中文
化,明光市明光街道人,退休
职工。

记录整理:贡发芹

风波亭得名

风波亭建于浮山的最高峰,原名"浮空亭",取自苏轼的"乾坤浮水水浮空",后改为风波亭。

据传,该亭改名"风波亭"与进京赶考的一对书生有关。

晚清时期,江南一李姓书生和一王姓书生进京赶考,在浮山渡口等船,听说山上有一凉亭,可以居高临下,俯视淮水和眺望附近的数条河流。于是,两人结伴而行,登上浮空亭。但见亭子重檐碧瓦,雕梁画栋,四角微翘,甚是精巧。立在亭内,登高望远,山川河流之景尽收眼底。两人喜不自禁,流连忘返,不觉天色已晚。两人信步往西而行,走入了幽静古朴、香烟缭绕的灵岩寺。在寺里,他们巧遇了寺中的住持大师。大师见两个书生眉清目秀,彬彬有礼,很是喜欢,就留他们住在了寺内。晚上,两人前往大师居所拜见,性格豪爽的大师与他们热情交谈,两人受益匪浅。第二天清晨,李姓书生独自一人渡船北去,王姓书生却留在了灵岩寺。原来,王姓书生本来就无意进京赶考,只是父母望子成龙,硬是逼迫他进京赴考。昨晚,他听了大师的一席话,便决意留下来跟随大师,弘扬佛法,并自愿遁入空门出家当和尚。

转眼过了二十年,李姓书生风风雨雨的经历是这样书写的:寒窗苦读、三次科考、金榜题名、朝廷做官、被人陷害、削职为民、穷困潦倒、疾病缠身。终于有一天,他再次来到了灵岩寺。两个老朋友见面,百感交集,彻夜长谈。此时的王姓书生,学得一身武艺,身体强健,并且已经做了灵岩寺的住持。他静心向佛,心无旁骛,乐善好施,善待弟子,深受众僧爱戴、香客尊重。李姓书生仰天长叹,懊悔不已。在浮空亭,他挥毫写下一副对联:赶考难,当官难,命运多舛,处处难;出家好,入佛好,悠然自得,时时好。横批:"风波二十年。"

不久以后,李姓书生因病去世,他的朋友为了纪念他,建议把"浮空亭"改成

"风波亭"。又过了五十年,王姓书生无疾而终。有人说,他就是松亭大师。

后来,"风波亭晓云"成为浮山八景之一。

东方破晓之时,登亭远眺,只见东方的天空上,云彩渐渐由灰白色而变为浅红色、深红色,霞光由小到大、由少到多、由淡到浓,把天空下的大地、村庄、淮河、树木都抹成了浅浅的红色。少顷,天空的红色越来越亮,一轮红日喷薄而出,又大又圆又红,在缓缓上升的过程中,渐渐光芒四射,普照大地。淮河的晨曦是迷人的,波光粼粼的淮水发出的亮光在眼前跳跃,像无数个小小的珍珠由西向东滚动。一艘小船破浪而来,划破了宁静的水面,激起的浪花也载着亮光,把淮河分成了两半。小船披着晨曦的光辉迎面而来,从眼前缓缓驶过,又披着光辉而去。

风波亭见证了一个又一个东方破晓,见证了一个又一个淮河晨曦,收藏着淮河的记忆!

流传地区:明光市柳巷镇

采录地点:明光市区

采录时间:2016 年 12 月

讲　　述:傅守乾(1951—　),男,大学文化,明光市政协退休干部,曾任明光市委统战部部长、市政协副主席,作家。

记录整理:贡发芹

饮马池映月

饮马池映月,是古代浮山的八景之一。

浮山位于安徽省明光市柳巷镇西北,是后地质时代地壳变化形成的沙石小山丘,又有淮河从山脚下流过。所以,在山顶上和山北坡的淮河水边,就形成了许多奇特的景观。饮马池映月,就是浮山顶上的一个有名的景点。

饮马池在浮山顶上稍微偏南的山坡上,是千百年来山泉形成的洼池。这里的水终年清澈见底,而且,既不增多也不减少,喝起来很甘甜。之前,山上灵岩寺里的和尚和周边的山民都把这里的水当作理想的饮用水。尤其是山民们,日常生活用水宁可登山到饮马池挑担,也不到淮河里去汲取。

相传,北宋时期,杨六郎率领军队驻扎浮山,镇守淮河的第三道关口——浮山堰,控制这块战略要地。

山上山下都设有军营。军队驻守在浮山脚下,杨六郎驻守在浮山顶上。六郎把这个山泉池用作饮马池。练兵驯马的时候,六郎都到南面跑马场上;偶尔休闲的时候,六郎就在山顶上习拳练刀。

有一天,太阳已经偏西的时候,杨六郎来了兴致。他独自牵着自己心爱的战马,下山去遛马。那匹枣红马真是膘肥体壮,身上的毛油光闪亮,既勇猛又温顺听话。杨六郎骑着枣红马顺着山路刚到山下,双脚晃动一下,枣红马就飞快地奔跑起来。

杨六郎骑在战马身上,感觉煞是爽快,兴高采烈地吆喝着口令,嘴里还不时地哼着小曲子,非常惬意。

枣红马驮着杨六郎跑到跑马场,又跑到西山脚下,再跑到南山头上,一直跑到太阳落山了才回来。等到往回走的时候,马也累了,人也倦了,慢慢腾腾地走了有半个多小时,才来到山顶上。这时候,夜幕已经降临,圆圆的月亮挂在了空中。仲秋时节,秋高气爽,皓月当空,清风徐徐。杨六郎把枣红马牵到饮马池边,自己在池边的荒草地上,一边看着马儿饮水一边仰望天上明亮的圆月。之后,他爬起来,走到战马跟前,右手搭在马背上,低头看着池水。哎呀!只见水面上银光闪闪,还有一棵桂花树在水底摇曳,桂花树下,两只玉兔正在欢快地奔跑嬉戏。这个充满诗意的温馨场面就在杨六郎的眼前,近在咫尺,触手可及,仿佛自己就站在桂花树下。他看得入了神,扶着枣红马站立良久,似乎自己升入月宫,又好像月宫降临自己身边,直到枣红马"咴咴"地叫起来,杨六郎才回过神来。他牵着枣红马信步回营,仿佛感到马来精神、人无倦意了。

于是,这件事就传得神乎起来了,人们都说,杨六郎在浮山南山山坡洼池边饮马看到月亮了,饮马池神了,连着月宫了。后来,人们就把这个月亮倒映山泉洼池的情景叫作"饮马池映月"了。

流传地区:明光市柳巷镇、潘村镇

采录地点:明光市柳巷镇

采录时间:2019 年 7 月

讲　　述:李世金(1951—　),男,中师文化,退休教师。

记录整理:贡发芹

"驹马塘"的由来

"驹马塘"位于明光市柳巷镇境内浮山村的东面。传说它的来历是这样的。

相传清朝的时候,浮山村里有户姓蔡的大财主,为人做事都比较厚道,尤其心地善良。在本地,他不光从来不欺负穷苦人,而且,每当穷苦人家生活困难时,他就主动去接济。此外,他还是一个武士,为了浮山村庄的安宁,他主动召集村里的男性青壮年,教他们习武强身,保护村庄。因此,他在村庄里口碑非常好,人们都很尊重他,大家都敬重地称他为"蔡善人"。还因为他又是本地出了名的文化人,虽未出仕当官,但人们也都敬重地称他为"蔡员外"。其实,他的本名叫蔡小泉,字希贤。

当时,要是有外地来的客人在浮山问起蔡小泉,那还真的很少有人知晓,但要是问起"蔡善人"或者"蔡员外",那真是老少皆知呀。

他家有良田五六百亩,家里养了许多耕牛和马匹,还雇了十来个长工和短工。他经常嘱咐喂牲口的长工:"要善待牛马,因为它们都是忠实地为我们劳作,养活我们的。"喂牲口的长工,确实做到了精心照料牲口,每天早中晚都按时赶着牛马去村东面的池塘里饮水,草和料也都拌得十分均匀。年复一年,家里有匹红色的骒马,已经老得行走都不爽利了,而且眼睛也老瞎了。一天,喂牲口的长工对蔡员外说:"老爷,我看咱们家的那匹骒马实在老得不行了,行走都不爽利,眼也瞎了,叫它这样活着,还不如卖给人家杀了,还值两个钱。"蔡员外一听,很严肃地说:"不行!怎么能这样做呢?它给我们干了一辈子的活,我们必须喂养它,让它自己老死,寿终正寝,才能够对得起它啊!"

又过了一年多,这匹老马连吃草都有点费劲了。一天,浮山西面的朱顶村庄来个屠夫,要买老牛老马回家宰杀,他说:"这些老的牲口既不能干活也不能自己吃东西,放在那里,看着很可怜的,不如杀了,还不刺眼呢。"

喂牲口的长工也跟着这么说。

蔡员外听了他们的话，看着卧在草棚里的那匹老马，感觉老马确实很可怜。他走到老马跟前，摸着老马的鬃毛和耳朵，看那老马的双眼流着泪，蔡员外的眼泪也下来了。他转过头来，说："我们家的老马不卖，什么时候都不卖。"

那个屠夫眼看自己游说无果，也就只好走了。

到了秋天，天气凉爽了，那匹老马卧在马棚里，基本上一整天只能爬起来一两次，让人看了着实心疼。喂牲口的长工又对蔡员外说："老爷，我看哪，这匹老马恐怕活不了多久了，都懒得起来了。我很心疼，都不好意思看它。"蔡员外听了，脸色也沉下来。他想了好半天，说："这样吧，我们看着它老去，实在不忍心，你下午把老马赶着，慢慢地把它送到山西面我们家的那块田里，那里有草、有水，叫它自由地度过余年吧。等到它老死了，我们就把它埋在那里，让它回归自然吧。"

喂牲口的长工就按照蔡员外的安排做了。

第二年开春，蔡员外家的长工们去那里种地，去那里锄草，去那里看管庄稼，也不见老马的踪影。夏天的时候，蔡员外特意派人去寻找一遍老马，生怕老马的尸首腐烂了，想把它埋葬起来。可是，一点踪迹也没有。蔡员外心想，也许老马死在哪个大山洞里了，于是，也就不再多想了。

到了中秋节前一天，蔡员外全家人都在家里忙碌着。夕阳西下的时候，喂牲口的长工突然跑来告诉蔡员外，说："老爷，我看村东池塘边跑来一匹老马，很像我们家的那匹骒马，还带着一匹小马驹子。"蔡员外随着长工出门去看，果真有点像。蔡员外大声地呼唤一声："那可是我们家的大红马呀？"只见那匹大红马"咴咴"地叫着，带着小马驹往主人这边跑来，跑到主人面前，两条前腿跪下来，头一个劲地蹭主人的双腿，小马驹也跪了下来。蔡员外连忙弯下腰，双手摸着老马的头，抱着老马的脖子，把老马扶起来，带回家中。这消息就像惊天的炸雷，立刻传开了。人们更加羡慕和崇敬蔡员外。

大概过了两年时间，江南来了一个客人，是做牛马生意的，恰是蔡员外年轻的时候在江南认识的老朋友。经邻居带路，他来到蔡员外家。蔡员外看到老朋友，高兴得不得了。他带着老朋友来到牛马棚里，请他看看家里的牛马。客人看了一圈，惊喜地笑了，说："蔡员外行善积德，有天福啊！"蔡员外忙问："还请老朋友指明前程。"客人说："蔡员外得了龙驹。"蔡员外笑着说："承蒙老朋友高赞，鄙人哪有那个福分呀！"客人用手指着那匹小马说："你我深交，我怎敢与君戏言啊？贵府确有一匹龙驹,就是这匹小马。"

蔡员外听后,笑嘻嘻地走到那匹小马跟前,用手摸着小马的头和脖子,说:"这是我家那匹老马带来的小马驹子,很可爱的。"客人说:"你要善待它们母子啊!"蔡员外还是有点半信半疑。客人指点着对他说:"你看,这匹马颈的上方有三撮黑鬃长毛,在肚下前方有块巴掌大的鱼鳞片,鳞片或软或硬。"蔡员外看着那三撮黑色长鬃毛,又用手去摸鱼鳞片,感到煞是惊喜。

天已经快黑了,客人说:"蔡员外如果相信我,就请你把这匹龙驹借给我骑一趟。"蔡员外笑着说:"你是我真诚的老朋友,当然可以啦。"

客人牵出那匹龙驹,抖了抖缰绳,走到大门外,一个骗腿儿骑上小马,一抖动缰绳,小马四蹄蹬开,飞奔而去。等蔡员外他们再抬头看时,客人骑着小马已经无影无踪了。

大约夕阳完全进山的时候,客人骑着小马又回到大门口了。蔡员外忙迎到门外。客人牵着小马,手里提着两盒点心,盒子上印着"扬州点心"字样。蔡员外看着点心,心里有些纳闷,难道还能是真的吗? 他接过点心,笑着说:"老朋友,此事是真是假?"友人答:"老朋友怎会戏言呀?"

"那好,那好。此乃天赐大福。"

"此乃蔡君修行所得也。"

"承蒙老友谬赞。"蔡员外边说边安排人接过小马,自己把客人迎进家里。

谁知,第二天,这件事便不胫而走,立刻传遍了整个浮山,又传到周边的村庄。仅过了半个月时间,邻村的那些有头面的人物都纷纷前来探望和观赏这匹龙驹。

一天,蔡员外的泗阳县的朋友也慕名前来观赏。他们都是蔡员外多年的至交,为了热情款待前来的朋友,蔡员外安排朋友到客厅用茶,自己却骑上龙驹前往扬州置酒买菜,大约两袋烟的工夫,蔡员外便回到家了。他牵着龙驹走进院里,来到客厅门口,故意把菜和酒放在客厅的桌子上。朋友一看,这些酒和菜来自扬州,都有些惊奇。蔡员外又细说一番来回感受,大家更是惊奇和欣喜。

这下好了,蔡员外的龙驹就传得更远了。就连盱眙县的大小官员都前来观赏,并传说它是"的卢"转世。

可是,说者无心,听者有意,有人起了不义之心。这不,淮河北岸潼河庄上的汤员外就朝思暮想地想得到这匹龙驹。

那年秋天,汤员外派用人送来一封请柬,邀请蔡员外到他家做客。蔡员外知道汤员外的为人,更知道他的财产和势力,也就只好给他个面子,带着马夫,骑着龙驹,过河赴宴了。

夕阳西下时,宴席就开始了。蔡员外看着宴席上的陪客,心里想:可能有不测风云来袭。于是,他也警觉起来。酒过三巡菜过五味之后,他们开始推杯换盏。只见汤员外和那些陪客轮流向蔡员外敬酒,并且还互相用尖刀挑着猪肉鱼肉相敬,比试功夫。蔡员外几次都把刀尖咬断吐在桌面上。他站起来,略带歉意地说:"鄙人酒量有限,实在不能再陪诸君了。"汤员外看蔡员外酒量差不多了,于是就站起来,掏出随身带的锋利匕首,挑着一块猪肉,说:"蔡员外武功非凡,请接受我这一块肥肉,你放心地吃肉,你的龙驹马由我派人给你送回家里。"汤员外说着,大笑着把挑着肥肉的尖刀伸到蔡员外的面前。蔡员外张开口,当汤员外的尖刀刚伸进他口中的时候,他屏住气,就听"咔嚓"一声,刀尖被蔡员外咬断,"砰"的一声,刀尖吐出刺在房梁上。此时,蔡员外也站了起来,双手合掌,向汤员外说要到马棚里解小手。汤员外也让开道路。当蔡员外走到门口时,抬眼看去,外面漆黑一团。他走到马棚边,发现马夫被几个人囚住了,龙驹蹄子也被拴在了柱子上。蔡员外感觉情况不妙。他咳嗽一声,只见龙驹扬起头来,"咴咴"叫着,蹄子一带劲,绳子断了,向蔡员外跑来。蔡员外一个飞脚,踢开囚住马夫的人,左手拉着马夫,右手伸向龙驹。龙驹一伏前腿,蔡员外和马夫上了龙驹。只见龙驹一腾腿,跳过院墙,腾云而去。汤员外连忙派人追赶,追到了淮河边上,就看见淮河白色的水面上有个黑团子,像射出的箭一样,立刻就不见踪影了。

从此,汤员外就再也不敢到淮河南岸了。

蔡员外非常感谢这匹龙驹,更感谢那匹老马。

过了两三个月,一个漆黑的晚上,电闪雷鸣,风雨交加,蔡员外和家人们都进入了梦乡,那匹龙驹却悄悄地腾云而去,一会儿,飘来一把蒲扇,上面写着两行字:龙驹救主,报恩扬善。

第二天早晨,蔡员外见此情景,泪流满面。他抚摸着那匹老马,半天不愿离开。

又过了十来天,那匹老马去村东面池塘里饮水,马夫还和往常一样,站在那里看着等候。谁知,那匹老马径直向池塘东头走去。这时,马夫赶紧走过去,生怕老马掉进池塘里。马夫还没有走到老马跟前时,就看老马突然趴下去,四蹄拢在一起,一动也不动了。马夫赶忙跑到跟前,见老马双目紧闭,双唇合拢,一副安然的样子。马夫又用手探了探老马的鼻息,感觉没有一点儿气了。他赶忙呼喊蔡员外。蔡员外闻声跑过来,看着安详躺卧在那里的老马,差点放声哭出来。他蹲下去,双手抱着老马的头,用脸蹭着老马的鬃毛,眼泪顺着眼角流下来。一直等到下午,蔡员外和马夫又去看老马的眼和嘴,确认没有返醒的迹象了,蔡员外便安排马夫带几个人,把老马的尸体安葬在这池塘的东面,并给它修个大坟墓。从此,这个池塘就叫作"驹马塘"了。

后来,人们每年农历九月九日都要到这里来举办祭祀活动,教育子女都要行善积德。

流传地区:明光市柳巷镇、潘村镇

采录地点:明光市柳巷镇

采录时间:2019 年 7 月

讲　　述:李世金(1956—　　),男,中师文
化,退休教师。

陈淮海,男,民间文化人。

记录整理:贡发芹

泊岗"贡果"

　　江淮一带流传着这样一则民谣："淮上有宝岛,岛上有三宝,花生、银杏、大甜桃。"这里所说的淮上宝岛,指的就是明光市泊岗,泊岗三宝真可谓名不虚传。银杏树遍及全乡,成片成行,长势茂盛,景色宜人,有"安徽银杏第一乡"之美誉。桃花坞的大甜桃,已有两千多年历史,果实之大,品质之美,世间稀有,堪称桃中之佳品。泊岗花生更为奇特,曾作为"贡果"敬献朝廷,享誉全国。它成名的故事至今仍流传着。

　　传说清乾隆年间,泊岗有一个外号叫孙大胆的农民,一年秋天,他从家乡装了一船花生运往江苏扬州销售。到岸后,可巧赶上了花生大量上市,市场行情很不理想。一连三天,他的花生无人问津,急得他团团转。这天,他发现市场上许多摊位前都挂着招牌,用响亮的名号来招揽顾客。见此,他便灵机一动,也在自家的摊位前挂出了一块招牌,牌上写着"朝廷贡果,泊岗花生"八个大字,同时价格翻番。此牌一挂,就像平地一声惊雷,轰动了扬州市场,不一会儿,摊位前挤满了围观的人。

　　孙大胆见此高兴至极,认为自己此招实在高明。可就在此时,从人群外走进几名官差,为首一人气势汹汹,进来冲着孙大胆便问:"你叫什么名字?"孙大胆如实回答。来人狠狠地说道:"你这个刁民,真够大胆,竟敢打着'贡果'的招牌招摇撞骗,该当何罪?"遂命令手下将人带走,花生没收。孙大胆见此阵势,可吓傻了,他怎么也没想到,一块招牌会招来如此大祸,后悔莫及。

　　正当他惊慌失措、六神无主之际,人群外又走进来三个人。为首之人一身富商打扮,其余二人皆随从装束。富商对几位官差说:"你们且慢动手,我有几句话想问问这位孙大胆。"说罢便转而问孙大胆,"你这花生从何而来?"孙大胆见这位富商态度和善,毫无恶意,便回答说:"我这花生乃自家生产,我家住在淮河下游岸边泊岗乡凤凰墩下,据传,凤凰墩古时是凤凰栖息之地。咱这花生就是凤凰从天上叼来的仙果落在墩上,繁衍而成。不是咱吹牛,咱这花生有'三奇':一是产地奇。它出产在凤凰墩上,凤凰墩是块宝地,由黄沙淤积而成,这里的土壤、气候最宜花生生长,这里生产的花生颗粒饱满,色泽光亮,非他处花生可比。二是口味奇。咱这花生吃到嘴里,既香又甜,既酥又脆,毫无渣滓。三是品质奇。咱这花生含油较多,营养丰富,炒熟之后,存放多天而不变质,花生仁落地即碎。先生如果不信,可尝上一尝,试上一试。"说着抓起一把花生递与富商及两个随从,又掰开一颗花生,将果仁抛在地上,果然摔得粉碎。众人看得无不惊奇。富商接过花生,掰开取出果仁放在嘴里细细品尝,果如他所说,味道极佳,遂连声称赞:"好果,好果!"

银杏树王(王绪波　摄)

于是富商对孙大胆感慨地说:"你的花生虽无'贡果'之名,却有'贡果'之实。你既有如此好的果子,又何必冒充'贡果'?"

孙大胆说:"不是我想冒充,只是咱初来此地,无人识货,长时间难以销售出去,只好借助贡果之名,不料惹此大祸。"富商说:"此举虽然不妥,但情有可原。我看你不如把货全部卖给我,我按价如数付钱。"孙大胆一听此言,喜出望外,连声道谢。

可就在此时，为首的官差走了过来，对二人一声大喝："不行，这货已经查禁，谁也不能买卖。"并指着富商三人严厉地说，"你们少管闲事，赶快走开，不然也将你们带进衙门问罪。"说着就要上前动手。

这时，一旁手拿大烟袋的随从走了上来，用烟袋一指，大声喝道："大胆奴才，休得无礼！"差头忙问："你们是什么人？竟敢阻碍公事！"手拿大烟袋的随从正待答话，旁边那位白胖的随从却抢先发话："你们不认识他，难道这烟袋也不知道？告诉你，他就是天下第一大烟袋、大才子纪晓岚纪大人。"这时纪晓岚也接上说："你们不认识我纪晓岚倒也无所谓。可不能不认识这位大人，他就是当朝一品，和珅和大人。"众人一听"和珅"二字，都惊呆了，尤其是几名官差吓得一动不动，谁不知道和珅位高权重势力大？这时和珅高声说道："大家都听着，站在你们面前的这位爷，就是当今万岁爷，还不赶快下跪！"众人一听皇上驾到，都连忙下跪叩头。

这时，富商打扮的乾隆皇帝向大家摆了摆手，亲切地说道："众位都平身，今朕与纪大人、和大人南巡，路过扬州，无意间碰到这事，大家不必在意。这位孙大胆卖的花生，虽然冒名'贡果'，但口味也不次于'贡果'，朕已将它买下，现分赐给大家，每人都品尝品尝。朕已决定，从今天起，泊岗花生就是名副其实的'贡果'了，孙大胆的招牌也名正言顺了。"

众人听到这里，都连呼"万岁！"，齐赞皇上圣明。孙大胆更是惊喜万分，连忙叩头谢恩。此时，地方官员也已得知消息，急忙赶来迎驾。乾隆即离开现场。

此事瞬间传遍扬州城，泊岗花生也从此作为"贡果"，年年向朝廷敬献，而名扬全国。泊岗贡果，实在名不虚传。

流传地区：明光市泊岗乡、柳巷镇
采录地点：明光市区
采录时间：2017 年 6 月
讲　　述：朱家如（1965—　　），男，大学文化，明光市人大常委会干部。
记录整理：贡发芹

神奇的茶叶树

凤阳县东面与明光市交界的乡镇石门山 1932 年曾划归嘉山县（明光市的前身）。新中国成立后，又划归了凤阳县。石门山西边不到一里处，有座长山，又叫西山，国家标准地图上标为马狼山。传说以前这座山上长着一棵神奇的茶叶树，这棵茶叶树只有一个人能认识，其他人都不认识它。

很久以前，石门山村子里有一位后生，是个读书人，十年寒窗，考中了进士，分配到外地做官。他官位不大，在千里之外的一个县上当学正。他具体姓什么，现在已经没有人知道了。

听老人说，这个后生当了官之后，每年清明节都要回到石门山村子上上坟祭祖。后生是一个独子，他的父母早已亡故，在石门山村子上已没有近亲，只有他的一门远房表叔及一家老小。那时他的表叔家里比较贫穷，知道他回来，表叔家没有钱买菜招待他。所以每年清明节回乡祭祖，这位后生都要从邻近的集市上买六斤猪肉回来，上过坟之后，就去看望表叔，中午在表叔家吃顿饭再离开。

有一年清明节，后生一反常态，不但从集上买了六斤猪肉，而且分成了两吊，每吊三斤。这位后生上过坟后便到西山一棵茶叶树旁去采茶，采完茶就径直去了表叔家。没有人知道他去西山干什么，更不知道他是去采茶的，采茶的目的是什么。

后生曾经在一本书上看到过，有一种茶叶树具有神奇的保鲜功能，拿这种茶叶包猪肉，密封起来，存放一年，猪肉不仅不会腐烂，而且新鲜如初。一次，他经过西山时无意中发现了一棵茶叶树，与书上介绍的一模一样，他决定验证一下。

到了表叔家后，后生趁表叔一家人都不注意的时候，偷偷把一吊肉用刚刚采摘的鲜茶叶包好，放在表叔的寿材（棺材）里，因为寿材既有很好的密封功能，又不会有人去动它。另一吊肉则拿出来交给表婶，当天吃了。

第二年的春天，清明节又到了，这次后生回来上坟时，没有买肉带到表叔家，中午表婶准备午饭的时候,叹气道:"我们家日子过得苦啊,这次你没带肉回来,我们家就没有好菜招待你了,真是对不住啊!"后生说:"有啊,表婶,我去年就买好肉带回来了。"

"在哪里?"

"在你家的寿材里。"表叔表婶一家人听了都很奇怪,感觉一头雾水。表婶说:"你说你这孩子,这不是在说胡话吗? 现在寿材里怎么可能存放你去年带来的肉呢?"

"不信你们打开寿材去看一看不就行了吗?"

于是表婶吩咐家人把寿材盖揭开,一看,果然不假,从中提出一吊新鲜的猪肉来,上面沾满了碧绿的茶叶。去年的猪肉,今年竟然一点也没有变色,更没有变味。后生窃喜,那树果真就是书上介绍的那种神奇的茶叶树。

表叔表婶连忙追问他这是怎么回事,可是后生就是不肯对表叔表婶说出实情,只说是因为神奇的茶叶的药效作用,但没有说出茶树在何处。为什么不对表叔表婶讲出实情呢? 因为他只发现一棵这样的茶树,叶子的数量太少了,特别珍贵。只有他一人认识这棵茶叶树,知道茶叶的药用价值,他想以后每次回来都采回去独自享用。所以他不能让外人知道,否则,就轮不到他享用了。

不知又过了多少年,这位后生在外地任上不幸染疾病故,这棵神奇的茶叶树也就无人知道了。

流传地区:明光市明西办事处

采录地点:明光市区

采录时间:2015 年 8 月

讲　　述:李广辉,男。

记录整理:贡发芹

> 按,在李广辉收集记录的李新传(当地村民)口述基础上整理而成。

看谁为难谁

乾隆皇帝最喜欢微服出游。有一次，乾隆爷在私访江南的途中路过女山湖岸边码头桑渡集，见此地比较富庶，堪比江南水乡，非常喜欢，就在这里多住了几天。

一天，乾隆爷带着仆从在桑渡集上闲逛，恰巧碰见集上一大户人家办喜事，锣鼓喧天，鞭炮齐鸣，人来人往，场面非常热闹。乾隆爷本来就是个喜欢热闹的人，看到有这种喜事，就从旁边店铺里借来了纸笔，挥毫泼墨写了一个上联，连同三枚铜钱，让随从送到了办喜事的主人家。

记账先生一看是三枚铜钱，外加一个上联：

三个铜钱贺喜，嫌少莫收，收即爱财。

记账先生看后，不由得苦笑，随即通知了主人。主人一看，也很为难，收与不收都是难事：若是收了，好歹也是本分人家，落个爱财的名声，终究不好；若是不收，贺喜人来头不小，绝非等闲之辈，不能得罪。真是左右为难。

正当主人不知如何是好的时候，恰好邻居家的小书童路过，也来凑凑热闹。这个书童聪明伶俐，机智过人，一看这上联，想都没想，就脱口对出了下联：

两间茅屋待客，怕穷别来，来则好吃。

主人一听，大喜过望，于是先收下了乾隆送来的三枚铜钱和上联，又叫记账先生录下了刚才的下联，送了回去。

乾隆看罢下联，脸红一阵白一阵，本想难住别人，不承想自己却被一小书童难住了，很不好意思。他对随从说："你们看看谁难住了谁？"当然是书童难住了皇上,不过谁也不敢回复乾隆。

　　乾隆读了一遍小书童的下联,又读了一遍,觉得对仗工整且不失体面,非常欣赏,于是说道:"不是好(hào)吃,而是好(hǎo)吃。既然好(hǎo)吃,那就走吧,吃喜酒去!"酒后,乾隆亲笔御赐"桑大郢"三字墨宝赠给主人家。这时大家才知道来者是当今皇上,当即跪地叩谢。

　　乾隆走后,主人家觉得今日儿子大喜,皇帝能大驾光临,真是三生有幸,全靠邻居家的小书童,于是就用接新娘的花轿抬着他,在集上走了一遭,让全集上人都知道了这件事。

　　一时间,"乾隆爷戏出上联,小书童巧对下联"的事情就被集上传为佳话。桑渡集也因此更名桑大郢。

流传地区:明光市苏巷镇大郢

采录地点:明光市区

采录时间:2006 年 12 月

讲　　述:卢清祥(1940—　　),男,师范文
　　　　　　化,明光市大郢学校退休教师。

记录整理:贡发芹

老秀才对对子

以前，女山湖边上有一个老秀才，因爱好作对子，远近闻名。

一年，稻子收割季节，有天中午，天气炎热。因为中饭还没有做好，老秀才独自一人躺在堂屋的竹椅上乘凉。他朝房梁上一看，无意中看见有几只老鼠趴在那儿纹丝不动，好像也在乘凉。还有一些老鼠在房梁上跑来跑去，叽叽叽地叫来叫去，让人心烦。

被老鼠吵急了，老秀才就挥手去驱赶老鼠。谁知，那些老鼠就像没看到一样。老秀才很生气，就拾起土坷垃扔到大梁上，老鼠这才急忙四下逃散。

但过了一会儿，它们又跑出来，它们也热得难受，不跑出来乘凉又能怎么办呢？老秀才又扔土坷垃驱赶。这回老鼠不再害怕了，叫的叫，跑的跑，乘凉的乘凉，完全置之不理。

老秀才一时找不到对付这些老鼠的办法，非常心烦。打又打不到，撵又撵不走，如何是好呢？老秀才想了大半天，终于一拍脑袋说："有了！对付老鼠，咱不用力气，用智慧！"

于是，老秀才唤来书童，拿来了笔墨砚台，磨好了墨，蘸饱了笔，开始在堂屋的墙上描绘几只活灵活现的大狸猫，每只都栩栩如生。这一招还真灵，最后一只还没画完，老秀才已感觉房梁上没有声音了。他抬头一看，大大小小的老鼠早已跑得无影无踪。老秀才这下高兴了，诗兴大发，把笔一放，随口吟道：

暑鼠凉梁，笔壁描猫惊暑鼠。

老秀才进而一想，这不是一个绝好的上联吗？老秀才一时来了兴趣，想给这个上联对个下联，然而，想来想去，就是对不出来。

这老秀才有个怪癖,一旦被对对子的事难住了,怎么都不肯放手,非要对出来不可。这时,午饭做好,书童请老秀才去吃午饭。老秀才这会儿哪来心思吃饭,把手一挥道:"去去去,我现在不想用饭,你们别烦我。"说罢,起身走出家门,往庄子外边溜达去了。

一见老秀才这个样子,书童就知道主人又迷上对对子的事了,这个时候,他是不想让人打搅的。但又一看,主人向庄外走去,也就默默地跟随主人身后。

这主仆二人一前一后,不知不觉走到一块稻场边。老秀才边走边苦思冥想,书童跟随主人身后,边走边东张西望。书童突然看见一群小鸡正在稻场上吃稻子,就弯腰从路边捡了块石子向鸡群扔去。小鸡遭到驱赶,一下子咯咯咯地逃散开了。老秀才抬头一看,是自己的书童用石块将稻场上的鸡群驱散的,于是灵机一动,脱口而出道:

饥鸡叼稻,同童拾石吓饥鸡。

书童一看,老秀才对出下联了,于是就再次邀请老秀才一起回家吃午饭,这次老秀才愉快地答应了。

流传地区:明光市女山湖镇
采录地点:明光市女山湖镇邵岗
采录时间:1995 年 8 月
讲　　述:王绵煦(1943—2019),男,中师文化。
记录整理:贡发芹

老子、儿子、石子

从前，女山脚下住着一个老头，早年丧妻，他既当爹又当娘，好不容易把三个儿子抚养成人，并相继娶了三房儿媳妇。

有人劝老头说，手里的积蓄不要都给三个儿子，应当留点后手。俗话说，人怕老来苦，稻怕雨里捂。但老头不听劝说，他认为："我养他们小，他们就要养我老，这是天经地义的事。"不想，老头子手里钱花光后，三个儿子竟然各自带着媳妇另起炉灶，把老头子晾起来了。

老头子哪能咽下这口气？他找到三个儿子评理，儿子媳妇迫于事理，只好捏鼻子吃苦瓜，答应每家十天轮流养活老头子。老头子到哪家，哪家就吃最差的伙食，老头子一走，他们就买好的吃。

一天，老头子对三个儿子说："我不要你们养活了，我单过。"三个儿子巴不得这样，便各自回家告诉妻子，妯娌们听了非常高兴。可老三的媳妇很有心计，她对丈夫说："你父亲要单过，一定手里还有不少钱，今天中午你去看看他吃些什么。"老三不肯去，媳妇说："你不去我去。"她跑去偷偷一看，吃了一惊，只见桌上摆满了菜，老头子品着酒，捋着胡须，悠然自得。

她急忙跑回家，把看到的一五一十告诉了丈夫。第二天中午，三儿子亲自过去偷看，果真如妻子说的那样。常言道，没有不透风的墙。不几日，这事哥哥嫂子们都知道了。儿子、媳妇的举动，老头子都看在眼里，他心想，我在家这是小吃，眼下我还要到馆子里大吃呢。什么叫大吃？大吃就是吃一望二眼观三。老头子卖掉了身边心爱的小物件，在饭馆里一连吃了好几天。

这下三个儿子和媳妇可急红了眼，他们争着去接父亲回来，老头子执意哪家都不去。媳妇劝，儿子拉，都不去。三个儿子只好跪在老头子面前，苦苦哀求，不起来。老头子心想，这是什么世道，有钱就是老子，无钱就是孙子，连儿子也不如。他们跪着求,求的是钱!想到这里,老头子苦笑着说:"你们谁养活我,我死后,这只箱子就归谁。三家养活我,你们三家平分。现在,我就立个字据,免得日后出现纷争。"儿子、媳妇听了后,一个个都笑眯了眼。从此,他们争着侍奉老头子。老头子吃不愁穿不愁,快快乐乐地活了十几年。

老头死后,三个儿子把老子安葬后,请本族中一位辈分高的长者,来给三个弟兄分遗产。老长辈向他们说:"先把箱子打开,不管什么东西,三一三乘一。"老大急忙用铁棍撬开箱子,掀开箱盖一看,里面装的全是碎石头。他们翻到箱底留有一张纸条,上面写着:"老子、儿子、石子三件宝贝,有时候用到老子,有时候用到儿子,有时候用到石子。"

儿子、儿媳看此情景,面面相觑,哑口无言,别有一番滋味在心头。

流传地区:明光市女山湖镇

采录地点:明光市女山湖镇邵岗

采录时间:1998 年 8 月

讲　　述:王绵煦(1943—2019),男,中师
文化。

记录整理:贡发芹

孵个兔子又跑了

　　从前,明光市邵岗境内的女儿山脚下有个村庄叫小林郢,小林郢庄子上有个林老汉,他有两个儿子,大的叫林大,爱贪图小便宜;小的叫林二,为人憨厚。林老汉家中养有一头牛、一头驴、一匹马、一匹骡子,一家人靠耕种十几亩地为生。

　　多年以后,林老汉病故。林大决定兄弟分家,他对林二说:"按照古人规矩,父死长为大,你得听我的。我已成家,还有了孩子,你还是一个人,怎么都好过。现在我俩分家,牛能耕田,归我;骡、马比驴有劲,也归我。这头毛驴归你吧。"林二觉得这很不公平,但又没有办法。这没有牛怎么种田? 一气之下,他牵着毛驴出门做生意去了。

　　一晃几年过去了。一天,林大正在门前大树下边乘凉边吃西瓜,忽听村头一阵铃铛声响,抬头望去,看见有人赶着三匹大骡子和一头毛驴走了过来,林大看呆了,心想:这是谁家的骡子,膘肥体壮! 这时,就听有人喊道:"大哥,你好啊!"林大被这叫声惊得一愣,定睛一看,跟自己打招呼的不是别人,正是自己的弟弟林二。林大羡慕得眼都直了,随声应道:"啊! 这不是二弟吗? 你发财啦! 瞧你这一身商人打扮,又赶着一群牲口,走! 快到家里坐。"

　　林二来到大哥家,兄弟俩叙谈起来。林大问道:"二弟,你从哪搞来这些漂亮的骡子?"林二心想,大哥肯定又在打我骡子主意了,不如编个谎话骗骗他:"大哥,不瞒你说。我牵着毛驴在外面做生意时,遇到一位白发老人,他说我做人厚道实在,不讨别人巧,童叟不欺,就主动教我一套孵化术。这些骡子都是我孵化出来的,发了点小财。"实际上,这些骡子是林二用自己的驴与别人的马配种生下来的。

　　林大一听信以为真,忙问林二:"二弟,你能把这孵化术传给我吗?"林二一想,这老大还是贪财的主儿,应当捉弄捉弄他,让他长点记性。于是林二说:"可以呀! 谁叫我是你二弟呢,我不帮你帮谁呢? 你家有蛋吗?"林大说:"有!"忙从里屋拿出十几个鸡蛋来。林二看了一下说:"这些蛋太小,有大的吗?"林大说:"有!"他又从里屋拿出十几个鹅蛋。林二看了又说:"这些蛋还小,还有更大的吗?"林大犯愁了,上哪找到更大的蛋呢?忽然林大一拍大腿,高兴地说:"有了!"不一会儿,他抱来一个大西瓜,对林二说:"二弟,这是个瓜蛋,该不小了吧?"林二说:"不小了,赶快放进三层棉被里,孵上半个月骡子就出来了。"老大连忙照办。

夏天气温又高,一个大西瓜在几层棉被里,不稀烘才怪呢。转眼半个月到了,林大小心翼翼地抱着西瓜来到林二跟前,对林二说:"二弟,你看怎么到现在也没孵出骡子来?"林二说:"大哥,这只是第一步。第二步,你还要抱着这个西瓜向前跑,不要停,什么时候西瓜自动落地,骡子就出来了。"林二话刚说完,老大就抱着西瓜三步并作两步跑起来。八九月天,正是山芋扯藤的时候,横七竖八扯得像网一样。没跑几步,林大就被山芋藤绊倒了,西瓜掉到地上,摔得粉碎。林大大叫:"毁了,这下小骡子要摔死了。"

林大这一倒一叫,一下子惊动了躲在山芋藤下面偷吃芋叶的野兔,受到惊吓的野兔箭一般蹿了起来,一溜烟地跑了。林大呆呆地望着远跑的野兔,大哭起来,嘴里不住地喊着:"我的骡子呀!我的骡子呀!"

林二走了过来,看见林大执迷不悟,又好笑又好气,说道:"大哥,那不是骡子,是一只兔子。我叫你不停地跑,一直跑到瓜蛋自动落下来,才能孵出骡子。你呢?还没跑几步就跌倒了,把瓜蛋摔个粉碎了。你看,这瓜蛋才长成兔子,还没长成骡子。被这一摔,这骡子没孵成,只孵出一只兔子还跑了。真是白忙活了半个月!"

林大气得直喘粗气,坐在地上满头满脸都是烂西瓜。他看着兔子逃跑的方向问林二:"二弟,我明年种出更大的西瓜,你还能帮我孵化出骡子吗?"

林二哭笑不得,他意味深长地告诫林大:"大哥,你醒醒吧。明年你至多还能孵出一只兔子,最终还是跑了!"

流传地区:明光市女山湖镇

采录地点:明光市女山湖镇邵岗

采录时间:2002 年 8 月

讲　　述:陈以宏(1954—　　),男,中师文化,

　　　　　　明光市邵岗中心小学退休教师。

记录整理:贡发芹

青蛙为恩公鸣冤

历史上淮北到江北有一条商道,名叫泗六古道,起点为今安徽省泗县,终点为今南京市六合区。淮北的农副产品从五河渡淮,运到六合销售,再由六合销往江南各地。六合系江北商品集散地。现在的104国道基本上是沿着泗六古道修筑的。

这泗六古道经过今明光市管店镇凤山村境内,跨越南沙河上一道小支流。为了方便商旅通行,就在小支流中垒砌了两道石磴,上面铺上六块石板,形成一座石桥,名叫古石板桥,长数米。天长日久,桥的两端长满了野树,桥下溪流潺潺,长年不断;溪边水草丛生,乃鱼娃乐园,成为当地一景。

传说北宋时期,睢宁有一位商人从事生猪贩运生意。一个炎热的夏天中午,商人赶着十来头肥猪来到古桥边上,因天气太热,他就把猪群赶进古桥下汪水,自己坐在桥头树下休息。这时,商人看见古桥下游不远处有一个青年在溪水里捕捉青蛙。当时,这个商人看到此人已经捕获了大半笼青蛙,就过去攀谈,得知这个青年名叫韩道清,是个屠夫,就住在附近的凤山集上。夏天屠宰生意清淡,就捕点鱼,摸点虾,来改善生活。青蛙肉质鲜美,小青年当然也不放过。

商人想,青蛙是专吃害虫的,有益于农民,就想劝青年放生这些青蛙。但他转念一想,青年捕捉青蛙是宰杀吃的,肯定不会采纳自己的建议,要是我花钱买了,青年一定不会拒绝,便对青年说:"小兄弟,你捕捉的那些青蛙可以卖给我吗?一文钱一只怎么样?"小青年一听,这生意上哪找啊?满口答应:"好,全卖给你。"

商人点完钱就接过一笼青蛙,拎到石板桥下边深水处,把青蛙全部倒进了水里,青蛙一边逃生一边鸣叫,好像在感谢这位商人。这韩道清是本地一个无赖,平时没事可做,除了杀猪就是喝酒,平时挣了几个钱很快就被喝了赌了。他看到商人买青蛙时腰间褡裢里钱很多,好像还有两个元宝,当时眼都直了,一直跟在商人后边,又见商人赶着一群肥猪,知道商人很有钱。韩道清四下里张望,此时正是三伏天正中午时,周围没有任何人影,于是心中陡生歹意,趁商人蹲在水边放生青蛙之时,一把将商人的头摁进水里,商人挣扎了几下就不见动静了。韩道清迅速抢走了商人腰间的褡裢,慌忙逃走,只听身后青蛙不停地鼓噪,逃到很远地方还能听到。

命案发生后,凤山集上的里正立即上报盱眙县衙门,知县曾亲自前来查办,但一直没有线索,就层层上报,几个月后报到了朝廷大理寺,大理寺卿将此案转给了包拯。包拯看完案件说:"凤山石板桥我有印象,当初我选任天长知县,上任时,曾路过这里。"于是决定亲自勘查现场,查明此案。这时已是寒冬腊月,天寒地冻,包拯带着王朝、马汉,乔装打扮,来到凤山集的石板桥,认真查看,但没有发现蛛丝马迹。正当三人准备离开到凤山集继续访查时,突然出现一群青蛙,嘴含稻青,堵住包拯他们的去路。

包拯见状,非常惊诧,这大冬天的,早已冬眠的青蛙怎么会出现在这里呢?而且这些青蛙的嘴里还含着稻青,冬天哪来稻青呢?它们为什么要拦住我们的去路呢?这时,包公就认为这一定有冤情,于是决定将领头的青蛙用棉被包住带到集上,弄个水落石出。包拯他们走了几步,再回头,遍地的青蛙都没有了。包拯于是更加奇怪。

当晚,包拯他们住到凤山集上一家旅馆里。次日,包拯便又派王朝、马汉再去石板桥查案。王朝、马汉在石板桥附近查来查去,一连查了几天都无结果。这无头案没有查到有价值线索,回到包拯身边肯定要被责备一顿。这天他们两人忙活了一天,很累,晚上王朝酒瘾上来了,提议先到凤山集上一家酒馆里喝两杯再说。

王朝与马汉来到酒馆刚坐下不久,又进来一个青年人也来喝酒,就坐在王朝他们桌子旁边,他就是集上屠夫韩道清。王朝他们要了一盘卤猪肉,店小二刚端上来,韩道清就说:"小二,我知道你端的那盘卤肉一斤二两。"店小二说:"你怎么判断这么准?瞎猜的吧?"韩道清马上便夸口说:"我韩道清,长年杀猪卖肉,从来不用秤称,四两绝对不会超半斤。"王朝、马汉一听这青年说他叫韩道清,随即联想到那一群青蛙拦住包公去路时,嘴里就含着稻青。"含稻青"和"韩道清"不是一个音吗?难道是青蛙为报答这个商人的救命之恩,而嘴含稻青为恩公申冤?王、马二人顿时喜出望外。这真是踏破铁鞋无觅处,得来全不费工夫。二人同时惊呼:"此案破了,命案凶手就是韩道清。"

于是他们分别卡住韩道清的一只胳膊说:"韩道清,我们是朝廷派来查案的,请跟我们走一趟吧!"

韩道清狡辩说:"你们凭什么? 我又没有犯王法,为何要跟你们走一趟? 凭什么?"

王、马说:"凭什么? 等你到了包青天面前,你就知道了!"

韩道清一听说包青天,腿都软了。被押到包拯面前后,包拯一听说名字叫韩道清,马上就明白了。包拯桌子一拍道:"韩道清,你知罪吗?"韩道清仍旧嘴硬:"我不知罪。"包公大怒,又把桌子一拍:"你是不进棺材不落泪。你听听这是什么声音?"韩道清一听是青蛙叫声,马上浑身哆嗦。因为当时他害死商人逃走时,青蛙叫个不停,从那以后他就害怕听到蛙声。这大冬天青蛙发出叫声,肯定就是冲他而来的。他吓得扑通跪倒在地。

这时包拯掀起棉被,把青蛙放了出来,大声说道:"灵性的青蛙,如果是韩道清害死了你们的恩公,你就跳下来,咬住韩道清的衣襟,证实给我看看!"话音刚落,只见青蛙一下子蹦到了韩道清的跟前,一口咬住韩道清的衣襟不放,不停地鸣叫,意思是韩道清就是杀死它恩公的凶手。这时,包公再次一拍桌子道:"韩道清,你死到临头了,这就是那些被商人从你手里买来放生的青蛙之一,它都来指认你就是杀人凶手,你还有什么狡辩的? 招还是不招?"

韩道清早已魂飞魄散,他觉得青蛙竟然出来指证,这是天意,只好认罪。

第三天,包拯在凤山集上当众公布了韩道清的罪行,予以就地正法。当地老百姓拍手称快。

事毕,包拯叫王朝、马汉把这只青蛙送到石板桥边放生,青蛙鸣叫了几声,就很快消失了。王朝、马汉说:"包青天替青蛙为恩公申了冤,这是青蛙在感谢包青天呢!"

流传地区:明光张八岭镇

采录地点:明光市区

采录时间:2015 年 9 月

讲　　述:马昌凡(1951—　),男,初中文化,曾经下放张八岭镇,明南粮站退休职工,作家。

记录整理:贡发芹

凶神恶煞被人制服

封建社会迷信盛行,人人都怕凶神恶煞,传说他们能降灾祸,不能得罪,要尊敬他们,否则降给灾祸不得了。实际上凶神恶煞并没有什么可怕的,照样能够被人制服的。

传说有位名叫张三的人,农民出身,不识字,是个粗人。他秉性刚强,就不怕凶神恶煞。

女山脚下有个风俗,春节过后,春耕春种之前,农民必须试耕,试耕之前,要烧香祷告,祈求太岁老爷回避,然后才敢动土。而张三不吃那一套,他不怕天,不怕地,不管三七二十一,大年初一,照样扛锹挖地。事有凑巧,那次真把太岁头皮铲破。太岁岂肯罢休?于是,他使大灾大难降及张三,可都没有生效,只有负着伤,忍着痛,躲开张三。虽对张三怀恨在心,但也无计可施。

翌日夜间,太岁前去神庙,手沾酥油灯油涂抹头皮,以免发炎。

瘟神老爷看见问道:"你的头皮怎么了?"

太岁说:"被张三用铁锹铲破的。"

瘟神问:"那你为什么不惩治他呢?"

太岁说:"他家运气太旺了,我使尽招数,也无济于事。"

瘟神一听,马上替太岁打抱不平:"这张三胆大包天,竟敢在太岁头上动土,这还了得?明日我变个黑驴去他家前屋后,跑三圈,喊三声,把他家运气给消散了,使他家耕牛得瘟病暴死,秋天收的稻子都是瘪子。"

第二日凌晨,瘟神老爷变个黑驴来到张三家前屋后。正当他拉开架势,探着身子,张开大嘴欲喊之时,巧了,张三媳妇来到屋后小解,把瘟神给魇住了。瘟神嘴光张着,但不能发音,站那里呆住了。张三媳妇解开腰带把瘟神拴住,高兴地喊:"相公快来!谁家的驴跑出来了,我昨日捡了三斗麦子,正愁借谁家的驴子磨成面粉呢。这下好了,就把这头驴牵去推磨吧。"

于是夫妻二人把瘟神牵到磨房,套上套,瘟神服服帖帖,一圈一圈地把三斗麦子磨完,才被放走。临走时,张三媳妇用棍子向瘟神屁股打了一棍,说声:"滚吧!"瘟神忍着痛含着泪,没精打采地回到庙里。

太岁问道:"你去怎么样?"

瘟神愁眉苦脸地说:"甭提啦! 推完三斗麦子,还挨了一棍呢!"

太岁、瘟神虽都属于凶神恶煞,但他们也是会被人制服的。

流传地区:明光市女山湖镇

采录地点:明光市区

采录时间:1992 年 8 月

讲　　述:武显家(1923—2018),男,中师文化,住在女山脚下,曾当过小学教师。

记录整理:贡发芹

败子草的由来

江淮之间的稻田、沟渠、沼泽、低洼荒地等地方生长着一种杂草,叶片无毛,叶鞘松弛,无叶舌,下部长于节间,上部短于节间,生命力极其顽强,生长速度也较快。如果生长在稻田里,就会与秧苗争夺水分、养分。这种草从发芽到枯萎,始终空心。当地人称之为败子草。关于它的由来,人们是这样传说的。

很久以前,美丽的老嘉山山脚下有个小村庄,村庄里住着一户人家,母子两人相依生活,母亲勤劳善良,儿子已十来岁,聪明懂事。为把儿子抚养成人,母亲起早摸黑帮人做活。日子过得虽然清苦,但非常平静,并无忧虑。

多年以后,母亲老了,干不动重活了,就在家替人做些针线活。儿子已长成大小伙,他很有力气,每天到山上砍柴,挑到集市上出售,卖得的钱,一文不留,全部交给母亲。母亲一分也没舍得花,她还像以前一样省吃俭用,将这些钱一点一点积攒起来,准备将来做聘礼,给儿子娶媳妇用。

一次,小伙子进城卖柴,行至半路一片荒野时,忽然听到不远处有人呼喊救命。他连忙放下柴担,手持扁担奔跑过去,只见一个年轻姑娘遭两只恶狼前后围攻,情况十分危急。他二话没说,立即冲上前去,几下便将狼赶跑,姑娘得救了。

对小伙子见义勇为之举,姑娘十分感激,她打心眼里喜欢上这个忠厚朴实的小伙子了。可小伙子哪里知道,这姑娘从小就养成了一个不好的习惯,喜欢吃零食。今天一大早,她独自一人进城购买零食,路上遭遇两只恶狼,幸亏小伙子路过,及时搭救,要不,早丢了性命。小伙子见姑娘面若桃花,含情脉脉,也动了心,暗暗喜欢上了她。

自从两人相识以后,每次进城卖柴,小伙子都带着母亲精心制作的食品去看望姑娘,并将卖柴所得的钱,分一部分给姑娘。姑娘一开始很喜欢,时间一长,姑娘就吃腻了小伙子母亲制作的吃食,开始嫌小伙每次给的钱少了。小伙子为了讨姑娘的喜欢,便将每次卖柴所得的钱,全部交给了姑娘。但时间长了,仍然不够姑娘吃零食的。小伙子没有办法,就将母亲为他积攒下来的钱也都给了姑娘。没过多久,这个好吃懒做的姑娘就尝遍了城里所有好吃的零食。

一天,姑娘问小伙子:"你是真心喜欢我吗?"

小伙子回答说:"真心喜欢!这个世上,除了母亲,就数你最让我喜欢了。"姑娘一听,马上不高兴了。还有比自己更让他喜欢的人?这哪行?姑娘眼珠一转,顿生歹意。她对小伙子说:"口说不能算数,你得拿出行动来。我虽说吃遍城里所有的零食,但有一样无法尝到。你若是真心喜欢我,就马上取来送给我吃。"

小伙子忙说:"你想吃什么只管说,凡是我能办到的,我一定满足你!"

但是,姑娘的回答实在令人心寒,她竟然要吃小伙子母亲的心!否则,永远别来见她。

一天晚上,小伙子回到家里,母亲早已为他做好了饭菜。因长时间不见他回来,便和衣倒在床上睡着了。

小伙子望着白发苍苍但辛辛苦苦把自己抚养成人的母亲,内心充满了痛苦。他非常疼爱母亲,一直想报答她,让她晚年生活幸福。但他又非常喜欢那个姑娘,已经到了痴迷的程度,一时一刻都离不开她。怎么办呢?他想来想去不知如何是好。

但最终小伙子想通了,母亲年纪大了,与自己在一起生活不会有多久。而年轻的姑娘还要和自己生活一辈子,生儿育女,时间长着呢。现在两头只能顾一端,那就只有牺牲母亲了。"母亲,恕儿子不孝!不过,您在九泉之下会体谅儿子的难处的!"于是,他趁母亲熟睡之时,用尖刀将母亲的心挖了出来,然后捧着母亲的心飞快地朝姑娘家跑去。不料,没跑出多远,就被树根绊了一下,重重地摔倒在地上。母亲的心被摔出了很远。他摸索着想站起来,却发现自己的一条腿已被摔断了,无法再站立起来。这时母亲的心竟从远处跳到了他面前,关切地问道:"我的乖儿子,你跌痛了没有?"

小伙子捧起母亲的心,感觉还热乎乎的。他明白,此时如果将心放回母亲的胸口,母亲仍然可以活过来。但一想到美丽的姑娘正在等待着这颗心品尝,便不顾断腿之痛,一点一点,艰难地朝着姑娘家爬去。母亲的心渐渐地凉透了,再也没有说话。

姑娘见小伙子摔断了腿,不仅没有丝毫同情,反而认为小伙子今后会成为自己终生累赘,于是就狠心地将他赶出了家门,从此,不允许小伙子再迈进她家一步。小伙子痛苦万分,只好绝望地拖着断腿离开了。

小伙子离开后,姑娘奸笑了几声,然后就把那颗心炒吃了。谁知,不大工夫,她感到浑身如同千百只蛆虫在蠕动,奇痒无比。她用两手拼命地抓,但是越抓越痒。于是她开始在地上翻滚挣扎,不多时,身上竟长出了一层紫红色外壳,浑身开始变化。滚着滚着,紫红色外壳很快裂开,从里面爬出了无数只毒蝎子来。

而小伙子呢,人财两空。为了心像毒蝎一样的姑娘,竟失去了慈爱的母亲,他后悔不迭,心如刀绞,万念俱灰。他为了赎罪,就整天跪在母亲坟前痛哭流涕。不久,母亲坟头长出了一棵又高又大的树。有人说是小伙子的哭声感动了母亲,她见儿子不论风吹雨打日晒,都长跪在自己坟前诉说自己的罪过,就用这棵大树来为儿子挡风避雨遮阳。树枝间常有各种鸟儿飞来飞去,并时常冲着小伙子叫道:"娘(良)心哪去了? 娘(良)心哪去了?"

小伙子越听越觉得自己罪孽深重,无颜再活在世上。为弥补母亲那颗失去的心,他就将自己的心掏了出来,埋进了母亲坟里。小伙子死后,变成了一种草,这种草始终不长心,当地人因此就称它为败子草。

流传地区:明光市张八岭镇嘉山集

采录地点:明光市区

采录时间:1998 年 8 月

讲　　述:徐华祺(1962—　　),男,大专文化,时任明光市新生小学校长。

记录整理:贡发芹

火神送贼眼

女山湖镇西北角有一座千年古庙火神庙,据传乃镇山之法寺。寺庙里供奉的是火神。其职责是惩恶扬善,扶正祛邪。地方百姓常常到这里向火神爷跪拜敬香,祈求吉祥平安。

邻近火神庙有一住户人家姓陈名傲,不务正业,乃偷鸡摸狗之流。周边百姓财物经常丢失,闹得人心不安,鸡犬不宁。于是,人们便到火神庙敬香,求火神驱邪治贼,但火神爷并非事事公明,也有私心杂念。火神爷早闻陈傲作恶多端,扰民伤物,但念及是近邻,抬头不见低头见,不想得罪,于是便睁一只眼闭一只眼,安慰众乡亲道:"凡事物极必反,这贼作恶殃民,不会有好下场。"随后便哈哈一笑。

别说火神爷糊涂办事,事态发展还真如其所料。陈傲见无人敢惹他,胆子越来越大,于是拉起一帮人,以他为首,每天夜间派手下去偷窃,取得钱财,他坐地分赃。一次,两次,久而久之,众贼们因分赃不均,发生内讧,陈傲不劳而获,尽占大头,引起众怒。大家商议挖他眼睛,借以解恨。这一天他们通知陈傲:"我们今夜到那狮龙桥下分款。"陈傲毫无戒备,欣然前往。众贼对陈傲说:"你把一对灯(指双目)下给我们。"没等陈傲明白是怎么回事,众贼就一拥而上,揪住陈傲,把他两眼挖出。众贼逃走,陈傲痛苦不堪,摸到家中,久之蒙眬睡去。

翌日,陈傲向火神爷求援,恳请火神爷为其物色眼珠。火神爷心里怒其罪有应得,但怕拒绝会遭报复,便讨价还价说:"你能把屋基地让我一墙根盖东廊房的话,我送你一对眼珠。"

陈傲慷慨允诺:"没问题。"火神爷便端来一盘眼球任其选配,有鸡眼、牛眼、猪眼、狗眼、羊眼……陈傲摸遍眼球,发现只有狗眼最合适,羊眼也凑合,他把眼球装上后睁开一看,比以前亮多了,于是他又去街上。众贼见之,很诧异地说:"你的眼睛昨夜被人挖下了,怎么又有两只眼睛呢?"陈傲说:"对你们这些人不留一手还行？没有两三双眼睛能当贼吗?"

从此众贼皆服,把偷的钱财如数分给陈傲。

火神爷自从送给陈傲贼眼,姑息养奸,人们对他就颇有微词了。

流传地区:明光市女山湖镇

采录地点:明光市女山湖镇邵岗

采录时间:1992 年 8 月

讲　　述:武显家(1923—2018),男,中师文
　　　　　化,住在女山脚下,曾当过小学教
　　　　　师。武显家先生说这个故事是他
　　　　　1954 年听街上江秀才说的。

记录整理:贡发芹

附　录

一、明光民间故事传说讲述者简介

汤策安简介

汤策安(1904—1998),男,安徽省明光市女山镇(原旧县镇)人,出生在镇上一个平民家庭。幼年入私塾读书,勤苦自励。中师文化。1919年拜师学习中医。1927年开始在女山湖镇上及周边从事乡村教师工作,培养支持胡坦(曾任安徽省人民政府副省长)、吴克汝(曾任江西省储备物资管理局局长、省财经领导小组组长)、何玉庆(新四军淮南军区组织科科长,烈士)等大批青年学生走上抗日前线。1950年改行行医,悬壶济世,在中医治疗上具有相当高的造诣。曾任旧县国民小学教员,女山湖镇医院、邵岗公社医院院长、嘉山县中医学会理事长、名誉理事长,滁县地区中医学会理事等职。第四至七届嘉山县人大代表。系安徽省炳烛诗书画联谊会会员,著有诗集《桃李杏林春苑诗存》等。熟悉明光特别是女山湖镇地域历史文化、风土人情、民间掌故,喜欢讲故事,搜集、记录、加工、整理过许多明光民间故事。

武显家简介

武显家(1923—2018),男,安徽省明光市女山镇人,高中文化,担任过小学教师。著有《女山胜境》(内部资料)。长期生活在女山脚下,熟悉当地风土人情、民间掌故,爱好旧体诗写作,喜欢讲故事,并搜集、记录予以加工、整理。

洪厚宽简介

洪厚宽(1936—2019),明光市津里镇(2007年并入石坝镇)人,出生在明光市一个贫苦的农民家庭,曾用名牧牛、村夫,配字石,自号琅琊山人。1953年高小毕业后,因没学过算数课程,未考取初中,从此失去了在校读书求学的机会。但他并没有因为落榜而苦恼、消沉,相反,他把落榜之"耻"当作动力,更加奋发读书。自辍学踏上社会大课堂后,从放牛、干农活,到参加区、社工作,他始终坚持利用劳余、工余的夜间读书。功夫不负有心人,他在社会名师的指导下,花了八九年时间,竟把四书五经以及唐宋诗词等,通读一遍。

1958年,他担任当时嘉山县津里公社团委书记,分管公社业余剧团。当时的文化政策,要求剧团自编自演反映现实生活的剧目,因他的爱好和他多识几个字,剧团要他当编剧。从此,洪厚宽同志踏上业余编剧之路。1958年至1963年,他曾创作两台大戏,供业余剧团演出,颇受当地社员群众欢迎。不料,"文革"时,他创作的两台大戏被定为"毒草",公社党委按当时"三家村"模式,把他打成"三反分子",关一年大牢,批斗八年。平反后,他矢志不移,仍坚持业余戏剧创作。1976年创作反映农业学大寨的大戏《翠岭朝霞》,参加省戏剧调演,获好评,被预选为"参加全国农业学大寨专题文艺调演"剧目之一。时隔不到一月,"四人帮"倒台,该戏也被尘封。1978年,他以史为据创作大型历史剧《戴胄护法》(与人合作),在全区竞选创作剧目中,被选为滁县地区参加省1979年文艺调演剧目,参加省第五届文艺调演,最终获得成功。洪厚宽同志因该戏获得肯定,同时亦由农民身份变成国家专业编剧,实现了他的理想。

他当上专业编剧之后,局领导因工作需要,安排他负责编纂滁县地区文化系列志。当时,由专业"编剧"变成专业"编志",他对任非所用,虽想不通,最后还是接受了编史修志任务,并且踏踏实实,认真负责。从1983年接受编志任务起,洪厚宽同志负责编纂《滁县地区文化简志》《滁县地区曲艺志》等五部志书,累计150多万字,直到2003年,《市场文化志》没编完就退休了。其中《滁县地区曲艺志》,60多万字,荣获安徽省人事厅、民委、文化厅三部门颁发的"优异成绩奖"。

在修志期间,洪厚宽同志同样利用业余时间,坚持戏剧创作。创作的剧目有独幕讽刺话剧《马局长的变奏曲》、《感谢农民兄弟》(戏曲、话剧两个戏本)、《财神之谜》(两集电视剧)等,均在《安徽新戏》上发表。其中,大型戏曲《感谢农民兄弟》获1999年安徽省大戏评比二等奖(一等奖空缺),《财神之谜》央视电视剧制作中心拟合资拍摄,后因故而搁浅。他在退休之前与人合作的38集电视连续剧《马娘娘与朱元璋》,因与香港即将开机拍摄的剧目题材撞车,不得不压稿封存。

洪厚宽同志于2003年退休后,继续坚持戏剧创作,此外还做些力所能及的文化工作。2004年创作23集戏曲电视连续剧《长孙皇后与贞观盛世》,荣获2006年度"第五届中国戏剧文学奖铜奖"。同时,他深入家乡明光市农村,挖掘濒临失传的民乐、民舞、民歌等非遗资料,其中礼仪资料,还在明光石坝镇与王桥村募集到两万元资金,拍摄成非遗电影资料片《传代》,并在市电视台播放,获当地民众认可,同时,明光市将之立为非遗项目。

他共创作了32个剧本(包括电视连续剧)。其戏剧集《长孙皇后与贞观盛世》汇集大小11个剧本,无论历史或现代题材,均有其特色。他在当代戏剧创作上做出了突出贡献!

卢清祥简介

卢清祥(1943—　),男,安徽省明光市苏巷镇人,中师文化,明光市大郢中学退休教师,喜欢民间文学,搜集、记录、整理、加工明光民间故事等作品约30万字。

张志江简介

张志江(1948—　),笔名江沙,出生于安徽省嘉山县明光镇(今明光市城区),安徽省散文家协会会员。1963年参加工作,2008年退休,当过工人、企业负责人、工会干部。曾经抽调在党政机关协助工作多年,当过工作队员、宣传队员。工作经历四十五年,阅历颇丰。2018年主编出版了《老蚕艺文精粹》,该书具有一定的学术、艺术价值和收藏研究价值,已被多地图书馆收藏。2019年起,陆续发表乡土纪实文学《龙泉纪事》系列文章三十多篇二十余万字,讲述帝王故里乡愁记忆,诉尽小城人间苦辣辛酸,在"文化明光"平台推出,并发表在《人文明光》《明光文学》《明光历史文化》《新滁周报》等报刊。

马昌凡简介

马昌凡(1949—　),生于南京大石坝街,曾下放到皖东嘉山县张八岭镇山区劳动十年。系安徽省作家协会会员、安徽省民间文艺家协会会员、安徽省散文家协会会员。他虽文凭较低——准初中生,但追求文学不懈,边读书边尝试写作,几乎耗尽大半生心血,完成作品五部:长篇章回体历史小说《捻军演义》(55 万字),"知青三部曲"长篇诗体小说《知青悲歌》(1.7 万行),长篇纪实小说《知青外史》(30 万字),短篇知青小说集《知青异传》(30 万字),地域文化文史作品集《张八岭记忆》(30 万字)。他搜集、记录、整理、加工了大量张八岭、管店等乡镇地域民间故事和知青故事。

慎贵平简介

慎贵平(1949—　),男,出生于南京。曾任明光市政协文史委副主任(主持工作)、政协提案委员会主任。中国近现代史史料学学会会员,安徽省民间文艺家协会会员,滁州市人文研究会理事。曾主编《安徽省嘉山县对外贸易志》、《明光市价格志》、《明光文史》(第七辑)等内部历史文化资料。热衷于地域文化研究和民间文艺搜集整理工作。著有各类文学和文史作品约 10 万字,个人作品集正在编辑出版之中。

傅守乾简介

傅守乾(1951—　),男,笔名傅凡、马雅。祖籍山东梁山,出生于明光市张八岭镇,大学学历,中共党员。1967 年 7 月参加工作,历任张八岭、三关、官山、涧溪、邵岗、女山湖等乡镇主要负责人,招信镇党委书记,明光市政协副主席,市委统战部部长。中国散文学会会员,安徽省作协会员,安徽省民间文艺家协会会员,安徽省散文家协会副主席,安徽省散文馆馆长,明光市作家协会主席,《明光文学》杂志社社长,明光市地情人文研究会名誉会长,明光市诗词学会名誉会长。著有《那山那水那人》《明光风》《那人那景那情》等书,主编有《美好新明光》等书,发表作品若干。

武佩河简介

武佩河(1955—　),男,笔名石头,网名淮河老柳,安徽省明光市柳巷镇人,中共党员,大学学历。1974年赴安徽滁县插队,1977年至滁县地区粮食局车队工作,历任干事、科长、队长、党支部书记,1986年毕业于中央电视大学经济系全脱产班,1993年调滁州市人民政府财贸办工作。1998年后先后任《经济早报》《江淮晨报》《中华文苑》记者、编辑、副总编辑,历任北京写家文学院安徽写作事务专员,安徽省城乡文化研究会副会长、安徽省报告文学学会副秘书长、安徽省民间文艺家协会副秘书长,滁州市民间文艺家协会副主席兼秘书长及影视编剧、执行制片人、总策划人等社会职务。系中国作家协会会员,中国民间文艺家协会会员,中国电影家协会会员,中国报告文学学会会员。

1975年开始习作并发表文学作品,著有民间文学《明光民间故事》,传记文学《汪雨相传》《抗战时期的汪道涵》《欧阳修与太守宴》,报告文学集《十年磨一剑——滁州刑警十年大案集》等书十部,《妈妈的手套》《皖东锄奸队》《社区民警魏大同》《老嘉山的孩子》《少年朱元璋》《小岗村里大法官》等电影文学作品十七部,中篇小说《黑嫂》、散文《四十年前的承诺》《清流关写意》《诗话皇甫山》、纪实文学《皖东抗日女英雄——戴锡可》《兄弟机要局长》《泊岗引河壮歌》等作品,计300余万字。其中《汪雨相传》等多部(篇)作品荣获全国、省、市文学大奖。

李世金简介

李世金(1956—　),男,明光市柳巷镇人,大专文化,退休教师,明光历史文化研究会会员。搜集、记录、整理、加工民间故事传说近10万字,著有《民族侠士朱泽仪》等书稿。

李明付简介

李明付(1963—　),男,凤阳县人,幼年时喜爱画画,善于观察周围世界。初中时代,常常于周日到明光图书馆看一些文学、科学之类的书,尤其喜爱看天文方面的书籍。1984 年在凤阳县任中学教师,2000 年调明光市任教。2008 年参与家族历史文化收集工作,2013 年参与明光市历史文化研究会创办工作。在近十年内收集整理很多资料,已经完成书稿(草本)《嘉山县马县长》、《皖东抗日烽火》、《尿布滩·朱元璋·刘伯温》、《淮河文化》、《聊斋故事》、《明光民间故事》、《江淮俗语》、《峰山李文化》(卷三)等;整理《白云奄》(油印本),主编《江淮历史文化研究》(内部资料),编印《水漫泗州城》(上、下)等书稿。近期完成天文作品《空间简史》书稿编写工作。

苏中联简介

苏中联(1966—2024),男,安徽省明光市苏巷镇人,中专文化。安徽省作协会员,安徽省民间文艺家协会会员。1990 年开始发表文学作品,著有诗集《赠岸》等文学作品。

覃鲲简介

覃鲲(1968—　),又名覃若洋、宋禹雷,男,安徽省明光市三界镇人。明光市第六、七届政协委员。著有《张巡的传说》《宋禹雷文集》《天资女将》等文学作品。

二、明光民间故事传说采录者小传

贡发芹小传

贡发芹(1965—　)，笔名亚鲁、贡晖，男，大学文化，中学高级语文教师，三级律师。安徽省文史馆特约研究员，安徽省明光市政协常委、市政协文化文史和资料委员会主任，六级职员。创作主要体裁：散文、诗歌、文学评论；文史研究方向：明代历史人物朱元璋、近代历史人物吴棠、中国近现代史、中国现当代文学。

系中国文艺评论家协会会员，中国民间文艺家协会会员，中国散文学会会员，中国诗歌学会会员，中国纪实文学研究会会员，中国通俗文艺研究会会员，中华当代文学学会会员，中国近现代史史料学学会理事，中华诗词学会会员。安徽省民间文艺家协会理事，安徽省作家协会会员，安徽省文艺评论家协会会员，安徽省历史学会会员，安徽省文史资料学术研究会会员，安徽省诗词学会会员。曾任安徽省报告文学学会理事，安徽省散文家协会主席团成员、副秘书长，滁州市散文家协会常务副主席，滁州市民间文艺家协会常务副主席。捻军研究学会特聘理事，滁州市地情人文研究会理事，滁州市政协理论研究会理事。《散文选刊》(原创版)签约作家。明光市作家协会副主席(主持工作)，《明光文学》主编。

著有诗集《蹒跚学步》《浅唱低吟》《柔声细语》《轻描淡写》《浮光掠影》，散文集《帝乡散记》(38.8万字)、《帝乡散忆》(42万字)、《故园乡愁》(30万字)、《明光史话》(40万字)、《史林拾荒》(34万字)、《骨伤百日记》(28万字)、《不曾公开的记忆》(30万字)，民间文学《明光市民间故事·传说精粹》(30万字)，文艺评论集《管见孔识》(27万字)，史学专著《吴棠史料》(35万字)、《明光历史人物》(50万字)、《明光人文概览》(16万字)、《朱元璋诗歌集》(20万字)、《嘉山县志》(80万字,手稿点校,汪雨相主纂)、《明光政协史(二卷)》(115 万字,主编)等书。

曾在《文学报》《诗歌报》《淮河》《安徽文学》《河南诗人》《传奇 · 传记文学选刊》《文学界》《当代小说》《散文选刊(下)》《民间故事选刊》《小品文选刊》《关注》《华夏文学》《华文百花》《华文月刊》《文学月报》《当代写作》《中国作家文学》《幽默与笑话》《楹联博览》《诗人与诗》《中国诗歌月刊》《江淮法治》《江淮时报》《安徽青年报》《安徽工人日报》《合肥晚报》《新安晚报》《都市生活》《江淮晨报》《工商导报》《都市生活指南》《淮河晨刊》《中国楹联报》《作家文荟》《作家文学》《中国乡村》《白孔雀诗刊》《南京诗刊》《西部散文选刊》《滁州日报》《皖东晨刊》《新滁周报》《市场星报》《大散文》《映山红》《皖风文学》《醉翁亭文学》等报刊和新华网、人民网、凤凰网、中国诗歌网等数十个网站及中诗论坛、中诗报、深圳文学、文学世家、当代作家文艺、当代中国诗人、天府散文、江淮文艺、世界文学、首都文学、天山文艺、雪国文学、中国诗人、江淮诗歌、江南文学、深圳诗歌、北上广文学、北京爱情诗刊、首都国际文学、上海头条、北京头条、世界文学导刊、神州文学家园等近两百个微信平台、公众号上发表诗歌、散文等文学作品 2200 余首(篇、次),260 余万字。撰有《放牛娃朱元璋》《明光阻击战》等电影文学剧本。

作品入选《2010 我最喜爱的散文》《"清网"2011》《中国诗歌年编(2011 年卷)》《中华好诗词格言作品集》《中国当代百名诗词家作品集》《民间故事选刊》《小品文选刊》《滁州文学六十年》《滁州诗歌选》《滁州散文选》《世界汉诗》《文笔荟萃》《明光抗战老兵风采录》《情漫凤阳》《群众离不开的好村官——缅怀沈浩》《中国最美爱情诗年鉴(2017 版)》《当代中国诗人原创作品选》《中国传世诗典》等 30 余种文集,其中散文《举人巧对朱元璋》入选河北少儿出版社《小学语文同步阅读》(五年级 A 版)课外教材,散文《寻找芦苇地》入选全国性高中语文试卷阅读题,《故园乡愁》《明光史话》《史林拾荒》《管见孔识》《中国民间故事全书 · 安徽滁州 · 明光卷》等书收入百度词条。曾获安徽省社科普及优秀读物奖、安徽省金穗文学奖、中国散文年会奖、华语文学创作笔会奖、屈原诗歌奖、《文学界》优秀作品奖等十数种省级以上奖项及明光市人民政府首届、第二届文学奖。

在《纵横》《江淮文史》《华夏纵横》《党史纵览》《党建文汇》《华夏关注》《人民政协报》《江淮时报》《江淮晨报》《江淮风纪》《云岭》《工商导报》《快乐老人报》《滁州日报》《皖东晨刊》《新滁周报》《四川理工学院学报》《滁州学院学报》《宿州

学院学报》《环球华商》《安徽政协》《安徽炎黄文化通讯》《滁州工作》《皖东党风》《滁州广播电视报》《皖东文史》《张汇涛研究》《淮安历史文化研究》《盱眙历史文化研究》《人文滁州》《捻军研究》《立德》《琅琊文史》《南谯文史》《政协理论与实践汇编》等报刊上发表史学等作品约 160 万字。部分文章被《人大复印报刊资料》全文转载。

主编、主审有《中国民间故事全书·安徽滁州·明光卷》、《明光政协史》(上下册)、《明光出了个朱元璋》、《明光历史文化集存》、《明光文史》(第八、九、十辑)、《封疆大吏吴棠》、《明光文史目录》、《老蚕艺术精粹》等书 15 本 720 余万字,策划、参编、审核《滁州风韵》、《洪厚宽戏剧集》(上)、《陈礼华诗词集》、《捻军演义》、《洛河人家》、《姚国鼎诗词集》、《潘维成诗词集》、《岁月如歌》、《踏石留印》、《中国共产党明光地方党史》(第一、二卷)、《明光市志》、《明光市文物志》、《明光市音像方志》、《明光区划志》、《明光市人民法院志》、《明光市标准地名录》、《花园村史》、《文言文学习手册》(副主编)、《皖东明珠——女山湖》、《高中文言文译著》、《轻轻松松学语文·初二卷》等书 35 本。

专门研究贡发芹文学作品的文艺评论专著《贡发芹诗歌艺术初探——贡发芹诗集〈浅唱低吟〉品读》(30 万字,薛守忠著),由上海文汇出版社 2017 年 6 月出版发行;《贡发芹散文品读》(40 万字,薛守忠著)正在计划出版之中。

三、明光民间故事传说图书和资料

《嘉山文史》(第一辑)

政协嘉山县委员会文史研究会编,1986 年 12 月,政协嘉山县委员会印行,内含多则经典明光民间故事。

《嘉山文史》(第三辑)

政协嘉山县委员会文史资料研究会编,1988 年 12 月,政协嘉山县委员会印行,内含多则经典明光民间故事。

《嘉山文史》(第四辑)

政协嘉山县委员会文史资料委员会编,1989 年 12 月,政协嘉山县委员会印行,内含多则经典明光民间故事。

《嘉山文史》(第五至六辑)

政协明光市委员会文史资料委员会编,1995 年 8 月,政协明光市委员会印行,内含多则经典明光民间故事。

《朱元璋专辑》

嘉山县民间故事专辑,主要搜集整理出生于嘉山(今明光)的历史人物大明王朝开国皇帝朱元璋的故事传说,嘉山县文化局编纂,1988 年定稿,由嘉山县文化局印行。

《嘉山县志》

嘉山县地方志编纂委员会编纂,收录《慈禧不忘吴棠送银》《赵府的来历》等多则明光市(原嘉山县)代表性民间传说。1993 年 1 月,黄山书社出版。

《明光市文化志》

明光市文化局编纂,收录《浮山洞的传说》《女山湖的传说》等多则明光市(原嘉山县)代表性民间传说。1997 年 12 月,由明光市文化局印行。

《明光民间故事》

明光市文化局编著,收录明光民间故事 92 篇。2001 年 4 月,香港天马图书有限公司出版。

《明光民间故事》

武佩河编著,收录明光民间故事 94 篇,系《安徽省民间故事集成·滁州卷》丛书之一。2002 年 7 月,三秦出版社出版,是明光市第一部民间文学公开出版物。

《中国民间故事全书·安徽滁州·明光卷》

明光市政协委员会组织编纂,武佩河、贡发芹(执行)主编,贡发芹具体负责编辑,属于中国民间文艺家协会"中国民间文化遗产抢救工程"之一,收录明光民间故事148篇,图片30幅,附有采录光盘一枚。2012年1月,知识产权出版社出版。

《水漫泗州城》(上、下)

李明付著,副标题为"淮河文化——龙的故事",章回体,共66回。作品已在安徽省知识产权中心做了知识产权登记,作品登记证书号:皖作登字2023-A-00020437,版权存证维权证书号:1426-17135320230216218572。

四、明光未收录民间故事传说篇目

报恩树

白沙王是古代大王庄

白杨寺

卑梁之争

柴王城

城隍庙

池河的传说

对龙

陈塘传奇

程池造反

池河九道湾的传说

滴水涧

凤凰墩

凤凰井

古沛晾驴山传说

关帝庙的传说

悍妇汤传说

红罗幛传说

红泥庵

红庙集

花园湖

花园嘴

嘉泽井

嘉山故垒

江滩由来

讲堂岗

津里开化寺的传说

津里小营盘

金运昌逸事

九鼎庵的传说

九丫树的传说

旧县镇由来

老刘墩

癞石嘴

流星赶月（民间舞蹈）由来

六女投奔解放区故事

灵迹村传说

牛头湾

女山敬香坝由来

马县长传说

孟良城

盟军美国飞行员遇救记

明光对联故事

清平山

情人坡

情人桥

瓢舀井

盘龙树

七里湖

涝口

三关

三洗濠州

神奇的茶叶树

十里长相依

双乳山

桃花岛唐代预言家李淳风

魏摆渡

吴家二爷锁元庆

五里墩

戏说这样子与屠金花

仙家楼

仙人洞

香灵寺

义集由来

一马五条路

鹰嘴石

月牙湖

查家渡

招信寺

斩龙涧传说

朱元璋安葬父母

朱元璋初恋

朱元璋画像传说

女山蝴蝶谷

五、明光著名故事传说村落

浮山村

浮山集位于浮山脚下,属于柳巷镇浮山村。据《盱眙县志》《五河县志》记载,白居易、苏轼、苏辙、秦观等历史文化名人曾到过这里,留下著名诗文辞赋传世。浮山浮山堰浮山洞的各种故事传说、灵岩寺的传说、浮空亭的传说、淮河的各种故事传说、饮马池的故事、驹马塘的传说、钓鱼台的故事、梁武帝的传说、乾隆的传说、淮王鱼的传说、老弟兄四个的故事、大小柳巷的故事传说、义集的传说、代唐寺的传说,等等,长期在这里流传。

姚庄

姚庄分为东姚庄、西姚庄,位于女山脚下,属于女山湖镇山东村。女山的各种故事传说、女山湖的各种故事传说、二娘庙的故事传说、王摆渡的故事传说、龟头嘴的故事、三元宫的传说、张果老的传说、罗成的传说、柳州城的传说、何老坟的传说、仙家楼的故事、讲堂岗的传说、瓢舀井的传说、盘龙树的传说、龙躺沟的传说、张坪破锣鼓的传说、三姑娘的故事、呆子劝人的故事、弄巧成拙的故事、三句半的由来、勤与俭的故事,等等,长期在这里流传。

旧县村

旧县村系女山湖镇原旧县集老街所在地,位于淮河、女山湖、七里湖交汇处,是一处重要的渡口,是南北朝至元代十数个朝代县以上行政区划所在地。旧县的故事传说、淮河的故事传说、女山湖的故事传说、七里湖的故事传说、罗成的故事传说、宋仁宗的故事传说、孙辉的故事传说、朱棣的故事传说、李昭寿的故事传说、嘉祐院的传说、火神庙的传说、大王庙的传说、玄帝庙的传说、南星庵的传说、关帝楼的传说、城隍庙的传说、子孙殿的传说、吴道子水陆道场的传说、古戏台的传说、古义渡的传说、斗金桥的传说、张凤滩的传说、杏花村的传说、五里茶庵的传说、马过嘴的传说,等等,长期在这里流传。镇上汤策安、陈文国、颜明洲等人及担任镇党委书记的傅守乾先生均搜集整理过当地故事传说。

津里

津里村位于七里湖西岸,属于石坝镇,系原津里镇所在地。津里的传说、七里湖的传说、都梁寺的传说、开化寺的传说、文昌阁的传说、官山(牧羊山)的传说、怀王的故事传说、朱元璋放牛的各种故事传说、牛头拐的传说、插秧的传说、杨氏家族的故事、金运昌的故事、传代的故事、捻军小营盘的传说、芦苇船的传说、雨神的传说,等等,长期在这里流传。

赵府

赵府位于明光城北,现在是一个社区,隶属于明光市明光街道办事处。这里是大明开国皇帝朱元璋的出生地。朱元璋出生的各种故事传说、朱元璋儿时放牛的各种故事传说、曹国长公主的故事传说、李贞的故事传说、李文忠的故事传说、刘伯温的故事传说、尿布滩的传说、香花涧的传说、红罗幛的传说、二郎庙的传说、跃龙冈(孕龙基)的传说、明光山的传说、明光集的传说、红庙集的传说、龙庙山的传说、韩大山的传说、抹山的传说、抹山寺的传说、龙神寺的传说、龙泉寺的传说、南大寺的传说、斩龙涧的传说、三洗濠州的传说、红镶边稀饭的传说、蝼蛄救主的传说、朱元璋安葬父母的传说、朱元璋晒菩萨的故事、赵府的传说、梅大井的传说、十品官员的传说、一马之地的传说、千里送鹅毛的传说、珍珠翡翠白玉汤的传说、明绿的传说、明光酒的传说、明龙酒的传说、朱元璋选都故事、朱元璋夜背九楼书的传说、刘伯温斩洪山的传说、火烧庆功楼的传说、沈万三的传说、朱元璋与屠小姐的故事、朱元璋初恋的传说、马娘娘的传说,等等,长期在这里流传。这里的原居民,对朱元璋的故事传说从小耳熟能详,津津乐道,每人都能讲述几个。

老三界

老三界是一个古老山区集市,创自元代,属于三界镇老三界行政村。这里晚清出了封疆大吏吴棠,民国时期曾是民国嘉山县城所在地。吴棠错送银两给慈禧的故事、三界铁路绕弯的传说,家喻户晓,闻名遐迩。除了众多的吴棠苦学故事之外,吴棠尊师的传说、吴棠赊猪头的故事、吴棠吃银鱼的故事、老三界的故事、张巡的故事传说、吴继光的故事传说、马县长剿匪传说、马县长断案的传说、嘉山火车站的故事、真武寺的传说、清河寺的传说、梅花山的传说、梅郢的传说、招隐山房的传说、宝塔山的传说、仙鹤山的传说、观音阁的传说、忠烈祠的传说,等等,长期在这里流传。

六、明光故事传说相关事项

1. 1985 年，嘉山县文化局面向全县民间文艺爱好者征集嘉山县民间故事、民间谚语、民间歌谣，广大民间文艺爱好者积极响应，踊跃参与。1987 年完成收集整理工作，共征集嘉山县民间故事、谚语、歌谣资料本约 15 万字，后由明光市文化局创作室负责修改加工，选录其中故事传说 92 篇，集结为《明光民间故事》，2001 年 4 月，由香港天马图书有限公司出版。

2. 2006 年，明光市政协承担中国民间文艺家协会"中国民间文化遗产抢救工程"，以市政协名义向全市市直单位及全部乡镇公开征集明光市民间故事传说，成立以主席陶瑾为主任的编委会，指定文史资料委员会的贡发芹具体牵头负责《中国民间故事全书·安徽滁州·明光卷》编纂工作，当年在滁州市率先完成搜集、整理、加工、编辑任务。书中收录明光民间故事 148 篇，41 万字，2012 年 1 月，由知识产权出版社出版。

3. 2010 年，明光市人民政府公布明光市县级非遗项目 106 项，其中"明光民间故事"16 个、"明光民间传说"17 个。公布县级非遗传承人 61 人，其中浮山堰等传说搜集整理加工者李旺晴等 18 人为明光市县级民间文学传承人。

4. 2020 年，明光市人民政府公布县级非遗传承人 20 人，其中明光市非遗民间文学县级传承人 6 人。

七、明光方言概述与集锦

一、明光方言概述

明光市襟江依淮,位于长淮下游,皖东北缘,纵跨江淮分水岭,地处中国南北分界线。明光方言是指通行于安徽省明光市大部分区域的、带有明显当地特色的一种语言,属江淮官话(下江官话)洪(泽湖)巢(湖)片语言区。

百姓安居乐业,生活长期稳定,就会渐渐形成方言;社会动荡不宁,人口迁徙无定,就会促成方言发生变化。也就是说,社会安定,方言生命力就越来越强大;社会长期动荡不安,方言的生命力就会越来越脆弱。

形成明光方言,有以下几种因素:

(一)时代变迁

明光古为淮夷之地,夏商周分别为吴楚分疆之所,先属吴后属楚,居于"吴头楚尾",明光的早期方言可能是吴楚之音。秦始皇统一中国后,"车同轨,书同文",居民被固定在土地上,这里的语言应当没有改变。

楚汉相争时,明光境内人员流动应当是很大的,有本地居民投军外出的,更多的是外地流民客居此地的,当地方言开始产生变化。汉初,明光境内开始置县盱眙、淮陵,人口稳定,慢慢形成方言。特别是魏晋以来,南方与中原地区军事、商业文化交流逐渐密切,明光方言因此不断吸收新的元素。西晋以后,中原王朝南迁,地处中国南北分界的明光接收了不少北方移民。南北朝时期是明光境内一个人口大流动时期,梁武帝动用数十万人历时三年多在明光市境内的淮河上修筑世界水利史上无双的工程浮山堰,肯定对当地方言产生了一定影响。当时还在明光境内侨置有睢阳城、淮陵县等北方县级地方行政机构,用以安置进入这个地方的流民,方言也必然受到行政体制的影响。

　　唐宋以来,中国人口迁徙较多。唐朝都长安(今西安),北宋都东京汴梁(今开封),南宋都城移到临安(今杭州),都城不断南迁,也就意味着北方居民不断南迁,北方文化、语言不断被带到南方,南北交界的明光地区方言也随之发生改变。南宋时期,明光为招信县地,治今女山湖镇,隶属淮南东路盱眙军,是南宋前沿阵地,也是北方流民较为集中的区域。宋、金之兵常年驻守在淮河两岸,战争频仍,但南北方人员互相交流不断,南北方语言都影响到这里,以杭州为主的南方方言和以北京为主的北方方言沉淀为明光当地方言。

　　元代撤销招信县,明光之地属于泗州盱眙县西乡,距离钟离濠州较近。元末位于濠州和滁州之间的明光,不断有起义军和朝廷军队频繁经过,当地居民不是参加起义军,就是被元军掳掠,长达几十年,存者不足十之二三,许多地方沦为赤地荒野。明代初年,明太祖朱元璋为扩大自己丰沛之地,成立直隶凤阳府,将泗州盱眙县划隶凤阳府,同时从山西、江浙地区移民数十万至凤阳府。许多江浙富户(以苏州为主),被移民到今明光市境内,主要集中在旧县集(今女山湖镇)、灵迹乡(今市区明光街道办事处)、津里镇(现属石坝镇)、涧溪镇等地。明中叶以后,徽州以歙县为主的商民大量移居明光,主要集中在老三界(今属三界镇)、管店镇、嘉山集、张八岭镇、自来桥镇、明光集。淮河以北流民主要移居潘村镇及其周围。移民是方言变化的一个重要因素。

　　近代,来自广西的太平军和发自淮北的捻军多次经过、驻扎明光境内,李昭寿曾盘踞旧县镇(今女山湖镇)、涧溪镇、津里镇(今属石坝镇)七八年。攻打太平军、剿杀捻军的清军更是频繁过境,造成本地人口大量外流,也有不少外来人口滞留明光,对明光方言产生了较大影响。

　　(二)交通变化

　　1911年底,津浦铁路全线通车后,明光外来人口越来越多,有来自怀远、固镇、宿县、灵璧、凤阳、泗洪、睢宁、泗县、寿县、五河、高邮等沿淮地区的客民,主要是垦荒的农民和手工业者,也有扬州、镇江、六合、浦口来的商人和理发、修补等手艺人。他们客居一段时间后就定居下来。清末民初,是明光历史上移民流入高峰期之一,许多外地方言渐渐成为明光方言。

(三)区域变更

1932 年,国民政府析盱眙、滁县、来安、定远四县之边缘地设立嘉山县,百分之七十版图来自盱眙,治老三界。抗战时期,明光境内人口逃亡迁徙过半。1949 年,嘉山县治迁明光集。解放战争末期,大军南下;新中国成立初期,人口流动较大,有山东枣庄、济宁、临沂、菏泽、聊城及沿淮邳州、睢宁、泗洪、泗阳、萧县、砀山、泗县、宿县、灵璧、五河、怀远等地大量居民流入明光并定居下来。政府开辟了潘村湖农场、白米山农场、太平农庄等用于安置蚌埠等明光境外人口定居。20 世纪 50 年代末、70 年代末,曾有较大数量周围居民移居明光。1994 年,撤县设立省辖县级明光市。客观地说,明光是一座移民小城、移民新城。外来人口影响了明光原有地方方言,不断改变明光原有地方方言;明光原有地方方言也影响了外来人口,外来人口渐渐习惯明光原有地方方言,接受明光原有地方方言。来自各地的客方方言与明光原有地方方言长期交流、融合,取长补短,互相丰富补充,摈弃一些,创新一些,从而形成了明光地区新的地方方言。

明光的历史进程就是明光方言的形成过程。明光方言具备五个声调:阴平、阳平、上声、去声、入声。明光方言具有五大特点:(1)入声保留喉塞尾音;(2)声母 n、l 相混,平翘舌声母 z、c、s 与 zh、ch、sh 基本合一为 z、c、s;(3)山、摄、合、口、一等字韵母为唇元音,其中"官"不读作"关","碗"不读作"晚"(众多地区如此);(4)"子"缀合成词,轻声词频繁,儿化词少见;(5)肯定式动词补语句中一般不用结构助词"得",如"你拿(得)动拿不动?""我拿(得)动。"由于特定的地理位置和交通等原因,今天的明光话变化较大,内部的成分也较为复杂,入声渐有消失的趋势。

明光方言内部存在较大的差异,根据这些差异,按照地理区划,大体可将全市方言分成明光、潘村、女山湖(原旧县)三个方言片。音调、音色、音准、音频等与三个方言片的水土、环境、生活习惯、生理特质等因素密切关联,听觉上比较容易区分。

现明光境内存在不少方言岛,乡镇与乡镇之间(甚至同一乡镇村与村之间)的语音都有区别。司巷话,分布于津浦铁路沿线,有司巷(今属桥头镇)、马岗(今属明西)、洪庙(今属明西)等区域,特别是司巷方言,特征明显,类似于凤阳话。柳巷话,分布于淮河下游的泊岗、柳巷镇、浮山(今属柳巷镇)、太平(今属潘村镇)等区域,特别是泊岗方言特征明显,类似于泗洪话。邵岗话,分布于邵岗(今属女山湖镇）、大邿（今属苏巷镇）、苏巷镇、津里（今属石坝镇）、包集（今属石坝镇）等区域，特别是邵岗、大邿方言，特征明显，语音特殊，不同于任何地方，找不到参照物，应当属于本地方言，不容易听懂。而与盱眙毗邻的东部乡镇则受到影响较小。

在几千年的定居、迁徙、战争、动荡、交流、融合的过程中，逐渐沉淀下来与外界截然不同的明光本土语言就是明光地方方言。新中国成立后，随着普通话的全面大力推广，明光方言在不断消失。目前，明光人对外交流百分之九十八以上是使用普通话，对内交流百分之九十左右是使用普通话，方言成分已经很少，使用方言交流的人主要集中在农村，不少明光农村方言外地人听不懂，即使听懂了，也很难准确拼说，更无法准确记录下来。

笔者的家乡在邵岗（今属女山镇）女山脚下，女山湖边上。邵岗话比较特别，不容易听懂。我十七岁考取中等师范，后来从事教育工作，必须讲普通话。邵岗人讲普通话很难，口型、舌位很不自然。为了工作需要，我不得不说普通话，经常被人笑话。我离开家乡三十多年了，回乡说起邵岗话，又很不像地道的邵岗话，家乡人会认为我是"撇"的，这令我很为难，我的话成了四不像。不过，家乡邵岗话每一句我都能听懂。邵岗话是明光方言中的特例之一。我的女儿说话就没有任何邵岗话的印迹，也听不懂大多数的邵岗话。这就是时代、环境对方言影响的结果。

明光方言中有不少部分是比较低级、粗俗的，其中辱骂他人、贬损人格的成分很多，要区别对待。目前许多年轻人，特别是中小学生，已经基本上不会说正宗的明光话了。再经历几代人，明光方言可能就会慢慢消失。

二、明光方言集锦

现按拼音顺序，将明光市地方方言中有代表性的列举如下：

A

娭（哎）爷——邵岗话，父亲。"娭"，读音接近"俺"。

娭（哎）姆嬷——邵岗话，母亲。"娭"，读音接近"俺"。

哎么——俺们，我们。"哎"，读音接近"俺"。

哎哟喂——日常用语，表示惊奇或责怪。

肮脏狗子——有角无鳞，也叫嘎鱼、角鱼、黄腊丁、黄丫鱼等。

啊不脏——很脏,肮脏。"啊",读音在 a 与 ai 之间。

B

巴巴(读 bà)来一趟——专门来一趟;好不容易来一趟;巴望好久才来一次。

笆斗——乡下柳制盛粮食器具。

疤浪(狼)眼子——眼睛有疤,即疤痢。

包饺子——互相埋怨。

包坦——有病。

白菜帮子——白菜外层老叶子。

半吊子——做事有始无终之人。

半食(日)病——疟疾,俗称打摆子。因隔日生病一次,故名。

扳掉——扔掉。

扁档——扁担。

拨撸(鲁)——拨弄,扒拉。例:这孩子真懒,拨鲁一下才动一下。

被赫(读 hē)狠了——被吓得不轻。

奔阁楼、崩壳楼——脑袋前额突出、较大。

荸荠——荸荠。

别扯了——不要胡说了。

瘪(别)窝子、凹瘪(别)窝子——凹下去的地方。

哔(逼、别)得哔(逼、别)得的——嘴碎,不停唠叨。粗话。

哔哔(逼逼、别别)唧唧——私下里小声谈话,神神秘秘的,亦称日日唧唧。

鼻窟窿——鼻孔。

不瞅眼色——不注意看别人脸色。

不好过——身体不舒服,亦为不舒坦。

不瓢竿子——不简单,了不起。瓢,本意松软,不得力。

不揉他——不理会他,不买他的账。

不留戏(细)——没注意,不留意。意,讹读 xì。

不少债——不争气。

不舒坦——生病。生病亦称"生包坦""有包坦"。

不涩好——不识好歹。普通话为"不识好"。识,邵岗话,读 sè。

不调活——有些小毛病。活,轻声。

不照了——不行了。

不知九十——不懂事。

C

灿头、参头——说话比较冲。

草驴——母驴。

草狗——母狗。

草鱼壳子——小鲫鱼。

糙子猪——半大的猪。

鯵条子——小鱼的一种。学名为"鯵(shēn)条子"。鯵,讹读成 cān。

藏猫叽(迷、门)——捉迷藏。

差劲——说话、做事不够人评的。

操(秒)话——主动搭讪,没话找话。

穇(产)花——向日葵。

丑八怪——长相很难看。

床桄(光)子——床沿,床框。

舂(冲)碓(对)——舂米。"舂",读平声。

舂(冲)盹——舂盹,打盹、打瞌睡。"舂",读平声。

扯呼——打呼噜。

刺——照射。例:刺电筒。

吃(读 qiē)香——吃得开。

出老——逗的意思。

畜闹——无厘头,不正经。

穿(蹿)稀——拉肚子。

船猫子——旧时称渔民,亦称猫子。含有贬义。

椽子——屋檩条。

揣面——揉面。

撮二把——技术不太好。

撮三相(出讪相)——做不到,还非要表现表现。出洋相,制造笑料。

触触(粗)脸、触下脸——揩脸,洗脸,一般指让客人饭前洗一把脸,也叫抹抹脸。

憷(怵、憷、醋)冷——怕冷,感冒前兆。

刺掉了——朋友反目成仇。

刺古雷堆——头脑简单,不按规矩行事。

刺勒(闹)人——身上刺痒,不舒服。

磁迷(泥)——白色凹凸棒黏土。泥,讹读为 mí。

D

大匾——农村柳制圆形盛粮食或晾晒粮食的匾形器具。

大氅——大衣。

大胯——臀部大骨头。

大芦棒子——玉米棒子。

大芦秫——玉米。

大芦胡(葫)子——玉料棒子上面的须子。

大芦荄(读 gāi)子——玉米秸。

大芦面饼——玉米面饼。

大芦面稀饭——玉米面稀饭。

打摆子——患疟疾。亦称半日(热)病。

打(得)了——器皿火鸡蛋被摔碎,引申为事情办砸了。

打底子——稀饭中的佐粮。例:以玉米面为主的绿豆稀饭称为"大芦面稀饭绿豆打底子"。

打对直——直接,一直向前。如:打对直走,打对直过。

打胡话——胡扯

打飘咕隆(漂国垄)子——狗刨式游泳。咕隆,象声词,游泳时手脚拍打水的声音。

打平伙——把各自好吃的拿来合伙吃,或者按约定谁拿饭谁拿菜谁拿酒合伙吃,或者是凑份子,AA 制聚餐。

搭点盐味——客气话,央人吃菜。

搭腔——接别人话茬。

刀郎——螳螂。

叨切(吃)、叨就、叨菜切(吃)、叨菜就——央客人吃菜。

叨咕——反复念叨。叨,邵岗话,读 dáo。

捣刮(啯)、捣刮(啯)来捣刮(啯)去——喋喋不休,老是提起某事,含有惦念之意。捣,邵岗话,读 dáo。

捣肚子——称平辈之间蹭饭行为,表示不满意,骂人的话。肚,邵岗话,读 dǔ。

捣饭——呼唤平辈或晚辈吃饭,有谴责的意思,骂人的话。

倒嚼(叫)——牛羊类等动物反刍。

呆了咕叽(骨机、刮儿)——呆头呆脑,不灵活。亦称"呆里吧叽(唧)""呆么日叽""傻里吧叽(唧)""傻么日叽"。

歹(逮)怪——奇怪,对小孩子聪明、说大人话等情况不理解。

蛋谱——喜欢拍马屁。

当阳——中央,正中间。

动单——活动,动弹。

斗(豆)单虫——树叶或菜叶上的大青虫。

逗(斗)火——点火,接火。逗,把两个接头连在一起,或触碰一下,如"逗个火"。

逗猴——拿人开心取乐,把人当猴子耍。

地蛋——土豆,马铃薯。

地豆子——土豆,马铃薯。

底哈(下)——下面。亦指人的下体,隐晦说法。

嘀咕——小声说话。

滴流、提溜——提着、拎着。

滴练锥、得练锥——冰挂,冰凌,冰锥。滴,邵岗话,读 de。

掉价——原指商品降价,明光话引申为有失身份。

点果果——数量很少,一点点。已成为零果果,零果。

点子低——尽遇到倒霉事。亦称"点子背",牌九场上常用语。

颠颠作作——做事不着调。

垫卜(末)——多胞胎中最小的一个。

丢意的、滴留意的、对把意——故意的。

丁果果（过过）——数量非常少。

顶粘（暂）——现在。

顶张（咱、暂）子——现在。前张咱（暂）子——刚才；呢（那）张咱（暂）子——以前，原来。

端端——用葫芦制成从井罐、瓦罐或其他容器里取水的器具，也有竹筒制的，现在已见不到。除水端外，还有油端、酒端等。

对巴意——故意。亦称对有意，得留意

对把子——合得来。

怼捣（对倒）人——也叫"靠倒人"，设局坏别人的事，或让他人尴尬、处境艰难。

碓（对）窝子——碓臼。与之相对应的冲打工具为碓锤。

E

屙屎——解大便。

讹格（读 guō）——相差一些。

二干（憨）不潮（曹）——不阴不阳，说话做事不靠谱或没有礼数，令人不满。

二抹（读 mǔ）头——黏稠稀饭。

嗯啦——知道了。

F

犯嘀咕——心里不踏实。

烦神——烦心。

费（废）得了——办不到，别想。

分各子、分国子、分角子——硬币（一分、二分、五分）。各，邵岗话，读 gè。

分（疯）尸——玩耍，白白浪费时间。

风顶的、风扛的、风抽的——自作主张，行为举止缺少理性，突然做出不利于大家的事。

坟眼（茔）——坟墓。

G

高低——反正。高低不同意，即反正不同意。

高头——在某个参照物上面。

该打的——善意的责备,意思是,这事不算什么,别老提起,别老是挂在嘴上。

该呆(的)——询问语,即做什么?干什么?为什么要这样?此方言在明光最为常见,许多人据此判断说话人是不是明光人。有时也表示责问,例如:你该的?即你想干什么?该句为最典型、最有代表性的明光地方方言。

改常——改变常态,不走正道。

改沟——打饱嗝。

改支地——责怪话,这样干什么的。有音无字。

公道——指价格便宜,或为人讲道理。

干生生的——干爽。

干仗——打架。

干担、干呆——二百五,做事没谱。

赶鸭子上架——勉为其难,即迫使某人做自己无能为力的事情。

杠家——回家。"杠"是走的意思。地杠,意为步行,不借助交通工具。

杠子——一般指未经加工的抬重物的木棍,比扁担长,加工后则成为扁担。

钩鼻子——爱占便宜的人。

狗脸瘆(胜、盛)——指那些别人越谦让,他反而越张狂的人。

狗秧子——刚出生不久的小狗。如是小猪则叫猪秧子。

狗尾巴草——猫狗草。

哥卜(拨)——锅巴。

格(可)对——对不对,询问对方,我讲的是否正确。

格(给)劲——使劲。

格是呆——是不是。一般指双方对话时,你说的事我第一次听说,表示怀疑。

格老子(读 zī)——腋下。

格子——跳蚤。

格子(读 zī)窝——腋下。

格支人——触别人腋窝等敏感部位,让人忍不住发笑。

谷(鼓)堆子——土堆。

古怪——性格内向,怪僻。

骨蠕、骨骨蠕蠕——不自觉乱动,指睡觉不老实。

孤颅盖子——骷髅。

鼓掉(的)了——形容很多,冒出来了。

牯牛——公水牛。母水牛为牸牛。

呱不呱不的——大声地啰里啰唆。

拐倒人——碰到人;不该伤害人而伤到人了;拿别人做垫背的。

拐豆腐——磨豆腐。

拐古——脾气古怪,好生气。

拐子——拐角地方。例:墙拐子,墙角。

乖乖——语气词,表示感叹或无可奈何。

乖(怪)好——很好,比较好。

刮刮(呱呱)叫——好样的。

管——行。

管筋——可行,管用;厉害;真能。

掼跤——摔跤。常见几种形式:花鼓叉(平等)、让下腰(让对方一点)、让后腰(让得多,不是一个级别)。

光堂堂(趟趟)的、光溜溜的——表面光滑,不毛糙。

郭(割)头不落地——刎颈之交,两人关系特别好。

给(郭)劲、个劲——使劲。给、郭,邵岗话,读 gē。

过小咩(眛)子——吐酒。咩子,指小牛犊。咩,邵岗话,读 měi。

裹奶——小孩吮吸奶。

果子——花生。

鬼慌日忙——慌里慌张。

鬼头——有点小聪明。

鬼头日脑——神神秘秘的。

H

好佬——不好对付的人。

好天——晴天。

好咱(暂)——什么时候。

蒿芽子——刚长出的泥蒿的嫩茎。

海的了——坏掉了，不行了。

汗塔(托)子、汗衫子——背心。

憨皮厚脸——脸皮厚。

酣(憨)脸——也叫脸酣(憨)着，绷着脸，不高兴。

杭(读 hàng)刀(轻声)——巷道，小巷子。

好暂(咱)子、多暂(咱)子——什么时候。

候(上声)你——等你。

候(去声)你——请你。例:我候你吃饭。

齁(瘊)人、齁(瘊)得慌、齁(瘊)心咸——咸得很，咸味重。

红(火)色(赤)练——一种红色的蛇。色,赤,邵岗话,读 zè。

烘火——烤火。

后骨脑子——后脑勺。

河瓢——大河蚌。

赫赫(合合)沙沙(洒洒)——不稳重。

赫(核、黑)格(鼓)隆冬——光线昏暗看不见。

赫(核、黑)人——吓人。

黑扯——胡说八道。

黑毛乌子——多,黑压压一大片。比如蝌蚪。也指其他事物。

黑老婆、黑老呱子——全身黑的鸟。如乌鸦。

黑夜(月)头——没有月亮的夜晚。

烀(呼)——长时间水煮,如烀肉,烀芋头。

呼哧——急促的喘息声;很快就做完一件事。

胡扯八里拉、胡诌八扯——东拉西扯。

胡(五)侃六屁(吹、骗)——上两情况综合。

花大姐——七星瓢虫。

花花绕、花花肠子——坏点子。

花甜蜜就——嘴甜,说话不一定是真的。

花里胡哨——讲究形式。

屌(虎、豁)得了——液体洒了。

屌(虎)水——使用盆、桶等工具把低处水泼向高处。

滑堂堂(趟趟)——光滑。

黄克狼子——黄鼬,黄鼠狼。

黄谜——黄泥。泥,邵岗话,读 mí。

活销子——不老实。

活(合)索——晃当。

攉卜(巴)人——拍马屁。

攉(豁)饼——将面饼一块一块贴在铁锅上蒸熟。

火粗(促)一下,火了(燎)一下——小火烧一下。

活酒——喝酒。喝,邵岗话,读 huò。

嚯流——撵猪,驱赶猪的声音。

攉(呼,捆)你——扇你巴掌。捆,邵岗话,读 huò。

回头回脑——孩子长得胖而壮实,可爱,专指男孩。

回老家——死掉了,例:跟我能,我把你打回老家,即跟我作对,我把你打死。

混子——种草鱼。

荤素——横竖,反正。

J

急作的——活该,丢人现眼,上天报应。表示幸灾乐祸。

急尿(sēi)——尿床量比较少。

叽(机)酸——很酸。

叽(机)苦——很苦。

鸡头果——芡实。

唧唧歪歪——嘀嘀咕咕,话多烦人。

家败的——口头语,遇到倒霉事时候的一种反应,表示出乎意料。

家里头——男子配偶,家庭妇女。

家满（读 juā mǎn,不符合普通话读音）——,假装,扮假。

娇刮(贵)——娇惯,与平常人不一样。亦称金贵。

叫不动——嚼不动。

叫鸡头——计较，吃不得亏。

假（读 juǎ，不符合普通话读音）马（瞒）六离——心口不一，虚情假意。

假（读 juǎ，不符合普通话读音）么神道——伪装自己，真假难辨。

假（读 juǎ，不符合普通话读音）牙——不是真的，摆设，不起作用。

叫鸡子——喜欢较真。

叫驴——公驴。

搅蛋毛——喜欢捣乱。

焦烂眼——希望得到某件事物，始终放不下。

焦壳——吃不得亏，喜欢讨便宜。

焦心——操心。

焦尾巴——骂人语，无后代，断子绝孙。

脚丫（牙）巴——脚指头之间根部。

尖（犍）牛——公黄牛。

拣嘴——挑食。

剪被——冬天把被子边压在身下，裹紧身子，防漏风。剪被子，邵岗话，读 ziǎn bèi zi。

剪头——女子理发。剪，邵岗话，读 ziǎn。

犟嘴、强嘴——狡辩。

节骨（节国）眼——关键时刻。

九犯天条——很坏的能人。

就伙（活）、就伙（活）着吧——将就，凑合。

紧裹裹（果果）的——围得很紧，很结实。

精骨（郭）郎（狼，轻声）——裸露上身。骨，邵岗话，读 guō。

精巴巴、光巴巴——裸露上身。

精腚——光屁股或全身裸露。

精刮（贵）——精少，稀少。

井罐——砌在灶台里的一种陶制或铁制小罐，烧饭时同时煨出热水。

拘（拒）礼——客气。

举重——旧时丧礼中抬棺材。

跩(juǎi,不符合普通话读音)的——得意的样子。

跩(juǎi,不符合普通话读音)喽——意外地得到好处。

圈(juǎn,上声短促一些)腰——弯腰。

踡(圈、拳)死——踢死。踡,邵岗话,读 juàn。

捐的、捐瞒的——假装的。

绝(爵)人——骂人。

绝绝骂骂——嘴里不干不净连续骂人。

脚(撅、觉)古拐——脚踝骨。脚,邵岗话,读 juē。

脚(撅、觉)丫(牙)巴——脚丫子。

脚(撅、觉)盖子——脚趾甲。

脚(撅、觉)布——搽脚布。

K

靠倒(得)人——也说对倒人,即设局坑害他人。

看二胡(糊)的——看热闹的,冷眼旁观的。

侃(砍)空——说假说。

坑的了、坑事了——坏事了。

揩(啃)不住人——讲话抓不住要害,难以使人信服。

口——厉害,讲话占上风。一般指女人的性格比较泼辣,例:那个女人特别口。口,邵岗话,读 kōu。

口条——猪舌头。

口紧——原则性强,不愿透露还没公开的消息。

抠油——非常抠门、吝啬。

空涝涝的——空荡荡的,也形容人非常饥饿,心慌没底。

可丁可卯——正好,不多不少。

克头子(骨髁头子)、骼膝——膝盖。膝,邵岗话,读 qiè。

剋——吃,吃饭。

剋仗——打仗。

苦钱——挣钱。

宽——将腿弯曲起来。

亏众不亏一——大家吃亏别让一个人吃亏,大家分担一点,体现和谐精神。

L

拉屎星——彗星。

拉呱(寡)——闲谈。

拉刮——邋遢,不整洁。

拉秧作怪——故作忸怩,假意推辞。

邋遢——脏。

老鳖——王八、甲鱼。

老孤木(公母)俩——老两口。

老古啃——附着在身体不明显位置的陈年灰渍。

老刮刮(国国、郭郭)的——形容小孩像小大人一样老练。

老鬼子、老丫头——很多人家对最小女孩子的爱称。

老么(闷)炎——流行性脑膜炎,乙脑、流脑。

老嬷嬷——专指老太太。

老鸹(刮)子——乌鸦。

老母猪咬大蒜——一头一头来,慢慢来。也解释为一头赶不上一头。歇后语,形容事情多,手忙脚乱,忙不过来。

老疙瘩——对排行最小的男孩的爱称。

老油子——城府很深,做事圆滑。

老爷——排行最小的叔叔。

老赖鹰——鹰。

老鸹(喔、刮)子嘴——话多,絮絮叨叨,没完没了。也指不吉利话。

劳神——不省心。

劳管子、淘管子——与别人闹矛盾。

捞不倒——没时间。

赖鼓子、癞股子——青蛙、蛤蟆。

赖尿——尿床。

狼子——黄鼠狼。

啷咕啷咕、啷啷咕咕——嘟嘟囔囔。

郎不郎,秀不秀(粮不粮,莠不莠)——文不能文,武不能武,没有特长。莠,邵岗话,讹读 xiù。

浪浪(读 lǎng,有音无字)——把水在盆里晃晃倒掉,涮盆或涮碗的意思。

浪浪——展开晾晾。"晾晾"讹读。

冷锅焦——一种薄而硬的玉米面饼。

冷子——冰雹。

勒管子——对小孩老是哭很不满的一种说法。

雷(累)堆——危险,遇到麻烦了。

离净——利索,不得了,不简单的更高层次。

粟粟抖——抖得厉害。

撩——甩过去,丢弃。

了(liǎo)了(le)——结束了,没有了。

联郭(粘锅)——粘到锅边上变稠的稀饭。

溜门子、遛门子、蹓门子——串门。

六叶子——二百五,粗鲁、不讲道理的人。

吝果果——一丁点,形容特别少。

芦秆(该)子——玉米或高粱秸秆。秆,邵岗话,读 gāi。

罗罗罗——唤猪的声音。

罗、罗哲、罗罗哲哲——有点糊涂。也指受到惊吓手足无措的样子。

罗罗阔阔(啰啰呱呱)——啰里啰唆;说话很多,但不得要领。

萝卜缨子——萝卜叶子。

箩筛——筛面用的器具。

捋(读 luó)草——用双手将散落的草集中在一起。

骡子——贬损他人语,指没用之人。因为骡子没有生育能力。

捋块肉——割一块肉。

捋(撸)树叶——两手指夹紧向下把树叶从茎上退下来。捋,邵岗话,读 lǔ。

M

麻鸡子——麻雀。

马咱(展)——马上。

麻溜（蹓、流）——麻利。

麻赖呆——癞蛤蟆。

嬷头子——奶头。

嬷碗——木制或竹制、不易摔坏的乡间儿童小碗。

毛冬冬、毛骨龙冬、毛咕咕——毛茸茸，毛多。

毛狗子——狗尾巴草。

毛估待猜——猜测，大略估算。

毛灰——指人刺头，高傲。一说毛毛灰灰，吊毛灰，粗话。

茅厕、茅厕缸、茅房——农村的简易厕所。

冒（卯、右）得了——统计漏了，物品忘记携带了。冒，邵岗话，读 mǎo。

埋呆——憨厚。

卖呆——注意力不集中，发愣。

猫耳饺子——馄饨。

猫猴子——狼；也指某人不讲道理，例：他会扒猫猴眼。

猫叽子——一种不存在的动物，吓唬小孩用，如"猫叽子来了"；形容脏，如"抹的像猫叽子"。

冒——露，出现。例：冒太阳了；冒头了。

冒目头风——突然。

牤（忙）牛——公黄牛，亦称犍牛。

磨大搬不动、搬不动——势力大，撼动不了其地位。

磨小不压麸、不压麸——势力小，控制不了局面。

磨人——纠缠人。

磨（摸）咕、磨磨（摸摸）咕咕——做事缓慢，磨磨蹭蹭。

磨（摸）叽、磨磨（摸摸）叽叽——做事缓慢，磨磨蹭蹭。

煤油瘪子——简易煤油小灯。

媒子——引人上当的托儿，如：医托、婚托。

咩（梅）格格——唤羊声。咩，邵岗话，读 mēi。

没留细——没注意，没留意。没，邵岗话，读 mēi。

没有头绪——指人没有出息，没有发展，没有指望。也指事情的来龙去脉。

眯马——做事拖拉,没有紧迫感。

N

拿瞧(拿头)——能做之事,故意装出为难的样子,借以抬高自己,达到非常目的。

那块——那个地方。

那咱(掌)子,那马星——以前。

哪咱(掌)子——什么时候。

闹海(害)——难缠,不讲理。也指很厉害。

闹星——不安分,喜欢捣乱。

孬种、孬熊——喜欢占别人便宜,不是东西。也指某种情形下示弱、退缩,不敢出头。

孬种心——没安好心。

攮子——刺刀。

乃格——哪个。

奶奶哼——一种面的噎人的甜瓜。

难揍——不好处,不是玩意。

嫩(愣)头青——不长脑子,少一窍。

能——作对,找麻烦,过不去。例:你跟我能试试?

能不够——好逞能。

能国国(郭郭)的——看上去很精明。

牛妹子——小牛犊。

牛蜢子——牛身上大苍蝇。

你就扯吧——说大话,胡说。

黏芦秫——高粱的一种。

黏芦秫苗子——高粱顶端部位。

黏芦面——一种黏质高粱面。

撵——赶、追。例:撵猪、撵不上。

撵鸡了——赌博口袋输空了。亦称"赶鸡了""旱鸡了"。

O

哦——好,答应。

哦猴(吼)——感叹语,突然想起来不该忘掉的某一件事。

呕(怄)心——心里有气,下不去。

呕(怄)眼——瞪人,表示不满。

屙(窝)肚——拉肚子。屙,邵岗话,读 wō。

P

螃海——"螃蟹"的讹读。

炮铳(冲)的——骂人的话。

炮仗——鞭炮,爆竹。

派上你一脚——踹你一脚,有向下踩的意思。派,邵岗话,读 pǎi。派人,欺负人。

泼皮——活泼,指小孩子举止得体,惹人喜爱。

批得(掉)了——液体溢出器具。形容液体过满,如"批流","批流一大杯"。

皮作痒了——想自找麻烦了,想挨打了,有警告的意思。

撇的——回老家而不说家乡话,很矫情地模仿其他语言,特别是普通话。

撇呼(活)——奢侈浪费,不当消费。

瓶足子——瓶塞子。

蒲(莆)窝子——用茅草、蒲草或粗麻等编织的冬天穿的保暖鞋。

仆(谱、普、蒲)种——憨,憨种。骂人的话,指做事不够精明,缺少考量。

蒲包——用蒲草编的包装袋,现已绝迹。

Q

齐簇簇(卓卓)——整齐。簇,邵岗话,读 zū。

起子——螺丝刀。

铅角(各)子——硬币。

敲奇——蹊跷,奇怪,表示怀疑。

敲奇国冬、敲奇咕怪——稀奇古怪。敲奇,蹊跷。

劁(敲)猪——阉割小公猪。

茄(前)个、昨个、介(今)个、乜(明)个、后个——前天,昨天,今天,明天,后天。

切秆(该)、切切秆(该)——植物,刺儿菜,带刺的,开粉色花的野菜。即大蓟、

389

小蓟。秆,邵岗话,读 gāi。

切扯——瞎扯。切,邵岗话,读 chiè,不符合普通话读音。

切饭——吃饭。

切老海(大烟)——旧时指抽鸦片,今天叫吸毒。

切猛子——潜水。

切岳(代岳)——吃药。

切(吃)香——吃得开。

期了胡刺——速度快。亦作"希里胡刺"。

青皮——咸鸭蛋。

清(青)咸的——太咸了。

清冷的——很冷。

蛆扛的——不老实,有多动症。扛,读 gǎng,蛆虫向前爬行的样子。

曲蟮——蚯蚓。

曲牙斑齿——形容人牙不齐或不全。

却(出)鬼——出轨,干出一些非理性的事情。

R

饶点——买东西时,额外赠送一点。讨价还价用语。

日粗人——拐着弯子骂人、贬低人。

日鬼——奇怪。

日日唧唧——窝囊,做事拿不起放不下;做事偷偷摸摸,不够光明正大。

日厌、日厌虫——讨厌、调皮。

热大烧的——指某人一时冲动,做事不理智,多管闲事。

人歪(wāi)子——小孩可爱,说话像大人。

肉、肉蛆——行动缓慢,做事磨叽。

肉骨拈子、肉骨丁子——小或没毛的小动物。

肉卜鸡子——尚未长毛的小麻雀。

揉掉——甩掉,扔掉,丢弃,抛出去。

如(儒)气——指人老实稳重,行为表现有教养,惹人喜欢。

S

三顿饱饭吃洋眼了——不识好歹了,不满足现状了。

三条筋(巾)——背心。

沙么神道(三不神道)——神神秘秘,行为不遵常理。

骚猪——未阉割的种猪。

少条没道——说话做事没有条理,缺少方法。

绍(韶)叨——唠唠叨叨,多事,不用再说的话重复再说。

烧包、烧包鬼子——喜欢出风头,卖弄自己。

哨——动作快。

上、真上——有力气、有能耐,一般用于夸赞小孩。亦称来劲。

上人——长辈,一般指父母。

上天——前天,或前几天。

上天了——不识好歹。

伤蛋——可怜。

噻的罕——表现不正常、不正经,脸憨皮厚。

塞鞋——趿拉,鞋后跟踩在脚底下行走,不提起来。塞,读 sè。

馊叽格喽——想歪点子。亦作"馊阴格喽"。

涩、涩屁干子——抠门,小气,吝啬。

瘆、瘆人、瘆(甚)歪人——寒碜人,使人恶心,不舒服,表示厌恶。

蛇皮袋子——主要指盛化肥的塑料袋子。因手感如蛇皮而得名。

升筒子——传统量器,十升等于一斗。已成非物质文化遗产。

松朗朗(松不朗叽)——排列不挤,绳子捆得不紧。

送奶场、送奶汤——小孩生下来十二天亲戚出礼致贺。

手指盖子——手指甲。

手净(巾)——毛巾。

手净捏子——手绢、手帕。

手丫(牙)巴——手指头之间根部。

收紧格搂——干事不着调,不合常理。

死形、死相——看你那样子,表示不满、责备、嗔怪。

实(失)迷——锈蚀不通,洞眼不通。实,读 sè。

失火、失失火火(豁豁、喔喔、霍霍)——做事不稳重。

食(石)刀——菜刀。

刷(率)刮(国,轻声)、刷(率)刮刮(国国,轻声)的——行动快速敏捷,干事麻利。

涮锅痨(涝、劳)——糖尿病。

甩、真甩——愚蠢、愚笨,蠢货。骂人的话。

甩种——不谙人情世故,不懂做事方式。

树斗(头)泠(令)——树上冰凌。

锁月瓷、锁池、锁匙——钥匙。

水掉了——失败了,落伍了,混得不行了。

碎米嘴子——嘴碎,爱唠叨。

髓(舍)开——将捆绑物体的绳索解开。髓,邵岗话,读 sēi。

尿(sēi)不出尿(niào)不尽——做事优柔寡断。

睡地摸着天——能力强、势力很大。

睡着了眼都睁着——说明人很精明,警惕性很高。

T

沓(塔)皮(批)、沓沓(塔塔)皮皮(批批)——办事拖拉、拖沓。

太渊(远)了——色彩、样式过时了,太土气了。

抬杠——互相争论,各不相让。

谈闲——聊天。

淘神——即老神,遇到烦心事,伤脑筋。

陶屋——"堂屋"的讹读。

掏隆(套弄)人——从侧面将某人不愿意公开的秘密套出来。

统(捅)个地方——腾个地方,挪个地方。

统(捅)个窝子——让出一点地方,挪出一点位置。

疼(téng)嗓子——嗓子,咽喉部位。

疼嘴——亲吻。

体面——一般专指女孩子长得漂亮。

条到——周到。

天新子、天里——白天。

田鸡——农田里的绿色小青蛙。

甜了喔（刮、郭）叽的——味道不好吃的甜味食品。

甜芦秆（该）子——甜味较重的玉米秆、高粱秆。秆，邵岗话，读 gāi。

挑（tiǎo）子——小勺子。

掭脚——踮脚，双脚后跟抬起够东西或张望什么，目的是增高。掭，读 diàn。

特鲁（撸）——指绳结松散开来了。

铁亮——非常明亮。

土净（箐）——过去农村建房用的长方形土砖块，用木模压制，大于红砖。

图熊的——图什么的，没有意义。粗话。

拖鼻淌眼泪——不讲卫生，一般指小孩。

腿裆——裤裆。

腿顶杆——小腿前面。

W

娃笆——过去农村柳条编制比笆斗小、比升桶大的盛粮食器具。

腕眼（恶厌）人——讨人厌恶。

往后褪腾——往后退。

忘死得了——忘记了。

外擗枝子——没有血缘关系；不相干。

歪死缠——纠缠不休。

歪歪——河塘里一种小贝类。

我的咣啷子——对某件事情表示赞叹，口头语。

我的个青刀（机、鸡）仔（子）——了不起，表示惊讶赞许。

我的乖、我的个小乖、我的个小乖乖——口语，表示惊讶，或表示亲昵。

我的个心肝，我的肉疙瘩、我的个肉呀——一般用于疼孩子，有时表示惊讶。

我的个妈唉、我的个妈姆嘞——表示惊讶。

我的妈（天）嘞——对某件事情表示赞叹，口头语。

窝里鸡——亦称窝对鸡，同伙人。

喔妻——撵鸡、驱赶小鸡的声音。

味渣子——意义,道理。

屙屎——解大便。

瘟(温)臭——很臭。

瘟蛆——抱怨人的话,指行动缓慢,不灵活。

五国(平声)六国的——不安心,瞎算计。六,读 luō。

五(乌)眼对头、五渊对头——死对头。

五月端——端午节。

污眼人、恶厌人——讨厌对方。

乌漆墨黑、黑漆麻乌——光线暗淡,什么也看不见。

雾得(掉)了——没有能比的,乱透了、乱掉了。

焐得(掉)了——粮食等发生霉变。焐,读 wǔ。

呜呜嘎嘎——遮遮掩掩,不透明。

乌么照眼——颜色灰暗,难看。

乌么叽道——猥琐的意思。

X

西红柿——柿子。

吸咕吸咕、吸鼓吸鼓、吸堵吸堵——人抽泣的样子。

细估(古、鼓、咕)——节约,会过日子;小气,不大方。

细条条的——物体细而长,单薄。

细(西、稀)粉——粉丝、粉条。

稀不朗叽——稀少,不稠密。

稀里呼哧——速度很快,一口气将某事做完。

稀泥(迷)滑踏——泥泞。泥,邵岗话,读 mí。

稀歪歪(朗朗、拉拉)——稀少。

虾(吓)不小的、虾(吓)不吊小的——个头很小。

下巴鼓(壳)——下巴。

下半(傍)晚子——傍晚。

下不壳子——下巴。

下湖——到地里干活。

下木瘟(温)——腮腺炎。

下三——下流无耻,不要脸。

瞎诌——胡扯。

小孩秧子——小孩。秧子,指幼小的动物,如小猪秧子,小鸡秧子。

小芦秫——高粱。

小芦面——高粱面。

小末、小美——小麦。麦,明光话读 mēi,邵岗话,读 mò。

小末穰子、小末秆(该)子——小麦秸秆。秆,邵岗话,读 gāi。

小跑——野兔。

小砖——比土箜小的方形土砖块,用来砌灶台。

小年——正月十五。

小巧——待人态度谦逊,热情周到。

小种——小气。

诮(消)评(贫)人、笑评(贫)人——贬低人,看人笑话。诮,邵岗话,读 xiāo。

绡(消)——薄。

咸卜叽——腌白菜。卜叽,可能是"白渍"的讹音,用盐水腌泡而成。

掀火板子——锅灶通风撮灰工具。

熊狗子、熊狗油子——什么东西,责备,瞧不起。熊,可能是"尿"的讹读。

熊样——训人语言,责备,看不起。

写酒——斟酒,倒酒。

歇歇——休息。

鞋壳(克)狼(囊)子——鞋的内部。

鞋跋(撒,杀、塞)子——拖鞋。

心口疼——胃疼。

心作烦——恶心。

信壳子——信封。

信瓤子——信纸。

星星——蜻蜓。

甩(读 xuǎi,不符合普通话读音)子、甩料——不聪明。

喧的、喧虎的、喧头喧脑的——夸大。

眩(现)世了、眩(现)人眼的——丢人现眼。

雪(刷、率)刮——麻利。

雪(去声)尖的——很尖。

雪(去声)清——水非常清澈。

雪(去声)团的——特别圆。

Y

烟筒(囱)猴——经常表现自己,炫耀自己有能耐,一旦委以重任却又办不成事。亦指在自家环境里撒泼、逞能,一旦离开自己家的环境(看不到自家的烟囱)就马上神不起来了。

厌歪(渊)、厌歪(渊)人——脾气不好,讨厌,不让人接近。

眼壳囊子、眼克狼子——眼窝子。

淹卜(痹)了——蔫了,枯萎了。蔫,邵岗话,读 yān。

洋蛋——不老实,不守规矩;倔强,轻易不买别人账。

洋货(活)——厉害,不好惹,不安现状,喜欢折腾。

洋柿子——西红柿。

洋噶疯(风)——羊角风。角,邵岗话,读 gè。

洋眼了——不满足于现状,产生新的欲望。

有单无、有当无——顺便试试。

有毛就戴花——形容人得寸进尺,过于放纵、显示自己,相当于给点阳光就灿烂了。

有年纪人——老人。

由马信缰、游(由)马姓(性)缰——由着性子。

油砸(扎、炸)的——不老实待着,乱动。有时也指随机行动,无目的,无理由。

夜猫子——猫头鹰,用以形容某人喜欢夜间做事、行动,有贬损之意。

噎熊、噎个熊——完蛋了,算了,拉倒吧。

一档了——搞定了。

一蹦三纵跳——多动,走路不正规。

一耳巴擩(掴、呼)死你——一巴掌打死你。掴,邵岗话,读 huò。

一个巴掌拍不响——双方都有责任。

一块堆——一起。

一老本本、一老本灯——老老实实,循规蹈矩。

一六(蹓、溜)子——一排子。

一抹色、一托色——全一样的。

一屁三谎(晃)——满口谎言,不讲真话。

一扑茏(垄)——丛(草或其他植物)。

一时一出子——一会儿这样,一会儿那样,让人无所适从。

一早新——一大早。

意歪——客气。

意歪(腻)人——烦人。

疑唬(乎)人——越想越不放心。

芋(玉)头——红薯,山芋。

哕(入声)——呕吐。

Z

炸的——犯贱,张扬、卖弄,自我感觉良好。

渣木头子——土块子。

早新子——早上。

找后钩子——承诺过后又反悔。

栽跤——跌跤。

拶子——一圈比一圈高,递增围起来囤积粮食的芦苇制品。

盏(咱、詹)子——小洋瓷碗。

掌掌眼——请别人参谋参谋。

走劲——犟。

走(肘)开——拧开瓶盖子。

诌不圆圈(全)——讲假话,有明显漏洞,不能自圆其说。

这马子——现在走时了;走运了。

真瘪(丕)——真厉害、真能。贬义。

遮(障)眼法——魔术。

整——为人、办事不灵活。太整,即太直接,不会拐弯。

直(执、塞)不住嘴——堵不住嘴。直,邵岗话,读 zè。

直(执、塞)子——瓶塞子。

知趣——客气,不愿意麻烦人。

牸(至)牛——母水牛。

猪挥的——猪用嘴拱的、掘的。

猪秧子——小猪崽子。

抓生——抓周,小孩一周岁出礼。

转(攥)人——骗人。

钻冒子似的——多动,不老实。

钻儿(挤)——会找窍门。

作孽——可怜,或干坏事。

作死——找死,警告别人的语言。

做鬼也害不死人——做什么事都不行,形容人做事力度不够。

昨咋昨——唤鸡吃食、集中、归巢的声音。

咋咋呼呼(唬唬)——说话嗓门大,喜欢夸张,与实际不符。

嘴塞得像蒲包——嘴塞得太满。

嘴像转珠子——口才好,会说话。

2014 年 5 月 15—26 日初稿于市政协文史委办公室

2014 年 5 月 27—29 日再稿于市政协文史委办公室

2024 年 3 月 28 日根据厦门大学历史系纪能文教授校勘意见订正

八、历史文献资料中关于朱元璋出生于明光的记载

1. 上诞于盱眙县灵迹乡（按，即今明光市明光街道办事处赵府）土地庙。夜半而生，有火尤灯。然明日庙忽自移于路，至今其地方圆丈许寸草不生。适上登极。后封其庙神为都土地。

——《明皇小史摘抄·卷上》，《四库全书存目丛书·子部》，齐鲁书社，1995年版。

2. 仁祖五十而迁钟离之东乡，天历元年戊辰龙飞濠梁（按，濠梁即古涂山国，神禹会诸侯之所，时为钟离，今之凤阳府也）。

——解缙《天潢玉牒》，《四库全书存目丛书·史部·一九》，齐鲁书社，1995年版，第739页。

3. 明光山，在县西（南一百里灵迹乡内，我）太祖高皇帝生寓于木场津里，出《天潢玉牒》。其五色旺气，常见此山，（故人因以为山名）。（按，括号中的字系据明嘉靖《泗志备遗·卷上》增补）

——明正德十三年李天昇修、陈惟渊纂《盱眙县志·卷上》。

4. 明光集，在县西南明光山。

——明正德十三年李天昇修、陈惟渊纂《盱眙县志·卷上》。

5. 明光山，县西南，我圣祖生时常有五色旺气，故名。

——明正德闻人诠修、陈沂纂《南畿志·卷八·凤阳府一》，《四库全书存目丛书·史部·第一九〇册》，第233页。

6. 汪氏老母。母所居里名孤庄村。高皇侧微，从淳皇自明光集徙居于其里，岁荒不能度。独母识焉，备礼送入于皇觉寺师沙门高彬。后官母三子，为署官者二，指挥者一，皆世袭。

——明正德闻人诠修、陈沂纂《南畿志·列女传·第四》。

7.明光山,在县西南(一百里灵迹乡内。我)太祖高皇帝生寓木场、津里,出《天潢玉牒》。其五色旺气,常见此山,故人因以为山名。

——明嘉靖七年袁淮修、侯廷训纂《泗志备遗·卷上·自序》。

8.盱眙唐兴乡耆老邹銮、赵辅、驸马府舍人赵鸾佥言:自祖相传,本里原有二郎庙一所。当年仁祖淳皇帝寓居庙边,因生太祖。其夜,邻里遥望,火光烛天。至晓视之,而庙徙东北百余步。初生于西池河,取水澡浴,忽有红罗出水上,遂用衣之。因是乡人名其地为红罗幛。所生之地,至今不草。前有红庙今封为都土地。

——明嘉靖七年袁淮修、侯廷训纂《泗志备遗·自序》。

9.明万历李上元、丁士彦《帝里盱眙县志·圣迹图》。该图位于《帝里盱眙县志》首页,标明了朱元璋出生地周围抹山、抹山寺、孕龙基、二郎庙、珠墩、赵府、明光山、明光集、都土地庙、红庙集、香花涧、红罗幛、古溪涧、池河、涧溪河、涧溪集、津里河、木场河、查家埠、鲁山、官山、大红山、小红山、土沛集等三四十个山川风物及建筑物的名称,且均在今天的明光市境内,与今天实际情况相吻合。

——明万历二十七年李上元、丁士彦《帝里盱眙县志·序》,成文出版社有限公司,1985年版,第1页。

10.红庙,即二郎庙,今集人以敕封都土地庙呼为红庙。孕龙基西至红庙集二里,西南至红罗幛三百步,北至古溪涧二里,又至抹山二里,北至查家渡十五里;南至明光山五里;东至津里二十里,东至官山三十里,东南至小红山三十里,东至鲁山三十里;西北至临淮、石门山二十里;西南至定远大红山三十里。古溪涧俗呼孤悽涧。

——明万历二十七年李上元、丁士彦《帝里盱眙县志·序》,成文出版社有限公司,1985年版,第1—2页。

11.明光山,在县西南一百里灵迹乡内,今木场、津里之间。《泗州志》云:太祖高皇帝生寓之处。出《天潢玉牒》。其五色瑞气常见,故名。今其下明光集,民居甚众。(按,以下关于红罗幛、红庙、孕龙基、都土地庙、香花涧、香花寺等记述,略)

——明万历二十七年李上元、丁士彦《帝里盱眙县志·圣迹志》,成文出版社有限公司,1985年版,第2页。

12.明光集,(西南)一百一十里,五六十家。

——明万历二十七年李上元、丁士彦《帝里盱眙县志·圣迹志》,成文出版社有限公司,1985 年版,第 2 页。

13. 汪氏老母。母所居里孤庄村。高皇侧微,从淳皇自明光集徙居于其里,岁荒不能度。独母识焉,备礼遣子相送入于皇觉寺师沙门高彬。后以母三子,为署官者二,指挥者一,皆世袭。

——明天启元年袁文新《凤阳新书·卷二·列传·列女传·第四》,黄山书社,1996 年版,第 63 页。

14. 入中都试士道洪庙谒圣祖孕生处

提学御史 柯挺(漳州)

星轺跋涉孕龙乡,闻道乡云霭异香。

光烛上台连水碧,瑞呈六合与天长。

由来赤电常符圣,此日红罗亦兆祥。

一统河山开草昧,千秋玉牒运初昌。

——明天启元年袁文新《凤阳新书·卷六·外篇》,黄山书社,1996 年版,第 230 页。

15. 太祖高皇帝生于盱眙县灵迹乡土地庙。父老相传云,生时夜晦,惟庙有火。明日庙移置路东。至今所生地,方圆丈许不生草。

——明文林《琅琊漫抄》,《四库全书存目丛书·子部·一〇一》,齐鲁书社,1995 年版,第 443 页。

16. 盱眙县唐兴、灵迹二乡,即《皇陵碑》所谓钟离之东乡也。前有明光山(由旧尝见五色旺气于上,故名),后有红庙(因获红罗故名),今封神为都土地,乃太祖龙飞之地。今方圆数丈不生草木,而凤阳一府,亦少人物,岂非山川秀气,皆已钟于前耶?

——明郎瑛《七修类稿》,《四库全书存目丛书·子部·一〇二》,齐鲁书社,1995 年版,第 500 页。

17. 泗州有杨家墩。墩下有窝,熙祖尝卧其中。有二道士过,指卧处曰:"若葬此,出天子。"其徒曰:"何也?"曰:"此地气暖。试以枯枝栽之,十日必生叶。"呼熙祖起曰:"汝闻吾言乎?"熙祖佯聋。乃以枯枝插之去。熙祖候之十日,果生叶。熙祖拔去,另以枯枝插之。二道士复来。其徒曰:"叶何不生也?"曰:"必此人拔去矣。"熙祖不能隐。道士曰:"但泄气,非长支传矣。"谓曰:"汝有福,殁当葬此,出天子。"熙祖语仁祖。后果得葬,葬后土自壅为坟。半岁,陈后孕太祖。皆言此墩有天子气。仁祖徙凤阳,生于盱眙县灵迹乡。方圆丈许至今不生草木。仁祖崩,太祖舁至中途,风雨大作,索断,土自壅为坟。人言葬九龙头上。系曰:"嘉靖戊戌春,遇淞江徐尝谷献忠言,与予幼闻合。且言曾至熙祖陵龙脉,发自中条,王气攸萃。前潴水成湖,作内明堂;淮河、黄河合襟,作外明堂。淮上九峰插天为远。"按,黄河西绕,元末东开,会通河绕之。而圣祖生矣,天时地理不诬也。又言诞时,二郎神庙徙去路东数十。携浴于河,忽水中浮起红罗一方,取为褓,今名红罗幛云。

——明王文禄《龙兴慈记·卷一》,《丛书集成新编·第一一九册·史地类》,新文丰出版有限公司,1997 年版,第 608 页。

18.仁祖年五十,始及淳皇后迁居盱眙之太平乡,以天历元年九月十八日未时笃生我太祖于所寓之二郎庙旁。其夜邻里远望火光烛天,至晓视之,而庙徙东北百余步。初生,取水洗浴于庙西之池河,忽红罗浮水上,遂取衣之。因是乡人名其地为红罗幛。自是室中常有神光,向晦入夜忽灼烁如焚,家人虑失火,亟视之,惟堂前供佛灯耳。生处方圆丈许,至今不生青草。前有明光山,后有红庙,旁有香花涧、香花寺。相传以为生后,常有五色旺气,光明照耀,故以名山、名庙,浴后水香,故以名涧、名寺庙。或曰,后封庙神为都土地,今乡名亦自洪武后改称灵迹。云明光山在县西南一百里,又有明光集在县西南一百二里。红庙见在红庙集西北,红罗幛、香花涧、香花寺皆在红庙旁。

——明泗州知州曾惟诚《帝乡纪略·卷一》,成文出版社有限公司,1985 年版,第 42—43 页。

19.仁祖迁居,乃生太祖于盱眙之灵迹乡。

——明泗州知州曾惟诚《帝乡纪略·卷一·帝迹志》,成文出版社有限公司,1985 年版,第 74 页。

20.太祖生濠之东乡。……按,钟离之东乡,即盱眙之唐兴、灵迹诸乡也。

——明泗州知州曾惟诚《帝乡纪略·卷一·建制、沿革》,成文出版社有限公司,1985 年版,第 47 页。

21.臣应聘谨按,汉高祖丰生沛长,故其言曰:"吾万岁后,魂魄独思沛。"今之盱眙即汉之丰,凤阳即汉之沛也。我高庙也曾举以自喻然。

——明泗州知州曾惟诚《帝乡纪略·卷一·建制、沿革》,成文出版社有限公司,1985 年版,第 47 页。

22.赵聪,盱眙灵迹乡人,相传以为仁祖邻居,因遂得为驸马。然未见尚主受封文字,且未闻是何公主,惟府第遗址见存。及其后赵銮数十家,与汪氏无官,子孙蒙复世世无所与。两事为恩典之据者,俚俗所谓净民户也,其义婿乎? 或曰:聪后见有某一卫指挥。两家于盱眙俱无籍贯,盖自有属籍,姑阙,以俟后者。

——明泗州知州曾惟诚《帝乡纪略·卷一·帝迹志》,成文出版社有限公司,1985 年版,第 57—58 页。

23.明光山,以我□□(太祖)降诞于此,五色旺气常见山上,故名。

——明泗州知州曾惟诚《帝乡纪略·卷三·山川》,成文出版社有限公司,1985 年版,第 219 页。

24.红庙镇、明光镇,居民各五六十家,且有太祖降生胜迹,宜改为镇。

——明泗州知州曾惟诚《帝乡纪略·卷三·山川》,成文出版社有限公司,1985 年版,第 256 页。

25.高帝,先世家句容;熙祖,迁今泗州孙家图;仁祖,迁今盱眙太平乡,其旁有二郎庙。高帝笃生之夕,火光属天,邻里骇瞩。至旦迹之,则庙徙百步。浴庙西河,忽有红罗浮至,取以为裸。乡人名其地为红罗幛。自是,涧水俱香,产草状如丝缕,色如茅蒐,非常所有。五色云时盖其上,故名山曰明光,涧与寺曰香花,乡曰灵迹。

——李维桢《大泌山房文集·卷五十四·上》,《四库全书存目丛书·集部·一五一》,齐鲁出版社,1997 年版,第 629—631 页。

26.香灵寺接壤于我太祖高皇肇生之区,造刹于红罗幛里许,相沿至今,约已六百余祀。

——南畿礼部尚书朱之蕃《香灵寺重修碑记》,转录自民国汪雨相《嘉山县志(手稿)·卷十四·金石概要》,第 35—36 页。

27.明光山,县西南百里,明太祖生寓之处。昔年常见五色云气,故名。

——清康熙十一年朱弘祚、周洙《盱眙县志·卷五》,第 1 页。

28.香花涧,在二郎庙旁。明太祖生时,取水澡浴,涧水皆香。

——清康熙十一年朱弘祚、周洙《盱眙县志·卷五》,第 2 页。

29.跃龙冈,即孕龙基,在二郎庙旁。明太祖生于其地。是夜,庙移避东北百余步。其址上土石俱赤,不生草木。方丈之外,卉植自繁。

——清康熙十一年朱弘祚、周洙《盱眙县志·卷五》,第2页。

30. 红罗幛,水名,在县西七十里。明太祖生时,于中取水澡浴,忽有红罗一幅浮来,取以为褓褓。取水之处,方圆数尺,水光常如映霞。其水底溪毛红于茜草,如缕如丝,非藻非荇。后人名此水为红罗幛也。

——清康熙十一年朱弘祚、周洙《盱眙县志·卷十九》,第2页。

31. 明太祖皇帝,天历元年生于盱眙县之明光山。

——清康熙十一年朱弘祚、周洙《盱眙县志·卷二十》,第2页。

32. 汪氏老母,住孤庄村。明太祖微时,从淳皇自明光集徙居于其里,岁荒不能度。母识其非常,备礼送入于皇觉寺师沙门高彬。后官母三子,为署官者二,指挥者一,皆世袭。

——清康熙二十三年耿继志《凤阳府志·列女传·第四》。

33. 明太祖高皇帝,先世江南句容县朱家巷人。按旧志,太祖之祖初一公是为熙祖子。宋末元初携二子,长即太祖伯;次世珍即太祖父,是为仁祖;挈家渡淮至泗州孙家岗居焉,置田治产,垂数十年,卒葬于泗。后家益落,太祖父乃移家盱眙之灵迹乡,而生太祖,后即位封高祖为德祖玄皇帝,妣为玄皇后;曾祖为懿祖恒皇帝,妣为恒皇后;祖为熙祖裕皇帝,妣为裕皇后。

——清康熙二十七年莫之翰《泗州志》,成文出版社有限公司,1985年版,第33—34页。

34. 明祖陵,在州北十三里。相传州有杨家墩,墩旁有窝,太祖之祖常卧其中。有二道士过其处,曰:"若葬此,出天子。"其徒问之,道士曰:"此地气煖,以枯枝试之,十日必生叶。"祖时假卧,道士呼之曰:"汝闻吾言乎?"祖佯寐,道士以枯枝插之,去。祖候之十日果生叶,因拔而之。二道士复来,徒曰:"何不生叶耶?"时,祖在旁,道士睨之曰:"必此人拔之矣。"祖不能隐。道士曰:"汝有福,后当葬此。"祖以语子,即太祖父也。后如其言以葬,葬后其土自壅为坟。及半载,陈太后即孕太祖。时人皆言此墩有天子气。乃迁居盱眙灵迹乡而生太祖。即位后具高曾妣衣冠附葬于此,名曰"祖陵"。

——清康熙二十七年莫之翰《泗州志·卷十三》,成文出版社有限公司,1985年。

35. 明光集,西南一百二十里,明太祖诞生。

——清康熙二十七年莫之翰《泗州志》,成文出版社有限公司,1985 年版,第 155 页。

36. 明光山,县西南一百里,泗州志云系明太祖诞生之处。昔年常见五色云气,故名。

——清康熙二十七年莫之翰《泗州志》,成文出版社有限公司,1985 年版,第 175 页。

37. ……邑为边塞,元季间气特钟明太祖龙兴于是,后遂为汤沐邑。……

——清乾隆十二年郭起元《盱眙县志·序》,成文出版社有限公司,1985 年版。第 2 页。

38. 明光集,西南一百二十里,明太祖诞生。

——清乾隆十二年郭起元《盱眙县志·卷三·坊乡》,成文出版社有限公司,1985 年版,第 155 页。

39. 明光山,县西南一百里,泗州志云系明太祖诞生之处。昔年常见五色云气,故名。

——清乾隆十二年郭起元《盱眙县志·卷四·山川》,成文出版社有限公司,1985 年版,第 175 页。

40. 跃龙冈,即孕龙基,在二郎庙旁,明太祖生于其地。县西八十里。

——清乾隆十二年郭起元《盱眙县志·卷四·山川》,成文出版社有限公司,1985 年版,第 180 页。

41. 红罗幛,水名。县西八十里。明太祖生于此。浴澡有红罗一幅自上流浮来,取为褓褓。因名此水为红罗幛也。昔年,水色常如映霞,今改观矣。

——清乾隆十二年郭起元《盱眙县志·卷四·山川》,成文出版社有限公司,1985 年版,第 185 页。

42. 香花涧,在二郎庙旁。明太祖生时,取水浴澡,涧水俱香,因名。

——清乾隆十二年郭起元《盱眙县志·卷四·山川》,成文出版社有限公司,1985 年版,第 186 页。

43. 明光集,明太祖生处。昔年常见五色云光,故以名集。

——清乾隆十二年郭起元《盱眙县志·卷十二·古迹》,成文出版社有限公司,1985 年版,第 607 页。

44.跃龙冈,在二郎庙旁。明太祖生其地,是夜庙移东北百余步。其址土石俱赤,不生草木。

——清乾隆十二年郭起元《盱眙县志·卷十二·古迹》,成文出版社有限公司,1985 年版,第 607 页。

45.香花涧,在二郎庙旁。明太祖生时,取水浴澡,涧水皆香。

——清乾隆十二年郭起元《盱眙县志·卷十二·古迹》,成文出版社有限公司,1985 年版,第 607 页。

46.红罗幛,明太祖生于此。取水有红罗一幅浮来,取为襁褓。取水之处光常如霞。水底溪毛红于茜草,人名此水为红罗幛。

——清乾隆十二年郭起元《盱眙县志·卷十二·古迹》,成文出版社有限公司,1985 年版,第 607 页。

47.祖籍句容县朱家巷,仁祖淳皇帝流寓盱眙,元天历元年淳皇后诞生高皇帝于盱眙之太平乡明光山二郎庙旁。

——清乾隆十二年郭起元《盱眙县志·卷十五·帝王·明太祖高皇帝》,成文出版社有限公司,1985 年版。

48.明光山,以明太祖诞生,常有云气,因名。

—— 清同治十二年崔春秀《盱眙县志·卷一》,成文出版社有限公司,1985 年版,第 18 页。

49.跃龙冈,即孕龙基,在二郎庙旁,明太祖诞生处。有红罗自上流漂来,取为襁,水名红罗幛,又名香花涧。治西八十里。

——清同治十二年崔春秀《盱眙县志·卷一》,成文出版社有限公司,1985 年版,第 19 页。

50.明光山,治西南一百里。《泗州志》:"明太祖生于此。昔年常见五色云气,故名。"其东北有跃龙冈,一曰孕龙基。康熙志:冈在二郎庙旁,明太祖生于此地。是夜,庙移避东北百余步。其址土石尽赤,不生草木。下有红罗幛。乾隆志:明太祖生时浴澡于此,有红罗一幅自上流浮来,取为襁褓,因名此水为红罗幛也。昔年水色常如霞,今改观矣。有香花涧。康熙志:在二郎庙旁。明太祖生时取水澡浴,涧水皆香。

——清光绪十九年王锡元《盱眙县志稿·卷二·山川》,成文出版社有限公司,1985 年版,第 118 页。

51. 明光山,明衡郡文林《琅琊漫抄》:明太祖高皇帝生于盱眙县灵迹乡土地庙。父老相传云,生时,夜晦,惟庙有火光。明日庙至东路。至今,方圆丈许,不生草木。

——清光绪十九年王锡元《盱眙县志稿·卷二·山川》,成文出版社有限公司,1985 年版,第 180 页。

52. 红罗幛,《图书集成》:其水底溪毛如缕如丝,非藻非荇。

——清光绪十九年王锡元《盱眙县志稿·卷二·山川》,成文出版社有限公司,1985 年版,第 180 页。

53. 二郎庙,治西。乾隆志:在明光集,明太祖诞生地,详山川。

——清光绪十九年王锡元《盱眙县志稿·卷十一·古迹》,1985 年版,第 33 页。

54.《跃龙冈寻碑记》(李泽同):

尝纵观历史,三代以后,惟汉、明得天下最正,匹夫而致位天子,且俱不数年而建一统之业。其开初建置亦非他朝可比,诚盛轨也。第县志所载,明太祖生于乡北之红庙堡。岁戊申,春日乍晴,爰约二三友人为踏青之游,访其谓孕龙基地者。地属高原,抹山峙其北,明光山当其南,池水曲折于西,其村农舍错落,而环居其旁者十数家。有碑巍然,迫而读之,为"跃龙冈"擘窠三大字。旁数十步有二郎庙,半就倾颓,寻径入,见一碑分裂于砌草间,文半残缺,不可读。以意属之,殆叙太祖家世及降生之事也。忆太祖以淮右布衣平汉吞吴,南驱北征,拯生民之疾苦,复上国之衣冠,岂不赫奕一世?乃曾几何时,而庙社倾夷,孙裔零落,一朝丰功伟绩,半付于荒烟蔓草中。余尝谒献陵、孝陵,求其享殿、宝城,已无片瓦。惟禾苗高低,翁仲罗列,樵夫牧子蹀躞其间,以彼托身之所已不堪寓目,况此始生之地乎?数百年来祸交几经,今天下又多故,一为感伤触,犹令人低回向往,一二老农谈轶事,大半神奇惝恍,而遗迹就湮,斜阳无语,徒见山高而水清,有人能不感慨系之!于是归而为之记。

——近代学人李泽同(1857—1918)《跃龙冈寻碑记》,民国汪雨相《嘉山县志(手稿)·卷十六·嘉山诗文集抄》,明光档案馆藏,1935 年版,第 7—8 页。

55. 明光山,集之主山也。明太祖生时,此山有光灼天,因赐名。乡人建龙神祠于山巅,俗呼龙庙山。……明光在盱眙为灵迹乡,明太祖所生之地,名跃龙冈,在明光集北里。……

——近代学人李泽同(1857—1918)《明光十六景诗》,汪雨相《嘉山县志(手稿)·卷十九·嘉山诗文集抄》,明光档案馆藏,1935年转抄稿。

56. 世居之地本属太平乡,明太祖以龙潜所在,分立灵迹乡,赐山名曰明光,故为明光集。

——近代学人李泽同(1857—1918)民国七年《岐阳李氏家谱·岐阳李氏宗谱世系一》,明光市档案馆藏。

57. 明光山,县西南一百里,泗州志云系明太祖诞生之处。昔年常见五色云气,故名。

——民国二十五年王汾《盱眙县志略·卷四·山川》,成文出版社有限公司,1985年版,第175页。

58. 跃龙冈,即孕龙基,在二郎庙旁,明太祖生于其地。县西八十里。

——民国二十五年王汾《盱眙县志略·卷四·山川》,成文出版社有限公司,1985年版,第180页。

59. 红罗幛,水名。县西八十里。明太祖生时浴澡,有红罗一幅自上流浮来,取为褓褓,因名此水为红罗幛也。昔年水色常如霞,今改观矣。

——民国二十五年王汾《盱眙县志略·卷四·山川》,成文出版社有限公司,1985年版,第185页。

60. 太祖姓朱氏,讳元璋,泗州人(按,明光市元明清三代隶盱眙县,盱眙隶泗州。凤阳县元明清三代隶濠州、中立府、凤阳府)。

——民国王焕镳《明孝陵志》,南京出版社,2006年版,第18页。

61. 明光镇,西濒池河,通小汽船,津浦铁路经之。人烟繁盛,为全县之首镇,今第三区署在焉。《盱眙志》:“在县西南一百二十里。旧有营汛,明太祖诞生于镇北跃龙岗,名山曰明光,见《圣祖灵迹碑记》。集在山之阳,因以名集,今曰镇。”又,民国二十六年春,筑成明盱段公路,长一百三十五里,及明临段路长八十里。明光于设县后,置为第五区治。次年,归置为第三区治。

——民国汪雨相《嘉山县志(手稿)·卷三·疆域沿革》,滁州市档案馆藏,1935年版,第22页。

62.明光山,距高七七〇,在县治北偏西三十六度五,距治四十八里,一曰龙庙山、龙王庙建于明代(民国二十五年六月为某军官拆废)。又在盱眙县西南一百二十里。(《盱眙县志·建置》)又明太祖生于此,昔年常见五色云气,故名。(《盱眙县志》引《泗州志》)又,明光本属太平乡,明太祖以龙潜所在,分立灵迹乡,赐山名明光,故为明光集(《岐阳李氏家谱》)。

　　——民国汪雨相《嘉山县志(手稿)·卷六·山脉水系》,滁州市档案馆藏,1935年版,第24页。

63.跃龙冈在县治北偏西三十二度,距治五十四里,在明光山东北六里,一曰孕龙基。冈在二郎庙旁,明太祖生于其地,是夜庙移避东北百余步。其址土石俱赤,不生草木。(《康熙志》)又,明衡郡文林《琅琊漫钞》:太祖高皇帝生于盱眙县灵迹乡土地庙,父老相传云,生时夜晦,惟庙有火光。明日庙移置路东,至今所生地方圆丈许,不生草。(《盱眙县志·续补遗》)下有红罗幛。乾隆志,明太祖生时于此浴澡,有红罗一幅,自上游浮来,取为褓褓,因名此水为红罗幛也。昔年水色常如霞,今改观也。(《盱眙县志》)又《图书集成》:红罗幛其水底溪毛如缕如丝,非澡非荇。(《盱眙县志·续补遗》)有香花涧,康熙志,在二郎庙旁。太祖生时澡浴,涧水皆香。(《盱眙县志》)幛与涧遗址犹存,水久西徙,并合于池河,不复旧观。其余脉迤至东北桥湖西沿,突起一周围百余丈之平顶高墩,曰尿布滩(故老相传,墩为刘宋时,烧军用品绊马桩之古窑遗迹,犹存。)明太祖诞生后,潜于此,曾晒尿布,积淤成滩。事或有之。但察其形势当为岗脉之余。或曰人力水力成之。

　　——民国汪雨相《嘉山县志(手稿)·卷六·山脉水系》,滁州市档案馆藏,1935年版,第25页。

64.香花涧,即大沙河。香花涧,《盱眙县志·康熙志》:在二郎庙旁。明太祖生时,取水澡浴,涧水皆香,因名涧与寺曰香花,并见明万历年间《圣祖灵迹碑文》。上游曰大沙河,发源于中嘉山南偏西龙王沟,南流,合东来下汪东小涧水,经万营,绕瓠子山,西南流经乜家坂、徐糟坊,至高河湾,西北纳柴蓬山小水,再西南流至杨家公田,东纳老嘉山西南葛子港经小沙徐之水,与老嘉山西谷孟良庵之水,并流经大沙徐南岗子南小庄来入。又西南流至狼窝,东纳三尖山西北上下朱庄涧水,屈曲南流,经八婆娘坑至崔家湾,河床阔大,满布沙石,因名大沙河。

　　——民国汪雨相《嘉山县志(手稿)·卷六·山脉水系》,滁州市档案馆藏,

1935 年版,第 41 页。

65.《关于朱元璋诞生地跃龙冈的记载及考证》(汪雨相):光绪二十九年《盱眙县志稿》载:明光山东北有跃龙岗,一曰孕龙基。康熙志注:冈在二郎庙旁,明太祖生于其地,下有红罗幛,有香花涧。原按,元末濠州,为今凤阳府地,钟离为今临淮乡地。临淮于元为县,明光西去临淮七十里,或元时地属钟离云云。

窃考冈上有碑,刻"跃龙冈"三字,为明代万历年间立,非异代,应不敢附会取咎,一也;太祖之外祖扬王墓在津里山,长姊嫁津里汪清,次姊嫁明光李贞,其亲戚均在明光附近,二也;《凤志·烈女传》云:太祖从父自明光集徙居其里,三也;排序一线在明朝亦为汤沐邑,四也;冈旁附近为赵母后裔,犹享受勋祖之利益,五也。由此遂证太祖降生在此冈上,可无疑矣。

——民国汪雨相《嘉山县志(手稿)·卷十一·教育》,滁州市档案馆藏,1935 年版,附页。

66. 二郎庙,在县治西北□里。

盱志(按,《盱眙县志》简称)卷十一古迹,二郎庙在盱眙县治西。乾隆志:在明光集。明太祖降生地,详山川。

王刻盱志(按,指光绪辛卯王锡元《盱眙县志稿》),明光山,在盱眙县治西一百里。《泗州志》:明太祖生于此。昔年常见五色云气,故名。其东北有跃龙冈,一曰孕龙基。康熙志:冈在二郎庙旁。明太祖生于其地。是夜庙移避东北百余步,其址土石俱赤,不生草木。下有红罗幛,乾隆志:明太祖生时于此,浴澡,有红罗一幅自上流浮来,取为褓褓,因名此水为红罗幛也。昔年水色常如霞,今改观矣。有香花涧,康熙志:在二郎庙旁。明太祖生时,取水澡浴,涧水皆香。(汪按,《明史·太祖本纪》:太祖先世家沛,徙句容,再徙泗州。父世珍始徙濠州之钟离,生四子,太祖其季也。元之濠州为今凤阳府地,钟离为今临淮乡地。临淮于元时为县,明光西去临淮六十里,或元时地属钟离)

同治十一年刊之《盱眙志》卷一古迹三二页:跃龙冈,在明光集。明太祖诞生处。方圆丈许,至今不生草木。又,太祖诞时,二郎庙徙去路东数十步。携浴于河,忽水浮红罗一方,取为褓。今名红罗幛云。见《龙兴慈记》。

考,盱志卷七秩官,吴中立,字礼庭,江西举人,万历三十年任。才能兼著,擢苏州同知,无知县王云。李泽同有《跃龙冈寻碑记》,详艺文。"孕龙基碑"树在二郎庙内,光绪十□年春正月灯会,毁于火。额题"孕龙基碑"四字,篆文,无考。今存残碑三块,题为《圣祖灵迹记》。

——民国汪雨相《嘉山县志(手稿)·卷十三·古迹(下)》,滁州市档案馆藏,1935年版,第28—29页。

67.《明太祖诞生地考实》(汪雨相):

读盱眙康熙、乾隆二志(按,指康熙《盱眙县志》、乾隆《盱眙县志》。下同)载:明太祖降生地,在明光北十里之二郎庙旁跃龙冈,一曰孕龙基,下有红罗障(汪氏手稿中"障",也写作"幛")、香花洞诸名胜。今考二郎庙内玉石残碑,镌有明万历年间《圣祖灵迹记》,京山李维桢撰文。又冈之东北二里,有俗所谓尿布滩者,相传洪武生时,颇有神奇,因晒尿布,其母祷之,榛棘遂能都向下。三天洗儿于红罗障,其水皆香,故有香花洞之称。昔年李泽同先生著《明光乡土志》,辟地方谬说,谓我亲自考察尿布滩地方,并无榛棘向下之说,那滩子离二郎庙,足有二里路,当初晒尿布岂能走这么远? 我看那滩子,乃是从前大帅建阃之处,彼时宋金南北争战,此间乃是交界地方云云。第据余所闻所见,关于志及《灵迹记》并李君所辟谬,似有未尽之处。考,洪武先世居沛,后徙句容,祖迁泗州孙家冈,父迁盱眙县太平乡之二郎庙(见《灵迹记》)。元至元五年,太祖年十二,从其父自明光集迁濠州钟离县太平乡之孤庄村(见《凤志》汪母及刘继祖传)。可见洪武先代,值宋金元干戈扰攘时期,颠沛流离,转耕无定,由泗逃荒过此,路生洪武于二郎庙内。是夜火光烛天,盖为晨霞临照,邻里骇瞩,庙主迁怒,古窑栖身也。李泽同依据滩阜高大亩余,谓为从前大帅建阃之处。察滩阜来脉,由跃龙冈绵延至此,起突而尽,在昔滩西滨涧(香花洞),洞外皆平衍广场,刘宋时或宋金时,大帅登台阅操兵马,事信有之。独古窑滩之说未之及,余迭闻诸故老相传,此滩为往代烧绊马桩之古窑,至今犹见其遗迹,并有绊马桩之圆锥形残物,与碎陶片累累,足证耳。去此东北数里外二小山曰南北窑山,依类推之,不无可信。苟非古窑,曷应有此,洪武焉居? 且距庙二里,若未来居,又何致附会传曰尿布滩? 意者滩阜高大亩余,古窑附着于滩,因此名之耶。临涧洗儿,红罗浮至,大水时漂浮衣物,事所常有,必曰红罗,为后人美其名耳。红罗既浮自上流,远莫能见,遂遥指其上游流,红土山嘴处,曰红罗幛,即今杨家坂西侧陡坎处。后因河流改道,土色久非旧观,可知并非洗儿于其地,盖红罗幛在滩之西南将近三里,距二郎庙西尚有一里许也。所谓跃龙冈、孕龙基、红罗幛及山曰明光,洞与寺曰香花,乡曰灵迹,均因洪武之生得名,见载明代碑记。惟《圣祖灵迹记》文内有"至旦迹之,则庙徙百步"句。康熙志:"是夜庙移避东北百余步"句,同治志引《龙兴慈记》"太祖诞时,二郎庙徙去路东数十步"句,似均不足信。即有神奇,按诸事理,不应如是。据余考察,庙址原在冈头,殆以洪武贵为天子,榛樾不除无以表彰灵迹,因之徙庙于冈东数十步,以为瞻拜灵迹休憩之所。而于原庙遗址树立"跃龙冈"擘写三字丰碑于其上,崇其碑亭,缭以石坦,壮其观瞻,昭示后世。余非好为此考实,亦以事有必至,理有固然。愿就博雅正之。

——民国汪雨相《嘉山县志(手稿)·卷十三·古迹(下)》,滁州市档案馆藏,1935 年版,第 35—36 页。

68.……由此观之,红庙圣宫创建年代无考。既曰首倡重修,事当在嘉靖二十八年己酉以前无疑。集(按,指红庙集)地距明太祖诞生地之跃龙冈约二里许,二郎庙今犹存,有圣祖灵迹残碑记。意者红庙圣宫,必与圣祖灵迹有关,恐为明太祖万寿宫亦未可知。而红庙集之名,当必因洪武而得。若以各县孔庙比附,但红庙未闻置邑;若以其他神圣比附,恐明制禁用红宫。姑漫识之,以俟博雅。

——民国汪雨相《嘉山县志(手稿)·卷十三·古迹(下)》,滁州市档案馆藏,1935 年版,第 36—37 页。

69.孕龙基碑《圣祖灵迹记》。篆额"孕龙基"三字,佚,正书;京山李维桢撰,广陵李之盛书。万历四十一年癸丑,盱眙知县临川许经世立石。在明光山北五里二郎庙。

——民国汪雨相《嘉山县志(手稿)·卷十四·金石概要》,滁州市档案馆藏,1935 年版,第 12 页。

70.今冈上有大石碑竖立,碑座上净高六尺,宽二尺五寸,厚七寸,中钩一尺二寸,长体,"跃龙冈"三大字,上款万历三十年岁次壬寅中秋谷旦,下款直隶凤阳府泗州盱眙知县王立石。

跃龙冈三大字,正书,擘富盈尺。万历三十年壬寅,盱眙知县王立。明太祖降生地,在县治西北明光山北五里二郎庙(未拓)。万历三十三年。双碑庙造像。

——民国汪雨相《嘉山县志(手稿)·卷十四·金石概要》,滁州市档案馆藏,1935 年版,第 12 页。

71.大事记:元天历元年(1328)九月十八日朱元璋诞生于钟离之东、盱眙县灵迹乡。至元五年(1339),迁居于钟离县太平乡孤村庄。

　　——凤阳县地方志编纂委员会《凤阳县志》,方志出版社,1999年版,第11页。

　　72. 元朝文宗天历元年(1328)九月十八日,朱元璋出生在濠州钟离东乡(今安徽嘉山县治明光镇北赵府村)一座破旧的二郎庙中。

　　——许文继、陈时龙《正说明朝十六帝》,中华书局,2005年版,第1—2页。

后　记

　　民间文学是一种由老百姓口头创作,在民间广泛流传,反映老百姓日常生活和思想情趣的口头语言艺术,包括神话、故事、传说、寓言、笑话及叙事诗、史诗、谚语、说唱、戏曲等形式。一般以老百姓的生产劳动、社会生活、熟悉事物为题材,表现老百姓的生活风俗习惯、社会认识、宗教观念、生活态度、审美情趣,以及对于各种客观事物的评价,具有反映社会生活的广泛性和深刻性等特点。民间文学是书面文学的重要源头之一,是文学史上最早的内容之一,代表了文学的原始面貌和起源。民间文学艺术是人类文化艺术的母体,是精英艺术的永不枯竭的生命之源。

　　故事、传说等,是民间文学的重要组成部分和主要表现形式,带有文化根基属性和口头性、传承性、集体性、变异性等特征,上承宇宙观念、思维模式、文化认知等,下至衣食住行、生老病死、喜怒哀乐等,属于人类全方位、全过程、多层次的共同文化记忆,是一个民族的文化载体和文化"灵魂"之一。

　　1984 年,中国民间文艺研究会提议并会同文化部、国家民委共同发起,在全国范围内展开民间故事、民间歌谣、民间谚语的大普查、大采集,并出版了中国民间文学"三套集成"(《中国民间故事集成》《中国歌谣集成》《中国谚语集成》),作为国家在特殊历史背景下启动并完成的浩大的中国民间文学抢救性工程,为传承和发扬光大中国民间文学奠定了雄厚的基础。近来,中国文学艺术界联合会、中国民间文艺家协会在"三套集成"的基础上,又启动了中国民间文学大系出版工程,这是一次完全意义上的对传统社会民间文学资源的全面收集、系统整理和汇总结集,具有深远的历史意义和深刻的现实意义,功在当代,利在千秋。

　　安徽省文联、安徽省民协积极响应国家倡议,成立了中国民间文学大系出版工程安徽故事、传说卷领导小组和专家委员会,启动了《中国民间文学大系·故事·安徽卷》(《皖中卷》《皖南卷》《皖北卷》)、《中国民间文学大系·传说·安徽卷》

(《皖中卷》《皖南卷》《皖北卷》)的编纂工作。

作为中国民间文艺家协会会员、安徽省民间文艺家协会(四、五、六届)理事,笔者应邀参加了省文联、省民协于2023年5月在池州召开的中国民间文学大系出版工程《故事·安徽卷》《传说·安徽卷》编纂工作启动会议,会上认真聆听了编纂工作精神和专家们的指导意见,主动承担了明光地方民间故事、传说的收集、整理工作,既是肩负历史责任,也是履行个人义务。

明光是国务院1994年5月31日批准撤县设立的省辖县级市,是中华人民共和国一座年轻的城市。但明光历史悠久,人文荟萃,山清水秀,民风淳朴。据明万历《帝里盱眙县志》、明曾惟诚《帝乡纪略》、清康熙《泗州志》等众多史料记载,大明王朝的开国皇帝朱元璋就出生在今明光市明光街道办事处的赵府社区。明光的历史名人故事,家喻户晓,妇孺皆知;明光的社会生活传说耳熟能详,如数家珍。一方水土养一方人,明光的人文传统源远流长,明光的风俗民情积淀深厚充裕,明光的民间文学资源丰富多彩,这是明光一笔灿烂的文化遗产和宝贵的精神财富,具有良好的传承赓续价值和恒远的发扬光大意义。

为了以实际行动拥护、支持省文联、省民协的大系工程编纂工作,笔者克服种种困难,利用近一年的时间,在《安徽民间故事滁州卷·明光民间故事》《中国民间故事全书·安徽滁州·明光卷》的基础上,再次收集、整理了明光地方民间故事、传说近150个,约36万字,供中国民间文学大系出版工程《故事·安徽卷》《传说·安徽卷》编纂时选用,并率先在全国启动中国民间文学大系出版工程县级地方卷编纂工作,适当地增加一些创新元素,公开出版《中国民间文学大系·故事传说·安徽明光卷》一书,以此抛砖引玉。

作为土生土长的明光人,热爱眷念故乡完全出于本能;讲好故乡明光历史故事,传承故乡明光人文理念,义不容辞。谨以《中国民间文学大系·故事传说·安徽明光卷》一书作为献给明光建市30周年的一份薄礼,期待该书在弘扬明光地域文化精神、丰富明光地域文化底蕴和提升明光地方文化品位、增强明光地方文化自信上发挥应有的作用。愿明光嘉山秀水永远青春靓丽,愿明光地方文化永远繁荣昌盛,愿明光民间文学之树永远根深叶茂,愿明光民间故事传说永远生动美好!

《中国民间文学大系·故事传说·安徽明光卷》一书在收集、整理过程中得到了安徽省文联主席、中国民间文学大系出版工程《故事·安徽卷》《传说·安徽卷》

专家委员会主任陈先发先生,安徽省文联副主席、安徽省民协主席胡文军先生,安徽省民协副主席兼秘书长、大系专家委员会副主任史培刚先生,安徽省民协原副主席、黄山书社原社长、大系专家委员会副主任兼主编孔凡仲先生等专家的关注和指导,得到了滁州市文联党组书记、主席张毅先生,政协明光市委员会党组书记、主席张言平先生等滁州及明光相关领导的鼓励和支持,在此,特向他们致以崇高的敬意!

厦门大学历史系教授纪能文、明光市党史办原主任王业有先生、作家薛守忠先生、明光市政协专委会联络服务中心谢敬松女士先后帮我校对了文稿,提出了诸多建设性修改意见,在此,一并表示衷心的感谢!

安徽文艺出版社编辑张磊老师在本书的编辑、出版上,付出了许多艰辛努力,在此真诚地道一声谢谢!

因时间仓促,水平有限,错漏之处在所难免,竭诚欢迎方家批评指正,不吝赐教!

贡发芹

2024 年 4 月 18 日初稿